鬼の花火師　玉屋市郎兵衛　上

小嵐九八郎

宝島社
文庫

宝島社

目次

序『炎と死』

隣りの唐の国の清が、阿片のことで英吉利《いぎりす》と戦《いくさ》をして、負けた、という噂が江戸を走り回って四年。今年は、亜米利加《あめりか》の東印度艦隊が浦賀に現れ、通商を求めてきた。

弘化《こうか》三年、立秋に少し早い。

——老いさらばえた男が、三十万四十万、それ以上か、人だかりに背を向け、歩みはじめた。

老人は、老いゆえに、全てを忘れ果て表情というものを失っているがごとくに映る。いや、良く良く見れば、窪んだ両眼に、肉が薄いのに内側に鉄の升《ます》を埋めこんだような両顎《あご》に、髷《まげ》や鬢《びん》のほつれる白髪《はくはつ》と正反対に黒々として反る両眉に、虚無、という漢字を刻みつけているようにも映る。違う……両眼は濁った上に、自らを虐《しいた》げるみたいな、とぼけというようなものが。

おのれを人だかりが呼んでいるような気もしてるのだが、男は、振り返らぬ。しかし、他人様には聞こえないようにぶつくさ呟《つぶや》く。

屁《へ》みてえな音だわ。あちゃあ、それでも客は大騒ぎしておる。なんでえ、あの光の暗さは、野暮さは、濁った色は。

ま、しかし、鍵屋《かぎや》を貶《けな》してもはじまらねー。もともと、こちらの方のものもこんなもんだべーに。光の芸は、消えてなんぼのもの。料理屋の板前の作る肴《さかな》より、果敢《はか》なく貧しかんべー。もっとも、絵師の絵や、俳諧師の句も、残ろうとするからよ、やつらの欲とは正反対にもっと醜いべー。でーじなこたあ、芸の極みっつうものはねーってこと。

そんなこたーより、生きる方が、暮らしの方が、死ぬ方が、値打ちがあらーな。

老いた男の呟きの江戸弁には、わずかに上州訛《なまり》が入っている。

男の今は、じじと呼ばれる。

うんと昔は友之助《とものすけ》。その後は清七《せいしち》とからかわれたが新八《しんぱち》と。三年前までは、初代は球の形の花火など作りもできないのにそれらしき屋号をつけていたから、その屋号で。

神田川の向こうの浅草橋を睨《にら》む御門は、当たり前ながら侍臭くて避け、老いた男は、孫が未だ後ろを振り向き、振り向きしているのも構わず、新《あたら》シ橋へと杖《つえ》をつく。

杖は、山椒《さんしょう》の木でできている。ごつく、重い。その頑丈な杖が、地震《ない》が降るごとく、地べたから揺れ上がってくる。まだ、客が大騒ぎしている。鍵屋がやっておるのだから、鍵屋の名を呼べば良いものを、空しいことを――と男は、儘《まま》ならぬ左手左足に重みをかけ、意が利く右腕で両耳を塞《ふさ》ごうとする。むろん、片耳しか塞げぬ。

おのれを呼ぶ声の地響きで、爺は、自らがこうなってしまった謎と同時に、故郷の浅間山の大焼けを、ずきりという頭の芯、目の玉の裏、耳穴の奥に浮き上がらせてしまう。こんな、たやすい、軽い、烏の大群れの声々ではなかった。夜の、ひたすら黒のみの闇とか、同じく夜の北斗七星の形の決まった星とか、真北を差す北極星とか、そもそも朝から夕方までのおてんと様とかが孕《はら》む怒りだった。人様の悪知恵の枠《わく》を、とっくのとうに超えてたでー。天の凄《すご》みってやつ。例えていえば籤《くじ》の三等が、人の作りやがる芸の極み。二等が普通の飯を食らい、糞《くそ》をして、助兵衛を楽しんで、ついに息を鎖《とざ》す暮らし。一等が天の懐《ふところ》でー。その懐がおかしくなって浅間の大焼けだったられー。

大声を張り上げるでねー、叫ぶな、呼ぶな、空しい名を。

幼名というより本当の名の友之助は、それでも、おのれの取り憑《つ》かれた華やかさの極北の謎、女の魔力の不思議さ、人殺しをしてしまう胸と腕の滾《たぎ》りの訳の解《わか》らぬことを思い、立ち尽くす。

おのれは、何者なんでー。

浦島太郎の話ではないが、六十数年前か……。

男は、人々にますます背を向けて離れ、記憶をたぐろうとする。

こんな箸《はし》にも棒にもかからぬ下らぬ男がなんでできちまったんでー。

其の壱『浅間は怒る』

天明三年夏文月《ふづき》。

百姓の倅《せがれ》とはいえ、少年老い易く〝楽〟なりがたし。友之助、十四歳。

浅間山火口より真北へ三里、上野国鎌原《こうずけのくにかんばら》村。

前年より大飢饉《ききん》が奥羽からはじまっているが、この地は稲の稔《みの》りこそ芳《かんば》しくはないが、麦はかすかすに穫れ、蕎麦《そば》がそれなりに育っている。

ただし、黒い、むくむくした浅間山からの煙の噴ぎ上げが三ヵ月続いている。降る灰で桑の葉はざらついて、たぶん蚕《かいこ》は全滅するだろう。

五日前からは、拳《こぶし》の半分ほどの軽石がふんわり飛んできて、隣りの隣りの茂作のところの水呑み平次の額が割れた。水呑み平次は月一回しか風呂に入れないのに、「足裏を擦《こす》れる石だー。儲《もう》かったでのう」と喜んでいる。昼は目立たぬが、夜になると、浅間山はちろちろと赤い、真っ赤な、澄《す》んで濃い赤い舌を出す。名主は「案《あん》じあーねー。いつもの通り野良仕事をしに、夜は家に閉じ籠《こも》っておれ。いいだか」と一軒一軒回り、戒《いまし》めている。

けれども。

変わったものが好きで、危ないことに手を出したい年頃だ。親が「手伝え」とうるさいから逆に、夜這《よば》いにはちーっとがきんちょで早いのに、この四月から女に対する作法も知らずに出かけていた。が、この頃は、友之助はそれどころでなくなっている。もっとも、夜這いじみたことは、この半年、十三度、十人に仕掛けたが、尽《ことごと》く、肘鉄砲を食らった。「助兵衛」「珍宝に毛が生えたばっかしなのに」「喧嘩《けんか》が強いことは知ってるけんど、女の扱い方はそんなもんじゃない。五年早い」と、すかした言葉で。中には「ちっちゃな頃から、花火、花火、花火って線香花火が好きなんだって？ そんで、ちっこい女の子をだまくらかして、女のまんじゅうのところでパチパチやるっていうでねーか、友」という三つ年上の女もいた。

そんだらこと、ねーぞ。

去年の夏、同じく文月の半ば。「江戸のカリン糖お、江戸の花火い」と、大きな提《ちょう》灯《ちん》を肩に行商人がきた。子供は甘いのが好きでたっぷり百文《もん》出して買うと、旅の商人は「江戸の味はこっちの方だぜ」と線香花火を無料《ただ》で置いていった。「カリン糖一個はなるほど、長え長え馬の小便五頭分の間は楽しめるわ。線香花火は人の赤子の小便の束《つか》の間《ま》で終わらー。でもな、馬と人の差があらー。人さまが作り出した赤っぽい橙《だいだい》色だぜー。餓鬼んちょ、線香花火をくれてやるから、暗がりで見ろ」といい。紙《こ》縒《より》で結んだ、三本のおひねりに似た物だった。

だから。

人の善いおっ父お、怖いおっ母あ、うるさい姉に内緒で、可愛い妹だけを連れ、竈《かまど》の熾火《おきび》を素焼きの鉢に入れ、家の外の、死人の出し入れだけをする蔀《しとみ》の側で、線香花火に火を灯《とも》した。

ぱちぱち、しゅっ、ちゅるーっと星が出て、酸漿《ほおずき》色をたっぷり溜《た》めた赤い玉ができて、確かに、赤子のおしっこほどの間で、ぽとんと地べたに落ちて、闇へと消えてしまった。綺麗で、果敢《はか》なくて、潔《いさぎよ》くて……。三本はすぐになくなってしまった。

線香花火の赤さ、果敢なさ、汗や小便を忘れさせてくれる何かしらは、うーんと昔、物心ついた頃から好きだったのだ。行商人に勧められるまでもなかったのだ。

ふうむ。

線香花火をだしに、女っこを誘うべきであったかーの。

そうだったわ。

妹のまきが「兄ちゃん、兄ちゃん、兄ちゃん」と叫んで「花火って悲しいね」と付け加えたのだった。まきは、解っている。可愛い。

行くだーよ。

十五段の石段を登って、延命寺の本堂の屋根のてっぺんに。あそこが、浅間山の焼けが一等見映えがする。一等高いところにあるので、遮《さえぎ》る大木、家、丘が眼の下になる。もっとも、一等の一等の高さは、更に五十段登った観音堂だ。でも、樹木のかげんで浅間山の頂が見えにくい。観音堂の屋根には梯子《はしご》がないと登れぬ。

おや。

住職に断りなく、物置き小屋にまず攀《よ》じ登り、そこから庫裏《くり》の庇《ひさし》に飛び、本堂へと伝わって行くと、暮れ泥《なず》む空を背中に、先客がいる。

生け花の師匠だ。

師匠は、江戸の大名の下屋敷に奉公にいき、生け花の免許皆伝となり、今は、源平の時代からの名湯、川原湯に住んでいる。延命寺の住職といかなる関り合いか、一と月に三度、この地にやってくる。麦の穂、稲穂、すすきの穂、ねこじゃらしの穂と、折り折りの山桜、桃の花、桔梗《ききょう》を組み合わせて生ける。延命寺の住職が珍しい金平糖《こんぺいとう》などをくれるので、名主《なぬし》のところで算盤《そろばん》や習字を習っているのに、友之助は教えて欲しくはないナンダラ経《きょう》や漢籍や和歌をこの寺に学びにくる。その時、しばしば、出会うのが、二十四、五の姥桜のこの師匠だ。

「百姓の伜《せがれ》の友さんかえ」

浅間山の麓《ふもと》では使わぬ言葉で、花の師匠が両膝《ひざ》を崩して聞いた。いつもはつんと澄ましてロも利いてくれないのに、話しかけてきた。瓦の上に、横座りして、藍地の裾《すそ》から無数の蝶でなく蛾が飛び立つ着物がもったいなかっぺー、そんに、裾の蛾が持ち上がるのではなかんべー、名主の三月の節句の雛壇《ひなだん》みてーな赤い襦袢《じゅばん》がちらり、ちらちらしてるでねーか。友之助は惑う。目ん玉が痒《かゆ》い。困る。

「また、おっ父お、おっ母あの言いつけを守らず、手伝いもしないで、悪戯《いたずら》かー」

「いんや、この七日、夜の浅間山の焼け見物だ。見応えあるでーの」

「ずうっと百姓、どこへいっても百姓の伜なのに、あたしより早く焼けの見物とは……ね。見どころある餓鬼んちょだね。隣りにきな」

黒みがかった空にも目立つ、白く長く節がないような指で、師匠が手招きした。

「あ、あ、ありがとう、御師匠さん」

なぜ、今日に限って師匠はこんなに人が変わったように親切か、花の江戸帰りなど鼻には掛けず、そう、春先の雌猫みたいな鼻奥からくるくる回るような声を出した。

「紀伊《きい》さんと、お呼び」

「へい、御師匠さん。いんや、紀伊さん」

友之助の鼻穴を白粉《おしろい》と鬢の椿油《つばきあぶら》の良い匂いがくすぐったと思ったら、風向きが変わった。降る細かい灰に息が詰まるような匂いと、苦しげな緑の噎《む》せる匂いが混ぜあっている。

ず、ず、ずっ。

どおーん。

ずずーん。

かつて聞いたことのない、四月からの焼けでもなかった響きは、頭のてっぺんから腹の腸《わた》へ真っすぐに降り、腹の腸で手毬《てまり》みたいに三度四度五度と弾んで、鳩尾《みぞおち》に溜まる。

「きた、きた、友さん。今夜のは、大きいよ。うん、わくわく、どきどき、するっち。江戸は大川の花火を思い出すわ。ううん、あれより、音が凄い」

黒になり切れない空へと、真っ黒な浅間山のてっぺんが、鉄瓶《てつびん》の口から熱い湯を吹き零《こぼ》すみたいに、とろりとした感じの、二年半前に見たことのある鍛冶屋《かじや》のごーごーと音たてる炎のように、肺の病で死の寸前に血を吐く人のその血にひどく似た色と泡だちで、赤い火が溢《あふ》れ出す。その度に、師匠はお喋《しゃべ》りになる。

「江戸の花火より、色がすっごく冴《さ》えてる」

師匠が呟いた途端に、火柱が突き上がった。気づくと、火柱は、浅間山が自ら吐き出した鼠《ねずみ》色の煙のどでかさを映し、ぶったまげるそのでかい煙を破り、噴き上がっていく。今までになく、山は、ひどく怒っている。

「やあん、両国橋の花火より、まるっきり高さが違うもの。でも、江戸の鍵屋《かぎや》の花火が見たいわあ、また」

焼けの音があまりに大きいので耳の奥が裂けそうになる友之助に、花の師匠は頬を近づけてよこし、変に潤《うる》んだ両目に焼けの炎を入れながら、腰を、どうしたのか、蚕に食われたのか、もじもじ揺らめかした。

「花……火？　御師匠さん、紀伊さん」

「そう。友さんだったね、友さん」

「花火？」

「そうだよ。駄菓子屋や、旅の細かい商人の売る線香花火でなく、ちゃーんとした江戸の花火」

「へえ」

「百姓は、永久《とわ》に百姓で、百姓。可哀想だね。講《こう》や伊勢参りで江戸へ出られても、ゆっくり見物なんて夢。お蔭参《かげまい》りの大騒ぎは、いつまたあるか分からないし」

ぐさりと友之助の首根っこを大鷲が爪ごと引っ摑《つか》まえる言い方をして、師匠は首を右へ左へ、ことを否《いな》むごとくに振り続ける。「百姓は、永久に百姓」、そうなるっち。本百姓で、九反《たんぶ》歩持ちの跡取りでも、それしかねー。

まだ幼いので、おのれの人生の定めに諦《あきら》め切れない。しかし、漠《ばく》として然《しか》りであろうことは知っている。友之助は、見たこともないし見ることもなかろう「江戸、大川、両国橋、鍵屋」の花火へと猛々しい反撥の思いと憧《あこが》れの思いを同じく住まわせて、浅間山を見上げた。

いきなり。たあんと赤さに黒みを帯びた、世にも見事な色あいの火柱が、うんや、火柱という言い方は温《ぬる》い、途轍《とてつ》もなくでかい鋼《はがね》の、直立する槍の焼き入れ最中みたいな、真っ赤な竜巻のごとき、どろどろしたものが空を焦がしていく。

んごーん、ん、ん。

赤い光の後に、臍《へそ》あたりを、むんずと抑《おさ》え、その上、拳を入れられるような音がした。あん？　目にやってくる赤い竜巻より、焼けの響きのほうが遅いだあのうと、変わったことに友之助は気づいた。

とろとろ、どろどろ、ぱちぱちという感じの火の蕩《とろ》けたような塊《かたまり》は、盃から酒を零したように、浅間山の頂から、山腹へと、速い足で滑っていく。江戸で大流行りの夜中の泥棒も、強盗も、手籠《てご》め魔もこんなものか。這《は》い松《まつ》や、落葉松《からまつ》や、栂《つが》や、楡《にれ》の森が燃えて、火の粉を盛んに噴き出す。生木が、たやすく、火の泥と岩の玩具に、生《い》け贄《にえ》になっていく。

「黒い立派な雲だなー。だから、焼けが映えるのかねー。友」

友さんでなく〝友〟と呼び捨て、そういえば師匠は独り身と聞く、友之助の肩に首を預け、でも、両目はしっかり浅間山の焼けを見つめ、いった。なるほど、浅間山の吐き出す血へどのような炎と、火に溶けた岩や土は、その噴き出す黒い煙のどえらい広がりを浮き立たせる。こちら上州だけでなく、浅間山の向こうの信州まで、もしかしたら、江戸をも巻き込む茸《きのこ》の形をした煙だ。

「綺麗、そのものと言うのかな、紀伊さん。綺麗だっけーやー、この大焼けは」

本音ちゅうの本音を、友之助は口に出した。大焼けの見事さに鳥肌が太腿《ふともも》どころか、腋《わき》の下、背中、ところかまわず浮かんでくる。

「友は、幾つになったあ?」

いつもは友之助の目などを見ずに、整って澄ました目鼻だちの顔を逸《そ》らすばっかりだった師匠は、浅間山を見据えたまま両足を投げ出した。裾が捲《めく》れて、白い脛《すね》まで露《あらわ》になるというのに、両足を引っつけ、離し、引っつけ、擦るような仕種を繰り返す。

「十四」

「そうかあ、そんなに大きくなったかあ。珍宝に毛が生えてるん?」

「えっ」

「お毛々が生えてるのかあ」

きりりと生け花を生けることしかしなかった、そして、田舎っぺいを寄せつけない、江戸帰り女そのものであった、花の師匠の紀伊は、友之助が仰天する、でもいつも村の子供達で話の俎板《まないた》に載せる言葉を、簡単に口にした。信じられねーだ、この師匠の口から。

「そりゃ、紀伊さん、少し」

「ふうん、早いな。だったら、大丈夫」

「なにが？」

「あたしの着物の尻の方から、捲って」

「あ、はい。えっ……ええっ」

友之助は、きのうまで口すら利いてくれない江戸帰りの女が、とんでもない助兵衛なことを言うので、動転した。川で、褌《ふんどし》を着けずに泳いでいたら、河童《かっぱ》に、成長著しい大切な珍宝の先を吸いつかれた時よりもびっくらこく。おっ父おは「でけー鯉の悪戯だっぺー」と嘲《あざけ》ったが。

「ビだねえ、ビ。江戸の鍵屋の花火も負ける。早く捲って、友」

師匠は、屋根の三角のてっぺんに両手でしがみつき、浅間山の焼けを見て、尻を高くした。

「ビって、なんだーね？　それ」

屋根から滑り落ちることなど怖くはないが、釣り合いの取れぬ気位の高い年増の尻よりは、浅間山の焼けを眼に刻みつけたい気もあり、友之助は躊躇《ためら》った。

しかし、花の師匠の口にする。〝ビ〟というのが、真っ黒の夜空を焦《こ》がすどでかい赤い炎の中に、確かにあるような気がする。〝ビ〟が、闇に降り続け、震え続けているのが、この今、だ。

待て、もしかしたら〝ビ〟は〝美〟と書くのではないのか。

だとすれば、この浅間山の吼《ほ》える焼けも、江戸の花火も美しいし、美しいのだろう。

友之助は、着物の裾を割る師匠の腿の女そのものらしいなめらかさと、焼けの暗黒の中の華やかさと、遠い江戸の花火の空想で、目まいがしてくる。こうしては、いられねーだ。

そしたら、また。

どずーん、ずっ、ずっと、火柱と火の竜巻が起きた。ごどっ、ごど、ごどーっと、山の斜面を炎の雪達磨《ゆきだるま》みたいな石が転がり、軽々と弾《はず》む音も。やがて、周りの小さな山や丘から谺《こだま》が、どーん、ごん、ごっ、ごんと返ってくる。

「早くしなさい、友。ビって、美しいことなんだよ。あたしの生ける椿の花は、この焼けに負けるね。挿《さ》す枯れ穂や枯れ枝、あれは闇に敵わないね。焼けと闇の組み合わせを美って呼ぶんだよ」

「ふーん、難しいのー」

「そう、生け花なんて比じゃないね。空しくなったね。明日から隠居して、浅間山の焼けばかり見て暮らしたいね」

そうか、やっぱー、この焼けはひどく綺麗なんだと友之助が自信めいたものを覚えると、焼けの赤い炎と音の唸《うな》りに急《せ》かされるように、なんと、品に満ちているはずの師匠が、自ら着物の裾をたくし上げ、帯へとねじりこんだ。

「そうけ」

「そう。そうでなかったら、噴火に太刀打ちできる花火を」

よっし、いつか、ぜったいに、江戸の大川に上がる花火を見てやるべえに。品のある女が急に浮かれるのだから。いんや、できれば、江戸の花火をこの手で作りてえ。この大焼けぐれえに綺麗なのを——と友之助は百姓という身分も忘れてしまい、空と師匠の尻を交互に見つめる。

「御師匠さん……紀伊さん」

「焼けがおしまいにならないうちに、友、早く……おし」

「え、へい」

「やり方が分からないのなら、じっと、焼けの明かりで見るとか、指とか、舌で……美しいものって、女の魔性《ましょう》を呼ぶんだね」

師匠の尻の谷底から蒸《む》れ出してくる鉄錆《さび》の匂いと山羊の乳臭さにたじろぎながら、友之助は、思えばこんな天の恵みの良い折りなどもう有り得ぬと、まるまると西瓜《すいか》二つを並べたような尻を滅多矢鱈《めったやたら》に引っ掻《か》いた。谷底を割った。焼けが雲に照り返される仄暗《ほのぐら》さの中に、悪餓鬼どもと噂しあっていたよりも、ずっと、赤さが鮮やかな、鶏《けい》頭《とう》の花みたいな色あいの器が咲いていた。

――そーけー、どんな気品に溢れて男嫌いに映る女も、焼けの炎と音の綺麗さの前では、まるで賢さを失う、違う、仮りの顔を失い本性を晒《さら》すっち、と友之助は花の師匠の腰から下を愛で、時折りは浅間山の焼けに見惚れ、その果てにくたびれ果てた。

師匠の足首は、そういや百姓の娘の黄ばんだ色ではないと気がつくと、夜は、白々と明けてきていた。

本堂の屋根から見下ろすと、鶏《にわとり》が、んけーっ、んけーっ、こっこおーっと鳴いている。静かな村の家々の竈から、青い煙が立ちはじめ、朝飯の準備だ。おっ母あの尻の下にあるおっ父お、怖い怖いおっ母あ、へんな爺さま、優しい婆さま、こうるさい姉と可愛い妹が、仏壇に水を供え、土間を掃除し、牛に餌をやり、口を漱《すす》いでいるだろう。名主も村の三役も、爺さまも、「享保の五度の大焼け、宝暦、七年前の安永の大焼けも、ここ鎌原村は無事だったわいに。案じあーねー」といっている通りだ。

浅間山は夜が明けるかなり前から、おとなしくなってきた。それでも、雷様の太鼓のような、ごろごろ、ごろーん、ごんという響きを上げ、休む時すら、腹下しの時の腹鳴りみたいに、ごろごろ、んぷっ、んぷっと鳴りを潜《ひそ》めることはない。

「友さん、浅間山が眠りはじめてきたね。詰まらない。大焼けを見たら羞《は》じらいが吹き飛んだ……。夜のことは、他人様に喋らないのが、孔子様の教えだよ」

尻から下が乱れに乱れると、髪も乱れるのだと友之助に教え、花の師匠は、笄《こうがい》で巻き上げててっぺんが高い髪のほつれを直す。でも、降った火の灰で、二つに垂れた前髪は白髪のようだ。襟許《えりもと》、衽《おくみ》の合わせ目、裾と直し、しゃきっとして、でも、欠伸《あくび》を堪えられず、目の白いところを朱色にして、師匠は器用に屋根から降りていった。

「さいなら」

不意に、これが最初にして最後というより、凶々《まがまが》しい予感に駆られ、友之助は、未練などという情とは別の気持ちで告げた。

「さいなら」

振り向かず、花の師匠は庫裏《くり》への廊下の戸を押した。山の焼けは、女を不可思議な舞い上がりにやり、酒より強く酔わせ、野犬より鋭い呻きと喘《あえ》ぎを仕掛けると知らせ……。

腹が減ったし、一睡もしていないし、少しは家へ帰ってみるべーか。喧嘩っ早いし、野良は手伝わない友之助だが、隣りの隣りの村まで「正しいことにぎっとする友之助」と、けっこう名は広まっているのだ。実際、悪い友達と遊んでも、足萎えや盲や父無しの子供を苛《いじ》めたりはしたことがない。おっ母あのでかい尻の下に敷かれているおっ父おの意見には、要《かなめ》で従っている。去年の晩秋には、女郎に売られゆく水呑みの娘に、みんなから餞別《せんべつ》を集めて、なんと一分銀二枚を渡した。それで「仁義の友」なのだ。〝仁義〟って聞こえがいいだでー、恰好《かっこ》いいのー、憧れるわい。だけど、侍と違って、百姓の仁義って何だべー。

友之助は、屋根の鬼瓦に立ち、褌《ふんどし》を締め直した。

噴き上げる鼠色に黄土色の混じる浅間山の大煙なのに、その隙間《すきま》から石が舞い落ち、ぎらりとする光が射し、村はのどか。けれども、馬が、奇妙な濁った鳴きで嘶《いなな》いている。それも、二頭三頭でなく、村全体の三十頭ほどもが、一斉に。んび、んびー、びんと。

まさに、その時。

赤色が、橙色の縞染《しまぞ》めになったような光の円柱が、浅間山をぶっ壊すほどに、鼠色の煙を真っ二つに裂き、天へと駆け登った。

今までの規模と違う。

炎の円柱は、天を襲うばかりか、山頂のぎざぎざを溶かして、右へ左へと恐ろしい翼《つばさ》を広げていく。左右ばかりでなく、急な坂をも下ってくる。

闇で見た方が見応えがあるけれど、これも凄まじい。そうけー、噴煙がどす黒さを越えて、真っ黒の背中になっているせいだーのー。もう一度、花の師匠を呼び戻すか……と友之助が思ったのも束の間。

動転する。

喧嘩で遠征した川原湯の三つ年上の悪《わる》から、鳩尾に深々と拳骨《げんこつ》を食らったような地響きがする。それどころではない。あの時は、ついに金の玉を右腕で潰《つぶ》して勝った。今は、耳の奥が切れ、頭の芯まで針百本を突き刺される轟《とどろ》きだ。

信じられねえっぺに。

延命寺の境内《けいだい》の大銀杏《おおいちょう》の木が、横に揺れるのでなく、縦に揺れている。うん？　この本堂も。ま、しかし、侍の次が坊主の天下、かんたんに潰れやしめー。

しかし。

友之助は、はしゃぐ気分と、何とはなしの空恐ろしさに、屋根から庫裏、庫裏から小屋、小屋から地べたへと急ぐ。急いでいる間も、風が変わるのか、すんげー臭い、辣韮《らっきょう》を食った後の屁の千倍ほどの匂いが吹きつけて、鼻穴を無理矢理、抉《こ》じ開けてくる。

平たい境内とその下は崖の境の、馬酔木《あせび》の低い柵に近づいた時には、ぎょええー、だった。

山が、動いている。

吹雪のごとく火の粉を四方八方に撒《ま》き散らしながら岩や石や土は、幕府の領地の御《お》留山《とめやま》の大森林へと流れこんでいく。昨夜の焼けとは違い、全ての生木がまるごと、ぼわーっ、ぼぼーっ、おぶーっと燃えていく。入会《いりあい》が許される薪《たきぎ》や山菜や猟の宝庫の麓《ふもと》まで、大火事となっている。くどいほどに濃い緑を、あ、もなく番茶色に変え、炎となっていく。

可愛そう。

芥子粒《けしつぶ》ほどに見える鳥どもが慌てふためいてこちらに群れて逃げてくるが、斑《まだら》の煙の中に吸いこまれ、尽《ことごと》く消えていく。小指の先ほどに映る猿どもが逃げ惑っているが、それより、ぷつぷつ湯気立つ泥の雪崩《なだれ》の方が速い。飲まれていく。放牧した馬の脚より、泥の大きな川の方が速い、馬も飲まれていく。

びゅーん、ん、ん。

湯気まみれの拳大の石が、山なりでなく、斜めに鋭く素っ飛んできて、友之助は、銀杏《いちょう》の大木に、身を避けた。こちっ、こちっ、こちっと、続けて親指ぐらいの礫《つぶて》もやってくる。

うん？　この方向からだと、村の家が見えらー。

いけねー、茂平の家が、転がり滑る大石に、濁った流れの泥に、砂のうねりに、ひとたまりもねー、おっ潰されていく。茂平と、その母あと、食べ頃の十四十六の娘二人が逃げてくる。あちゃー、大風呂敷を背負った茂作のお父は、大石に踏んづけられた。七十の爺さんの姿は消えて、血糊《ちのり》が広がるのー。

だったら。

友之助が銀杏の大木から顔を我が家の方角へと出した。二町ほどの落葉松の林の寸前まで、痘痕《あばた》みたいな泡を噴く泥の波が押し寄せている。桑畑は、もう、灰一色で真っ白だ。どうにかしねーといけねー。助けにいくしかねー。

けれども。

石の飛んでくるのを避け、小石の霰《あられ》を避け、亀のように這いつくばって延命寺の階段を一段、二段、三段と降りていくと、息せききって十五段の石段を登ってくる男がいる。

「馬鹿もーん。死ににいくっぺか、こん餓鬼い。戻れ。観晋堂まで、登るだっ」

「妹が、おっ父おが、おっ母あが」

「馬鹿もーん。おめーの命があっての物種《ものだね》だ。いざとなったら、親兄弟よりもてめーの命だ。死にたきゃ、止めねー、いけーっ」

男は、川原湯の宿の番頭の喜作だった。何用か、こんなに朝早く、鎌原村に。

助けにいくだーの。

友之助は〝仁義の友〟なら、親や祖父母を助けるのが一番、それに助けたいという切なる思いで、更に、四段、下った。

ぎょっ。

目の下の道が、もごもご蠢《うごめ》いている。ではない、想像を越えてどでかい土と岩の流れが、もう、延命寺の石段の下まで襲ってきているのだ。ここすら、危ない。親兄弟を助けようとも助ける術《すべ》がない。救いは、泥流の方角が正面向きでなく、横へ脇へと、しかも、ゆっくりと蛇行していることか。

泣く泣く……。

友之助は、振り返り、振り返り、振り返り、延命寺の境内に戻り、観音堂と合流する道へ入り、また五十段を登っていった。

観音堂は浅間山の景色が梅や山椒や椿の木に遮《さえぎ》られて良くないぶん、石の礫《つぶて》も遮る。隣りの延命寺の本堂の屋根すら、ひどく低く見える。

先客が七人、この一大事に、煙草を吸っていた。みな、屈強な大人ども、しかも、評判の悪い博打《ばくち》を打つ者、水呑み百姓ばっかりだった。いざという時に、こういう男どもは強いと、強く教える。

――一時《とき》の十分の一も経ったか。

生木の焼け焦げるくどい匂いに鼻の穴がくたびれ詰まってくる頃、獣が火に焙《あぶ》られる匂いが新しく押し寄せてきた。地べたに身を屈《かが》め、鎌原村から浅間の山裾を覗くと、泥の河は、戸惑うようにうねりながら、流れのゆき先を変えはじめてきた。

と同時に、二十五人ほどの、喘ぎ声や、泣き声、安堵《あんど》の声といっしょに、村人が石段の一段目に辿り着いた。泥流の轟きの唸り声も引き連れて。

いたでーの。

妹のまきが、鋳物の鍋を兜代《かぶと》わりにして、友之助を見た。帯から下は、泥と区別がつかないけれど、目の輝きは急にしっかりしてきた。友之助は、階段を駆け下る。三つ年下の妹は、嬉しさに、童歌《わらべうた》を口遊《くちずさ》みはじめた。

「おっ父おは、どうした」

「爺さまが『案じあーね』といって聞かないから家ん中で御守りだ。兄ちゃん」

「おっ母あは？」

「おりおり、くるっち。婆さまを背負って。姉ちゃんは、きのうの晩から帰ってきてねーけど。犬のイヌスケと、猫のタマを置いてきちまって、あたしは心配だーの」

のんびりしたことを口にするが、父と祖父は助からぬと友之助は肚《はら》を決めた。問題は、母と祖母だ。とり敢《あ》えず、妹のまきを横抱きにして、階段を登り切った。妹は、近頃、腰に丸味が出てきて、重くなって、柔らかい。息切れがする。婆さまを担《かつ》ぐおっ母あは、大丈夫だっけやー。

ん、ん、ん、ごおーん。

妹を観音堂の扉の前に座らせると、風ではない、大地が唸り声をあげて友之助を呼んだ。山津波とはこんな地響きか。そんなものではない気がする。浅間山というより、天が地が怒りまくっている。泥の洪水というんでねーねっか。

友之助は「動くんじゃねーぞ」と告げ、石段の二つの小鬼の睨む門柱へと走った。下を覗いた。母が、頭巾《ずきん》なしで頭巾を被《かぶ》っている祖母を背負い、五十段の半分の二十三段ぐらいで喘いでいる。友之助に、気づいた。普段はあれほど、「名主さまの教える漢籍のおさらいはしたか。算盤、算学の予習はしたか。馬のアオ、牛のテツに餌《えさ》をやったか」などとうるさいのに、清《すが》しい目で、にっこり笑い、友之助を見上げる。

それどころじゃねー、おっ母あ。

ざ、ざ、ざずずっ、ずるっ、ずずっと、波打つ泥の迸《ほとばし》りが、きとるでねーか、おっ母あ。もう、おっ母あの五尺下まで。あん、後の五兵衛、甚一、甚一の母あも、泥の河に足を掬《すく》われだして、もんどりうって、頭から引かれていくっちゅうのに。

友之助は、石段を、下った。金切り声と泥の波の轟きの中を、五段下った。二十七段まできたか、母と祖母は。

がごーっ。

あ、もなかった。母の臍《へそ》の上まで押し寄せた泥は、祖母を背中に置いた母を仰反《のけぞ》らせ、泥に巻き込み、草鞋《わらじ》のない足裏の薄黄の皺《しわ》だけを見せ、東の吾妻《あがつま》川の方角へと、消えていく。ゆっくり、ゆっくり、ゆっくり。

後ろ髪を引かれつつ、友之助は妹のまきだけは何とかしようと、観音堂で一番高い黒松へと引き連れることに、咄嗟《とっさ》の決心をした。既に、三十尺もある黒松には、八人ほどの人が乗り、しがみついたり、ぶらさがっていた。

でも、どうやら、大丈夫。

泥の、どでかいうねりは、流れを、東から南へと変えていく。

ふと、五十段下の右側を見下ろすと、延命寺は屋根のてっぺんが三つに寸断されて、ぷかぷか流れ、漂っている。

菓子と引き換えに御経の初歩や、和歌、俳諧を叩きこんだ、特に友之助に目を掛けてくれた住職が、仰むけに、腰から上を浮かして、だれた泥の渦に巻かれている。裸だ。

あんっ。

銀杏の大木の枝に、俯《うつぶ》せの、花の師匠が……。尻の形で、分かる。止まって、髪を、ざんばらに解き、やはり、素っ裸で。白い腿は、火膨《ぶく》れで、背中は、倍ほどに赤く爛《ただ》れている。師匠の紀伊は、泥に尻の方から飲まれていった。

一夜と、一朝にして……。

友之助は、浅間山の大焼けによる美しさと、女心と女体と、地獄を見てしまったのである。

——その後の、しんどいこと。

五日間、泥が引くまでの、ひもじさは、喉《のど》の渇きは、いい表し難い。胃の袋は縮むはずなのに、膨れ、勝手にわめく。四日目に雨が降った時には、生き残った三十七人が背伸びをして、大空へと、燕《つばめ》の子のように、全員が口を開いた。賢い、川原湯の宿の番頭の喜作は、妹のまきの鍋を地べたに置いて、雨水を溜めた。

喜作は、それればかりか、五日目に、大切そのものにしている唐草模様の這いずる風呂敷から、稗《ひえ》でもなく、粟《あわ》でもなく、円い粒に一本の線が走る助兵衛っぽい麦を五升《しょう》ほど出し、鍋で煮た。うんめー、うんめー、うんめーこと。

これで、喜作が、頭《かしら》になった。

六日目、浅間山の焼けは、燻《くすぶ》っていたが、観音堂の裏の小道を下った。川原湯の前で、喜作に従う三十人と、鎌原村に残る七人が、手を振り合いながら別れた。三十人に、女は四人。喜作は「風を見たか？　この大焼けは、南風で、こちらがひどーめに遭った。北側の信州にいけば、うむ、なんとかならあ。しかも、俺達は、めったにねー、天災を被った者ら」と、心強いことを言った。

けれども、その先はそんなに甘いものではなかった。

やがては利根川へと注ぐ吾妻川を下った。河原に土手に道に土砂や泥や石が流れこみ、普段は一日六里歩けるのに、二里と半ぐらいがやっと。それに、硫黄《いおう》と納豆が溶けあったような屍《かばね》の匂いの甚《はなは》だしいこと。吾妻川が泥で塞き止められて逆流し、洪水で死ぬ者が多かったせいだ。人の屍の匂いばかりか馬や牛や犬の死体の匂いも重なった。中之条という村では、流れが急に緩くなり、だからこそ累々《るいるい》とした屍が川の堰《せき》となって流れを変えていた。中には、屍の山で小さいとしても滝となった風景にも出会った。

番所の役人は、食い物を分け与えてくれるどころか、顎をしゃくり、鼻穴を指で押さえ、流浪《るろう》する喜作ら一行の悪臭を嫌った。その代わり、何の詮索《せんさく》もしなかった。

大焼けから二十日が経った。

緑のはずの畑は灰色どころか褐色となっていた、みんな、全て、尽《ことごと》く。だから、どこの村々でも、穀物など恵む余裕などない。樫の鍬《くわ》の柄、竹槍で頭の喜作以下三十人を厳しく拒んだ。乱闘で、二人の仲間が殺された。みんな、本百姓だった。二人が、川に浮く川魚を食って腹を下して死んだ。三人が、流浪する仲間からどこかへ消えた。

酷《むご》いことの初めには、原因という引き金がある。

飢えと村々から叩き出される中で、仲間に軋《きし》みが出てきた。一度、地獄を見た者は、ひどく優しくなるか、ひどく酷くなるかだ。残念なるかな、ひどく優しくなったのは妹のまきだけだった。友之助を含む残りは全員、酷くなった。大事にし過ぎたか、頭の喜作が唐草模様の風呂敷から、死んだ三人の財布を落とした。暫《しばら》く気づかなかった。気づいた時には、頭としての喜作への怨《うら》みつらみが鉄瓶の水が沸いて白い湯気が立つほどになっていた。「公平に食も銭も分けよう」と口酸っぱく脅《おど》すように言っていたのは頭。

くわーっと、友之助がまず、ぶち切れた。

十四歳が、三十五歳の男に敵《かな》うわけがなかった。でも、少年ゆえに、向こう見ずになれる。担いでいる風呂敷ごと、喜作を、引っ繰り返した。風呂敷から、飴玉も、三つ四つ五つと転がって出てきた。友之助は、更に、激しく憎しみに駆られた。今度は、喜作の上に馬乗りになり、拳骨で鼻をぶっ叩いた。喜作も負けてはいなかった。すぐに、がばと跳ね起き、ぶーんと風を切り、友之助の頰を張った。友之助は、鼻奥から生温いものを感じながら地べたに這いずった。喜作の殺気を知ったと思った。危ねーと、傍《かたわ》らの石ころを握った。ふらりと立ち上がりざま、利き手の右腕を、茶碗大の石ころごと、下から、弾みをつけて、喜作の顔面を撃った。五尺弱の友之助の手は、五尺五寸の喜作の顔面に届かず、代わりに、顎に、がつっとぶつかった。確かな手応えで、喜作が前のめりに崩れた。喜作が血だらけになっていた。

ところが。

喜作と友之助を交互に見てばかりいた同じ村だが隣りの隣りの部落の痩《や》せでぎょろ目の水呑み、三助が、喜作の顔を蹴り上げた。血しぶきが上がり、あとは皆が、逢魔《おうま》が時の宵《よい》の刻《こく》で暗くなりかけたこともあり、周りが背の高い薄《すすき》の原っぱということも重なり、喜作に群がった。「商人のくせして」「泥棒みてーだーの」「観音堂の麦は、おれっちのを盗んだものだー」と、身につまされることをこもごも言い、殴る、踏んづける、蹴る、棒でぶっ叩くと、私《わたくし》の刑を加えだした。

命の先は、まるで闇だ。

命は、豆腐の角みたいだ。

命は、思ったより簡単至極《しごく》に奪える。

むぐもぐと言っていた喜作が、急に、手足をばたつかせ、引き攣《つ》らし、硬《こわ》ばり、動かなくなった。死んだのだった。

「次の頭《かしら》は、友之助さまだっ。いいな、皆の衆っ。年は十四と若えが、度胸があるべー。落ち着きがあるだー。さすが〝仁義〟の友だーのー」

水呑み百姓で、二十はとっくに過ぎていて、悪い噂は「女を盗めねーのに盗み癖があって、けんど、盗みの技が天才」といわれている三助が、喜作の死体を葬《ほうむ》ろうと川へと引きずる友之助の背中で叫んだ。

「いいだかっ。昔、アマグモシロートキサダって一揆の親方は、十五だっただー。友之助さまは、なあに、一つ年下だけだーに」

なおも三助は叫び、喜作の屍を友之助に代わって、よいこらと、牛蒡《ごぼう》を引っこ抜くように運びだした。アマグモなんとかって、誰だっちかのー。

「兄ちゃん、大丈夫けーやー。怖かったよ」

妹のまきが叫んで、友之助は人を殺《あや》めた空恐ろしさを、急に知りはじめた。

〝仁義の友〟の〝仁義〟に合っている……ちゅーてか。

なんまいだぶ。

早くも咲きだした竜胆《りんどう》の花を、深く掘っても隠せずこんもり盛り上がった喜作の仮の墓に乗せた。


それから。

喜作の四十九日を、男と女が抱きあう道祖神《どうそじん》の脇に、野良着の袖に残した上州の麦の少しを置いてやった。その時は、信州の中山道《なかせんどう》を、食を求めて下っていた。上州の、浅間山の麓で大焼けから逃げてきた人も、飢饉で穀を求める人も、浅間山のあちら側の、南から東の風が吹く信州へと。ぽつりぽつり、やがて、ぞろぞろ、今は、乞食《こじき》と同じ群れとなり食い物を求めて、村ごと、部落ごと、場合によっては親類縁者ごとに仲間を作り、街道に土埃《つちぼこり》を巻き上げていた。

それに。

信州は、もろに大焼けの怒りをこうむった上州よりは増しで、稲の実りはずっと良いとしても、やはり痩せ稲穂、上州の人間より理屈っぽいし、怒りの溜めがなく、逃散《ちょうさん》になる百姓が多い。「ずらア」「ずーら」「ずらっ」弁が、目立ってきた。でも、上州の大焼けに追い出された人々とは、どこか違う。鼻を突く酢《す》と垢《あか》を混ぜた臭さがない。誇りが、この飢えた時でも、ある。「我ら飢え人、義人《ぎじん》」という筵旗《むしろばた》が目立ってきた。

殺《や》ったーの、また。

中山道の安中で、鎌原村の本百姓の生き残りのふゆという女を、無理に手籠めにした本百姓の次男の十七になる一太という男を。もっとも、やっぱし、女と寝ることができずに怨むのか、友之助の代貸しみたいになっている三助の出した案だった。なるほど、手籠めの男を放っておいては、一行の規律は守れない。〝正しい殺し〟と友之助は、思った。真夜中に、街道から三町離れた竹藪の奥で。「ん、きゅーっ」と、一太は釣られたばかりの岩魚《いわな》の鳴きに似た泣きを出し、糞をおびただしく漏らし、息絶えた。

放《つ》け火《び》すら、しただーの。

「わっしょい、わっしょい、わっしょい」

「っせえ、っせえ、っせえ」

「我らは飢え人、義人。米価を下げるだーっ」

掛け声は、こんまい理屈に長《た》けた信州の紛《まぎ》れた人々を加えて大きくなり、人が集まると気が大きくなり、屁理屈であろう気もしたが唱《とな》える理屈は整ってくる。

「米穀の値を下げよ。然らずば、米穀商を打ち潰せ。我ら義人ぞ」などと褌《ふんどし》を十丁ほど縫《ぬ》い合わせた旗に大書《たいしょ》した。

うむ。その気負いは、妙義山《みょうぎさん》という異《い》な山のぎざぎざてっぺんが見え隠れする街道脇の、米穀商の前で噴き出した。思えば、その時に、流浪の浅間山の鎌原村の人でなく、完全に一揆衆へとなっていた。友之助を頭目として、総勢七十人。上州の者が、四十人を越えていたのである。関所、番所に、役人はいても、もう、群れる人々に頭をちょっぴり垂れて見逃すばかり。

そう。寒くなって月が細く険しい時、夜が深くなって、からっ風も寒く、「この米穀商は、けちで、わると聞いとるずら」と、正面の柵が槍襖《やりぶすま》となっていて、続く塀が背丈の倍の、蔵が三つもある家の母屋の屋根へと火を放った。ぶす、ぶすっ、ぼうっと、いとも容易《たやす》く米穀商の家は燃えだした。

「兄ちゃん、線香花火は悲しくて、浅間の大焼けも綺麗だったけど、火事も綺麗だーのー。本物の花火も綺麗というっち、本当かー」妹のまきが、火々を黒い瞳に映し、のんびり、すっとんきょうなことを口に出した。

妹のいう通り、なるほど放け火に、夜の暗がりに、測れぬほどの黒い闇に、野放図に炎《ほむら》だつ火柱《ひばしら》はまことに見応えがする。放け火という後ろめたさを引いても、正直に、綺麗といい切れる。

――斑《まだら》に渦巻く灰色の煙の中、店先のしころ戸の間から、ぱくぱくする指二十本が現れた。俄《にわか》造りなのに頑丈《がんじょう》にした戸なので、脱け出られないらしい。

「助けねばやんねーだの、頼む」と、実は稚《おさな》く、頭《かしら》などしんどい友之助は見ておられず、三助を急かした。三助は手下をすぐに使い、丸太ん棒をしころ戸の下に入れさせ、その下にごろた石を梃子《てこ》の支えとして置き、ごごっ、とよろい板を潰して、抉《こ》じ開けた。

月代《さかやき》と生え際の区別の定かでないような、友之助達と同じぐらいに貧しそうな痩せ男が這いずり出してきて、きょときょと、ならず者と化けてしまった友之助らを見て土下座をした。

もう一人、さも勿体《もったい》つけたように、あたかも自力で出てきたごとく、月代を武士のように綺麗に剃り上げた十七、八ぐらいの男が、袴《はかま》の裾の埃をはたいた。ただし、袴はよれよれ、目立たぬ帯の下の脇に継ぎが当ててあり、そもそも無地の芋臭い衣だ。

どうやら二人は、留守居役で雇われたか、頼りにならぬ用心棒らしい。

ところが、後で出てきた若い男が、

「義も何もねえごろつき衆だな。うむ、煙や熱い炎より、天の恵みの気の方がうまい」

と、火放けの炎が音をたてて風巻く中、傲岸《ごうがん》に胸を張った。絵草紙《えぞうし》で読んだ『桃太郎』の桃太郎みたいにお結び形の顔をしている。

この若い男に、こちんときたのが三助、三助ばかりでなく上州勢と加わってきた信州勢、「ざけんでねー」「も一度、火の中に突っ込むだー」「たらふく食ってる面《つら》ずら」と、五人、七人、十人と囲んで、最初の頭の喜作の死の定めの光景に似てきた。もう一人の留守居か用心棒か、その痩せ男まで、桃太郎ふうの男の顔面を拳で殴りはじめた。

その痩せの男の罵《のの》りの言は、忘れられない。「こん男は、侍の血筋を自慢してばかりずら。なのに、爺いになった主《あるじ》を殺しているすけ。一揆に紛れて、命乞いをするためにずら」。そのまま、真に受けられないとしても……。

妹のまきが、その時、友之助の胸を細い拳で叩《たた》いた。

「兄ちゃん、一人をみんなでやっちゃうのは怖いっち。可哀想だー。助けてあげねーと」と、泣いて。

威信が消えかかると覚悟して、友之助は、「止めーえーっ」と怒鳴った。

顔を七ヵ所ばかり切って血だらけの桃太郎となった男は、助かっても、顔を天に向けていた。が、友之助を認めると、直立して頭を垂れた。桃太郎顔は、単に、四角くなりきれぬお結び顔に落ち着いていた。そういえば玄米のお結びは、浅間の大爆発から食ってない。

主を殺したこの侍になり損《そこ》ねの侍みたいな男は忠吉《ちゅうきち》と称した。

――薄《すすき》の穂が、浅間山の反対方向の八ヶ岳に垂れ、秋が深くなった頃。

七十人の流浪の衆は、同じくらいのそれぞれの衆と重なり合い、さざ波がさざ波とぶつかりあい膨れるように合流し、数え切れない数千人に膨れ上がっていた。先頭は、神棚にある白い紙を五倍にしたような御幣《ごへい》が舞う梵天《ぼんてん》だった。筵の旗、六尺褌に似た旗、五月の節句の鯉幟の吹流しごとき旗、法螺貝、唇と葉っぱの幅と長さと風が共に震える草笛《くさぶえ》が続いた。竹槍、木刀、鍬の柄、木の太い枝が、かたかた、ごとごと、どっどっと、地響きと重なりあった。

中山道の大きな関所の横川は、堂々と越えるのを憚《はばか》り、妙義山の麓を迂回《うかい》した。抜け道で出会った侍とその従者の三下ども五人は、切手や通行手形を尋ねることもなく、道すら譲《ゆず》った。侍など、ちょろいと感じた。

碓氷《うすい》峠を越えての表街道の番所も、役人はただ見過ごすだけか、面子《メンツ》があって立ち会わず百姓の上の方に任せるだけ、素通りだった。友之助は、侍というのは根性がなく、屁でしかないと思ってしまった。

風には、生臭いのもあると知りながら、大焼けの死、飢えの死、殺しの死に慣れてきて、小諸《こもろ》は僧侶の仲立ちで争うことなく通り、上田へと近づいてきた。

野宿は、百日以上続いているから、お手のもの。鎌で、薄《すすき》を刈って寝床《ねどこ》にする。豪商とはいえずとも豊かな商家や本百姓の大きなところから献上させたり奪ったりの褞袍《どてら》や腰巻や襤褸《ぼろ》を、夜着《よぎ》代わりとした。しかし、七十人から九十人に増えた〝義人〟の全てにそれらを用意するのはしんどい。どうしても、寺や神社、一家して逃散《ちようさん》した廃屋《はいおく》に、蜂の巣のように群がって寝ることが多くなった。

「ただ今、帰ってきやした」

副頭の三助が、五千人はいる一揆の頭領に会い、指示やこの先の上田の侍達の動きを教えられ、帰ってきた。友之助は、その頭領の下の百人ほどの頭となっていた。三助は、荒れ寺の、本尊の周りを茣蓙《ござ》で区切っている頭用の寝場所へと袖を引いた。

「うむ、御苦労だーの」

友之助は、十四歳の餓鬼なのに頭だが、この頃は弱気を隠す虚勢を張らなくて済むようにようやっとなった。あの大焼けの華麗さの極北に待っていた辛酸さが根っ子として友之助をそうさせた。この頃には、人の使い方を覚えてきた。誉《ほ》めること、罰することの基準をしっかりすることだ。ただし、誉めることを七割として、罰は三割。この規律は、学のある侍の血筋である忠吉、本人は「佐藤忠吉です」と敢えて佐藤の氏を名乗る忠吉が大書した。頭、特に年若い自分は、言葉数を少くすることが重いとも知ってきた。喋ると、襤褸《ぼろ》が出る。ただし、豪商を襲う時や、百姓の代表の役人を叩く時は、大声を出し、真っ先にいくことだ。

「明後日、上田の城を攻めるそうで、頭」

「うむ」

「手強いそうで」

「うむ」

普通の一揆は馴れ合いも多く、百姓の代表の一人か二人が首を刎《は》ねられて、要求は二割か三割が通るのが相場だが、この一揆はちぃーっと違う。浅間山の大焼けから逃げてきた上州勢と、飢えをあんまり知らずに理屈っぽい信州勢がごった煮になっているのでやる気満々なのだ。引かないし、引けない。引いた途端に飢えと死が待つ。

「馳せ参じよの檄《げき》を張ったり、一軒一軒の百姓家に宣べ広めているらしいけど、ここは米が駄目でも麦がまあまあで、在《ざい》の百姓が動かねえそうで」

「うむ」

この煽《あお》る遣《や》り方も、かなり、覚えた。義を訴えること。大袈裟《おおげさ》にいうこと。脅しも入れること。ほんの少し事実を伝えること。そして要は、人々の心をしっかり読み切ることだ。

「三日後の上田城攻めは、こん鎌原隊が出陣と命じられたのでのう、頭」

「おっ、そうか」

少しのたじろぎと、やけのやんぱち、どうせ両親も死んだし、この先は流浪の民で飢えか病であの世いき、友之助は、やるしかねえっち、と腹を括《くく》った。稚さゆえの無知の強みがあった。

「頭あ……だけんど、あのだあ、それは」

水呑み百姓の三助は、貧乏そのものの上に、これでは女に相手にされないと分かる、出っ歯二本の隙間に今朝方食った沢庵《たくあん》の黄色い切れ端を挟み、唾《つば》をしゅっしゅっと、水車が弾く水のように飛ばす。目も、よく団栗眼《どんぐりまなこ》といった、団栗の形そのものだ。おまけに、出っ歯と重なって飛び出ていて、全体が前へ前へと飛ぶ感じなのだ。

「なんだーの」

「信州出の頭領は、都合良く『大焼けを潜《くぐ》った者こそ強え。度胸もある。うん、若えのに奇跡だ、十六か？　ええっ、十四か、トモザエモンは根性のできが違うずら』と先陣を顎で決めただーの。おら達は、侍に真っ先に血祭りだっけーやー」

水呑み百姓は年貢を納めないほどひもじい分、命根性は潔《いさぎよ》い。でも、世の中を貧しい分、がっちり疑ってかかる。この三助も然り。

「しっかたねー、三助」

「ま、頭には五年前の春、命を助けられてるんで、命令とあれば従うしかねーでござんす」

あ、そうだったかと、三助の言に友之助は思い出した。三助が田螺《たにし》を獲りにいって吾妻川の支流の川っ縁から滑《すべ》り、深みに嵌《はま》って溺《おぼ》れかけたのだ。本百姓で泳ぎの遊びも巧みだった友之助は、すぐに助けようと思ったが幼い少年、抱きつかれたらこちらもやべー。んで、荒縄を繋《つな》いで三助へと放り投げたが、溺れかけている三助には目に入らぬ。そうして踠《もが》いていれば泳ぎは覚えるだーのとも思った。が、頭の髷《まげ》まで浮き沈みしはじめたので、四十尺の川幅の流れの真ん中まで泳ぎ、輪っかにした荒縄の端を三助の頭から胸へと被せて通し、岸に戻った。やはり泳ぎが上手な妹のまきと餓鬼三人といっしょに引き上げたのだった。

この三助、そんなこたー覚えておるっち、律義だーの。それで、前の頭《かしら》であった喜作と争ったおれ友之助の姿に重ねて新しい頭に推《お》したのか。黒幕になろうとしないのは、才や能の問題もあるけど、たまたまのことをでかく考えていたせいと友之助は気がつく。

「でもな、三助。先陣の先っちょは良く敵の出方が見えるだ。だから、攻め易い」

「なるほど、やっぱりさすが、若いのに頭だ。おらが見込んだ通りがんす。後ろの味方のせいで蹴《け》っつまずくこたーもねー。逃げ易くもあるけーやー」

「侍なんか面目ばかり、怖かねーだ」

「そんだ、そんだ」

出っ歯と出目の団栗眼が少し引っ込む感じをさせ、三助が頷いた。

その時、莨蓙の幕の外、本堂の中で怒声が湧き上がった。

「これなんずらーっ、忠吉っ」

「やっぱり一揆衆に潜って密偵か裏切りの準備すけ」

「あん、岡崎藩の侍への書状でねーねっか」

「普段は踏ん反りけーって。胸糞悪いやつ」

「かっくらせー」

「つっぺしこめーっ」

殺気立った声は、すぐに、生肉が剝《は》がれるような音や、ぶっとい薪《まき》で骨が軋む音へと変わった。私の争い、私の刑を禁じている手前、友之助は急いで幕の外へ出た。髷の元結が解け、ざんばら髪となった忠吉が、ちょっぴりは武士の気概があるのか、仰向けになって、顔や股の間を防ぐ素振りもなく血達磨《ちだるま》になっている。無言で、殴られ、叩かれ、木刀で突かれるままだ。このままでは、死ぬ。それにしても、私の刑にされ易い性格の忠吉だ。

「駄目だーっ。三日後は、決戦だーっ。その前の団の乱れは許さねーっ」

渋る副頭の三助をどやし、幕の中へ、忠吉を引きずり入れた。

「その書状を出せ、忠吉」

三助は、出会いからして高みに立つ忠吉の態《てい》が癇《かん》に触るらしく、文字は仮名とせいぜい漢字を百ぐらいしか読めないはずなのに、忠吉の懐に手を突っ込んだ。仕方がない、蓬の枯れ草で忠吉の血を拭い、石蕗《つわぶき》の葉を傷口に宛てがう役は友之助となった。

「うん、怪しい。ひどく、怪しいだーの」

くねくね曲がった文字を見ながら、解ったようなことを三助はいい、一礼して、友之助に書状を渡した。一応は、名主のところで六年、重なる時があって延命寺の住職に三年半、算盤、漢籍、和歌などを学んできたので、友之助には読める。「岡崎藩大西主之左衛門殿」と表にはある。紐解《ひもと》いた。

「この書状を持ちし者、信ずるに足る者也。云々《うんぬん》」署名は「宮崎良平」。わけの分からぬ、くねくねした花押《かおう》が記してある。つまり、紹介状だ。

「忠吉サ、これ、何だ」

「はい、友之助殿。かつての主が、わたくしのために作った紹介状です」

「かつてとは？　聞くところによると、忠吉サは、主を殺したと。その主かーの」

「はい」

「すらすら答えるけんど、武士って、主人をうんと大事にするだっけやー。そもそも、この推薦文を書いたのは同じ主筋でも、親戚でねーねっか」

「はい、わたくしが幼少の頃、藩の改易があり、浪人となり、信州で郷士《ごうし》をしておりました、父の弟が宮崎良平であります」

まるで罪悪感が陽炎《かげろう》のようにゆらゆら大空に昇るみたいな答をする忠吉なので、友之助は惑乱し、侍っていうのは要するに、なんの思いも仁義も情けもない役人のことではないかと考えはじめた。

「んで、主である叔父さんを、殺《あや》めたかの」

「武士道の真実は、義を外して、民百姓の娘の尻を撫《な》で、もんぺの腰紐を解《ほど》くなどは、真実の主たりえません」

「ほう。忠吉サ、んで、殺したかの、主を」

「はい、真実の主従の道を求めて」

〝真実〟と、よーけ解らんことを忠吉は幾度も平気で繰り返し、血は収まったが糊みたいに首から上をこびりつかせ、四角くなりきれぬ、お結び顔の両眉を、ぴくりと逆立てた。

違和の感情を覚えながら友之助は、この忠吉は使えると強く思った。学や書や算盤だけでなく、団の取り締まりの役にもなりそうだ。だから、莫蓙の幕の外に聞こえる、声変わりが終わりかけた嗄《しゃが》れた声で、叫んだ。

「忠吉サ、三助の次の副頭にするだーっ」

と。

そしたら、鯨の油の燭《しょく》でもなく、小諸の城下で従順な商家が差し出した蠟燭《ろうそく》の炎を左右に激しく揺らし、きつい匂いをさせた女が入ってきた。

ふげーっ、良かったーっ、こんげなこともあるだーっ、女は、どこを、どう生きてきたのか、姉のつただった。浅間山の大焼けの前の日から、たぶん、男と遊びに出かけていたゆえに、生き残ったのだろう。

「姉ちゃん……幸せみてーで、生きてたか」

いちいち弟の友之助にけちづけするのが姉であったが、祖父母、父母に死なれてしまった今となると、友之助は無性に嬉しくなる。

「友。おまえ、柄でもなく、弱っちいのに、学問もないのに、なにーっ、頭の有力な一人だってか。いくら何でも、無理。見ないうちに背丈が伸びてもね」

姉のつたには浅間山の麓の頃と同じ棘《とげ》がある。背中に斜めに吊した風呂敷を外し、一度に拡げた。丼鉢《どんぶりばち》、箸、わざとのように開いて一文銭三枚が転がってくる蝦蟇口《がまぐち》、薄汚ない手拭い一枚が出てくる。

「こーだーね、友。なんも、ねー」

「みーんな、腹を空かして同じだ」

「嘘《うそ》、こけ。友の背中のでかい船簞笥《ふなだんす》は、なん？　銭や銀が詰まってるだっけーやー」

なるほど、この二ヵ月半ばかりの米穀商、豪商、豪農を脅して、今は米、麦、稗《ひえ》、粟《あわ》の値が上がり過ぎて役に立たぬが、江戸に出たら結構な銭の額かも知れぬ。一分銀二百粒と少しある。百人に、二粒ずつ公平に分け与えることができる。えーと、二百粒は金五十両になるのか。

「姉ちゃん、今は、大事な戦の寄り合いの最中だ。葭蘆の外で待っていてくれるかの」

ひどい飢えは、人を九割以上悪くさせる。一割を優しく、優しくさせる。この目で、見てきた。姉のつたは、貰いにばかりしつこい乞食みたいになってきた。妹のまきは、より可愛くなってくる。おのれ、友之助は、どうなのか。

「友之助殿。船簞笥の銀は、京坂、江戸では高い値打ち。ここで、みなの衆に分けても役立たぬ。いざのために、隠し、天下に役立てることが要の大事」

見れば傷口は十三ヵ所もあるか、中には新しく血を漏らしているというのに、侍の血筋だという忠吉は、へこたれずいう。

「おめー、忠吉。四角張った顔の四隅を鉋《かんな》で削ったような顔をして、狡《ずる》いだ。狡いけど、役に立つ意見だーの。ふひっ、ひっ、ひっ」

水呑みの三助が相槌《あいづち》を打った。

「………」

黙ったままだったが、友之助は心で頷いた。

この時からだ、友之助が悪人になりはじめたと自ら覚《さと》ったのは。あんなに〝仁義の友〟といわれ、仁義とは何かを知らないのに仁義に憧れていたのに。川原湯の宿の番頭、喜作を、ささやかな私財をこしらえたと抹殺したのに、それとは比較にならぬ大きな銭で……。

この後、忠吉は「こうなったら、一揆には仁義があると宣《の》べ広めましょうや友之助殿」と、板に、貴重な紙に、筵旗に、檄《げき》の文を記しはじめた。友之助は、この檄文を手下に吊《つる》させ、撒《ま》かせ、立て掛けさせた。このせいか、夜中に、もう、三十人余りの民百姓が隊に加わってきた。

次の日。

千曲《ちくま》川の、ゆるゆるうねる川を夜に見て、明日は一大事が待っている、百三人の衆に銀一粒を分け与えた後に、三助と忠吉をわざわざ伴い、街道から栂《つが》の林へと五百歩深く入った朱の剝げ落ちた祠《ほこら》の前に、桐油《とうゆ》紙《がみ》に包み銀百粒、二十五両を埋めた。友之助は稚いのであった、三助、忠吉に指切りげんまんを求め、五年後の今日、十月六日、午《うま》の刻、昼九ツ、つまり正午に集って分け合うことにした。頭の友之助が十五両、三助が五両、忠吉が五両。甘い、甘い夢に酔おうとした。生き残った暁《あかつき》に賭けた……。

水呑みの三助は内緒と約束を、直感として守る気が、ずーっとした。銭よりも、友之助の在り様を信じて、当てにしていたから。

侍の出という忠吉に対しては、その日の深夜から、信じ半ば、不信半ばとなった。なぜなら、人の褌を狙う姉のつたに「おや、侍が元々かね。そういや、きりりと、頑《かたく》なそうで、頼りになる男」と、べったり付き纏《まと》われていたから。姉に唆《そその》かされかねない。

勝負そのものの日であった、思えば。

一揆衆は、万を越えるほどに三日間で増えていた。先頭から緩い坂となっている後続を振り返ると、全体は田を襲う寸前の蝗《いなご》の大群のよう。ただし、蝗ほど鮮やかな黄緑をしておらず、汚れた油虫《あぶらむし》みたいであった。無数の筵旗は規則なく勝手に揺れ、大焼けで逃げ惑う鳥のようにも映った。草笛《くさぶえ》や法螺《ほら》貝《がい》の笛、武器の擦《す》れ合う音は、春先の山々の雪崩《なだれ》の谺に似ていた。

友之助は、妹のまきを抱いて頬擦りをした。

「いいか、兄ちゃんの銀もあげるだ。一揆衆の真ん中ぐらいを歩け。先頭は危ねー。一等後ろは挟み撃ちに遭う。負けそうになったら脇道を、どこまでも逃げるだーの」と。そっぽを向いても、どうやら、友之助の側にいたいらしい妹だった。不憫《ふびん》になって「侍どもをやっつけて、米とか薪《たきぎ》とかが手に入ったら、次に何が欲しい。買ってやるわいに」とまるで当てにならぬことをいった。妹のまきは、なんと、「大焼けみてーな花火が欲しい。父ちゃん、母ちゃんへの餞《はなむけ》に。それがだめなら、兄ちゃんが見せてくれた、いつかの線香花火が」と告げた。妹とは別の意味で、うすうす友之助が思っていたことと同じ思いだった。「うん、花火がいろいろ詰まっている江戸、江戸に連れてってやるだーの」と、空《むな》しく宥《なだ》めた。

大焼けで家族をみんな失っている水呑みの三助が、貰い泣きをして、出目と出っ歯を引っ込めた。

侍の血筋の忠吉は、「わたくしの紹介状の宛て先は、岡崎藩。家康公以来の火薬の術《じゅつ》のあるところ。花火もお手のものと聞いております。わたくしは算術が得意、世が世であれば、花火に応用できそうな大砲の砲丸の嵩《かさ》、重さ、飛び距離まで算出できるのに無念」と、未練を引くことを口に出した。

姉のつたは上田城が近くなって、せわしなくなった。おとついから忠吉に媚びを売り、あの固そうな忠吉を落としたらしい。口吸いをする姿を、友之助は見ている。姉ながら、女は怖い。そんなに武士の血筋がいいだかのー。


空に藍色がかかってきた。

おまけに、夕靄《ゆうもや》が低く垂れてきた。

襲うのには絶好だ。

城に辿り着く前に、幅三十尺、大人の身の丈六人分を並べた橋があった。

侍の前に、同じ身分の百姓が竹槍の先を鋭く尖《とが》らせて、待ち構えていた。百人ばかりか。股引きに腹掛け法被《はっぴ》姿だった。その後ろに、青々と光り、生々《なまなま》と匂う、槍、襷《たすき》の袴《はかま》姿で刀の侍どもが陣取っていた。鋼の黒々とした刺股突棒《さすまたつくぼう》の侍も、動かず、じいーっと、こちらを見据えていた。

今までのどんな敵より手強いと、稚ない友之助にも、はっきり分かった。

「我らは、義、義、義……人。い、い、いくぞーっ」

舌が縺《もつ》れた。自らは木刀を振り翳《かざ》した。後に続く三助、忠吉は、先を楔《くさび》のように尖らした九尺もある栂の木の丸太二十本の先っちょで、橋を守る敵の百姓の竹槍へと突っ込んでいった。丸太ん棒の方が、竹槍より長い。重さもある。狩り出されて厭々もあろう敵の百姓が背中を向けた。

橋の中央まで追い詰めた。

いけねーわい、妹のまきが身を屈めて脇から出てきた。友之助の右足に縋《すが》りつく。と同時に、百姓に代わって、武士が、じわりと、宵の靄を吹き消すように現れた。ぶれなどなく、水平に武士の前列は槍を構えていた。鉢巻きも革の籠手《こて》も黒々としていた。目つきは、例外なく一様に猛々《たけだけ》しく、三角形を成していた。敵は、武士そのものだっち、と友之助は四肢の先の先の先まで知らされ、咄嗟に、屈んで妹を庇《かば》おうとした。

「ん。ん。ん」

「む。む。む」

「う。う。う」

一揆衆のてんでばらばらな野放図な戦の雄叫びとは異なり、静かそのものの、腹の底の底からのごとき脅しの声が迫ってきた。鎖帷子《くさりかたびら》の音が軋み、竹槍など通じそうもない鎧《よろい》の胴と栴檀《せんだん》の板姿が敵の本隊と気づいた時、背中から、けたたましく膨れて尖った悲鳴が挙がった。一揆衆の逃げを、同じ一揆衆の監視役の者が斬りつけて防いでいるのか。ではなく、上田の侍勢が最後尾から攻めてきたのか。

どずっ。

それでも、立派だ、鎌原衆を要とする丸太ん棒隊が、五列、縦に一直線、侍めがけて突っ込む。

ぶずっ。

馬の皮が裂けるごとき鈍い音がしたと思ったら、青黒い靄の宙へ、血の飛沫《しぶき》が斜めへと素っ飛んだ。丸太を持つ我が百姓の血だ。

びゅっ。

血の霰《あられ》が、宵空へと、幾つもの扇の形で噴き上がった。侍の刀で、首を、胴を、胸を骨の軋みと共に抉《えぐ》られてゆく響きだ。

妹のまきが、友之助の胸に、合掌《がっしょう》しながら倒れてきた。温かい肌だった。心の臓の脈が、どく、どく、どくっと生きたそうに鳴っていた。

ごろん、ごろ、ごろ。

こちら側のやつの首が、橋が坂なので、三つ四つ、我が隊の足許をすり抜け転がってきた。

振り向いた。

三助が、這いつくばって逃げてくる。

忠吉が、二重の着物の胸の塵を払い、ゆとりで走って本隊へと逃げていく。

姉のつたが、橋の袂で忠吉の袖を引っ張った。

いけねーべい。

屈んで妹を抱いていた友之助へと、刀が、振り降ろされてくる。びゅーんと風を切る、刀に低過ぎた友之助と妹に、切先は空を切り、ふくらが板橋へと突き刺さった。

これっきゃねー。

橋の欄干《らんかん》の間から、友之助は、冷え過ぎて溺れると知りながら、妹を抱えて飛び降りた。

侍ども、侍の犬ども、この怨みは、死んでも忘れねーだー。

七日後。

然れども――武士は武士であった。この単純なことに打ちのめされ、命は何とかなったと有り難さを思い、友之助は筵を背中に括《くく》りつけ、さくさく、さくと、霜柱を踏み、山道を登っていく。上田城から何しろ遠く遠くへ……。妹のまきも、そういえば水泳ぎが得意、甘えていたが、ひどく冷えた川から岸に這い上がり、今は、上田の城から離れていく。浅間山の薄煙が右手の東方向に見えるから、真田《さなだ》へと通じる裏の獣《けもの》道だろう。

真田へいっても、食も、火も、衣も、当てはない。持っているのは、帯に結んだ風呂敷の中に、火打ち石、木の枝の箸、椀、血の匂いが涸れてきた男物の丹前だけだ。これらは、上田で逃げる最中に、はぐれたか、やはり逃げて途中で死んだ百姓の屍から貰った。侍の血筋の忠吉から取り上げた重々しい紹介状は袖の中だ。水が通りにくい桐油紙に包んである。銭は、妹の分を合わせて銀二粒。

「水が欲しいだーなー、兄ちゃん」

妹のまきが、呟いた。水筒は、二人とも持っていない。沢沿いの道だが、沢と交わらないので、水はまる一日半、飲んでいない。なにしろ、上田から遠くへいくことが要となっている。当てがあるわけではない。負けの大きさが罪深さと重なり、遠ざかるだけなのだ。

「あ、郁子《むべ》が生《な》ってるっち、兄ちゃん」

十一になる妹のまきは、まるで子供そのもので、汚れ切っているとはいえ、やはり道端で拾った二重の着物の裾を気にすることなく帯に端折《はしよ》り、けっこう素早く葉が落ちかかった落葉松の木に登っていく。熟れすぎたような郁子を三つばかり、椀《も》ぐ。友之助に投げてよこす。そういえば郁子は女陰の形をして助兵衛な裂け目を持ち、うまそうだ。

妹のまきが、友之助でなく、遥か彼方へ向いて、ぴょこんと頭を垂れた。いきなりぷーっと顔を腫らし、端折っていた着物を元に戻して、郁子が絡まる木から滑り降りてきた。

「うむ、難儀なことになってるの。一揆の片割れだの。逃げてきたのであろう」

誤りのない推し測りで男は友之助を圧した。

男は、虚無僧《こむそう》だ。「天蓋《てんがい》は売り買いが禁じられてるだっけーに」とは延命寺の住職の説だったが、深い編笠を被っている。目の位置の格子の窓から、友之助には見えないはずなのに、とんでもなく不遜にして傲岸で、それなのにひどくだらしないという相反する眼光が届いてきた。

が。虚無僧は、友之助と妹の二人など道端に転がる石ころみたいでしかないように歩みを止めず、獣道を登っていく。僧にすら見放される心細さと、底の底のこれからの定めを半分半分にして、友之助は見送る。

虚無僧は上は左肩から右腋下へ弁慶縞《べんけいじま》と鮫縞《さめじま》を継ぎ合わせた袈裟を、下は藍色の無《む》紋《もん》の衣を見せ、案外に洒落者《しゃれもの》だ。施し銭や施し米を入れる三角の布袋は余計という印象だ。帯の腰に、浅黄《あさぎ》色した尺八入りの袋らしきものが挿し入れてある。高価と思える黒漆《くろうるし》の下駄を履いているが、滑ったり転んだりする気配は毫《ごう》もない。

「兄ちゃん、あの坊さん、声だけで分かる、とっても良い人だっち」

妹は、声の質で人柄が解るはずもないのに、か細い声でいった。そういえば、浅間山の最初の焼けを唸りの前触れで知らせたのは妹のまき。大焼けについても、物凄いのがくると音で聞き分け、逸早《いちはや》く、観音堂に逃げてきた。耳が鋭く、繊《こま》やかなのだ。

まさか、妹の声が聞こえたわけではあるまい、虚無僧が踵を返した。

「食う物は、その郁子しかないのだろう、二人には」

天蓋を脱ぎも上げもせず、虚無僧はいった。いや、答を予《あらかじ》め知って、追いこむ問いに似ていた。

「その通りでござんす、お坊さま」

「その訛は、上州のもの。浅間山の大焼けに出会ったの。父や母は失ったな」

「はい、そうでー」

「ならば飢えて、豊かであろう幻を抱き信州を頼って、一揆に巻きこまれたの」

「ええ、まーそんなところだーのー」

「米穀商、大商人、豪農を強請《ゆす》り、襲い、放《つ》け火《び》はするわ、人殺しはするわであったの」

「…………」

「隠しおろうが、その意志の頑なに窪んだ眼は、餓鬼のくせして、頭級の役をしたな。あん？　隠し切れんぞ。目ん玉が、鷹だ」

「…………」

「鼻の脇は長く、鼻の柱は高い。惜しいのう、戦国の世なれば、武将になれた相。もっとも、善人の優しさが眉の垂れにある。ま、しかし、下唇の厚さに、悪人の酷さが出ておる。なるほど、顎は切り立つ崖のごとくだ。荒《すさ》んでおるな。人のためとはいえ、要の殺しをやっておろう？　うん？　だろう、だろうのう」

「……………」

「いわなくても良い」

がばっ。虚無僧は、鼻の下まで隠れる編笠を脱いだ。

まともに見て、友之助は思わず視線を逸らし、しかし、再び、まじまじと見つめてしまう。かつて、これほど醜い顔面は見たことがない。細いが、くっきりした、赤黒い線が、顔中を出鱈目に走っている。その上、疱瘡《あばた》のひしゃげた丸い点々が三十ばかり浮いている。両眼だけが目尻で吊り上がり、異様にでかく、冴えている。友之助は、喉を詰まらせた。

「お坊さん、たーんと見応えのある顔だーねー。好きだっち。変わっていて、お坊さんだけのもので」

妹のまきが、前髪をたくし上げ、異《い》なことを口走った。この百人中百人が反吐《へど》を撒き散らしたくなる虚無僧の面《つら》に……。

「んぐっ」

偉丈夫の虚無僧が、おかしげな喉を詰まらす声を出し、再び天蓋で額、目、鼻、口を隠した。隠すことによって、深いところでこの男が、顔のあまりの醜さを気にしているのが分かる。

「お坊さん。お坊さんは、だったら御経とか説経が上手《じょうず》ってわけ？」

ちょいと背伸びしたいい方をして、妹が虚無僧に当たり前のことを聞いた。

「えっ、それは、それは……そういわれると、あれだわの、そのう空しい」

坊主は、くるりと背中を見せた。

「うむ、娘、そして、兄。いや、兄と娘、よく聞け。わしだっても、江戸で各藩で、一丁前に説や経は唱えておる。大道芸人と同じだがな」

空威張りで圧《お》してきたすぐ前と違い、虚無僧は、照れなのだろうか、背中を見せて、よーっけ分からんことを低い声だが、臍の下に、ずんと応える響きでいう。

「浅はかを浅はかと人は知り、罪を罪としてはっきり自ら覚えることが仏への悟りの道じゃ」

名の知らない尖って黒い山を見て、虚無僧は吼えた。実に、やはり、さまになっている。

「既にある腐った仏の教えは、人の悪たるあり方を空《くう》といって誤魔化した。我らは、鎌倉に幕府のあった時から始祖が、死を死として問い、座禅において極めた。人殺しも、殺される者も、答を見出したわ。侍の根性だわ」

なお、背中を見せたまま虚無僧は、小唄や童歌のように高さ低さの調べもよろしく朗々と喋る。

「大切な経は、これじゃあ。シキフイクウ、クウフイシキ、シキソクゼクウ、クウソクゼシキ」

尻を見せる虚無僧の説教は、友之助は初めてのこと。でも、御経は聞いたことがある調べだ。

「なお、大切なのは、これじゃ、これっ。ヨクセンセイセイクシホサイ、ソクセイセイクシホサイ、アイハクセイセイクシホサイ」

やはり仕事としての僧侶、まるで、ちんぷんかんぷんのことを澱《よど》みなく口にする。

「これは有り難い経だぞ」

一呼吸どころか二十呼吸も入れ、暫し、虚無僧は押し黙った。

「男と女の助兵衛は、みんな清らかになるってことだわの。ただし、この経を唱えることが前の約束ごと。ここが……のう」

なぜか、虚無僧はいい終えると、両眼を友之助でなく、妹のまきへと向けた。

怪し気な坊主と知りながらも、醜い形相、問い詰めて迫る力、経の滑らかにして凹凸のある唱え方に友之助は参りかけた。

しかも、虚無僧は、友之助を今度は見て、甘いことを加えた。

「二人には、宗門人別帳も、旅切手も、百姓手形も無かろうな。わしが、何とかしよう」

「えっ、かんべんな、ありがてえ」

「人殺しも、たぶん、犯しておろう。しかも、百姓。ゆくゆく、蝦夷地は松前の武士の名を進ぜよう。なに、幼い頃、北前船《きたまえぶね》で京から帰る途中、親子とも行方が不明になった次男じゃ」

「そんなこたーが、できるがんすか」

「関所のある街道に、裏道の二つ三つがあるようにある」

「へえー」

「その代わり、わしのいうことは全て、当分は忠実に従え。いいか」

妙に、居丈高《いたけだか》に背筋を栂の木の幹のように虚無僧は伸ばし、女にも仏の救いがあるらしく、妹へと真正面に向いていい切った。

「お坊さま、幾つなの」

妹のまきが、せっかく、虚無僧が話のけじめを一旦つけたのに、すっとんきょうに聞いた。

「四十一歳。うん、そのう、もう、四十一だわな。徒《いたず》らに年を食ってしまい、あのう、実にみっともねえわ。来年は厄年《やくどし》だ」

やや喋り過ぎという感じで、虚無僧は、それほど四十一歳は要《かなめ》か、不惑を過ぎて一年に拘《こだわ》りと羞《は》じらいを知るように繰り返す。

「だったら、爺ちゃんを守って家にいて、十割方死んだおっ父おと同じ年」

首を、左へ右へ傾け、これも分からんだーのー、妹が実に久し振りに不安などまるでないような、底抜けの明かるさの笑顔を見せた。証しに、右頬の片笑窪《えくぼ》が一寸ほど沈んだ。


年が明け、春三月。

が、雪は溶けていない。

ここは、越後の高田というところから、山へと入った地。前の年の十二月から、住職一人の里寺から、深くて深い雪ゆえ、動けなかった。というより、虚無僧の明山《めいさん》師匠が動こうとしなかった。友之助は十五。妹のまきは十二。

明山は、百姓暮らしをしてきた友之助には摑みどころのない僧であるし、あり続けている。余りに醜く、奇っ怪な顔には慣れた。でも、どうしても馴染めないことがある。

雪が吹雪こうとも、小雪でも、ちょっと雪が休んで星が出ても、宵がくると里へと下って飲みにいく。朝帰りもある。

越後の寺を五寺廻って居候をした。けれども、明山は、寺小僧を五人ほど置いている結構な寺でも、背筋は曲げて下手に出るのに、ことごとく住職を脅し、かなりの銭を巻き上げているのだ。田舎のどんな偉い坊主でも、江戸からきた坊主には敵わないらしい。違うか、どんな寺持ちの坊主も、晒《さら》されては困る科《とが》を抱えているのか。明山と各地の坊主の位の差が大きいのか。叩いて埃《ほこり》の出ない者はいないということか。

明山は、僧侶なのに、獣の肉を口にする。ただし、寺の境内、庫裏では食らわない。離れた山林、雪の森へと友之助と妹を導き、焚火《たきび》をして、素焼きの板を置き、塩と保存した山椒を刻んで振りかけ、生焼けの肉を食わせる。うんまい。特に、牛の肉は、舌が蕩《とろ》ける。

坊主としては、あるまじき欺《あざむ》きもする。

雪が積もる前の越後の街角では、尺八を吹き、人を集め、怪しいそのものの呪《まじな》い札、呪い鉢巻、呪い襷《たすき》を売った。これが、かなりの銭になる。妹も友之助も〝さくら〟になるのも効いている。妹のまきが腹を痛めて歩けない仕草をして呻き蹲《うずくま》り、途方に暮れている素振りの兄の友之助が街道筋で泣くと、人が集まり、そこへ徐《おもむ》ろに尺八を吹きながら明山が現れるのだ。

　明山の尺八は、かなりのものである。田舎者はこの名人芸にころりと参る。とりわけ『鶴《つる》の巣籠《すごもり》』は仏の道とは正反対のようなぞくぞくする明かるさがある。『鉢返《はちがえし》』は、地獄にのたうつ印象がある。明山は、巧みに吹き分ける。次に、明山はうんと昔の仏教や禅宗の僧侶以外には解らないであろう『般若心経《はんにゃしんぎょう》』の自説を説いて煙に巻く。そして止《とど》めで、仮病の妹のまきの病を呪いで一発で治す――これは初心の級の欺きの技だ。ただ、三人が集り、頭《かしら》がしっかりしていれば、そして、頭に信を置けて頭が怖いのならどんな頑な者多数でも三人でころりと騙《だま》すことができるという、凄いことを友之助は涎《よだれ》を零《こぼ》しながら学んだ。いつか、おれも生きてられたら、真似をするだーのーと。

　中身を抜きにした経の丸暗記も、明山は厳しく仕込む。ただし、妹のまきには和歌ばかり諳《そらん》じさせる。きっちり覚えないと、妹には飯を食わせるが友之助は召し上げとなる。祖父や父親や、鎌原村の名主や住職と厳しさの点で雲泥の差がある。容赦がない。

　例えば『般若波羅蜜多理趣品』、つづめれば『理趣経《りしゆきよう》』など、一日一回全てを反故《ほご》紙《し》に写経させ、一ヵ所誤っても遣り直しである。朗唱《ろうしよう》させ、引っ掛かると、引っ掛かった原因を考えよと、味噌汁の良い匂いの中で幾時も座禅させられる。従って、座禅の間に、もう間違うまいと頭の中で繰り返し読経《どきよう》する破目となる。

もっとも……。

目と耳と唇と手での丸暗記は、理趣経に限らず、般若心経や、道元というど偉い坊主の『正法眼蔵《しょうぼうげんぞう》』の心地よい響きや、その次に意味を自ら考え、疑いを持ち、明山が「我流の解釈で信用するな」とこの時ばかりは頭を掻き掻き答を出すという道へと繋がっていく。

だから、ちんぷんかんぷんの理趣経の触りのところがこの頃、気になる。

「欲箭清浄句是菩薩位《よくせんせいせいくしほさい》。触清浄句是菩薩位《そくせいせいくしほさい》。愛縛清浄句是菩薩位《あいはくせいせいくしほさい》。……」

〝句是菩薩位《くしほさい》〟の絶えずの往来は堪《たま》らないほどに、喉に耳に心地良い。火山の土と石の濁流に飲まれた生け花の師匠の三味線ほどに、歯切れが良い。

たぶん、意味の要は、「この経を唱えれば、偉い菩薩《ぼさつ》さまの位になれる」と友之助は考えている。お釈迦さまと菩薩では「お釈迦さまの方が上」とは明山のにやけた笑いの答だけれど、声をあげて読みさえすれば菩薩のようになれるという経自体の都合の良い我が儘だ。でも、この快い調子は、その気にさせる。

しかも。

ここの「欲」とか「触」とか「愛」は、仏の教えとしてはどんなもんだっけーの。助兵衛、がっつき、ほいと、化粧とか簪《かんざし》好きの女の見栄とか、命根性の汚ないことだろう。

「必不堕於地獄等趣《ひつぷたよちぎよくとうしゆ》。設作重罪消滅不難《せつさくちようざいしようべつぷなん》。若能受持日日読誦作意思惟《じゆくのうしゆちじつじつとくしようさくいしい》……」

漢字は難しいだーのー。名主も延命寺の住職も「唐の国から漢字が入ってきた時は呉《ご》の読み、それから漢《かん》の読み」とゆうとったが、それにしても取っつきにくい。だからこそ、経を読める坊主が聡《さと》く賢く踏ん反り返っていられるっちゅわ。だけど、この理趣経を唱えれば、どんな「重罪」を犯しても「地獄」にいかずに済むという説は恐ろしいほどに気楽さをよこし、愉快になれ、晴れ晴れとする心地になれる。大焼けから一揆に加わるまでの罪と科とを薄くしてくれる。瘡蓋《かさぶた》として、剝がれてゆく。

それで。

明山師匠は、雪が深くても、里に下りて、飲んだくれ、女の匂いをぷんぷんさせ、帰ってくるだの。毎日、毎日。住職という住職を限りのない傷と痘痕《あばた》の醜さの果ての顔で脅し、銭を巻き上げ、道ゆく人に呪《まじな》いの札や品を売りつけた銭を使っての。重々しく経をあげながら、妹のまきの心配そのものの膝を揃えの見送りも、周りが吹雪で掻き消える深夜の帰りの妹の出迎えも重々しく咳をしながら顎をしゃくっての。

北方向の出羽海の鼠の腹の色みたいな空に、目を細くしたくなる白さと青さが混じってきた。遠い遠いと、背伸びをして待っていたのだが、春がきているのであった。

どどーん、どずーん、どどっ。

妹のまきと、境内の吹雪を掃き清め、本堂の床掃除を皹《ひび》の血の噴く手でやり終え、雪崩が遠くの山や近い山から落ちてゆく音を耳の奥にぼんやり受け、般若心経を読経し、へいこらと明山に脅えている住職と寺男の朝粥を作り、与えられた庫裏の隣りの四畳半で写経をした。

「おい、友之助殿。今日は港町の直江津《なおえつ》に出る。近いけどな。土産《みやげ》は、何か欲しいか」

その三日後の夜に気づくのだが、明山は、短い言葉と態で示していたわけであった。自らの詫びすら。明山は、食、銭、住まいを友之助兄妹に与えているのに「友之助殿」といった。「殿」を引っつけた。その上で、妹のまきに、首を、無理に、直角ほど曲げ、捩る。しかも、なんと、妹は、かつてない敬いの低い眼差しで明山を見送ったばかりでなく、なんというのか、目の輝きに主を主と思わぬ愛敬《あいきよう》というか、情を包む黒さに溢れさせていた。

「花火を、御師匠さん」

「まき。湿りのある町だ、港と雪の風に挟まれて。花火は線香花火があるか、ないか。同じ越後でも、ここは武家花火で有名な長岡の城下ではない」

「そこを、なんとか。ねっ、御師匠さん」

二人の遣り取りに、友之助は、不思議さとか、惑う気分とか、擦れ違うものとか、ごっちゃに感じた。みなし児になってしまった妹に対して、兄というよりは父親の気分となっていたのに、妹がどこか得体の知れないところへと渡り鳥のように飛び立っていくみたいな。

「里は、悪い春風邪でばたばた老人子供が死んでおる。気をつけえ」

明山は重々しさを忘れた歩みで出ていった。明山が消えると妹のまきは「花火は父ちゃん、母ちゃんへの餞《はなむけ》だものね」と無邪気そうに庭をけんけんしはじめ、なお父親役をしっかりしなければならぬと友之助は「もう忘れるだ、浅間山の大焼けは。明日に望みを持て。なあに、兄ちゃんが、そのうち江戸に連れてってやるだーに」と、泥に飲まれた生け花の師匠の話を自分が江戸の花火を見たように話した。

思えば、妹のまきにとっても友之助自らにとっても、浅間山が真っ黒な背中を抱えて真っ赤に火柱を立てる光景こそが、盗み、人殺し、放け火、飢えの出発点であったのだった。そして、罪と科をたっぷり身に着けてしまい、それをも忘れる幻へと旅立ちしたくて、道なき道をゆく破目になっている……。

次の日も次の日も、妹のまきが明山が帰るのをそわそわして待っていた。それは明山が花火の土産を持ち帰るのではという妹の期待ゆえかと思っていた。友之助は、なお、稚なかったのである、妹以上に。だから、まるで絵空ごとの江戸の花火について、

「まき、江戸の花火は、たーんと百尺も上がるっちゅー」

「兄ちゃん、浅間山のは五百尺もあったよ」

「まき。でもな、江戸の花火は夏中見れるっち」

「兄ちゃん、本当か。見たいなー」

「うん、生きてりゃ、必ず、連れてくだ」

「兄ちゃん、本当か」

「うん、そうだーのー、花火師になってもいいっちゅー」

「兄ちゃん、百姓がか？　うん、御師匠さんが何とかしてくれるっち」

と妹と話していたのであった。


そして。

三日後。

春といっても越後では残る雪明かりがある。その上、青白い月明かりで、小さな宿坊の、藁《わら》を包んだ夜着の下に妹がいないことに気がついた。

耳を澄ますと……。

長廊下を隔て、端にある座禅堂の方から、微《かす》かな、微かな、妹の一人言みたいな声が聞こえた。父と母を忘れられないのかと、友之助は不憫になった。もしかしたら、気が狂《ふ》れはじめたのかとも。

いかに稚い友之助でも、夜這いにいき肘鉄を食らい、生け花の師匠に大焼けの華やかさでおかしくなって食われたことがある、長廊下の突き当たりで、ことにやっと気がついた。

「御師匠さん、そこはくすぐったいよ。ううん、そこは痛い。うん、そこ……そこ」

「そうか。わしの顔は気にならぬのか。みっともないが、気にならぬという女子は、怪我をして病になってから初めてのことで、気がおかしくなるわ」

妹のまきは厭々でなく含み笑いまでしていた。明山は、単なる助兵衛坊主でしかなかった……。

この糞坊主め、と、一瞬にして友之助は明山への畏怖の感情は潰《つい》えた。

敵の明山のことだ、座禅堂の入口には用心棒でも突っ支《か》えてあるに違いない。入れまい。友之助は、妹は騙されている、十二になったばかりのいたいけない娘をこの野郎っ、偽善坊主、悪徳坊主、糞坊主と、煮えくり立って頭に血が上ったまま、踵を返した。

外に、廻った。

座禅堂の濡れ縁に這い上がった。

蔀戸《しとみど》の上と下の分かれ目の隙間から、鰯《いわし》や鯨《くじら》の油ではなく、菜種油でもなく、高価な蠟燭の煤の匂いが沁み出てくる。寺々を強請り、民々から誤魔化して巻き上げた金で贅沢をしていると、更に、友之助はくわーっと頭の線が切れかかった。

「ふふっ、御師匠さんて、指が細くて長くて女みたい。あそこは大きくて怖いのに」

「そうか。わしは、わしは……幸せ至極」

明山の声は聞き取りにくいが、悦に入っている。妹の弾む声も重なり、友之助の得体の知れない憎しみと怒りの渦は頭の中で竜巻となり、そのまま頭の骨を突き抜けていった。

蔀戸の上の戸を抉じ開け、空へと押し上げた。

雪が残って凍てた夜なのに、妹のまきは、裸で半身を起こしていた。明山も、夜着に両足を突っ込んでいて、蠟燭の炎は、無数の斜め縦の傷を首に胸に腹に浮き上がらせて、半身になっていた。片手を夜着の下に入れ、片手で妹の肩を抱いている。無気味さを越え、滑稽《こっけい》なさまとも思えた。

「あっ……ん、ん」

妹のまきの目と叫びに、遭った。妹からすれば、闇から目ん玉二つが、突然に突き刺さったと映ったろう。かつてなく、見開いた。目を瞑《つぶ》ることなど忘れたように、顔と上半身が氷室で氷漬けにされるように。

「と、と、と……友之助……殿」

理趣経をあげるのと同じ低く、艶《つや》のある、腹というより喉に響いてくる声で、明山は、ぎょろりと菱形に角張った両目を剝いた。

「あーた、明山師匠。僧侶の女犯《にょぼん》は晒《さら》しの刑。ましてや年端のいかぬ十二の娘を。遠島では済まねーっ」

友之助は吼えた。

「兄ちゃんっ」

「お、弟殿」

明山は、何に頷くというのか頻《しき》りに頭を上下に振り、妹は、いきなり震えはじめた。


牡丹雪とはいえ、かなり降ったと知った次の朝。

妹のまきが高熱を出した。

友之助は、うろたえた。叱《しか》り過ぎたか。悪い春の風邪が流行っていることより、気持ちで、妹に、大地震が起きたのだと思わざるを得なかった。叱り過ぎたのだった。

藁の夜着二つを被せても、妹の震えは止まらなかった。残雪を、からからに乾かした牛の胃袋に詰めて、妹の頭と額に宛てがったが、効き目はない。叱り過ぎたのだった。

明山は、もっと焦ったように見えた。雪を割って出てきた杉菜《すぎな》、雪を経てぶっとくなった葱《ねぎ》、奔放に背丈を伸ばしてきた芹《せり》の煎じ薬を、絶え間なく、口移しで妹に与えた。友之助の「しいっ、しいっ、出ていくだー」の言葉にいちいち頭を上下させて、でも、出ていかず。

百姓の子は、こんな熱ではくたばらんち、ましてや、夥《おびただ》しい死を見て、殺しを見て、飢えを知っていてと、友之助は妹の命の力を信じようとした。

だけれども。

老婆のように恐ろしく額の広い妹のまきは、吸う息が一つから、三つ、四つと速くなってくる。

「生きねばなんねー。生きてたら。赤いも紫も黄色も、べべならみーんな買ってやる」

熾火《おきび》のように熱い妹の手をさすり、友之助は励ました。

「要らないよ、兄ちゃん」

「なにが欲しいっちゅ、まき」

「ん、ん……御師匠さんと……花火」

醜さの果ての果ての明山の容貌と行いと、浅間山の大焼けは結びつかないのに、妹は、喘ぎ喘ぎ告げた。

実は、愚か者であった、何が不惑の年を過ぎたというか、明山は、僧衣を絡《から》げて臑《すね》毛《げ》のもじゃもじゃを見せ、外へと走り出していった。

――四半時の後、妹のまきは、急におとなしくなり、やがて息を鎖《とざ》した。

顔を上げれば、迷惑そうにしている住職と寺小僧三人の顔があった。


――翌日の明け方、僧の明山が玩具のからくり花火をどこからか手に入れてきた。

無論、もう遅い。

明山は、妹の、ごくごく小さい葬《とむら》いをした後、雲隠《せっちん》の代わりにおまるを座禅堂に持ちこみ、十日間、出てこなかった。

躯《からだ》を半分ぐらいに縮めて座禅堂から明山が出てきた時には、旅芸人の大根役者として友之助には映った。が、明山の印象は、畏怖から好色の破戒坊主、好色の破戒坊主から哀れな人、そして、こちらが脅すべき坊主へと変わった。

かくて。

友之助は少年にして、火の山の極めつきの華と、地獄と、罪悪の初めを見てしまったのであった。

其の弐『野性は、流浪《さすら》う』

それから、ひい、ふう、みい、よお……四年。

そして、半年。

隅田川の下流の大川の灰汁《あく》っぽい川風が、浅草橋の方角から、通りを抜けて常盤橋《ときわばし》、そして御城《おしろ》へと吹いていく。時折りは、江戸湾の塩辛い風が町家の密集している南から吹いてくる。風は浮気者、たまには酷くもなる。烈風は江戸を大火に巻きこむ。だから、人々は風鳴りを耳立て、気にしている。

友之助は江戸で新八《しんぱち》と名乗っている。

思春期は、浅間山の大焼けによる女の謎を含む華で幕を開け、飢餓から、そして殺し、放《つ》け火、一揆の激しい動きに巻きこまれ、次の生を暗示させる人の酷薄さで閉じた。

青年期の今は、鷹の爪を隠し、花火の秘宝のいろはの〝い〟を盗み、あわよくば……と生きている。

秋の盛りなのに、花火だ。

鍵屋《かぎや》の下っぱ、新八は、隅田の大川の河口にある浜御殿で、闇空を見上げる。武家地に続く大手御門に番人はいるけれど二十文の賄賂《わいろ》で出入りは自由、御城の堀を挟んで、陸奥仙台藩六十二万五千石の上屋敷の甍《いらか》の上の、底力のある、月のない、闇を見上げている。通称、田舎の気取り屋、伊達藩の屋敷の上だ。

ご、ご、ご、ごずーん。

白い塀の、はぐれ藩主の伊達藩の庭から、いきなり、頭を乱し、色は渋柿の橙色、の花火が、天へと飛びたった。

百尺か。百尺にいかぬか。五尺が大人の男の一人の背丈。百尺は、ああ、なんと二十人の男を縦に並べた高さ。二十人分……。花火を見上げる首の後ろが痛む。町民花火師の上げる花火の三倍から五倍の高さだ。

高え、高えだー．高すぎる。

新八は、色はとんでもなく田舎っぽく芋そのものだが、高さに焦《じ》れながら、喘ぎ、腹だち、吐息をつき、こいつの、伊達藩の、武士の花火を越えないと、話にならぬと決意する。

天明八年の秋。

おととしは、老中田沼意次《たぬまおきつぐ》が落ち目となり出仕が停止となり、去年は、田沼に代わって、厳しく清いという評判の白河藩主松平定信が老中の首座になっている。

御堀まで十四町ほどの近さだ、歩いて半時《とき》もかからない、横山町一丁目。

暖簾《のれん》が、裾を大きく捲られ、はためいている。絵柄は、白地に、大からくりの花火の仕掛け図だ。つまらない俳諧が藍色に染め抜かれている。

花火を作り、売る、鍵屋の暖簾だ。いまは新興の玉屋に追い上げられてるとしても、大川の土手ならどこにでも生えている葦《よし》の管に、練った火薬の玉を詰め、刺股のような長い柄の先から飛び出す花火で人気と商いを独り占めする力を持ってきたのが鍵屋だ。

もっとも、このからくり花火は、砲《つつ》の先の口火へ、七輪で赤く灼《や》けた火箸で点火するもので、砲の尻から火を付けるという武士の花火には敵うはずもない。武士のそれは、戦国時代以来の鉄砲や大砲を専門とする者が、天高く立てる。三河武士では手筒や、筒を櫓《やぐら》に組み上げて、華々しい火の粉を撒き散らす。江戸でも、仙台の伊達藩が、上屋敷で、花火をしでかす。浄めごとか祝いごとがあるのだろうが、自らの威を示すことに力が籠められていると思われる。悔しいが、耳の穴を痛めるほどの音を出す。高い。

しかし、江戸の町人は、将軍から代々土地をいただいた商人と職人もいるので徳川家を敬うが、田舎の侍などどんな大名でも内心は小馬鹿にしている。大川の両岸の猪牙船《ちょきぶね》や屋根船を出して時に逢引きの部屋を貸す船宿と料理茶屋が金を出し合い鍵屋に、そして一部は玉屋に花火を任せる。船で楽しむ人々も、鍵屋と玉屋の玩具程度の花火を求めて買う。将軍家もこの力と楽しむゆとりを認め、御用達《ごようたし》並みとして扱っているぐらいだ。

鍵屋の暖簾を潜っていくと、番頭の好太郎が二枚折りの低い蚊帳格子《かやごうし》の囲いに座り、大した計算でもないのに眉を顰《ひそ》めて算盤を弾いている。番頭の隣りで手代の長吉が、大福帳に畏って何かを代筆している。その脇と前には、線香花火から鼠火ともいわれる地車《じぐるま》、玉花火、噴出し花火まで各種の花火が隙間がないほどに並び、小僧が三人、手持ちぶさたに背を丸めて突っ立っている。五月二十八日の両国の川開き以来の舟遊びは、月見も終わり八月二十八日をもって閉じているからだ。

花火の季節はいってしまい、暇なのだ。だから「一年を三ヵ月で暮らす」とは、鍵屋と玉屋への讃《たた》えと嫉《ねた》みを兼ねた言葉となっている。

一階に手代と通いではない職人、丁稚、二階には鍵屋の主の弥兵衛の一家が住んでいて、階段の踊り場すら番頭以下は踏めない。

その神聖なる階段を、ゆっくりと丁稚の新八は降りてゆく。

「お呼ばれ、終わりました。あたしは、練《ね》り場《ば》へ戻りますから」

新八は、努めてうきうきした物腰を見せずに、むしろ困っている顔つきを目の玉を下へと下げることで示し、土間の廊下へと降りる。清七と焼き印を押された草履に足の指を通す。

鍵屋に奉公しはじめてまる三年半が経つ。

四ヵ月の間は、あの後分かったが緋色の直綴《じきとつ》、即ち、ころもを着用しても良い僧侶、明山によって出生と前歴を隠し切るため、そして行儀などを知った方が都合が良いと、両国は薬研《やげん》堀《ぼり》の薬屋に小僧として勤めていた。明山は、花火屋が火薬を扱うことを知った上で、この薬屋への奉公を地均《じなら》しした。

そしてその後八ヵ月は、玉屋に奉公した——思い出しても、闇の暗がりばかりが胃に押し寄せ、酸っぱいものが込みあげてくる。浅間山の大焼けの後からはじまる苦難とは違う、まるで救いのない闇だ。思い出すのは、やめんべー。

「うむ。新八、図に乗るな。清七という名が本名になるぞ。おまえが望んでる来月の休みは取れそうもないな。長野善光寺参りをしたいんだってか」

番頭の好太郎の、しぶい嗄《しわが》れ声が、間の抜けた頃、追いかけてきた。咎《とが》める気分はないと新八は推し測る。明山が直談判《じかだんぱん》して新八を奉公させたのはこの番頭を通じてだ。

「清七、後でいうことがある。いや、いまのうち、いっておく。二階に気軽にいくんじゃねえ。示しがつかねえんだ。清七、いいか。そもそも丁稚で、二十日も休みが欲しいなんて、ふざけるな」

練り場の長の留弥《とめや》が、やや苛《いら》だった叱り方をしてくる。二十代の終わりだ、十九歳の新八を受け入れるゆとりはないのか、新八を仇名《あだな》である清七と呼んだ。もっとも江戸訛ゆえに「せいひち」と聞こえるけれど。

清七という仇名がどこからきたかというと、六代鍵屋弥兵衛の跡取り息子の名が清造、清造は新八を兄というよりは父親みたいに慕《した》ってきて、この清造を〝質〟屋に入れても新八は暮らしていけるだろうというところからだ。そうなのである、弥兵衛は既に七十六歳、父というより爺さまの印象で、清造を猫可愛がりするだけ。だから、厳しいものに飢えているのが清造だ。

「へい」

こういう返事は早い方がいいけれど、底の底ではふてぶてしく気の強い新八は、わざと答をずらして通用口へと続く土間から空を見る。

花火屋の造りは、どうしてこんなに似ているのか。土間の暗さと、庭を照らす天道さまのまぶしさが正反対でくらりとする。玉屋の屋敷を、思い出したくないのに、否応なく思い出させる。酷似しているのは、玉屋の初代が鍵屋から認知されずに独立し、鍵屋から薬の配合、保存、家の造りをそっくり盗んだからだ。思い出す——でも、思い出したくない、あの玉屋は。

裏庭には消火を兼ねた池があり、その向こうに樫の木で作った背の高い、隙間のない、頑丈な塀《へい》がある。火薬がいざ爆発した時に被害を防ぐ手だてだ。消火用の竜吐水《りゅうどすい》は三台ある。水の入った天水桶《てんすいおけ》も三角形をきちんと作っておよそ百本ほど並んでいる。四つの仕事場は、塀に隠れて見えない。

むろん、秘密の調合の仕事場だけを除いて、新八は知り抜いている。一つは、出荷を待つ花火の他に木炭《もくたん》の黒々とした粉と硫黄《いおう》の黄色い粉と焔硝《えんしょう》の白い粉を貯めてある土蔵で、煙草を一切やらぬ、利き手の右腕がわなわな震えてどうにもならない六十歳の段助が、雨の日には土蔵の窓を閉め切り、晴れの日には開け、誰にも盗まれないための監視を含め、見張っている。段助の目は、向かいの調合場の小屋の方にも注がれていて、近づく者は鍵屋の家族を除いて誰何《すいか》される仕組みになっている。

土蔵の貯蔵庫の隣りは、火薬を和紙に包んだり、火薬を竹筒や葦の筒に詰め込む職人の部屋で、春から夏場にかけての忙しい時は三十人、いまの暇な時は七人でやっている。つい七日前までは花火に火を付けていた立て師も、今日はここで働いている。

表の手代として店先に長吉がいるが、ここでは佐助という陰気な三十男が職人頭として目を光らせている。どこにもいる、そう、玉屋にもごろごろしていた、無口で、隙を見せず、何一つ叱らず、何一つ教えない人間が。その親玉が、十八にして二代目玉屋となった市郎兵衛だ。その時は、二十二歳だったか。口を「へ」の字にいつも結び、目だけで物をいっていた。胃ばかりか胆の臓までがどす黒くなる――思い出すのはやめよう。

職人の多勢いる仕事場の正面が、秘密の調合を終えた火薬に水を混ぜ、擂《す》り鉢《ばち》や桶で練る部屋だ。練り場という。新八が新入りの頃から、紙を貼ったり、紙で包んだり、火薬を詰めたりの仕事を三年、それと兼ねて立て師を二度の夏を経て、いまやっている仕事だ。火薬を練るだけでなく、線香花火や玉花火や地車などの用途に従い、芯を作って大きくしたり、丸めたり、切ったりもする。六人が、夏場を除いて明け六ツ半から夕七ツ半まで働く。火を使ってはいけない掟《おきて》なので、冬場の空っ風や霙《みぞれ》や雪の日は寒い。上州の高原の鎌原村の方が、部屋の中は暖かかった。

新八の仕事部屋の隣りは、木の骨組だけの小屋で、雨の日にはすっぽりと桐油紙《とうゆがみ》と麻の二重の天幕で覆《おお》える乾燥場だ。火薬を練った水を脱くだけでなく、天日で花火の色艶を出す。菜種梅雨《なたねつゆ》や本格的な五月雨《さみだれ》の時の晴れ間には、総出で、敷地いっぱいに縁台などを持ち出して乾かす。

運が良くて三十人に一人しかなれぬ番頭に至るまでは、紙貼り・包み・詰めの丁稚を五年、住み込みの職人となって立て師を五年、練り仕事を三年、通い職人となり、表の帳場も扱えるようになって五年、幸いに手代になって十年と、鍵屋の中ではいわれている。だから、丁稚に入った時は年を食っていたのに、既に立て師と練り仕事をしている新八の出世はかなり早い方に入る――いまのところは。

自らの練り場の部屋にいく前に、いつもはめったに前を通らない、調合場の前をいこうと考えた。調合場には、町木戸が閉じられる夜四ツ以降の墓場の気分と、秘密の度合いが濃くて濃い幕府の砲術所の内部の雰囲気と、御城の御本丸にあるという大奥の妖しげな息づかいの三つが住んでいる。

いつかは――いつかは、木炭《もくたん》・焔硝《えんしょう》・硫黄《いおう》の配分を知りたいし、知らねばならないと思っている。この三種からできる黒い火薬の他にも、色を良くするため、音を良くするための秘薬を混ぜているに違いないのだ。実際、線香花火も噴出し花火も地車《じぐるま》も、ぽってりとした赤味のある色あいだが、大からくりのそれは青白さが含まれている。

番頭となって、やっと暖簾を分けてもらえる暁までは待てない。番頭になれるとは、限らない。鍵屋のしぶとい親方はそもそも暖簾分けを許していない。職人の管理や、効率良く花火を作ることや、料理屋組合や御得意先との付き合いにどれだけ秀《ほ》でていても、主人に気に入られなかったりすればそれっきり用無しで、次の日からは棒手振り商いでもやるしかない。

第一……。

主の弥兵衛は、妖怪みたいな男なのだ。五十五年ほど前の享保時代に「前の年にな、大飢饉《ききん》で百万人が死んで、おまけに江戸ではコロリ病が大流行《はや》り。死人が、両国橋、大橋、永代橋《えいたい》の袂にどっさと積み上げられ、河原に運ばれて焼かれたわ。煙が、御城を隠し、灰になり切れねえ髪の毛が降ってきてな。それでさ、吉宗公が慰霊と悪病退散ということで水神祭《すいじんさい》をやった。それが、両国川開きの最初でさあ。若くて二十一歳の、まだ職人のおれが花火を一手に引き受けて十三発、決めたのだわい。吉宗公が扇を船の上で振り翳《かざ》して、感心しておったぜえ」と嘘かまことか自慢し、七十六歳とは思えぬ脂《あぶら》ぎった顔の毛穴を開いて一升酒をなお呷《あお》る。女房は三人取り換えていて一男二女の父親、跡取り息子の清造は六十二歳の時の三番目の女房の子供だ。その上、弥兵衛は番頭に分家や暖簾分けを許したことがない抜け目のない男なのだ。

そこで、玉屋は痺《しび》れを切らして独り立ちしたのだ。江戸の庶民の判官贔屓《ほうがんびいき》の気分を良くして人気が出てきているが、玉屋は内心は「鍵屋のこのけち野郎」となっているはずだ。だからこそ、炎が三段になって回る大からくりで人気を博しても、その華やかさと裏腹に、主を先にして陰気そのものの番頭、手代、職人、丁稚と揃いも揃っている。そして、玉屋の全員が血縁と姻族で成り立ち、秘法を守っている。いや、一人だけ例外がいたっけ。二代目玉屋の血をもろに受けたのに、心優しい娘が……。玉屋のことは、思い出したくない。なのに、この娘だけは、そのう……。

番頭などに出世しなくたっていい。でも凄い花火を立てたい。その秘術と技を盗むのに有利だから、手代か番頭になりたい。新八は、輪を小さくしてきた朝顔の絡まる枝折戸《しおりど》の前で深呼吸をする——枝折戸を開けると、出戻りの、鍵屋の長女のいとが左手の火薬の調合場にいるのだ。二十七歳と聞いている。細い瓜実顔《うりざねがお》で表向きおとなしいが、芯は強いということだ。新八と出会っても、武家屋敷の御姫様もこんなものか、顎で挨拶を返すことしかしない。いまは、椿の垣根で塞《ふさ》がれた八畳の独立した小屋で、口の利けない、耳もままならぬ十一歳の丁稚といっしょに働いている。丁稚は、字も読めないでいる。つまり、火薬の秘密を外に漏らさないであろうと主の弥兵衛はこの仕事を丁稚に手伝わさせているると見て良い。

背の低い枝折戸だ。錠《じょう》を横に引く。

敷居が高いという言葉があるが、錠が固いという言葉はないのか、簡単な木の、厠《かわや》と同じ仕掛けの錠なのに、右へと引くだけで妙に心にずしりとくる。

「冷えてきたのに、風が強いですねえ。あ、これ」

枝折戸を押すと五歩六歩の右手の貯蔵庫の前に腕組みして立つ段助がいて、勿論、算盤通りではあるけれど、跡取りの清造と次女のきぬからもらった川崎大師の土産のくず餅《もち》をまるごと差し出した。甘いものは、涎を零すほど欲しいが、もっと大きな獲物の前では常に欲を禁じるのがかつての友之助、いまは新八の、浅間山の大焼け以後の一つの特性だ。

「新八、分かっているどもしゃ。向かいの調合場の薬の混ぜ方を知りたいわけだべい？　図星だべしゃ。はん？　おりゃは、算木と筮竹《ぜいちく》で占うより、顔で判断するのが得意だもしゃ」

六十になる段助は、くず餅がよほど嬉しいらしい、いつもよりずっと分かりにくい奥羽訛の話し方で囀《さえず》る。新八など、江戸に着くなり一と月の間、僧の明山により、新しい名前と生国と生まれた年と月日を一日二百回唱えさせられた上に、「上州弁は一切、使うな」と、こまっしゃくれた江戸訛の稽古をさせられたのに。

「こっちゃ、あべ。大丈夫だびょん、あの職人頭の目は節穴。はん、ただの一度も、飴玉なんどをくれたことがねえ」

白壁の土蔵は強風を防ぐために閉じられているが、段助は、左手一本でぎぃーっと重い扉をこじ開けて新八を招き入れ、再び閉めた。なるほど土蔵の中は外の冷えかかった強い風と無縁で、これなら花火と火薬は安心して眠らせておけると分かる。

「孫が九尺二間の長屋で、このくず餅を、喜ぶべし。銭を持ってるやつあ、こんげなうめえものを毎日食らうから、根性が卑しくなる」

自分のことを棚に上げて段助は儒家の学者のように苦みの皺を眉間に走らせた。新八に、友之助時代に見た水呑み百姓の測り知れない根性と、しかし同時に果敢《はか》ない力をも思い浮かばせる。

六十になる段助に、心配りをするのは三度目だ。一度目は本人が胃痛でのたうっていたので、せんぶりとゲンノショウコの干した薬草を与えた。二度目は、今年の両国の川開きの忙しさの直前に、可愛い孫が塞ぎ気味になって外へ出ていきたがらないというので青紫蘇《あおじそ》の焼酎漬けを。いずれも、新八が薬屋に短い間に奉公していた時にくすねたものだ。

「んだべ？　薬コの配合を知りてえだべい？　学のねえおりゃには、見えても解らねえ。だども、盗む方法があるども」

鉄格子の窓が四枚ついているが薄暗い土蔵の中で、段助は使える左手の中指一本を中二階に向けて立てた。それなりに腹を括《くく》って、打ち明け話をするらしいが。

新八は、まだ打ち解けて話すのには早いと知っている。品物や銭でこちらに転ぶ者は、また同じことで裏切るのは、浅間嶺の麓から信州へ食と塒《ねぐら》を求めて流浪した時にはっきり見ている。

そしてまた、相手を信頼していない素振りはもっと最悪になるということも知ってきている。新八は、段助の指差す方角は見ずに、江戸の丁稚暮らしで覚えた、無言の、全ての顔の肉を動かしてのにっこり笑いをする。目尻を思いっ切りたるませるのと、無言がこの際、大切だ。

「ここの主は、三人目の女房のほかに、若いいろを三河島《みかわしま》村の白菜畑の中の一軒家と、深川は仙台堀《せんだいぼり》脇の今川町に囲っているというけんど、半分は嘘っコだ。おりゃだから、分かるべえ。三河島村の一軒家は、内緒の薬の調剤場だもの。びっくりするべ？」

「ほ……う」

ここまで打ち明けられると、新八は信じたくなる。

「だから、花火用の火薬の配合は、うんや、立て方も、本当の本当は三河島村の一軒家とその庭が奥の院だべい。だどもだ、基になるのはここの調合場だ。これを知んねえと、話になんねえ。だべしゃ？」

思えば、この老人は、土蔵の見張りと天気によっての窓と扉の開け閉めだけ、あまりに退屈しているのだ。新興の玉屋で、もっとなんもなく、生きているのに墓の下で眠るごときしんどいことを強いられた新八には解る。

「う……ん」

答えながら、たぶん一揆のあの後の負けと厳しい残党狩りで生きてはいまいと思われる水呑み百姓の盗みの名人の三助と、侍の出で主殺しが気になるが実に賢い忠吉を思い起こす。二人を、手下に、欲しい。その銭金も、資格もないけれど、二人が欲しい。忠吉は名前と違って性格は悪いが、学問、とりわけ数の計算に聡《さと》かった。大砲の砲丸の嵩、重さ、飛ぶ距離まで算《かぞ》えられるのは嘘ではあるまい。三助は、性格は軽いが好奇心に溢れ、泥棒が得意、密偵役か技法の盗み屋にふさわしい。火薬の配合の秘密や立て方の工夫など、朝飯前に盗めそうだ。

来月十月六日、午《うま》の刻が、忠吉と三助とで銀百粒、二十五両を掘り返す時。

二人は、くるのか。

そもそも、二人は生きているのか。

そのためにこそ、たしかに丁稚としては身のほど知らずの二十日間もの休みを主に求めているのだ。

三助はともかく、忠吉は主を殺すほどの狭い枠で深く悪を掘り下げる男、既に掘り起こしている可能性の方が大だ。その前に、姉のつたが……。つたは、どうなったか。

銀が欲しい。その前に女が欲しい。好きな女……実は鍵屋の次女のきぬなのだけれど……。一つ年上のきぬとはしかし、無理だ。あの女は、きつい、固い、顔を背けてよこすだけ。さっきもくず餅をくれてから「もう用はないよ」と口に出さぬが目の上を腫らして背中を見せた。真横にいく眉と、きりりと結んでこれまた真横にいく小さい唇が、その性格を喋ってる。ただ、歌麿《うたまろ》の錦絵の美人画のように反って細く、眠たげな目が良いだけでなく、何かを新八に語っていて救いだ。

そう。

次女のきぬの目は眠たげなのに、新八を見る時は厳しく、責めるように瞳が大きくなる。あの驕慢《きょうまん》な目を俯《うつむ》かせ、我がものにして逆に責めたい感情に、新八はしばしば陥る。

段助は、蚤《のみ》が跳ねるみたいに立ち上がり、ひょこひょこと梯子《はしご》段を登っていく。長《なが》半纏《ばんてん》の仕事着から痩せた脛《すね》が見え奇妙に生き生きしてその筋肉が動く。

「こっちゃだ、こっち。しぃーっ」

一人ではしゃいでいるのに段助は静かにと忠告をし、出来た花火と焔硝、硫黄、木炭の入っている麻袋の間を器用に進み、湿りと光と風を調節する鉄枠の窓の引き戸を一割ほど開け、新八の尻を急《せ》かすように引っ叩いた。

「薬の調合場の椿の垣根と庇《ひさし》の間だ。見えるべ」

目だけを出している新八の片方の鬢を小突き、段助は向きを変えさせた。

げっ、げげっ、こりゃ、なんだーのー。

鍵屋の長女の出戻りのいとが、蝶の無数に飛ぶ小紋の着物に前掛けを着け、便所の中の踏み板を跨《また》ぐ小便姿で、前髪をまだ残している十一歳の丁稚の頭を股に挟み込んでいる。硝石を砕いて焔硝にしたりする薬研《やげん》の舟形の細長い器が傍らで眠っている。三つの素《もと》と何かを混ぜる擂《す》り鉢《ばち》が、いとの尻の下で遊んでいる。

新八のまだまだ成長しつつある男は、滾《たぎ》る。反り上がる。男の分身が全身になる思いにすらなってしまう。

同時に……。

逆に……。

直に……。

自分を嫌って呪う感情が、一気に新八の手足の先へまで流れていく。男根が、勃《た》ってしまうからだ。この光景は、あまりに醜い。醜い張本人は、女だ。年端もいかぬ少年に、どういうことだ。それも、耳と口が自由にならぬ、文字を読めぬ書けぬという丁稚を。

醜い……のではないのか。羨《うらや》む心情なのか。

新八自身が、友之助時代十四歳で、どう考えても花火より冴えて華やいでいた火柱に酔う生け花師匠に可愛がられている。僧の明山もまた、幼い妹のまきを……。いい……。しかし。悪い秘密をいい触らされぬために明山は気を使い、なお、新八の奉公先にまで土産を持ってくる。しかし、やはり、蘇《よみがえ》る。妹のまきの件。あの時も、悪寒に震えた。

頭を下げるのも損という気位の高いいとが、なぜ、こんな形を取るのか。反対に、無論、助兵衛の心こそ人間を増やす知恵だし理趣経《りしゆきよう》も輝かしいと教えているが、丁稚になりたて三ヵ月の、雄吉といったか、いじらしさが清純に映ってくる。

新八は吐き気を催しながら顔を背け、後退《あとずさ》った。

銭、銀、できれば金が欲しいだあ。男と女を通して、醜悪も、冴えたものもみんな知らねえと先に行けねえ。暇をいい渡されても、十月六日、午《うま》の刻は、信州のあの場所にいかねばなんねい。金で、いい女を買おう。いや、やっぱり、遅いか、銀は掘り起こされているのか。

「げえーっ」

また、目の前のいとの小水をするごときあられもない姿が瞼《まぶた》に出てきて、新八は中二階の窓の下に崩れてしまった。吐き気を抑えられぬ。なのに、いとの腿《もも》の太さと青白さに……そそられる。

――夕七ツだ。

侍の飯時だ。が、職人商人はやっと仕事がそろそろ終わり、次の日の段取りを揃える頃。浅草寺の鐘《かね》と本石町の鐘が重なりあい、けだるく、足許からやってくる。ほっ、の気持ちも脹脛《ふくらはぎ》から腿、首許へとくれてよこす。

葦の筒から赤橙色に、山なりに吹き出す花火用の火薬を練りながら、新八は、あれこれ物思いに耽《ふけ》る。水を混ぜ、引き延ばし小板で圧迫するのを幾度も繰り返す。練って粘土状になった火薬に、芯を埋め、丸める。玉の芯は、ひどくちっこく、細かい菜《な》種《たね》の粒二十個ほどで作る。

「新八、新八。父さんが、善光寺参りを許したよ。その代わり、帰りに寄って欲しいところがあるのだってさ」

跡継ぎの清造が、練り場に駆けこんできた。

どうして清造は、初代が奈良の吉野の里の篠原から江戸へ出てきて百三十年に近いのに、このように垢抜けしない伜なのか、団子鼻を赤くして、流行らぬ蜜柑《みかん》色に煮しまった羽織半纏を着て、帯もだらしなく緩め、新八の脇に屈む。ただ、だらしなさは、おおらかさ、おっとりさへと繋がる。おっとりさは、行方不明の姉を除いて一族全てを失った新八がまるっきり持てなくなってしまった性《さが》だ。

「それは、それは。そこは、どこですかい、清造さん」

「あ、聞き忘れた。でも、白山《はくさん》の麓で、雪がどかーんと降り積むところらしい。それで、わたくしも、連れてってもらうことになった。怖い……いと姉さんが従《つ》いてくるけど」

背中におぶさる形をして、清造が新八の耳許に口を近づけ、ひそっと喋りはじめた。弥《いや》が上にも、妬心《としん》に満ちた丁稚や職人の目が集ってくる。

「何ですかい」

新八は幾分素っ気ない普通の声で答える。素っ気なくても、あと五年ほどは清造の心を七割五分ほどは操《あやつ》れるという目信がある。今度の口実としての善光寺参りも、清造に、「珍しい土産が沢山ある。善光寺の効き目は凄い。女にも持てる力をよこすそうで。一緒にいきやすか」とかなり前から吹きこんである。

「明日、ついてきてくれないか。素人女ばっかりだってさ。綿摘《わたつ》み屋にそんな女が五人いるんだって。いっしょにいってくれないか。銭は、くすねて貯めてるから、大尽《だいじん》をやれるし。な」

小便を漏らさなくなってまだ一年半弱、十四歳なのに、もう女郎買いをするという清造はやはり大店の跡取り息子、新八の住む世界とは違った層に住んでいるのだ。新八の耳穴に、内緒を吹きこんだ。

「良かったですな。ま、早とちりして貧乏籤を引かねえように。遊びと本命の女は厳しく区別しねえと」

知ったか振りを新八は口にする。清造の心を摑んでおくには父親と兄を半々にしたものいいが必要と、一揆を率いて得たこつだ。特に清造は、鍵屋弥兵衛が齢を食って出来た子供の上に跡取り息子、叱られることなど一切なくて甘やかされるままゆえ、かえって逆に、きつ目に応対するのが要だ。

風向きが変わり、江戸湾の方から潮風が烈風といっしょにやってくる。新八は隣りの仕事場の職人頭の「やめーい。御苦労さんでしたあ」の声を聞きながら、口の中から肺の臓へと風が吹き抜けていく心細さと、胸の打ち震えるのを覚える。自分にとって、大人になる前の、生《せい》の最もみずみずしい時がはじまってきた。女も、花火の秘密も、銭も、みーんな、吸い取ろう……。


次の日。

そろそろ信州上田へいく準備をしなければならない。が、今日は、鍵屋の跡取りの清造の介添え役として、柳橋の外れの綿摘み女を昼から買わねばならぬ。

「では、いかせてもらいます」

控え目ないい方だが、鍵屋弥兵衛の意思だということを練り場の長の留弥に示し、新八は当たり前というように枝折戸の方へと回る。枝折戸を通るのはこれで六度目だ。丁稚、職人の中の例外は新八という考えがみんなに沁《し》み渡りはじめている。外目には自らを押し殺して「慎《つつま》しく振る舞い、しかし内心では、強く押せ、そして、鷹の爪を隠しながら、どこまでも猛々しく」がこの競い合いが激しい世界の生き方と分かってきている。そのせいか、この頃、みんなは新八を「頑固ブダイの鰓《えら》の顎」と評する。

「羨ましいども。女遊びらしいだの」

段助爺さんが蔵の前で涎を拭く真似をした。もしかしたら本物の涎かも知れない。

「ありがとう……」

きのうの夕方も、という言葉を飲んで新八は火薬蔵の前を過ぎる。きのうの夕方は、ほんの一時の十分の一ほど、中二階から調合場を覗かせてもらった。出戻りのいとは、配合済みらしい薬剤を篩《ふるい》にかけ、ごみとか小石みたいな不純物を取り除いていた。薬剤は、木炭の色が勝っていて黒っぽく、さらさらした感じをよこした。焔硝は白っぽいし、硫黄は深い黄色なのは分かっている。問題なのは、木炭・焔硝・硫黄を何対何対何の割合で混ぜているかだ。

そして、木炭・焔硝・硫黄の割合いのほかに、何を加えているかだ。鍵屋のぽってりした赤みのある炎は評判だが、くるくる回るからくり花火には青白さがありこれまた人気だ。まさか……きのうの夕方もまた繰り返していた秘密の、おぞましい戯れで溢れ出た乳や股間の、いとの軀からの液ではないであろう。昨夕は、無垢《むく》の、耳がまならず話せぬ十一歳の雄吉に、両袖の袂から手を入れさせて、背後から乳を揉ませながら、異物を除く仕事をしていた。為さねばならぬことをしながら、共に、悦楽を追う、恐るべき魂の持ち主がいとと、悪寒ゆえの鳥肌を軀の胸板をはじめとして背骨、足の骨と骨の全てに覚えながら畏怖の感情が新八に萌《きざ》したほどだった。いとは、他に、何ものかを内に秘めている……。

もし、もし、仮に、いとを陥落させれば、薬の配合は完全に盗めるのでないのか。甘い読みか。

息づかいすら静かにして調合場の垣根の前を過ぎた。

喘ぎ声や、ひそひそ声は、しない。

「………」

「火鉢に炭を、雄吉」

えっ、火を使っているのかと度胆を抜かす厳しい声が届いてきた。逆にいえば、配合を終えた薬に水を含めて練り、乾かさない限り、火薬は燃えたり、爆発したりしないということだろうか。

「匂いで区別できなきゃ駄目だよ、雄吉。あたしゃ、苦手だけど。おまえは、耳と口の儘《まま》ならないぶん、鼻が良いはずだろう?」

いとは、耳が聞こえず話せぬ雄吉に、語りかける。唇や口の開きで、意は伝わるのか。いや、反故紙の上での筆談か……。

新八は、思いつく。

この雄吉を大切にして、いつか花火屋として一人立ちする時には、迎え、使いたいと。この三年、風前の灯のような小さな花火屋で、火事と爆発が、浅草福井町、駕籠屋新道、坂本町など七軒で起きている。匂いに鋭い雄吉なら、危うさを探知できるはず。

枝折戸を手前に引いて通り、左に曲がると、店の二階屋の手摺《てすり》に、次女のきぬと清造が富士山でも眺めているのか頬杖をつき、けらけら笑いながら語り合っている。妹のまきを失い、姉のつたはどうなったか不明の新八のいまには、まるで別世界の和《なご》みがある。

きぬの目許は、柔らかな陽の光を受けて一と重に切れて白桔梗《ききよう》の印象をよこす。虫歯がない前歯は、兎《うさぎ》が野を跳ねてたっぷり遊んだ後に人参を食うように伸びやかに白い。

「おーい」

二年少し前に、江戸の地図に似た寝小便の微かに黄色い形を布団に浮かしていた同じ場所で、清造が手を振ってよこす。

「ん、もお、厭っ」

と、いうようにきぬが彼方の方へ首を曲げ、雀鬢《すずめびん》の畏った髪から真っ赤な花簪《はなかんざし》を抜いて、くるりと背を向けてしまった。町家の娘としては木綿豆腐のように色白で、博多人形ほどにきりりと整った容貌で、その顔つきばかりか股間の膨らみは如何なる高さか色か形かと、新八は目まいを覚える。実際、池の脇の平地なのにたたらを踏んでよろけてしまった。嫌われているのは確かだろうか。しかし、川崎大師詣での帰りにくず餅を買ってきてくれたわけで、そうではないのか。でも、あれは、「弟の清造をよろしく」という意味か。女は、形を心も解らない。その上で、ぷいっと顔ばかりでなく全身を背ける女は、無理遣りでも従わせたい。なぜだ？

――新八は、一年半ちょっと前に、配合部屋の雄吉が母屋の脇をたまたま通り、くんくんと鼻を鳴らしたあげ句、「この家には、小便たれがいる」といいたそうな顔をしたことを思い出す。そういえばと一階の丁稚の住み込み部屋のすぐ上の二階の、晴れた日には必ず干される布団に新八は気づいた。五月雨《さみだれ》の合い間のぎらりとお天道さまの輝く日で、浅間山の麓の肥え溜《だ》めよりも湿って匂った。

その次の日に、いつも、「蝦夷地《えぞち》の新八、かっぺい新八、薄気味悪い新八」と囃《はや》し立て舐《な》める跡継ぎ清造に「心配ごとがあったら、いって下せえな。夜中に小便を夢ん中でするとか。そ、夢ん中のおしっこ」と鎌《かま》を掛けてみた。考えに違《たが》わず清造は、俄《にわか》に萎《しお》れ、「そ、そ、そうなんだよ」と縁の下にまた穴を掘って隠れるような声で俯いた。

それで。

「うん。いいか、おれのいうことを聞けば十割、必ず、間違いなく治る。いうことを、みんな守ればだぞ、治る。素直に、おれに心を任せれば治る」と新八は、はじめはゆっくりやがて少し早口にして「治る、治る、治るぞ」と繰り返した。そうだ、僧の明山が信州の辻々で人々を騙して怪しげな手拭いを売りつけた、繰り返しの暗に示す遣り口で。「うん。新八。寝小便が治るなら、どんないうことも聞く」「駄目だ、治るなら、ではねえ、治るんだよ。いいか」「あい、新八」と相成り、これは薬屋からくすね損《そこな》ったので榧《かや》の青い実を上野の池之端まで清造に採りにいかせ、濃い緑の薄い皮の下の、肌色の実を砕かせ、煎じさせて飲ませた。飲ませた夜に、寝る半時前まで何も飲まぬように告げ、見ている前で小便をさせた。

そして、凧糸《たこいと》を清造自らの珍宝の根元に括りつけさせ、その日に限って丁稚部屋の端に新八は寝て、夏の暁《あかつき》七ツ半に凧糸を二階の寝床から引っ張ったのだ。もちろん、一連のこの見立てと命令は、鍵屋の家族にも職人や丁稚などにも決して分らぬように密かに行った。榧の実は「釣り餌に塗ると、でかい鯉が引っ掛かる」と清造からみんなに言わせせた。凧糸は「清造さんも花火の筒を糸で巻く練習をしたいそうで」と新八がいった。密かに二人だけでやることにより二人の共犯的な絆《きずな》は弟が兄を慕《した》う以上に強まった。

「新八。花火師は清くないと。花火屋はもっともとか当たり前の考えは捨てないと。おまえとは口を利かないよ、おまえまでなら」

次女のきぬがまた出てきて二階の手摺から身を乗り出し、低い掠《かす》れ声で睨んだ。

「おまえまで」とは女郎買いのことだろう。新八は、気を引き締め直す。

望みがある……。

――。

神田川の川風の水っぽい匂いとひりひりする潮風が交互にやってくる。

花火の季節が終わり、柳橋だけでなく両国橋のあちらの本所界隈《かいわい》も閑散としている。風のない昼下がりだ。大火事はまず起きないだろうという安心感が湧いてくる。

あらかじめ〝素人女〟と聞くと女は損だ、綿摘み屋の女達はみんな派手に白いあやめが乱れ咲く振り袖姿で出迎えた。作業着ではない。前掛けだけが、〝素人女〟の気分を出していた。なるほど素人と仕事としての遊女の区別は難しい。しかし、新八は魅力を探し出す前に飽きてしまった。逆に、前もって〝玄人の女〟と教えられている女は良く見える気さえする。それとも、人間は醜さの中に可愛さを探し求めるものか。この間から気に掛かってしょうがないことだ……。醜さこそ華やかさの前の条件ではないのか。だったら、話が飛んで、悪はどうなのか……。花火は……そもそも。

昼八ツから暮れ六ツまで、清造は一人の女に二階の部屋で熱中し、新八は三人取り換え、三人と寝て、ほとほと詰まらなくなった。買うということが、探究の心や冒険の心を失わせ、そもそも面白くないのか……。

おのれの若さに、新八は苛だつ。

江戸の下町だけにある独特の土埃が、五日も雨が降らないことも重なって、髪や肌に貼りつく。二町先も褐色にくすんでいる。

善光寺参りへ出で立つ日が、迫っている。

番頭の好太郎に呼ばれた。

「若旦那、いとさん、おまえの路銀《ろぎん》だ」

自分の金ではないのに、番頭は勿体をつけて、小判十五枚、百匁《もんめ》はある丁銀《ちょうぎん》十枚、銭貨《せんか》六貫差しを並べ、わざと音鳴りをさせた。

「あ、大旦那が呼んでる。大旦那の全ては若旦那だ。間違えるなよ、野心など、これっぽちも見透かされるな。とぼけろ」

ほお、解《わか》っとるだーなーと思うことを告げ、番頭は、長く長く、言葉の尾っぽを引きずった。

二階への階段の踏み板一歩を登った。いつも心が縮む思いと躍る気分が交叉《こうさ》する。幅広の踏み板で黒い羞じらいのある艶があり、軋《きし》む音はまるでしない。銭を使って余裕があり、頑丈なのだ。

「清七か」

階段を登り切る前に弥兵衛の七十六歳に似合わぬ若々しい声が、胃袋を横切るように届いてきた。

「うん、奥のこっちの部屋へこいや」

肥え気味なのに、腰も膝もきりりとしている弥兵衛は、顎ではなく手で招いた。斜めから差してくる陽の光に、皺よりは脂《あぶら》に濡れたような毛穴が目立つ。

居間にしては狭い六畳の部屋に入り、新八は畏《かしこま》る。頭を下げ、目は三尺先の畳の目へ落とす。当たり前だが、腹の中では、このけち親父、花火の秘密を独り占めの親父、息子の躾《しつけ》もできねえ親父と思っている。

「おめえには感謝してるよ。花火の立て方も、ま、さまになってるし、倅も……その、だよ」

煙草盆《たばこぼん》から煙管《きせる》を取り出し、きざみを押し込み、火鉢の火に点し、弥兵衛はしおしいことを告げた。

「だから、善光寺ゆきは許した。可愛い子供にゃ旅をさせろを一度はさせねえとな」

「へい。ありがとうごぜえます」

「いいか、物ごと、やり方、成功の仕方ってえのは、ことの重さ軽さを見極めることが大切だ。一番、大事なのは何だ？　清七。うんや、新八だったか。善光寺なんて、どうでもいいんだよ。寺に頭を下げて商いがうまくいくなんて、石屋と線香屋と花屋だけだ」

「あ、へい」

「目差すことの一番、二番、三番とあってな、順番を入れ換えちゃいけねえんだ。目差すことのためには準備をしっかりして、ほかのことには目を瞑《つぶ》り、捨て、的《まと》を射るんだよ。的のためには、手立ては無駄にすることだ、捨てる。情は要らねえ」

さすが七十六歳まで隠居しないで主としてやってきた弥兵衛、かなり割り切って怖いことをいい、煙草盆の灰吹きに燃え滓《かす》を、叩き付けるように落とした。

「へい、有りがたい話で」

「うん。で、今度の長旅で一番は何だ？　九十日、いや、半年までぎりぎりに許すけどな。二番じゃねえぞ、一番だ。おめえの邪《よこし》まな欲なんかどうでもいいんだ」

下から覗き上げるように弥兵衛はいう。

新八は、こういう脅しやはったりの態《てい》を、一揆で種々雑多の人間から学んできたし、明山《めいさん》からも経て知っているが、できるだけ真剣に悩む風をして、頭を傾《かし》げた。でも、その上で、弥兵衛のいうことは、正しい。虻蜂《あぶはち》取らず、では失敗することが多い。

「はあ、大旦那さま、教えてくらあさい」

「おめえは素直な返事をするけど、目の奥にはふてぶてしいものがあるな。泥棒みてえにして出ていった初代の玉屋そっくりだ。違うところは、おめえの方が根っ子で野放図で、賢いところだけどな」

弥兵衛は苦さを嚙み潰す笑いを目の下の分厚い肉に作った。

「そんな……望みは、これっぽっちも。大旦那さま」

「泥棒と野心は紙一重だ。野心を持たねえやつは屑《くず》だ。泥棒は滓だけどな。ま、おめえには清造の生涯の面倒を見てもらうつもりだから。知ってらあ、わしだってな、わしの評判を。『けち』の一言だわ、暖簾分けをさせねえ、技《わざ》の秘法は独り占めをするとな」

「そん……な」

「だけど、道理があったんだよ、訳がな。てめえで技を工夫するやつが出なかったんだ。初代玉屋みてえに技をこそこそ盗むやつが精々《せいぜい》。これじゃ、独り立ちさせてもこっちの恥となる。けちだったわけじゃねえ。おれは三下り半を出す時も、妾《めかけ》と別れる時も、家一軒分の銭は分け与えてきたよ」

肝腎《かんじん》の〝旅の一番重いこと〟を切り出さずに、弥兵衛は自らに都合の良いことを喋りはじめる。やはり齢は争えない、いった先からいったことを忘れるらしい。

「おめえ、花火は何が勝負か分かるか」

「へえ、まるでさっぱり」

「だろうよ。まだ、薬の調合場にも出入りはできねえ身分だわな。練り場あたりをうろうろしとる段ではな。この商い、口が堅いことが信用になるから、巾着《きんちゃく》の紐《ひも》以上にきつくしとけ」

出戻り長女のいとの秘密を握ってから、その口から焔硝、硫黄、木炭の配合の割合も加える薬についていつか聞き出せるかもと漠として思っている新八は、早くも腰が引けてくる。

「贔屓《ひいき》の客をどれだけ引き寄せるかが店の表の仕事。裏は、そのための火の色艶《いろつや》だ。筒花火も、からくりも、この枠だ。玉屋は、おれんところからからくりを盗んで、それを三段四段にしただけだ」

「へ、へい」

「でも、当分はな、色の冴《さ》えが先にゆく。江戸っ子は、武家と違って、花火の色に凝るんだ。ほれ、粋《いき》だ、艶だ、侘《わ》びだとな。いいか」

「へい」

新八は、心の底から弥兵衛のいい分は凄いと感じ入りはじめる。

武家屋敷の花火をかつて、火の見櫓《やぐら》に登って見たが、そして、この秋に見たけれど、高く高くいくのは仰天したけれど、色艶がどうも物足りないのだ。色の芋っぽさと横への拡がりの無さが原因だろう……。からくり花火のように、くるくる回って炎が華々しいのと反対なのだ。高さ、つまり縦の方角だけに賭けていて、侍らしい剛直さといえばそうなのだが……。もっともっと、見せ場のある華みたいなものが欲しい。

いや。

違う。

やっぱり。

高さだ。

高さでなければならねえ。

高さで、武士を舐めるしかねえだで。

どこの国でも藩でも、建物の高さで一番は城。高さに、武士の見栄が詰まっている。

民百姓を見下す下らぬ品性が満ちている。

「なんだ、新八、不平があるのか」

「いえ、滅相もない」

「そうかな、ま、いい。薬の配合を知りてえか」

「そりゃ……大旦那さま」

「焦ることはねえ。なまじ他人から盗むやつは、この自分で苦しむことをしねえから使いものにならねえ。初代の玉屋が然りだ。今の二代目は、盗んだ技を盗まれねえために脇だけを堅くして。屁でもねえよ、本家のこちらは。玉屋は、やつの花火と同じで暗いんだよ。それも、ひつっこい暗さだ。消える潔さが命の花火に、ねちねちとした暗さは、命取りなんでえ。分かるか」

弥兵衛は、うふっ、ふっ、ふっと少年のように含み笑いをした。新八をひどい目に遭わせてくれた玉屋を糞味噌にいってくれるのは心地良い。思い出すのも胃袋が木炭色に染め上げられてげっぷが出ていたのに、静かに余裕を持って、玉屋時代の八ヵ月を振り返られそうな気分となってくる。玉屋でのことは早めに——教訓を出そう、暗い、暗い、真っ暗だったあの日々を、目を瞑らないで。

畳の目を見て新八が考えこんで、ふと眼を上目づかいにすると、五歳の童児が化けたような天真爛漫《てんしんらんまん》の笑みを浮かべていた弥兵衛が笑いを途中で止めて、口を半開きにしている。こんな齢《よわい》なのに歯は頑健らしい、褐色がかっているとしても、野犬の牙のように剝いている。両目の瞳が瞼《まぶた》に引っ付きそうになっている。

「なのに、あの盗《ぬす》っ人《と》二代目玉屋に、この鍵屋が追いつかれて悲鳴を上げてるだとか、ひでえのになると負けそうだとか。みんな、老いて生んだ清造のせいだわ。目ん玉どころか……金玉に入れても可愛い清造ゆえだわ。いや、あいつも、これからなんだわ、本当だ。嘘じゃねー。男は十五くらいから急に伸びる。本当だって、新八っ」

「勿論です、大旦那さま」

「大器晩成というのもあるよな」

浅間山の怒りで祖父母、両親を亡くし、愛しい妹を失い、姉も行方は知れず、新八は家へのこだわりは今や欠けらもないので、弥兵衛の物いいは喉に鯛のぶっとく硬い骨を飲むみたいな異物感をよこす。でも、飲み込める骨だ。武家も商人も職人も農民も、長子の跡継ぎに苦しんでいるし、目の色を変える。女は、男を産んでのみ値打ちがあるのはここからきているのであるから。

「でねえと、玉屋と、競争相手になっちまう。うんや、あの二代目の小賢かしさと陰険さに、場合によっては飲まれてしまう」

弥兵衛が、薄い照りのある絽《ろ》の着物の袖ではなく衿《えり》で、顎と唇を拭った。

「いいか、新八」

「へい」

「だから、今度の長旅は、三番目に、玉屋を潰すためにある。善光寺参りの後に、気位の高い長岡藩にいけ。紹介状と、ん、ぐふん、土産、つまり賄賂《わいろ》は用意する。失敗でもともと。でも、何とかして砲術の秘密のうすぼんやりでも知りてえのだ。いいか、長岡藩と三河藩が砲術の優れもの。こじ開けるしかねえ。ここで、玉屋を引き離す」

「へ……へ、へーい。大旦那さま」

「次に、二番目だ。色のため、江戸っ子の花火の色の要のためだ。質の良い焔硝が欲しい。色艶が良くて明かるく、火付きが良くて、硫黄と木炭に馴染み易いのが越中加賀藩は五ケ山《ごやま》のそれというのは、幕府の役人が漏らした説だ。なに、今年の五月に、築地の料理屋で昼から深酔いしていた旗本が、斜めの部屋でくどいほどいっていた。五ケ山は、ひでえ山奥らしい。商人など、なかなか入れないのだと。狼も出るらしい」

弥兵衛が、俯き加減の新八の目を追ってきた。

「焔硝の作り方を盗むのは至難の業だ。なんせ、できの良い水晶みてえなやつは、鉄砲の弾や大砲の弾ばかりでなく、花火の艶の鍵だ。だから、高くてもいいから、仕入れる口利きを、直に百姓とつけてこい。仲買《なかがい》の商人でもいいけどな。うるせえし、難しいだろうが。いいか、新八」

「へい」

「そして二番目は、倅の清造を玉屋二代目の若造に負けねえように鍛えることだ」

「へい」

「知ってらい。清造の寝小便は、本人よりもわしの方が苦しんでいた。本当は泣きながら折檻《せっかん》も五度している。だけど、かえってひどくなるんだ、折檻の後は。江戸の名医といわれたやつ三人に診せても駄目だった。座頭《ざとう》の針灸師《しんきゅうし》にも。ついには蘭方医《らんぽうい》も呼んだ。跡継ぎの清造の面子ってえのもあらーし、花火屋に寝小便は湿《しめ》って人気が落ちる」

「そ……れは」

「それを、おめえさんは一晩で治してくれた。丁稚の年期はあと二年は残っているな？　これは、きちんと勤めてもらうけど、この恩もあらー、丁稚頭から職人頭も約束するわ。で、そのうち力のある船宿や茶店の主も紹介する。すぐ手代だよ」

潰れた平べったい涙すら目尻に浮かべて弥兵衛は力説する。

「これは、長岡藩の砲術掛への手紙と、土産と、えーと、あれ、あれだ」

弥兵衛は「万羽左衛門さま」と宛て名のある書状と、桐箱《きりばこ》入りの浅草海苔《のり》を新八に見せ、箱の蓋《ふた》を開け、暗緑色の内側を新八の両目に近づけた。中には、路銀の倍はありそうな金子が海苔の隙間に灰色に詰まっている。発覚したら重罪。自分は一度ならず二度ばかり死んだ身、覚悟はできている。けれども、弥兵衛もまたいい根性をしていると改めて知る。

「詳しいことは長女のいとに聞いてから渡せ。跡取りの清造に尽くせば、こんなもんでねえぞ。命を賭けて主を支えてくれれば金はどんどん入る。出世はとんとん拍子。こんなうめえ話はねえだろうが」

書状と桐箱入りの海苔と金子《きんす》を羅紗《らしゃ》の袋にさっさと仕舞い、弥兵衛が両肩を張った。押しも押されもせぬ花火屋の、ここが見せどころという風に。

が……。

「待て」、と新八は、はっきり自ら覚えるものが出てきた。

銭は欲しい。特に、もっと女の軀を知るために。ついには、独り立ちする元手のために。出世だってしてしたい。薬の秘術を知る立場に立てるために。

しかし。

おのれの一番は、誰もが歓声を挙げ、吐息を漏らし、憧れる、花火を立てることだ。妹まきの死の際の願いであり、新八自身の魂を揺さぶったあの浅間山の大焼けごとき……。ここが主で、ここに、全てがある。後は、女も、商いも、人との付き合いも従だ。いや、近頃、女への関心が尋常でないほど膨れ上がっている。見事な花火を第一に命を費すことはできるのか……の問いは、棘《とげ》を持って迫ってはいる。

「よっし。くれぐれもいうが、暗くてこそこそ、がつがつしている玉屋とは違う道をいかにゃーいかんぞ」

弥兵衛が立ち上がった。

「へえ、玉屋と違って何ですかい」

我慢できずに、黙りが良いのに、早まって、新八は聞いてしまった。

「いまに、分からー。花火と別の世界を知ることだわな。別のを、吸い尽くすんだ。別といっても、本当の本当は競争相手なんだが。小手先でねえやつを。今は、色だ、花火の色。焔硝が要だな。おいっ、新八。ついてこい」

弥兵衛は、褐色に光る廊下を老人に似合わぬ軽々とした足取りで歩んでいき、突き当たって、ぎっしり本が並べて立て掛けてある書架《しょか》の前に立ち止まった。

人が、檻《おり》の中で、蠢《うごめ》いている。

二人らしい。いや、二人だ。

「新八、驚くんじゃねえよ。この座敷牢《ざしきろう》は、もう、六十年近く使ってねえんだ。わしが、おれが……見たのは、爺さんだ。四代目の鍵屋よ。跡取りが妾《めかけ》にも生まれなかった。五代目がその手代で、おれの母親と一緒になって……四代目は閉じ込められて、ついには本当に気が偏《ふ》れちまった。チョーキさん。居間で一服入れますかな」

弥兵衛が、屈みこんだ。

「ぐっほっ、ほっほっ、ぐうう」

弥兵衛が呼んだ男は、無気味な咳き込みをした。

「いや、いま、いいところだからな、ぐうっ」

座敷牢の隅に陣取っている男が、けっこう威張って答えた。暗さに慣れてきた新八の目には背中しか見えないが、声からして四十代半ばと推し測れる。

チョーキという男は、床に座りこみ、背を丸め、前に顔料を小皿に載せ、脇に水差しと湯飲み茶碗七客と長細い板を置き、筆を斜め上の宙の一点に止め、いましがたの咳が嘘のように微《かす》かな動きさえ見せない。

新八は、音をたてぬように回りこみ、絵師の筆の示す一点を探す。

女は右の方の鬢を流れるように乱し、桃色の襦袢《じゅばん》の左の方を露《あらわ》にして、白い裾除けごと右側の下着を外へと捲《めく》り上げられている。蝙蝠《こうもり》の形をした真っ黒な繁みと、黒みのあって雄鶏《おんどり》の鶏冠《とさか》みたいなぱっくり裂けた女の器が曝《さら》されている。器の割れ目からは、柘榴《ざくろ》の熟す寸前の実のように透き通った肉が自ら窪み、浮き出てくる。窪んで、かつ、動いている。女は、踏み台に座っているが、両腕と両手首を縛られて、その括る帯締めと伊達巻を結んだ紐が、きりりと軋む音をたてながら、座敷牢の角の柱に繋がれている。

あざとく、酷い。

そうか？

違う。

公方さまの軀に掠《かす》りはしないけれど、町奉行の目の前に塩を撒きつけるほどに、極端な、度胸がある。この目を覆いたくなる卑猥《ひわい》さには。

証拠に、女は、檻で責められているという作られた、空《そら》に想《おも》う、偽の、舞台に酔って舞い上がり、その気になっている。これが、悦楽の証しであろうか。女の器の下へ、肛門の方へと、葛湯《くずゆ》のようなものが広さを三角形の底のように増やしている。粒々になった滴《しずく》は、右側の太腿の内へ、びっしり貼り付いて点々としている。好きな男のための殺しか、放け火か、心中か、女は描かれていることとそれ自身に、酔っている。いま、檻に入れられて、責められ、自白を強いられていると……。顔にも、そんじょそこらの歌舞伎役者より巧みな、苦痛と恍惚《こうこつ》をない交ぜにしたものが現れている。

そうか、一枚の多色刷りの錦絵が銀一匁《もんめ》、百六十文《もん》もする鈴木春信《すずきはるのぶ》が消えたいま、そして、しんねりむっつりの気分を抑え気味にした礒田湖龍斎《いそだこりゅうさい》が盛りのいま、陰で密かに人気のあるチョーキとは栄松斎長喜《えいしょうさいちょうき》のことだ。労咳《ろうがい》に命を削りながら浮世絵を描く長喜として、女も花鳥風月も深みがあるといわれている長喜……。いまは咳きこむ印象は与えない長喜……。多色刷りの美人画の絵は、あんなに清楚でゆったりして、色あいも渋いのにと、新八は、再び青春時代特有の惑いに陥ってしまう。とんでもなく、それらの版画と無縁に、度胆を抜く助兵衛さを持っている。凄く、危ない絵を描いている。

「早く、消えなさってくんな。あっしの筆の絵は、錦絵も然りだが、花火と違う。残る。百年、二百年、うんや千年。残るために書いておるんだよ。そこいら、大旦那も、そこの丁稚《でっち》も解ってねーようで。残るでー」

長喜が追い討ちをかけてよこした。

一瞬にして、新八の思いや感じが、凍《こご》えた。

栄松斎長喜は、つまらない。下らない。一人のやれることに、自惚《うぬぼ》れている。華は、消えるから華ではないのか。花火は、だからこそ良い。自身に酔ってばかりは、醜い。不滅への必死の願いは、はっきりいって醜《しゅう》。滅びこそ美のはず。

「これで、長喜の胸の患いは十三年目。なかなかしぶといわ、死なねーもん」

弥兵衛が、新八の耳許に囁《ささや》いて、袖を引いた。


消えるからこそ花火は凄さの果てへいくとはっきり気づいた新八に、やっと、敵そのものの玉屋について振り返る膂力《りょりょく》が、腹の内側深く、底あたりで動いてきた。なんで齢若い時は、こんなにもあれこれが起きるのか。巻きこまれた一揆の時とは質を違えて、いろいろある。丁稚とは職人世界の下の下で、他人に細心の気配りをしなければならないせいか。下の下ゆえに、望みを大空のように抱くせいか。

ただ、力んで、怨みと憎しみを持って吉川町の玉屋を振り返ろうとすると、実は鼠色一色で、単純だったと気がつきはじめる。

なにしろ、奉公したその夜から、玉屋の屋敷の離れの前に、犬小屋並みの背丈の低い、深さもない小屋へと一人置かれ、主の玉屋の弟の番頭から、「いいか、この離れには我が玉屋の宝がぎっしり詰まっている。おめえは、それを守る。耳をしっかり研ぎ澄ませ。目を、見開いて怪しい影を見逃すな。全身の毛穴を太く拡げて、変なやつを近づけるな」といわれ、職人の仕事終いの夕七ツ半から、夜通し、朝六ツ半まで、毎日、毎日、毎日、二百四十日ばかり過ごしたのだ。

満八ヵ月目ちょうどに、離れではなく、繁華街の両国西広小路《にしひろこうじ》の火よけを兼ねた広場に面した店先でぼやがあった。慌てて、番頭の女房の弟が水桶を手にやってきて、いとも簡単に離れの扉を開け放った。離れの中には、花火と無縁と思われる好色がかった読み本の束、臼、雑巾、反故紙《ほごし》、古着が詰まっていたのであった。奥の奥まで、中の中まで火の気配がないか調べた後に番頭の女房の弟は離れから去った。火薬と花火を保つ蔵へといってしまった。夜に見張りをして、昼に眠りを四畳半の丁稚小屋で貪《むさぼ》っていた新八は、かなり、驚いた。まるで無駄な役をしていたと知り、随分と、気を落とした。見ると、蔵の前に、玉屋市郎兵衛を先頭にして、ほぼ全員が手に手に大きな水桶を持って集まり、蔵の中に入っていく。蔵の中を湿らすということか、花火と火薬を身をもって守るということか、はたまた花火と火薬と心中するということか……。むろん、新八は招きもされなかった。やがて、一番玉屋と血縁の薄い職人が、蔵の扉を外から締め切った。娘の夏が、ぎゃあぎゃあと泣いて、新八の小屋に近づいてきた……。

思えば……。

二十そこそこの玉屋の二代目は、弟を番頭にして、手代は父方の従弟、職人頭は弟の妻の弟、住みこみと通いの七人の職人はみな血縁の者達だけ、下働きの女も玉屋市郎兵衛と何らかの血の繋がりがあり、新八が居るところなどあるはずもなかったのだ。なるほど、江戸一の繁華街の両国西広小路に面しているので、店先で花火を作って見せている開けた印象を与えてはいるけれど、あれは人々へのくすぐりと宣べ広めの手《て》管《くだ》。実際は店先では既に抜いてある竹の節に、これまた土蔵で主の市郎兵衛とその弟だけが薬を調合し、練りもしてある火薬を詰めるのみ。店先では包丁で細い竹を切ったり、紙を切ったりするが、あれは後で分かったが七歳の子供でもできる仕事。勿体《もったい》ぶってやるので、深川の芸者衆のみならず侍までが見物にくる。

玉屋の狙いは、江戸及び諸国を通じて威《い》のある明山に逆らうことなく、しかし、丁寧にきっちりいびり、丁稚の新八を自滅させることにあった。しっかりと。

要するに玉屋は、血族だけの店だった。鍵屋から盗んだ技を外に漏れぬようにして、儲けを一族のみで分け合う。それは徳川さまも京都の天皇さまもそうであるし、世の習いといえばそれだけのことだろう。が、身寄りのない百姓のおのれは、やはり、引っ掛かり、いつか、どこかで、脇腹か腰でも思いっ切り蹴り上げたくもならあよと新八はいまでも腹が立つのである。自分が独り立ちしても、決して血筋に頼らぬつもりだ。

それで。

盆暮れも休まず、背丈は犬小屋の倍、幅は同じ、長さだけは三倍あった玉屋の狭苦しい見張り小屋の地面に寝そべり、離れを見つめていた。離れは、鉄柵《てっさく》に囲まれ、鉄柵が尖《とが》り、鉄柵は隙間《すきま》がほとんどなく、新八は、その雰囲気に飲まれ続けた。

得たものは？

何も、ない。

そうか……？

夕方から、明け方までの空の刻々の流れが分かった。

闇のくる前の、晴れであろうが曇りであろうがそぼ降る雨の日であろうが、濃い口の青さが、紺青色《こんじょう》の悲しさとなり、群青色《ぐんじょう》のきつさへと深まり、ほんの瞬《またた》く間は群緑《ぐんろく》の色あいとなっておどろおどろしさを呼びこみ、すぐに漆黒《しっこく》となる。もしかしたら、否、間違いなく、人の生の終わりとはこんなものだろうと予測させてくれた。

そして、何よりも、一時《とき》に満たないこの短い時に見せる大空の底深さの味わいを教えてくれた。いま、玉屋は、鼠の糞《ふん》が煙をもうもうと出すのでこれを火薬に含めて筒《つつ》花火として陽の高い昼八ツ半から立てるらしいが、邪まなやり方と分かる。御天道さまの姿がなくなってから、花火は映えるのだ。

それからやってくる、真っ黒の夜空は、西広小路の店が閉まっていくほどに、凛《りん》とした冴《さ》えをよこす。北斗七星の柄杓《ひしゃく》の先を五つ伸ばすとある北極星の青みがかった可《か》憐《れん》さは、だから謎は謎を呼ぶみたいで、永遠に生きる、というものを与えてくれた。

というより、闇というのは、暗さであり、負《ふ》であり、嫌うべきものであり、しかし、同時に途徹もない魅力なのだ。そこに在るだけ、それだけで。この交じり気のない黒色の世界は、よくよく見つめれば澄んで奥の知れない花鳥風月というか漢詩に出てくる自然そのものの偽らぬ生きた姿であり、この暗さの先は測り知れないと教えてよこすのであった。闇空を見上げるだけで、ついには、人間など芥子粒《けしつぶ》と同じく果敢《はか》ないものと暗に示すだけでなく、はっきりと頭の中に叩きこみもしてくれた。だけれども、その果てがあることを眼に刻んでも玉屋でのあの暗黒の虚無は忘れてはならぬ。

果て、つまり、人の命のある限りにやれることは高々知れているということは、新八に空しさを知らせたが、だからこそ、いま、ここで、この時にという燃え立ち滾《たぎ》るものを迫りもした。いまある生を、とことん大事にせねばならぬと、我が儘そのものに……。そうなのだ。闇を息を凝らして見ている一人のこちら側を、闇ゆえに、闇は、くっきりと、観《かん》じ見るおのれを照らしてくれた。

そしてまた、星の輝きは、闇があるから、輝いて映ると分かった。真っ昼間は、こうはいかない。昼の月の見すぼらしさを仰げば、分かる。

夏なら、特に強い雨の叩きつける闇が良い。

冬なら、ことさら北西の風の吹き荒れる、隈のない闇が良い。

花火も、本来、そういうものだと、立て方も、薬の練り方も、まるで分からないうちに、思った。闇と光が勝負しあって、光の負ける地平が花火である。他人に好かれねばならないのが花火の命運としても、〝あ〟で、束の間で、瞬間に滅びるのが本当の姿。これらをしっかと新八は、玉屋の小屋の真の闇で飲みこんだ。

そう、自分は闇でなく、心の臓の脈がときめく人だ。

人といえば、玉屋の丁稚の頃は、朝、不寝番《ふしんばん》をして明けると、ほかの丁稚十五人達といっしょに長椅子に乗せた一汁一菜《いちじゅういっさい》を食う時に、誰も話しかけてこなかったことも、忘れられぬ。

「血の繋がらぬ者とは話しては、ならぬ」との玉屋市郎兵衛の指示は隅々まで通っていたのであろう。夜と昼が逆転して、夕飯を食う時も、誰も相手にしてくれなかった。

人は、夜はいないものだという単純至極のことを、小屋の中で、爪先や髪の先まで教えこまれた。

例外は、早婚の玉屋の主の娘、夏、四つであった。字を、勿論《もちろん》読めない夏は、よちよち歩きで、朝飯を終えると、四畳半に布団四組の丁稚部屋にきて、「花いちもんめ」とか「かごめかごめ」とか「ことしのぼたん」とかの新八もまた故郷と妹のまきを思い出して好きな童歌をねだった。歌っているうちに新八は快くなって眠ると、いつの間にか、夏も消えているのであった。

夜、寝ずの番に新八が取りかかると、夏は、童のための、されど、ちいーっと早い「さるかに合戦」や「桃太郎」の絵本を右手に、手燭《てしょく》を左手にしてやってきて、読んでくれと、それは熱心だった。

「さよなら」とも夏にいわずに玉屋を出てしまったが、悪いことをした。遊びに必死な、きりりとせつない童女だったのに。

一人、大空ではなく、離れと離れの間の半端《はんぱ》にどんよりしている暗がりに目を向けている時の退屈さは、はじめの二十日間、眠気との闘いどころか頭が奇妙に敏感になり、闇がじわじわと全身に沁みてくる狂おしさで気がおかしくなりかけた。闇をよこす時とは、何か？　心の臓を犯し、目を犯し、気が遠くなる後ろめたさをくれるだけではないかと思えてもきた。浅間山の大爆発と、以後のめまぐるしい争いや成果など、この退屈さとは無縁であり、役に立たぬと思った。まるで、新しい体験だった。不平や不満を訴えようにも、玉屋の主、番頭、手代、職人頭とは顔を合わせないのだ。

不寝番ばかりで枯れてしまいそうな中、変なことが起きた。

先代玉屋の弟の長男の左兵衛という十七の男が、新八の見張る小屋の後ろで、なんと、焚き火《たきび》をしたのだ。しかも、跡始末は、水もかけず、灰を猫のしょんべんをするごとく浅く掛け。その火が、小屋に燃え移り、新八は、焦った。板を五枚焼いただけだったけれど、市郎兵衛はいない。新八は、玉屋市郎兵衛のいると思われる奥の奥の部屋へと押しかけた。

こういう時の新八は、元々の性格のふてぶてしさに加え、浅間山の大爆発以後の生死を潜り抜けてきた土壇場の胆《きも》の据《す》わり方の鍛練ゆえに、図太い。ぼや騒ぎを娘の夏を抱いて廊下で見ていた市郎兵衛に詰め寄った。

　忘れぬ。

　市郎兵衛も、凄んで、いい切った。

「おお、いい度胸をしてるな。おめえみてえのが玉屋の身上を潰すんだ。出ていってもいいよ。おれは『色即是空《しきそくぜくう》、空即是色《くうそくぜしき》』も、『愛縛清浄句是菩薩位《あいはくせいせいくしほさい》』も嫌いなんでえ」

　と。

　たぶん、禅宗の僧、明山への当てつけもあったのだろう。玉屋は、そういえば、浄土宗と、先代の法事がある時に、丁稚がいっていた。それにしても、玉屋二代目市郎兵衛は、新八が直《じか》の指で手で腕で殺した故郷の旅籠屋《はたごや》の喜作に酷似していた。良くいえば、時機に乗り過ぎの背伸び、悪く言えば頭の巡りの良さゆえの負けを刻まれたような両眉の細さ。うんや、分からぬ。これだけは——玉屋は生きているのだ。

「新……兄ちゃん」

　その時、娘の夏が、市郎兵衛の懐《ふところ》でばたばたと桃よりわずかに大きい足を交互に蹴り上げ、父親の胸板を銀杏の葉のごとき小さい手で、俄に、ぼやが火事、火事が近辺をも焼く大火の勢いで激しく叩きつけた。

「なんだ？　なんだ？　なんだあ？　夏。おめえは、女々しい男の子でなく、腐った娘だな。この野郎お」

市郎兵衛が、夏を、棘のある低い声で怒鳴りつけるや、なんと、宙へと放り投げた。咄嗟《とっさ》に、そもそも木登りも駆けっこも一対一の喧嘩も強くて俊敏な友之助、新八である、鈍い角度だが横っ飛びになり、夏のひどく華奢な軀を辛うじて受け止めた。泣かない夏を偉いと思いながらも、主の市郎兵衛への腹立ちが更にめらめら燃え立ち、夏をこちら向きに座らせ「いつか見てろよ玉屋二代目」と告げて背を向け、小屋を、玉屋を走り去ったのである。

善光寺への出発の前の日の夕方。

「水盃《みずさかずき》は花火屋らしくねーや。酒盛りでいくか」

六代目鍵屋弥兵衛が息子の清造を可愛さ余って拳骨《げんこつ》でごりごり顎《あご》を擦《す》りつけ、二階の居間に縁者を九人ほど呼び集めた。厭《いや》がる息子に、一升酒を飲ませてはしゃいだ。

果てに、新八に主が酒を震える手で注ぎながら、呂律《ろれつ》の回らぬ舌で耳へと囁いた、

「おい、出戻りのいとを何とか頼むぞ。生娘《きむすめ》のきぬは、駄目。おめーには、やらねえぞ。あんまりいわせるな、わしに」と。

そして、聞いた、「新八、花火の極意はどこにあると思うか」と。

「へい、色の冴えで」

色は、大切。でも、今の今、馬鹿侍を越えるため、高さ。百尺を確かに越えて百二十尺と切実に、必死に、新八は考えているけれど、誤魔化す。

「そりゃ、一里塚じゃ。花火の極意は……」

六代目鍵屋は途中で、虚しさの極北《きょくほく》のような顔つきになり、言葉を途切らせた。

「へい、旦那様、極意は何でしょうか」

「む、む、む」

鍵屋弥兵衛は、酔い潰《つぶ》れたか、老いたか、口の両端から涎《よだれ》を垂らし、無言となった。

まさか「む、む、む……」は「無、無、無……」ではあるまいに——新八は最も要のことを、従って、聞きそびれてしまったのである。

花火の極意を。

花火の極意は何か。

それまで花火は待ってくれるのか。

其の参『中山道《なかせんどう》の再会』

この季節、中山道は空いていた。参勤交代の行列ともぶつからないので気楽だった。霜降《そうこう》の時が終わり、十月のはじめだ。

侍どもに蹴散らされた上田城が見え隠れする。

北に妙高《みょうこう》の山並みか、青い帽子を被《かぶ》って尖《とが》る山々が見える。西は、白い帽子を乗せた飛驒の山地だ。東は、怒らせたら日本一怖いあの浅間山。気のせいか、いまは柔らかく優しい感じがする。

——しかし、景色自体なら、江戸の内藤新宿《ないとうしんじゅく》から、いったん甲州街道へと入り、高井戸から青梅《おうめ》へと過ぎる前に見た欅《けやき》の単純に、延々と続く武蔵の国の原林の方が見応えがあった。太い幹や枝の褐色や黒に濡れた姿は、花火と正反対なものをよこした。飾らぬ、自然の木々の素朴な荒々しさを。いつか、一切の葉を落としたこれらの木々の森を見たいと新八は、祈りにも似た気分を持った。

さすが真田昌幸の築城した城、千曲川沿いに切り立つ崖っ縁の上にあり、攻めにくく守り易そうな城だ。一揆の時と異なり落ち着いて見ると、見張りをして矢や鉄砲を射つ櫓《やぐら》までが整って落ち着きのある力を投げてよこす。櫓門で結ばれている南北の櫓は横へ横へと流れているのに、窓や板や門は縦へ縦へと連なっていて、正反対の調和が取れている。

だけれども、この厳しい隙のない調和を見ていると、すぐに新八は、侍どもに蹴散らされた惨めさや、膝を屈したやり場のない感情に呼び戻される。いつか、侍の花火を越えて、侍の鼻っ柱を挫《くじ》いてやりたいと……いつか、いつか。

ちょっくら散歩を、上田紬《つむぎ》の土産物なんかも探して、へい、いとさん、夕方には必ず帰ってきます。女と会うんだろうって？　まさか、側に綺麗ないとさんがいるのに、それに、はじめての土地ですぜい、実は、あっしも長喜師匠の絵を見て、心に残る綺麗な山川、草木でも目に残したくなって……と、旅発《たびだ》ちの前に新八は、上田城と旅籠《はたご》を背にした。当たり前、「百年、二百年、うんや千年」残る絵を望む栄松斎長喜など糞食らえ、見習いたくもない。瞬《まばた》き、瞬きに賭けておっ死《ち》ぬ立派な花火師になりたい。

千曲川沿いの小道へ出て、神川《かんがわ》が流れこむ地を越え、道なき道を遡る。

五年前に妹を抱いて逃げた懐かしい橋が見えてくる。浅間颪《おろし》が、剃りあげた月代《さかやき》から吹き下ろしてきて、髷《まげ》を撥《は》ねていく。

――三百歩、奥へ入ったところだった。

朱色の剝げ落ちた小さな祠《ほこら》が見えない。

浅間颪のざわめきと土鳩《どばと》の鳴きに混じって、男と男のいい争う声がする。低い声だが、かなりの深刻さのある声と声だ……。仲が悪い忠吉と三助だったから、多分、二人だろう。

声の方へと新八が軀を屈めていくと、五年で朱の塗りはまるで黒ずみ、うんと縮こまったと映る祠がある。時が経ったのだ、やはり。思えば、自身は五尺七寸の身の丈となっている。同じ齢頃としては二寸から三寸高い。

いた。

忠吉と、三助が。

いない。

姉の、つたは。

「頭《かしら》がきたら、おめえ忠吉は逆さ吊りにして折檻だ。それから、ぶすっと首筋を切って。ここなら、声は聞こえねえ。ん？　叫べ、叫べ。仏の埋め場所は、この林がいいか。神川の急流で土左衛門がいいか。侍の血が泣くずら」

三助が、出刃包丁の背の峰でお結び顔の忠吉の頰を叩いている。

「仕方、なかったのだよ。頭の姉さんが、あの一と月後に『掘り出せっ』といいだして。飯が食えねえで、女郎になるしかないっていうもので」

「この恩知らずめーっ。おめえ、忠吉は二度も頭《かしら》に助けてもらったずら？　おめえの性が悪いんで嬲《なぶ》り殺されるところを。あーん？」

「だから、そのう、済まねえと、半分、銀五十粒は残しておいたわけです」

「嘘つけーっ、おれが遠くから見張ってたら、一人で掘り起こしやがって、こらっ、狡《ずる》の忠吉。なにが、元侍だあ？」

「頭でもねえおめえさんに狡の忠吉といわれる筋合いはない。盗む気なら、ずうっと前にやっている。泥棒本職のおめえさんとは違う」

　忠吉の身なりは、浪人風だ。元武士の血筋、けっこう決まっている。垢が照り光って縦縞の模様となっているとしても、弁慶縞《べんけいじま》の小袖を着こなしている。履物だけは大《おお》袈裟《げさ》な鉄でできた鎖つなぎの甲掛《こうがけ》に麻の草鞋《わらじ》だ。遠くに住んでいるということか。もう、二十四のはず。

「この野郎っ、盗っ人、猛々しいとはおめえのことずら。こら、本物の泥棒っ」

　こちら三助は忠吉より三つ年長、二十七ぐらいか、泥棒が巧みなのに忠吉を泥棒と罵《のの》り、寒くはないらしい、変わらずの水呑み百姓の膝《ひざ》までもない野良着に黄色い褌《ふんどし》をちらりと覗かせ、手拭いで頬被りをしている。

　三助の忠誠心は、確かなようだ。

忠吉の小狡さは変わらずだ。が、この狡さの武器を誰に向けるかによっては、やっぱり測りしれない強さがあると新八には映る。

「久し振りだあのう、忠吉、三助」

ここがおのれの弱さだ、もう少し二人の話を聞いて様子を窺ってからと思ったが、姉のつたのことが気になり、新八は栂《つが》の幹を回り、全身を出した。

「友之助さん……頭領」

忠吉が、新八の旧名を呼んで、暫《しばら》く絶句した。新八の立ち姿を見て、職人でしかないと落胆したかのように目を曇らせる。曇った目はやがて、銀の半分を一と月後に掘り起こしたことを詫びるしょぼつきになり、やがて、四角の角の丸いお結び顔をもっと緩め、瞳を明るく暗く交互にめまぐるしく変え、嬉しさを表わした。小賢しさよりは、目の方が喜びを語っている。

「忠吉、姉のつたはどうした？」

括られている忠吉の縄の縛《いまし》めを出刃包丁で切って解き、新八は聞いた。

「はい、実は、そのう……しかし、銀を五十粒掘り出してみんな、そ、みんなですわ、みんな渡したら、ぷいと、松井田《まついだ》で消え……はい、わたくしが捨てられ。以後、分からないのが、本当です」

本当とも、本当でないとも思える口の調べで忠吉が打ち明ける。

「おいっ、忠吉。てめえの名は、てめえと正反対なんずら。主を裏切り、仲間を裏切り、女を裏切り、この裏切り野郎っ。裏吉と名を変えるっち」

ぴしーんと、三助が包丁の峰で、忠吉の頰を叩く。

「そんなことは、わたくしは知らん。捨てられたのがわたくしだ。わたくしだって後ろめたいことがあったら、のこのこ、こんなところに、約束の日にこない。主《あるじ》殺しをして、生きるためとはいえ……死ぬほど辛く、苦しかったのだよ。友之助さんには五年前に八つ裂きにされるところを助けられ、いまも……それで、きた」

忠吉は、それはそうであろうと思われることを告げた。残り半分の銀をくすねるつもりなら、とっくのとうに、手前のものにしていたはずだ。

「そう……か」

飢饉《ききん》でなくて単に不作でも、女衒《ぜげん》が鎌原《かんばら》村にはやってきたのを覚えている。公の江戸の吉原にいける器量ではないのだ姉は。岡場所か、どこかの旅籠か、橋の袂にいるのが普通の推し測りだろう。そういう女は、病もあって命は三年、もう死んでいるといって良いだろう。生きていて欲しい思いは、かなりの嵩《かさ》だけれど。

うん、それで已むを得ないと新八は考え直す。

天涯一人でいく。その決意を、忠吉はくれている。

「江戸へ出て、寺子屋の手伝い。しかし、妻《めと》を娶るほどの銭は貰えず……せっかく算術、蘭学などをものにしたのに。この旅も、膨らむ大きい借金をして、やってきたのです。銭が欲しいのです。才を、生かしたいのです、昔の頭《かしら》。なんとか……」

さも有りなんということを忠吉は口に出した。

「ふざけんじゃねえつうだ。おらなんぞ、この五年、信州で、白い米は一粒と口に入れたこたあねえ。なに？　算術？　算盤《そろばん》だけで十二分ずら。だけど……腹が空いたあ」

胡座《あぐら》をやめ、三助も足を投げ出して、後は、喘《あえ》ぎ声を出すだけとなった。

新八は、しっかり、心を決める。二人を、使おう。鍵屋より開かれた、当たり前だが、玉屋の湿《し》っけて暗いやり方でなく、才を生かし切り花火を――いつの日にか、必ず。

――二時《とき》の後、三人は別れた。

銀は一と粒とて、新八は懐《ふところ》に入れなかった。忠吉と三助に分け与えた。学があるから狡い忠吉には、忠吉の密告し殺した主筋《しゅすじ》による岡崎藩への紹介状を返し、明山のくれた偽の往来切手を渡した。五年後に、江戸で会う取り決めをした。

「岡崎では、なにがなんでも天高く突き抜ける砲術の秘術を習え。盗め」と新八は眦《まなじり》を決して告げた。「報いの金は、江戸にやってきた時、五十両すぐに支払う」とも。

これは新八にとっての賭けそのものでもある。その時、鍵屋の金庫を握れているか……。

学の忠吉と盗みの三助の二人の諍《いさか》いは気になる。しかし、それぞれに新八に誠を誓うところで競うという点を、見抜いていなかったといったら、嘘となる。一揆の生死のかかる時に覚えた人の使い方は、忘れていない。

泥棒をごく簡単に為す命知らずの三助には、別に、銀五粒を渡し、用心棒として、鍵屋の跡継ぎの清造一行の一町から二町の後を、目立たぬように尾《つ》けさせ、いざという時には前へと躍り出るように仕事を与えた。中山道の小諸《こもろ》から出てきた駄菓子屋を装わせた。

新八にとっては、痛い出費となった。江戸に帰って女遊びの元手の夢も消えた。でも、何十倍、何百倍、何千倍に取り返せばいい。

人の生とは、どでかい賭けそのものではないのか。


宿に戻ってくると、主の息子の清造が玄関のところへとけんけんしてやってきた。

「ね、新八、女が欲しい。善光寺参りの後の精進落《しょうじんお》としまで待てねえやい」

清造は、銭金のことは考えていないように甘えてきた。

どこの宿にもそこはそれ、公認はなくても阿吽《あうん》かつ曖昧な女がいる。帳場で掛けあい、廊下の突き当たりの押し入れへと清造を案内した。

部屋に帰ると、主の長女のいとが、

「不思議だね、江戸を離れれば離れるほど、身も心も軽く、伸びやかに……。そうだ、花火の薬についても話しやすい気分だね。こんなに浅間山が大きいと……人の科《とが》や罪は小さく映るもの」

と、紅を引いたばかりの濡れた印象の唇《くちびる》で、酒をすすめてきた。

「へい、ありがとうございます」

「ううん。花火の薬は内緒の中の内緒。女と男の仲みたいなのさ。特に、武家も欲しがる焔硝は……ね」

やはり、色ばかりでなく高さの鍵は焔硝にあると鍵屋の長女の口から焙り出されてきはじめる。

其の四『殺しの華』

鎌の刃より月の形が鋭くなってきた。

女体欲しさよりは、薬の調合と塩梅《あんばい》の知りたさで、鍵屋の長女のいととできてしまって、一ヵ月半。

越後の長岡では、武士の花火の秘法について、まるで侍にあしらわれ、失敗した。

見たことはないが、長岡藩が、信濃川で打ち上げるどでかい花火は、伊達藩の江戸上屋敷でのそれと同じほどという。

侍の高さを越えねばならぬ。いかに、色が野暮ないなかっぺいの夏蜜柑色でも。

飽きるほど越後の海の重たい鉛色を見た。

市振《いちぶり》の関では、その先から越中の国、うるさかろうと思ったら、手前の海辺の宿で、「厳しいだがあて。特に〝出る女〟は、高田城の証文《しょうもん》がねえと通さねえ。けれど、越中に入れれば、加賀乞食、越中強盗というのって、役人が賄賂《わいろ》を急き立てるからえよ、増しかもな。市振の関の女の取り調べは脂ぎった中年男が立ち合って悪さをするのって、裸をじろじろ見たり、ついでに臍の下まで手を伸ばしたりするがやの。富山の薬売りに負けぬ根性だ。せやから、女通行案内か夜分案内を雇うと良いがやの」と勧められ、「なに、一人三十文で済む」というので頼んだ。

善光寺から高田に抜ける関川では裏道の案内は四十文が相場と聞いていたから安いと思い、それに、いとが自分の女になったら急に他の男にいいようにされたくない気持ちが出てきて、名にし負う親不知《おやしらず》も危険だし、飛びついた。前払いは確かに三十文だったが、北陸街道に再び出る段となり、「霙《みぞれ》で、ほれ、この通りやぜえ、脚絆《きゃはん》も泥だらけ。あと、七十文やぜえ」と案内人は凄んだ。面倒になるので、すぐに支払った。「やぜえ」の言葉のおしまいに慣れたものを感じたのだ。どうやら、宿と関所の役人と、この女通行案内や夜分案内の男は通じていると分かった。が、遅い。

その後の番人の忠告に従い、膝まである雪靴、茅《かや》の蓑合羽《みのがっぱ》、頭に、うんと昔に流行ったという丸三角形の塗り笠を買って装い、次の番所を通ると、今度は番人を監視するひどく若い役人が一人いて、手形もなんもろくに見ずに、はじめは両目を引き攣らせ「江戸へ帰れ、帰れ。花火の素？　このどぐされめ、遊びじゃ民の飢えは満たされぬわ」と江戸屋敷詰めをしたことがあるらしく江戸言葉に近いいい方で真っ赤に顔を染め、賄賂も受け取らず、そのうち落ち着き、「いけ、いけ。いい思いをして、雪に塗れて死ぬだっちゃ。悪いやつらが懲らしめられて、流され……。いい、それでは、じゃまして」と、そっぽを向くのであった。やがて、若い者特有のにやにや顔となり、顎で、行き先を示し……。死地にいけといわんばかりであった。

そういえば、庄川《しょうがわ》沿いの曲りくねって、小さな山を越え、川に近づくとまた山の中へいく泥道では、向こうからくる人は一日せいぜい三組十人程度。人を見かけぬ山道だ。霙と、湿っけた中途半端の雪で、滑る。

一日、二里半ほどしかいけない。

宿などない。

泊るのは、祈りのためよりは冬の間、陸の離れ島となる人々のためか、雨をやっとしのげる社《やしろ》か祠《ほこら》が多い。三畳ほどで、前を塞ぐ戸は焚き火に使ったらしくてない場合もある。

すっかりみんなに馴染んだ三助は、「いくらなんでも三助はないね、風呂屋で背中を流すのは花火屋一行の仲間に合わない。〝五助〟にしな」と、いとがいい、五助と呼ばれ、張り切っている。五助は寒さに強いのなんの、合羽の下は粗い布地の野良着一つだ。五助は、張り切る――農は職人や商人より身分はあるとしても、水呑み百姓では、どうなのか。五助はそれでも、肩を怒らせ、次に慌てて腰を屈《かが》めて低くする。

荷の詰まっている笈《おい》を片時も離さない。

遠くの山岳が見えず、登り下りの激しい山道だけが目の前に現れた。

鍵屋の跡取りの清造は、北陸街道に再び入って旅籠に枕を共にする女が少くなってから、不機嫌だ。しかし、逞しさとは異なる余裕で、姫川の透き通った青さ、もっこり聳《そび》える黒姫山、裏道の峠から見えた白い海の逆巻く親不知の荒磯、既に白い菅笠《すげがさ》を被った白山《はくさん》の山々と鼻歌まじりに、ゆったりと眺めてきた。父親の鍵屋弥兵衛のごとく商才や迫る力には欠けているが、このたゆとうゆとりは新八が、浅間山の大爆発、飢えと一揆、そして江戸の玉屋でのいじめと鍵屋の丁稚奉公で失ったものだ。いや、そもそも、花火屋の血というものであろうか。先祖や親の七光りなど当てにしないし、当てにしようもない新八は、口惜しさと、舐めと、羨ましさを練った火薬ごとき気分になる。

いとは……。

すこぶる元気だ。

この頃は女房然として当たり前のように新八の隣りに寝て、夜着に紛れて手を握りしめ、その手を乳に、太腿に、繁みに導く。鈍い清造にすら、「あれ、姉さん、新八に〝ほ〟の字なのか」といわれ、首を竦《すく》められている。新八は気が気でない。本命の次女のきぬに、清造は悪意なく報告しかねない。正直にいって、女の軀《からだ》の扱い方を教えてくれたいとが、もう重っ苦しくなりかけている。

「また、山道が庄川と出会ったね。これは、もう四、五寸雪が積もったら通れないのは当たり前だね。来年の春までは、帰ってこれないね。寺の宿坊に泊らせてもらうか、奉公人になるしかないということかね。でも、あたしは、とことん、おまえの面倒を見るから。大船、そう、それも、吉原通いの猪牙船《ちょきぶね》や花火用の屋根船でなく、上方から酒樽を運んでくる千石船に乗ったつもりでおいでよ」

一度、女をものにした後に、女の疎ましさはいかほどに大きいかを千石船に暗示しているといとは知らず、いまも、牛一頭しか通れない細道を登りながら、新八の後ろで頻りに話しかけてくる。

「本当に、ここは船の一艘もないね。ま、この急流じゃね。道から川へ落ちたら、必ず、仏さまだね」

むっつり謎めいていた江戸の横山町の時と、いとは変わった。いや、これが実の姿か、お喋りである。男ができれば、その男に花火の秘薬をすぐにばらしかねない……。

「お嬢さん、おらなら、大丈夫だで。千曲川の上流で、大雨の日に、泳ぎながら山女《やまめ》を簎《やす》で突いたこともあるだ」

三助改め五助は、痩せているがゆえに両目だけをぎょろつかせ、振り向いた。女にもてぬから新八といとの肉の関りには気づいていないらしいが、新八の主筋の娘がいとと知り、自らを売りこむのだろう。

むろん、五助のいい分は、真っ赤な嘘——のはず。五助は金槌ゆえに、友之助時代の新八に助けられ、今日がある。

「法螺を吹くんじゃないよ、五助。流れの速さが違うだろ？　この川には魚を獲る浅瀬や、緩い流れなんかないじゃないか」

全く、観察の力が正しいと思うことをいとがいう。新八の心を除いて、この見抜く技はいつも冴えていて、これがまた、新八の心を重たくさせる。見通す力があるのに、あけすけに、そのことを口に出してしまうのだ。もし、もし、新八の真の生い立ちの秘密を知ったら、口を塞いでいられるのか。

待……て。

五助は、昔の三助と違って、泳ぎを覚えたか。もともと、泥棒が巧みなすばしっこい性《たち》。

うんや、分からぬ。

「へえ、お嬢さん、その通りで。九分一分で、確かにその通りで。おっしゃる通りで。しかも、すべすべ、つるつる滑る大岩だらけ。急流に流されて、頭か腰か背骨をぶつけて土左衛門。ただ、谷を流れる川ってえのは、川の淵が案外に、流れが緩いずら。雪融けの赤い水でも、五月雨の、その濁った大砲《おおづつ》みてえな流れでも」

「なら、飛びこんでごらんよ」

いとは、五助の言葉を遮り、どこまで薄々勘づいているか、水呑みの出自の五助をせせら笑った。なるほど本百姓と水呑み百姓の間には、きっちり真っすぐの太い一線があるけれど、新八には、同じ百姓の出として、ひどく嫌な気分となる。

「へい、済みません、お嬢さん」

頭を下げ慣れている五助は、しかし、ありきたりのこととして、臍まで頭を垂れ、先頭を、荷の重さは、その出目と上唇を更に突き出させるとしても、笈の重みを重みとせずに歩んでいく。野猿の敏捷さと運搬牛の強《した》かさを同居させている。水呑み百姓五割、泥棒五割で培《つちか》われたものだろう。

「おや、新八。不機嫌そうね」

みんなに聞こえる声でいとが、蟬しぐれの倍ほどごとき沢鳴りの轟きの中でいい、牛一頭の通れる狭い道で隣りに並んだ。

「どうしたのです？　新八。長岡藩の侍に、虚仮《こけ》にされたのが尾を曳《ひ》いてるわけ？　そもそもあれは、お父っつあんの思いつきです。袖の下を直に出すのは新八だし、自分には科がこない。依怙地で、誇りが高く、ご譜代のくせして江戸に敵意を剝くところが長岡。大砲の秘術など明らかにするわけはないよ」

いとは、清造と五助の前では呼び捨てにして気を配る。が、その上で新八の気持ちを解っていない。

長岡の花火は、疑いなく大砲の砲丸の出し方を応用している。城下に入ってすぐに、「幕府から『〝合図〟の煙火ではないであろう、戦《いくさ》用であろう』と打ち揚げを禁じられたことがあるすけ」と信濃川の河畔《かはん》の駄菓子屋の老人が、いっていた。禁じられても性懲《しょうこ》りなく、「村の夏祭り、秋祭りでは、やるがあて」なのだ——と、いうことと、武士が砲術の秘密の技を漏らすことは、別。

実際、祭りの花火は民がやるので、侍は、その秘法の十分の一も授けていないらしい。

「長岡藩のことは忘れなさい、新八」

いとが、念を押す。次の手は打ってある、ともいえず新八は黙す。長岡では——主の鍵屋弥兵衛に指示された信濃川の支流の古川沿いの侍屋敷の一つを訪ねると、中間《ちゆうげん》ではなく小者《こもの》が出てきて、「旅人は、渡里町《わたりまち》の宿に決められておる。そこで待つがあて」といわれた。宿を取り、待機していると、女中が使いにやってきて、江戸にある茶店じみた店に連れていかれると、中間が待ちかまえていた。そして、「おいらの牧野忠精《ただきよ》さまは、御公儀の寺社奉行。我らはどんな不正も許されぬ。いかがな用か？　ん、花火？　百姓どものやる戯《たわむ》れに関りあっておる暇はねえらえ。帰れ。待て、土産は置いていくすけ」といいようにあしらわれてしまった。頑な長岡の風土の先っちょも。

が侍、その上、煮ても焼いても食えないところがあり、新八は参った。秘法を教えることはしなかったのだから侍側には罪科はない、海苔と金子を袖の下に入れたとしても。

「見てやがれ、いつか……侍め」

ついつい新八は独りごとをつぶやく。奥羽の雄の伊達藩の花火を江戸で見たが、なるほど高さがあって度胆を抜かれた。しかし、あの色は何だ？　負け惜しみなのだろうか。炭団の暗さの、田舎っぽい、華のない橙色なのだ。それに、横への広がりと奥ゆきがない。主殺しで頭の賢い忠吉、三河で、砲術の盗みを頑張っとくれ。

いい、質の良い焔硝の作り方を五ケ山《ごやま》で仕入れればと、しぶとく一つ一つを肌で目で頭で教訓としていく新八は自らにいいきかせる。

「焔硝は花火の色だけでなく、飛ぶ力の素として重大なのよ」とは、いとの言葉だ。

透明さがあるだけに青みに恐ろしさがある庄川の激しい流れに目を落とし、新八は居直りの新しい気分を味わう。

井波《いなみ》は、隣りといっても遠い城端《じょうはな》と並ぶ絹の集産地、そして銭金を融通する所。なるほど藩は五ケ山一帯の日本一の質を誇る焔硝を五ケ山の百姓から買い上げ、専売制にしているけれど、山の中の田畑が少い五ケ山の人々は米や塩が必要なので、一番近くのこの二つの町の商人との付き合いが深い。しかも、五ケ山の人々は年貢は物で納めるのでなく銀で納め、焔硝などを担保にして井波と城端の商人から前借りしている。絆《きずな》が、強いのだ。加賀藩もまた井波と城端の商人を保護して焔硝を買い上げ良質の焔硝を自在に手の内に収めている。藩、商人、百姓が三角形の鉄壁の守りをしているわけだ。その上で、井波と城端の商人には飛びっ切り上質の焔硝が流れているという噂がかなりある。新八の耳に、なお四日前の、主の鍵屋の願い文を持って訪ねた時の商人の一人の言葉が過《よ》ぎる。

「江戸の花火屋け？　花火になんて勿体ねえ、戦《いくさ》用だ、真剣そのものの戦のために焔硝はあるがやの。生き死ににがかかった戦用やぜえ。遊びのためじゃねえではや」と前口上をくどくどいった上で。

「一貫一匁も、売ったり、外に出すのはねえのって。帰ってくださいまっせえや。ま、帰りを考えねえでしたら、庄川の上の方、下梨《しもなし》村、籠《かご》渡村へいって直談判を。四人の心中もいいのって」とにべもなかったいい種が。井波御蔵と呼ばれる年貢米を納めてあるでかい蔵の門にまで木彫りが施してあり、立派と思ったのに急に白々しく思えたのには理由があった。

「新八。路銀は四人分で……あとせいぜい四月分しかないんだろ？　冬は長いという五ケ山から帰れるのかね。帰れなかったら、弟を帰して、二人でここに住んでもいいんだよ」

いとが、むっつりする新八から軀を離した。

あれ。

めったに人と擦れ違わない獣《けもの》道よりわずかに増しな細道を、侍風ではなく、百姓風でもなく、ここいらの商人風でもない、男がやってくる。下り道なので、登り道とは逆で、急ぎ足に見える。いや、雪の積もる前に、砺波《となみ》平野の真ん中、高岡に出たいのだろう、菅笠の女の子を連れている。八つぐらいか。男は江戸風の、合羽の下に鮫縞《さめじま》の長羽織《ながばおり》、いなせな格好をして、どんどんこちらに近づいてくる。女衒《ぜげん》ではないだろう、女の子が、まだ初々し過ぎる。いや、分からぬ。

あ。

娘が駆けてくる。

頭を下げて、道の窪みと出っ張りに、そして、小石や泥濘《ぬかるみ》につんのめりながら、昼なお暗い杉の木立ちのてっぺんに届きそうに。庄川の急峻な流れの濃い青さに混じる白い渦みたいに。寒気を切り裂いて温めるように。息を吐き、吐き。こんな帚星《ほうき》が夢か幻にはあるというほどに、白い息を棚引かせて。

夏。

夏だ。

夏は、大きくなった。

ぐじゃぐじゃした心許ない地べたを走りながらも、しっかり踏みしめている。当たり前としても男の子を望んでいる態があからさまな二代目玉屋に手毬のように放られた時より、少女期だけにあるふくよかさとほっそりさを内に籠め、目尻を下げずに上げ、必死の面持ちで直線的に駆けてくる。息を弾ませ、剃刀《かみそり》のように切れ味が良いのに、たゆとうごとく、盃《さかずき》のように円く整った両目を見開いて、口を結び……。

「お兄さーん、新八さーん。どうして？　どうして？　ここに？」

先っちょをいく五助に、ぴょこんと一礼をして、夏が、新八の前一尺に直立し、それから、人懐《ひとなつ》っこく、新八の鳩尾《みぞおち》に顔を埋めてきた。

待て。

ならば、ならば、縦格子縞の合羽に、鮫縞《さめじま》の長羽織、脹《ふく》ら脛《はぎ》にぴっちり脚絆《きやはん》を決めている男は玉屋二代目市郎兵衛……。あの、陰気にして冷酷な男。一生、許せぬ、玉屋。

「なんで？　なんで？」

夏が、鼻先を押しつけてくる。八歳なので子供なのだ、鼻水も含んでいて湿気を帯びている。

然れど……。

新八の胸を、いきなり、例えようもない玉屋での丁稚の時代が蘇ってくる。くる夜も、くる夜も、陽の光と正反対の闇の小屋の番。しかも、その小屋は、襤褸《ぼろ》が主の我《が》楽多《らくた》のみを囲っていた。血族しか信ぜずに、全てを血族で塗り固め、血族と異なると乞食と同じく扱う二代目玉屋の仕打ちを。闇の闇の記憶しかよこさない仕打ちが、まざまざ、頭の毛穴にまで蘇る。

「夏ちゃん、大きく、健やかに、可愛く育ったなあ。元気そうで、おれは、すんげえ嬉しいぜ。嬉しい」

大股でやってくる玉屋の姿が否応なく目に入り、新八は、夏に、もっと優しい言葉をかけられないのを無念に思う。早口となってしまうのだ。玉屋市郎兵衛の為した漆黒の印象の、沼の底のどろどろしたへどろに追いこめる冷酷な仕業は、娘の夏の思い出だけを輝かせる。なぜ、こんなに、ただ単純で翳りのない可愛らしい娘が玉屋の許で育ったか解らぬ——花火なら手抜きをしたら、好い加減なのができる。精魂を傾ければ、立派に花開く。人間は、そうとはならぬ——らしい。

「おいっ、夏。急ぐんだ、大雪がきたら大変なんだ。そいつから、離れろ。また、引っ叩かれたいか」

この男は冗談など知っているのであろうか。厭《いや》らしくもときめく極彩色の枕絵など見たことがあるのだろうか。黄表紙など読んだことがあるのだろうか。知っているはずの新八を、二つの目ん玉を左の端に揃えて睨み、玉屋は深編笠の前の縁を上げた。

夏の後ろ襟首を、ぐいと掴む。

「だけど、お父っつあん。うんと久し振りなんだもの」

背中の父親を、夏が振り向いた。首筋が卵色より白く、温みのある肌の色だ。

「玉屋の二代目がねえ。技や巧みの盗っ人、玉屋市郎兵衛が、よく躾《しつけ》ているんだね」

いとが、襟首を正しながら、前面に出てきた。皮肉っぽい調子よりは憎しみの方が勝る口振りだ。鍵屋の娘としては当然の受け答えだろう。因縁が絡みついている、玉屋とは。

「これは……鍵屋のお嬢さん。あっしらは急ぎますんで」

顎の線に鉄を埋めこんだように角張らせ、玉屋が軽く頭を下げた。

「あんたはあんたの親父に似て、小さい頃からひそひそしていたけど、娘は立派だね。朗《ほが》らかで、裏表がなさそうで、素直だよ。夏とかいう自分の子を見習ったらいいよ」

いとの喧嘩の時の口上は、争いごとに血が燃えるらしい、挑発的だ。敵に廻したら、怖い。口先が、鳩を襲って啄《いば》む隼《はやぶさ》のように尖る。

「夏、いいから新八から離れろ」

しっかり新八の名を覚えていた玉屋は、いとの挑む言葉を無視して、夏の後ろ襟首だけでなく、片腕を強引に引っ張った。それでも、夏は、新八にしがみつく。

「夏ちゃんとやら、お父っつあんのいうことはきかない方がいいよ。泥棒より性の悪い盗っ人になるからね」

なお、いとは畳みかける。

飢えの放浪と一揆を経てきた新八は、泥棒や盗みなど痛くも痒《かゆ》くもない。秘薬と秘技を盗んで独立した初代の玉屋はそれなりに立派だったと思えてくる。

「う、う、う」

玉屋は、泥棒と呼ばれ、眼を二つとも上目蓋に引っ付きそうに上げ、いとを睨んだ。微《かす》かに、獣的な唸《うな》り声を腹あたりから出している。

この遣り取りを鍵屋の方の跡取り息子の清造は愉快そうに、口を全開にして見ている。

面白いのは泥棒の名人で盗っ人の常習である五助だ。自らを棚に上げて「泥棒かあ、盗っ人かあ」と明きらかに聞こえる声で、玉屋をじろじろ見て、いとの言葉に相槌《あいづち》を打つのである。

「鍵屋さん、いいたい放題ですが、あっしは近頃、良い花火で耳が遠くなりまして。小さな屁みてえなどこかの老舗《しにせ》の花火の音と違いますわな。で、鍵屋さんのいうことはまるで聞こえません。どこへ？　で、これからいくところで何を？」

玉屋も、よういう。なるほど音は敵の玉屋の方がでかいし、威勢が良い。新八は、これを気にしていて、越えねばならぬと内心思っていることだ。

「いう必要はないね、盗っ人には」

いとが鼻先を天に向けた。

「ま、無事に辿り着いても、五ケ山の百姓は教えないね、なんも。大枚はたいても教えない。帰った方がいいんじゃないですかね、鍵屋さんは」

ということは……やはり玉屋も質の良い焰硝を求めてここまでやってきたわけだ、その成否はどうだったのかと新八は意気ごむ。

「おや、盗っ人の血筋なのに、焰硝の作り方は盗めなかったのかね」

いとは、鼻穴を見せ、拡げ、せせら笑う。

「ふん、耳の遠いあっしですがね、鍵屋の長女は秘薬を牛耳ってるが、男を引っ張りこんだら、駄賃にその秘薬をみんな教えるって噂が聞こえてうるさいくらいですわな。正式に夫婦の盃ごとをした後でも、男をこしらえ、教えるんだそうで。それも、五人。いや、七人かな。もっとも、さげまんらしく、男は秘薬を知っても銭がねえ、酒に溺れる、悪い女に引っかかるで陸《ろく》なものにはなれねえって噂も耳に痛いほどで」

文字通り、ぎょっと胆《きも》が縮みあがることを玉屋市郎兵衛は目を剝いていい、牽制《けんせい》するごとくに、今度は、新八を一瞥《いちべつ》した。

玉屋はもしかしたら本当のことをいい当てたのかも知れぬ、いとの顔が余裕を失い強ばってきた。口も、出ない。地べたを踏む両足を、わなわなさせるだけだ。

「そこをお見通しで、鍵屋さんは、喋れねえ聞こえねえ字も読めねえ餓鬼《がき》を出戻りの長女に与えたそうで。耳に胼胝《たこ》ができるほど聞かされてきたけど。どうなんですかね」

勝ち誇るように玉屋が肩を怒らせた。

なるほど、秘法を餌に男を漁《あさ》り、男を漁る度《たび》に秘法を教えていたのでは、鍵屋の身上は持たぬ。新八が鍵屋の主なら、たとえ血が繋がっていても、仕事は任せぬ。勘当《かんどう》どころか、場合によっては……。

「うるさーいっ」

いとが、瞳から青白い筒花火の炎を噴くように両目を吊り上げた。犬歯を野犬の牙のように食み出させる。

「そうですか、苦い助言を聞く耳を持たないんですな。なら、いきなせえよ、五ケ山へ。辿り着くどころか、凍えて死ぬのが関の山。冬の五ケ山のことも調べねえでくるとは良い根性。もっとも、薬の配合の秘密も守れねえぐらいにだらしねえんだろうし」

玉屋が、五ケ山の行脚《あんぎや》で溜まったものを全て吐き出すように告げて、夏を、新八の軀《からだ》から、強く、隙《すき》なく、引き離した。

「新八のお兄さん、気をつけてね。険しい山道。それに、橋もなくて、籠《かご》で渡らなきゃいけないのよ。二た月いて、籠は十三ヵ所あって、十五の村を回ってなんも喋ってくれないのが五ケ山のお百姓さんよ」

夏が、軀は父親側だが首を無理なほどに捩《ねじ》って、呻くように告げた。

「この野郎っ、余計なことを」

玉屋が、武士が百姓を嬲《なぶ》るように、拳《こぶし》で、がつんと夏の横顔を殴った。拳の山で……。

夏の左の鼻穴から血が噴き上がる。

でも、夏は泣かぬ。

玉屋は、夏を引きずり、そのまま道を下り、曲がるところで、

「鍵屋は、薬の配合役と跡取りともども、冬の五ケ山で滅ぶ。冬のくる今頃、五ケ山なんて、馬鹿だよ、馬鹿。馬鹿を絵に描いたような馬鹿」

と「馬鹿」を四つ並べて、再び吼えた。

夏の、切れ味が良い刃のようで、しかし円い曲線を描く瞬きが、遠くから哀し気に迫り、やがて、消えた。

――いずれにしても、玉屋は、既に、確《しか》と、腹を決め、五ケ山の焔硝を真剣な取り組みの中に入れていたのであった。だったら、やはり、闇に新八を放った苛《いじ》めは、極

まった無視は、腰の骨の砕けそうな為すことのない退屈さへの放置は、まさに計算ずくであったのだろう。

算盤《そろばん》より計算ずくの仕打ちと思いが至ると、新八の玉屋への憎しみは地べたを果てしなく掘って棺桶《かんおけ》百個分の穴みたいに深くなる。

それにしても、夏は。

どうしてなのだろう、季節の夏は「なつ」の「つ」に力が強く入り、清楚で健気《けなげ》な少女の夏の方の「なつ」の「な」に力が籠もってしまう。幸せになって欲しいだあのう、幸せに。しかし、女の四つ五つと八つ九つでは違う。目の尻の反り具合いと瞳の輝きが、急に、何かを予感させるみたいになっていた。

そう、と新八は思う。

浅間山の地獄と紙一重の大焼けから花火に焦がれたという気がするが、そして、一揆のさなかの放け火の赤さに罪深い歓びを見つけもしたが、幼くして死んだ妹の最期の願いは雪深い冬の花火だった。花火におのれが命を賭けようとする抑えがたい欲は、実は、実は――よく説き明かすことはできないけれど、汚《けが》れる前の、ほんの短い間の、成熟する前だから明日の夢をくれる、少女みたいな女の哀しさへの渇きがあるのではないか。

でも。

江戸にいる鍵屋の次女のきぬはもう立派な女。それなのに、欲しいと自分は願っている。もしかしたら、こちらに顔を向けず、心を向けぬからか。主が「夫婦にはさせない」といい張るから、かえって心が傾くのか。少女の魅くものと、きぬは別ものなのに。二人が単に花火屋の、決め手を持つ娘だからか……。

解らぬ。

いとが、耳穴に口を近づけてきた。

「新八さまは特別。花火の薬で、お父っつあんの新しく作りかけているのも、あたしが見つけたのも、これから教えるからね。可愛がっておくれな。あたしは、そろそろ女のおしまい。早く死にたいと思っていたけど……おまえさまのために、考え直したよ」

悪女の深情けといおうか、少女期に散るのと正反対の場所に居直り、いとは意味ありげな笑いをする。年増女の怖さにいと独特の怖さを加え、その笑顔は目の芯で笑っていない。

「よろしく」

新八もまた、短い期間で、全部の秘技と秘薬を覚えこもうと決意を新たにして、苦しく苦い笑顔を返した。笑って、目の芯が強張《こわば》る。

急がねばならない。

一歩一歩、細道を登っていくほどに、道は雪と泥の混りあった泥濘《ぬかるみ》から、草鞋が、きゅっきゅっと音鳴りするざらめ雪のそれとなっていく。そのうち、かちかちに氷った道になるのは予測できる。道が急峻なだけに、氷った道は滑って危ない。庄川の渓谷へと転び、落ちかねない。

道が庄川から離れ、少しほっとしたら、下りとなり、下りの方が雪の道は滑り易いと分かってくる。故郷の鎌原村から浅間山への緩く、からからに乾いた一直線の山道とはまるで別で、めまぐるしく地べたが変わる。

とっくのとうに葉を落とし、焦げ茶色でなく灰色だけれど、蓑虫《みのむし》みたいに実の垂れている橅《ぶな》の木が、針の形の杉より、ずっと増えてきた。

小さな墓の群れが目立つ。

「南無阿弥陀仏」を墓石に彫ってあるのがほとんどだ。そういえば、この十日ほど、墓という墓は「南無阿弥陀仏」の名号ばかりだ。座禅で悟りが開けるとは思っていないのに禅宗の偉い僧侶である明山が、一番に敬遠して縁がなく遠ざける宗派、真宗のそれである。「信心は深いが、結びつきもまた異なほどに強い。理趣経より、さらに、もっともっと悪人になってもよろしい、地獄にはいかぬ、刹那《せつな》の生の幸せを噛みしめよといっておる。侍の死を構えての悟りとは無縁。百姓や貧しい者のものだな。わしは嫌いだ。死を屁とは思わぬ。無気味……でな」と明山は、明山らしくなく、言葉を濁していったことがある。醜悪で、女犯も少女を犯す悪辣《あくらつ》さのある明山にこそ、悪人と刹那はぴったりと思うけれど。

ふと、この藩の番所の若い役人がいった「悪いやつらが懲らしめられて、流されれ」という言葉が頭の中に再び出てきた。つまり、罪人の流刑《るけい》場所として、この庄川の奥はあるわけだろう。

何か起きそうだ。

いい。

玉屋の二代目が冷めて酷ければ、おらは、熱く酷いでの。もっと、炎みてえに燃えて残酷になってやるだあに。敢えて、挑んでやるでよ。こちらから、こちらから仕掛けて、新八は自らに呪《まじな》いを吹きこむ。

「新八……さま。唯一つのおまえさまの短所は、顔に思いを出すことだね。気を付けないと。繰り返して出さないように訓練すると、無表情で悪さができるってさ」

愛想が悪い新八に、いとが擦り寄ってきた。

「えっ、お嬢さん」

やや、たじろいで、新八は聞き返す。

「とぼけて。新八さまは、江戸にいる時とまるで生き生きさが違って、別のお人。ご く容易《たやす》く、細かい悪人は殺しそう……長い間、ずうっと思ってきたんだけどね、あたしの胸の内だけで」

段々と、いとは女と男の結びつきを隠さなくなっている。耳許ではなく、目を覗きこんで、新八の口許五寸の近さで、囁いた。

「え、へい。何をですかい」

努めて新八は低い声でいう。顔も、いとの忠告を、すぐに取り入れ、平然さを装う。清造と五助に、男と女の間柄を疑われたくない。弱味を握られたくない。

「新八さまは武家の出じゃないよね。狼とか猿とか溝鼠《どぶねずみ》みたいに動くもの」

もしかしたら、いとは、脅しにかかっているのではないか。軀を抱き続ければ、出自を探し、罪科を探し、嘘をばらすと。

「………」

「それにさ、五助とはどうも、たまたまの出会いじゃないね。五助は、水呑み。似たような出でしょう？　五助の話は、田畑を耕《たが》やす手伝いの話がよく出てくるし。一揆の子分でしょ、五助は」

間違いない、いとは、新八を手の内に封じ込めようと秘密をちらつかせている。幕府の無数の密偵もやるというやり万で。あるいは日頃は職待ちなのに、いつも隣り近所の弱みを探る岡っ引きのやり方で。蜘蛛《くも》が、蜘蛛の巣に虫を貼り付けるごとくに。

「そうだよ。江戸の日本橋の下駄屋に、昔、蝦夷の松前の出の丁稚がいてね、新八さまの訛とまるで違っていたね」

勝ち誇ったいい方とはいわぬが、じわりと、蜘蛛の透き通った糸の巣に、雀蜂《すずめばち》を雁字搦《がんじがら》めにするがごとくに、いとは告げる。

「へっへ、そりゃ、草双紙以上の面白い話で」

いとの忠告の「無表情で悪さを」は、まだ、足りぬと新八は、この面で急に知恵がついた、事によってはにっこり笑顔も腹の内を隠せるのだと気づき、含み笑いを明かるく作った。それから、徐《おもむろ》に、立ち止まるみんなを置いて、それどころではないと山道を下りだす。


木の間の隙を広げるように、霰《あられ》が、目尻から頬、頬から顎を切るように降ってきた。

どうにか、するしかない。

いと、を。

根っからの、おのれの崩れがはじまってしまう。新八は、もしかしたら、この長旅の結末は、ひどく優れた焔硝の入手や、その作り方の秘術もさることながら、殺しにあるのでは、それも、大勢の威をもっての殺しでなく、一人の人としての選びの仁義なき殺しでは——と、爪先や指先だけでなく、左胸の内側に感じてくるものを知る。

消さねば、ならぬのではないか。

いと、を。

だろうか？

で、あろう。

このままでは、かつての罪と科を全て明きらかにされ、虫が生き血を吸われながら生かされる様が続く。炎に艶を出し、天に高く、音の響きに驚きを与える花火は、縮こまる。せいぜい、間もなく命の果てる鍵屋の主の枠の中。鍵屋が死んだら、跡取りはまだ幼稚でお人善し、長女のいとが、技を持つゆえ実の主となるやも知れぬ。そしたら、自分は少しずつ血を吸われ、根っこにあるものまで失ってゆく。

その、いとの技を、秘術を盗みきったら、どうなのか。盗みきったら……まるで、用なしどころか、いとは邪魔そのもの。

「まだ、あるんだよね。新八さまの、匂うところが、内緒だがね。だから、いろんな女の心を燃やすんだろうけど。知りたいね。ううん、知り尽くすよ。好いているから、とことん」

うるせーっ、聞きたくねえと思うことを、いとは、ついには、おおっぴらに、耳の奥を貫いて頭の芯に響く甲高い声で喋りだした。

我慢だ。

焰硝の本当の役割を探り、硫黄の動きを知り、木炭のそれを懐《ふところ》に入れるまでは。

音や煙の出方をこちらのものにするまでは。

花火の色の配合を知るまでは。

煙の少い火薬の秘密も。

硫黄の良いのは相模の国の箱根産といわれるが、具《つぶさ》に、細かく、聞き出さねばならない。保存の仕方も。

そしたら、速《すみ》やかに……。

うんや、それより、殺しの決断の方が難しい。殺しをできる熱さと信念が、必要だ。浅間山の大爆発の後の殺しは、旅籠屋の番頭の喜作をはじめとして、殺さねばこちらが危なかった。が——今度は、まるで違う。おのれの利益のためだけの殺しだ。義は、ない。義が……。正しさが……。

殺意を抱きはじめた新八の目蓋《まぶた》を塞ぐごとくに、白い煙のような雪が鋭い角度で吹きつけてきた。

凄まじい吹雪がやってくる。

正面に裸になった桑畑が浮き出て、右手の斜面に、降る雪の濃さ淡さに、例の「南無阿弥陀仏」の墓石が見え隠れして、左手に、尖って急な三角屋根の大きい家々が、てっぺんの茅《かや》から現れ出てきた。七軒が、向きを揃えたり違えたりして、ひっそり肩を並べ合っている。でかい蝶や蛾が羽を休めているような一つの傾きの強い屋根は、それだけで二階三階の家を含んでいる。高い。障子戸は澄んで冷ややかに白く、黒みがかった褐色の板に調和が取れている。

人っ子一人、いない。

いや、唸るような念仏の声が家々から、独特の調べで謡曲のように届いてくる。

「ごじょく、あくじ、くんじょうかい……」

「おうしん、にょらい、にょじつごん……」

こんな風に聞こえる。経は、明山によってみっちり教えられた新八だけれど、これは教わってない。

鎌原村や江戸で聞く、付き合いや習慣の念仏とは異なり、谷あいから囲んでいる山々へと谺《こだま》するごとく、熱を静かに帯びている。確かに別の世に迷いこんだ実感をよこす。いや、もしかしたら、城や町などと隔絶されたら、念仏は切実になるのかも知れない。鎌原村の一揆衆の初めの雄叫《おたけ》びが然りであった。

重なり合う念仏が、ふっと、次々に熄《や》み、厳かというか、異様な静寂さというか、無気味な沈黙が七軒の家々ともども谷間の底から湧くみたいに訪れてきた。

吹雪が鋼のようにやってくる。その雪の方角へと目を向けた。

おっ、と新八は生唾を飲む。

上流に、あれが籠の渡し籠か、綱に一丁吊されている。綱は、こちらの切《き》り岸《ぎし》から、あちらの崖へと一本だけ渡されている。より細い綱も籠に結ばれ、向こう岸へと、ゆっくりゆとりを持ってたるみ、向こう岸の頑丈な木に括られている。安全のためか、籠の尻にも綱が繋がれて、こちらの渡し場へと垂れている。粗末でちゃちな籠だ。しかし、橋を渡せないほどの庄川の激流と川幅だ、これしか……ないのだろう。むろん、幕府が藩の役人が橋や道を造らせない、造ろうとしないということもあるだろうけれど、なるほど工事など容易ではないと思わせる。儲けにならず、銭がかかり、危険が伴う。

「ふうん、綱から川までは、大人の背丈五人分、二十五尺はあるかね。籠は小さく、隙間だらけ。見ているだけで、身の毛がよだつね」

いとが、籠から目を背けて、新八の袖に縋《すが》りついた。

新八は、逆に、かんべんな、この籠の渡しこそ、事故と見せかけて殺す天の与える機会ではないのかと、ぞっとするほどの思いへ至る。

そう、籐《とう》の蔓を縒って作ったか、一本の太綱は吹雪に揺らめき、座る箇処は小さく、周りは吹き曝しの籠は、その幾倍も、凍えるように揺れている。引き綱か、頼りに縋る綱か、向こう岸からの細い綱は、長さに余裕はあるが、よく見ると、小刀でたやすく切れる心細さで震えている。故郷の鎌原村では遊びで大木のてっぺんの梢《こずえ》にぶら下がったこともある新八には、挑みたい気分をそそられる。

「おれも……乗りたくないな。岸のあちらにいい女がいれば、話は別だけどね。籠へ登る綱の梯子《はしご》を登るだけで、足が竦むだろうな。なんか、吹雪といい、御経をみんなで誤りなく上げる雰囲気といい、籠の渡しといい……怖いところだね」

片手で両目を塞ぎ、清造が、呟く。

「なに、新八さまがついている、大丈夫ずら。おらも、いざとなったら、将軍さまの旗本よりは働くだから」

五助がいとと清造に畏り、励ます。住んできた場所がまるっきり別で、上の人に尽くしたくて堪らないのだ。水呑み百姓の強みと弱みのうちの弱みか。危うい。

何のために殺すのか。

花火のためには、仕方なく、已《や》むを得ず、務めとして、殺しがあるのではないのか。義とは、次元の顔つきの無縁な界が。最も大切なことのためには、漆黒を切り裂く、赤くも、白くも、青みがかっているとも思える花火のためには、一つ一つを積み上げた上で、飛び跳ねることが要ではないのか。

それが、いと殺し。

やるか。

ふつふつといとの抹殺を決めかけている新八に、人の首を絞めるごときしじまが拡がっていく。右と左の山から、黙《もだ》しが、雪とともに滑り落ちてくる。静けさをかえって強めるように、気の偏《ふ》れたように庄川の急な流れの迸《ほとばし》りの音が、冴え渡って、脅しにかかってくる。籠の渡しが、雪に掻き消えてしまった。この地の吹雪は、白い鬼の形相をしている。

合羽に積もった雪を、新八は、手で払おうとした。

へええ、と思う。

雪の一つ一つが、透き通り、きりり、凛々しい六角形をして、これだけ激しく降るのに、人を恋うように貼り付いて、やがて、形を崩して、悲しく、融けかかってゆく。故郷の浅間山では、ぜんぜん、気が付かなかった雪の水晶みたいな形だ。

瞬《また》くうちに、風が、天からではなく下の地べたから巻き上がり、雪が粉のように細かく吹き上げてきた。

雪の切れはしの一つ一つは、新八に、曇りなく、青みがかった白さと、暖さですぐに形を失う束の間ゆえに、濁って渦巻く、醜い、おのれの殺しの欲を、かえって誘って駆り立てる。

　不思議だ。

　清冽にして、華麗なものを追う心とは、どろどろで執拗な欲こそが支えということなのか。逆に、悪ということが自らの浄化を求めて已まず、華やかで清らかなものを生み出そうとするのか。

　合羽《かっぱ》に、袖に、掌《てのひら》に、吹きつける雪の切片を見つめながら、一人、新八は、解らねー、と呟《つぶや》き、雪を吹き払う。

　谷間の地だ、急に風向きが変わり、逆から、一陣の風が吹いてきた。

　吹いてきたと思ったら、籠の渡しが、ゆっくり動いているのが、新八の目に、何の遮りもなく、飛びこんでくる。

　前後に、籠が、ゆらりゆらゆら揺れ、そして前へと動いている。

　蟻より速く、亀より速く、牛より遅く。

　そうか、こうやって、切り立つ谷底を、岩を刳《く》り抜《ぬ》き削る奔流を、断崖を、渡っていくのか。

　半畳ほどの籠に、煮しまった色の手拭いを頭から被り、百姓風の中年が、太い方の綱を手繰り、前へ、前へと、じわりと進んでいる。綱に、短か目の帯を引っ掛けて一と巻きさせ、それを頼りに。でも、軀を前後に揺さぶって、強いて、前へとその力を応用し、じわりと進んでいく。

「んん、んん村の、あん……んん、よオ、ゆうて……じゃろわいかあ?」

籠に乗っている男が振り向いた。風と雪に、切れ切れに、その声が、甲高くなったり途切れたりする。

向こうの切り岸に、人はいない。

新八に、惻々《そくそく》として、いとを殺す場として、籠の渡しが映ってくる。

風が、くるりと変わり、籠の渡しが吹雪の白さの中に再び幻のように掻き消えた。


「きゃっ、きゃっ、雪が降ったさかいに、雪合戦でもするかの」

「雪が少のうて、馬跳びじゃ」

「そいがじゃ、かくれん坊、かくれん坊、かくれん坊だわの」

静けさを打ち破り、坊主頭、前髪を上げていない子供達が、一斉に、三角の大屋根の家々から、溢れ出るようにやってきた。念仏が終わったらしい。緑っ洟《ぱな》二本を垂らしているのだけは江戸の子供達と同じだ。

新八は、子供達の歓声を聞き、両肩で息を吐く。見知らぬ界に出会った張り詰めたものが、三割方、消えていく。多かれ少かれ、閉ざされたところには狭い人と人との付き合いがあろうとも、同じ人なのだ、上州も江戸も五ケ山も根のところは変わりがないはずと気づいてくる。

「おじちゃん……達、珍しい。どこへいくんちゃ」

「高岡から？　京から？　大坂から？」

「雪は積もるばかりじゃ、うちへくるちゃねー」

十人以上いる子供の中から物怖《ものお》じしなくて人懐《ひとなつ》っこい素足に草履の少年一人が近づいてきた。

子供達の吐く息の狼の尾のような勢いと白さに、新八の、薄汚ないと自ら知る欲と、いとへの殺意が、眠りかけた……。闇に赤く冴えた浅間山の大爆発まで、おのれもまた、この少年達のようであったのだ。


三日間、鋭い三角形の大屋根の一軒に釘づけとなり、動けなくなった。一日三回、読経し唱和する騒がしさを除くと、かつては大名を相手に戦《いくさ》を幾度もやった真宗の門徒衆は、とても親切であると知らされた。「一人一日六十文はかかりましょうから」と銭をやろうとすると「旅人も商人もここいらには誰も入ってこないもんで分からんさかい、十五文で十分だわの」とそれ以上を受け取ろうとしない。

もっとも、

「質の良い焰硝を、そのう、分けて……くれるわけにはいきませんか。いえ、高い値でいいから分けてくれる家を知りませんかね」

と、新八が切り出したが、主は、

「いくら藩の買い上げ高がこの頃は抑えられ、わたくしどももも困ってるとゆうても、それはできんがに。藩に睨《にら》まれ、村八分にされ、それならこちらに譲れと井波《いなみ》と城端《じょうはな》の商人に苛《いじ》められるわいのう」

と、首を操《あやつ》り人形のように正確に横に振った。それはそうだろうと、新八も思わざるを得なかった。

——四日目の夜。

この地の独得の豆腐が四度目に出て気づいた。江戸の豆腐と違い、大豆の生きた青臭い味が、劇的に感じたのだ。青臭さは、甘さに口の中で変わり、やがて、香り高さとなる。縄で四隅を括っても、形は崩れない豆腐だ。どうやら、想像を越えてでかい、ちらりとしか道中見えなかった、白山の地下に潜った水が、この豆腐の味を沁み出させているらしい。うまいのだ。だとしたら、この水で作る焰硝もまた……。

雪が小降りになり、一旦、熄《や》む気配だ。

寝泊りする部屋は、ひどく高い敷居を跨いで一階の東側の奥の十畳ばかりの板の間だ。囲炉裏はないが、火鉢を用意してくれているので暖は取れる。

雪が休む時、静けさの中でとりわけの静けさがやってくるようだ。なお、風鳴りがするのに、屋根から滑り落ちる雪もあるのに、庄川の轟きもあるのに、桑畑の桑の小枝も撓んで軋むのに、それらが大雪の一つ一つの切れ端の積もり積もった膨大な嵩によって、ことごとく吸いこまれてしまうらしい。やっと、四日前に、はじめて気がついた清冽そのものの雪の欠けら一つ一つが音を無にしていくのだ。

この深山の奥に降り注ぐ雪の、筋道も描けない深さと黙しが強いるものは、否応なく、越後の高田で「花火を」と、まだるっこしい舌で、しかし、息を鎖ざす直ぐ前の必死さで告げた妹のまきを思い起こさせる。

ず、ず、ず、ずど、ずどーん。

そうか、この角度の鋭い、天に聳《そび》えるだけ聳える屋根は、絶えず雪を滑り落とすためにあったのかと、新八は知る。

――右から、いと、新八、清造、五助の順で寝ている。

五助は、うっすら気づいたらしい、気を利かさなくてもいいのに、雪の中を散歩か、出ていった。

清造は、高鼾《いびき》だ。この山奥の五ケ山に至る細道のように、凸凹の激しい音鳴りをさせている。

いとが、頻《しき》りに、藁《わら》布団の隣りから、指を、爪先を、乳房を、股間を、布団の境から軀を食み出させて絡めてよこし、擦り付けてよこす、井波の町を出て、七日、下半身の欲が溜まっているのだろう。欲は、濁り酒のどぶろくの澱《おり》と同じで、太腿と乳房の二ヵ所から昇って降り、女の器にとどまるらしい。

戸から押し入ってきた匂いが、部屋に淀《よど》む。このどでかい家の複雑な仕組みが、何となく分かる。焔硝を作っている匂いか、床の下から、饐《す》えた尿と枯れ草みたいなそれが立ち昇ってくる。

「元気がないね……新八さま」

新八とて、そろそろ女体の扱いを知ってきて、焦らしの術《すべ》を施《ほどこ》している。なのに、いとはねだる。

そうだ、地獄を一転させ、花火の秘法を聞き出す頂度良い時にさせよう。

「そりゃ、良質の焔硝は手に入らねえ、作り方はもっとほど遠いとなりゃ、元気も出ねえさ」

空しさや無駄や虚無こそは、花火の急所の一つ、こんなことで覇気《はき》を失うわけはない新八だが、この際はいう。

「元気を出しておくれよ、焔硝の作り方の外のことなら……教えるから」

「そうか、急に、力が。うむ……」

「あらっ、現金だね……真剣にしておくれよ。お願い。生涯のお願い」

「だったら、教えなよ、いとさん。焔硝の役割って、何だ」

「いうよ、いう。焔硝と炭と硫黄の中では、一番、高い値がついて、扱い方が難しいのが焔硝。湿気を炭と硫黄より吸うし、危ないんだよ。だから、はじめは炭と硫黄を混ぜて、臼《うす》で碾《ひ》いてから、それから、焔硝を混ぜるんだよ。一番の効き目のある薬だよ。あううっ、もっと、おくれよ、狡い」

いとは、いまは夫婦気取りの気易い言葉へとなっている。すらすら焔硝のことを喋るということは、大した秘密ではないらしい。通じた男にはみんな打ち明けたことに過ぎないのだろう。

その上で、薬の配合は、まず炭と硫黄を臼で粉々にしながら碾くということを、新八は、頭に刻みつける。そして、それから、焔硝なのだ。

「極上の焔硝は、どうやって見分けるんだ」

「意地悪う……ここの百姓の方が知ってるはず。ただ、鉄砲や大砲のとは違って花火用は、白い結晶を水に溶かして紙に塗りつけると、分かるの。ちょうだい、強いのを……あ、あ」

「うむ、紙に焔硝を塗りつけて？　それから？」

「火を灯すと、質のいいのは、少しぐらい紙が湿っていても、ぼわっと燃えるのさ。

父さんは『引き剤が焔硝の役割。良い焔硝は色香が澄んだ花火を作る』といってる……あん、後にして、後で図を描いて必らず、教えるから」

こんな調子で、いとは、秘密の術を、逐一、告げ知らせはじめた。

聞き漏らすまいという新八の張り詰めたものは、かえって、いとを舞い上がらせていく。

硫黄の上質なのもまた、焔硝と同じで、江戸の薬問屋からは入手しづらいのだという。幕府と有力諸藩が高い値で賄《まかな》い入れる。ただ焔硝よりは入手が簡単で、かつ、火薬の割合いからいうと少くて済むので、鍵屋の主は手抜きをしているという。良いのは今のところ箱根産で、純の度合いが濃く、硫黄の結晶を採って砕いたものを、小田原の商人から時折り仕入れる。でも、見せ場の花火にしか使わない。普通は、硫黄の塊《かたまり》を熱い湯で溶かして泥を除き、また固まらせたものを粉々にして用いるという。

あの、おならみたいな臭さは結晶とか固まりにはほとんどなくなるけれど、なぜか、花火になって爆《は》ぜた後に、臭みは蘇《よみがえ》って匂うという。

「ふうむ、じゃ、炭、木炭は？」

「新八さま、堪忍」

「駄目だ」

「炭は下野《しもつけ》産がいいの。でも、内緒中の内緒の、花火の色に関わるの」

「それを、いうんだ、いと」

「そんなに、きつくしないで。いつか、いつか、いいます」

「駄目だ、いつか、じゃ。今、すぐにだ」

「意地悪うーっ。いう、いう、いうから」

秘術を知ってしまえば、残りは上手に別れるか、消す決心をするしかないと新八は思いはじめているのに、いとは、糸の切れた鳶凧《とんびだこ》のようにせわしなく身悶《みもだ》えし、口早に、男と女の睦《むつ》みごとを三味線の撥《ばち》の音に托すみたいに正直に打ち明けていく。哀しい……男が好きなのに、男に繰り返し捨てられるのはここいらへんに理由があるのだろう。

——いとが喘《あえ》ぎの中で、切れ切れにいうことは、なるほど、込み入っている。一言一言、頭に叩きこむどころか、指先の皺ばかりか、五臓六腑《ごぞうろっぷ》に滲み渡らせようと新八は耳穴を研ぎ澄ました。

鍵屋の主は、下野の宇都宮の商人から、麻、桐、松の炭を入手しているという。これらは、暖を取るには、普段、使わない樹木だ。火の力が強くないからだ。江戸では、人々は、団栗《どんぐり》の生《な》る楢《なら》や櫟《くぬぎ》の木を使う。町人には高嶺《たかね》の花である樫《かし》の木も炭として使える。火持ちが良いし、ほんわかした香りも良いし、灰がほとんど残らない。

「それがね、あうう……火持ちがいい炭は一時に賭ける力に欠けてるし、火付きが悪い。それに、さっと消えないのよ」

いとは、勿体をつけるなど忘れ果て、すらすらと自らの肉の欲のために打ち明けた。

「三十まで生きていたくない」口癖は、まるで嘘っぱちと新八には分かってくる。浮世絵師の栄松斎長喜の〝残りたい、不滅のものとして〟という心情と同じ。醜い。

それより、いとがもっと長生きして、肉に足掻くなら、蓄えて磨き上げる工夫、術、巧みは、みんな盗まれてしまう。

「そう……か」

「同じ赤でも、ぽってりして、蜜柑の皮みたいな橙色がかって赤いのは赤松の炭を素に作るの。もっと黄色味を出したい時は、麻の炭。紫がかった赤さが欲しい時は桐」

かなり重大な秘密だ。隣りで眠りこけている鍵屋の跡取りにすら教えたくない中身だ。

「う……む」

思わず喉鳴りをさせ、新八は、頭に炭の違いによる赤さの区別を仕舞いこむ。決定的なことだ、頭に仕舞わなくても、指先が忘れるはずは有り得ない。矢立の筆で記しておくのも勿体ない話だ。

「いと……」

ふと気づくが、赤松の花の実ともいうべき松ぼっくりは土色がかった赤味のある色。

麻の花は、雄の花は淡く黄色がかっている。桐の花は、白っぽいとしても馬鈴薯の花よりは濃い紫。浅間山の麓の百姓の伜だったから、ここいらは具《つぶさ》に分かる。

「なにさ。もう一度、抱いてくれるのかい」

いとは貪欲《どんよく》な本性を示す。

新八は、虎穴に入らずんば虎子を得ずの諺よりは、地獄と極楽は裏表の紙一枚とでもいいたくなった。敢えて、地獄に漂うしかないようだ、今の今は。

「うん、よしよし。でだよ、花の色が、炭に出るってことじゃないのかな、いとさん」

「うーん、逞《たくま》しい。死ぬまで、ううん、死んでも、おまえさんのこれと一緒でいたいね」

いとは、新八の感覚とまるで別の、おぞましいことを告げた。永遠ほど、醜いものはない。花火屋の娘の、全《まった》きの失格だ。

「花の色が炭に沁《し》み出て、爆発するって……ねえのかな」

「そんなこと、有りゃしないと思うよ。花の色には詳しくないけどね」

否定するいとに、新八は深追いしない。この秘密は新八の胸に押し隠していた方が良い。

「いとさん、からくり花火の青白い炎は？」

唯一、赤い色系統のほかの色が出るのは、鍵屋も玉屋も三段四段になった円が廻るからくり花火の色だ。

「この前教えたように、硫黄を多くするの、良質のをね。それで……これこそ、お父っつあんに叱られるけど……桐の炭百匁に、樟脳《しょうのう》五匁を加えるとそうなる。桐の炭の紫っぽい白さのところが拡がるみたいなの。樟脳は、樟《くすのき》からうんと採れるから安いしね。その上で、極上の焔硝を使わないと、みんな、燻《くすぶ》っちまう」

藁《わら》を麻の布で包んだだけの布団を、きしきしいわせ、いとは、呆気もなく重く大きい秘術を口にした。女の寝床の、お喋りとはひどく軽いと新八には解りかけてくる。

神か仏が作った女の軀に、この謎は潜んでいる……らしい。

それにしても。

白とか、葉っぱの色の青とか、海の色の緑とか、真夏の盛りに咲く鶏頭の花のよな澄んで濃い赤とかを、花火で出せたらどんなに嬉しいことか。客も、両目をはちきれんばかりに見開き歓ぶだろう。鍵屋の色は、そもそも玉屋よりは冴えている。が、まだ、どんより濁って、垢抜《あかぬ》けしない。

しかも。

遠いほどに、高く、高く、打ち上げたい。

江戸城のてっぺんに居るという公方さまの目にも映るがごとく。

品川宿の田舎の人々やら、新宿の狐《きつね》と狸《たぬき》の出る村の人々にも、はっきりと。

「どうしたのさ、新八さま。しっかり、やっておくれね。夫婦にならなくても、江戸に帰れたら、あの小僧は追い出して、二人で臼や薬研《やげん》で、凄い炭を発見するのがいいさ。あ、早く、強く」

また、いとは、快さのてっぺんへ、いこうとしている。

新八は、いとの、それを押し止める。今こそ、全てを聞き出すことが決め手だ。聞き出した後は？　の自らの決心の怖さをも十二分に知った上で。

「音は？　いとさん。敵の玉屋の方が、無気味で、威勢が良く、腹に響くけど」

「意地悪新八さまあ……特に、音については、これってのがないのよ。ただ、ただ……もっと、動いておくれな。助兵衛が全部の源《みなもと》なんだから」

然《しか》れども……。

新八は、根っこにある、生きるということにおいて、いとに違和の感情を再三再四にわたって抱いてしまう。本能の趣くままにという過ごし方と、華を求めて自らを鍛え、耐え抜き、何もかも命すら盗み奪っていく生き方は似ているようで、まるで別と……感じるのだ。目的を持って華を追い、ことさらその華の瞬く間に潰《つい》えることを探し、従って、意図して悪さを求める……のがおのれのつもりだ。

「音は、どうして玉屋の方が立派なんだ」

いとが秘法を漏らしていくことは、いと自身の生命を縮めていく別ないい回しと、新八は、一方でやるせなくなりながら、だけれど冷然と聞いていく。

「知らない。ただ、火薬を包む紙によるみたい。薄くて隙間のない紙を、手間をかけて幾重にも巻いて貼るとかね。江戸の仕事場でやってるだろ？　理由も分からず、みんな。要は紙が頑丈であればあるほど花火が弾ける時に音が凄い。……続けて」

幸せを、永続きさせたいとは花火とは逆の命運だろう。いとを消さねばならぬ止み難い務めとは裏腹の落ち着きの底で、新八は、花火の音の一つの決まった傾きを知る。

つまり、火薬は雁字《がんじ》搦《がら》めにされ、抑えつけられると、反撥して、良い音鳴りを奏《かな》でるということか。食を求めて、ついには役人の刀と槍に立ち向って消えていく一揆衆そのもの……。飢えと、寒さと、不平が高じれば高じるほど雄叫《おたけ》びは天を衝《つ》くものとなっていった幼ない経験が浮かんでくる。火薬をぎりぎりに圧してやること……花火は、実は、一揆衆の荒らぶる根性と似ていると新八は気づいてくる。一揆衆に限らず、職人の、商人の、百姓の、その日暮らしの者の。

「煙は？　いとさん」

「ことさらに出す時は、狼の糞《ふん》だよ」

「ほう」

「狼の糞が入手できない時は、鼠の糞」

「へえ。花火を高く上げるには？　武家には負けたくねえ」

「根性は見上げるけど、新八さま、商人は砲術を知ってはいけないから、負けるのは必至。無理。知らないわ」

「うーん」

「でも、砲術に焔硝は要。秘密は、焔硝にあるのは分かっているのよ」

「そう」

　相槌を打ちながら新八は、いとから聞き出すべき秘技は底をついたと、かえって、自らの殺しへの決断を迫られる。

「でもね、新八さま、花火の本当の秘中の秘は、お父っつあんが、三河島の畑の中の別の一軒家で工夫して、試しに試しを重ねている中にある。一つ一つ紙に記して。これが鍵屋の最も大事な宝なのさ。新八さま、ここまで教えたのだから……捨てないでね。幸せ。眠い。幸せよ」

　奪われるものがない女の明日の淡さ、果敢なさ、頼りなさを口に出して、いとは、罠《わな》にかかった雉《きじ》のように両足を引き攣《つ》らせ、やがて、地獄の王の閻魔《えんま》の調べに答えるごとく、鉄を切る音に似た甲高い鼾を掻きはじめた。

眠れない。

いとの、口での、花火の秘術の数々の教えのせいだ。はっきり、筆で書き留める以上に、胸に刻みつけた。値打ちは、五百両ほどになる。そんなものではないのか。華やかで見事な花火を立てれば、料理屋、水茶屋、芸者置き屋がたんと寄付をする。人々は、「やっ」「いいぞっ」「そうだあ」と喝采を放つ。その花火を忘れられずに、小さい遊びのを競って店先で買う。推し測るに、鍵屋の儲けは年に三千両。だったら、いとの話した中身は五年分、一万五千両ほど。

江戸は吉原の高い格の女なら、五百人か。

深川の私の女なら、二千人余りか。

夜鷹なら、六千人か。

でも、女は、どうも数ではないと分かってきた。吉原の遊女は、遊女の方から客の浮気は許さぬとうるさいらしいが、とどのつまりは銭で操《みさお》を売る。冒険の心も、探求の心も、遊び心も、くすぐることはない。つまらぬ。

銭が、どうのこうのではないのだ。

極めつきの花火が、重大なのだ。

燦々《さんさん》としたきらびやかな色あいで、時に淋しい色で、決して武家の芋っぽい色でない花火が。

高く高く、品川の漁師に、新宿の百姓に、なにより侍の頂《いただき》でかつ全てである江戸城の本丸に、見せびらかして消える花火が。

横に縦に、溢れて、見物人を楽しませて飲んでしまう花火が。

音は、どでかく、腹や股間の男女の器に、どすんと響くのが良い。音を、曳《ひ》きながら、男根や女の子宮の底へと届くほどの。

浅間山の闇に吼《ほ》える真紅の炎を見ながら、女が女自身に酔い、熱い土砂に飲まれてしまった生け花の師匠の言葉が蘇る、「美しい華」といったあの言葉が。

新八は、生け花の師匠の股の付け根の火照った赤さとともに、「美しい華」が、おのれの追い求めて熄まぬ一瞬一瞬の命と、納得する。名付けよう、「美しい華を探す術と学」と。そう〝華術《かじゅつ》〟とか〝華学《かがく》〟がふさわしい。

ここになら、我《わが》儘《まま》で義のない殺しに、何か理由がつきそうだ。うん〝華学〟の方が、幅広さと中身が深く思える。響きが心地良い。〝華学〟にしよう。

思えば、いとは、生きることに、男に、花火の秘術の守りに醜い。〝華学〟に背いている。

殺《や》っても――良い。

「厭《いや》だよ……新八さま。おまえさんの内緒など、今度は漏らさないから。ん、ぎ、う、う、う」

度胆を抜くような甲高い声を、眠っているはずのいとが、叫んだ。寝言だ。思えば、いとを消せば、その妹のきぬとは有り得る。媚《こ》びがなく、男知らずの分、きぬの方が今となっては幾千倍の魅く力を持ってしまう。そう、この望みがあった。新八は、いとの抹殺を、とうとう決意し切る。

――長廊下を軋ませもせず、梅雨時に百足《むかで》が這うみたいにして、さすが泥棒には慣れている五助だ、気がつくと藁《わら》を布に包みこんだ夜着に潜るところだった。

「どこを、ほっつき歩いていたんだ、五助」

「へい、新八さん。そりゃ、そもそも高さのある床下なのに、もっと深く掘ってあって、それはもう」

五助はかなり驚いたらしく、話すことが要領を得ぬ。

それによると床下は、しんしんと冷えて氷室《ひむろ》のよう、大穴が五つ別々に掘ってあり、鉄釜や桶がところ狭しと置いてあった。天穴には異な匂いが満ち満ちていて、堆肥《たいひ》にやや似て、小便の饐えたごとき、土の鄙《ひな》びたごとき、枯れ草や稗殻《ひえがら》の半ば腐ったごとき、蚕《かいこ》の糞のふんわり鼻穴をくすぐるごときが立ち昇っていた。穴によっては、煙草の香りもした。

床下の上の方には小さな窓がついていて、雪明かりに両目が漸《ようや》く慣れてくると、大穴には立て札が立ててあり、「天明四年切り混ぜ」「天明五年切り混ぜ」「天明六年切り混ぜ」「天明七年切り混ぜ」「天明八年切り混ぜ」と記されていた。今年は天明八年、とすればあれこれ混ぜて五年がかりで焔硝の素《もと》を作っているわけで、いくら盗みの名人の五助とはいえ、気が遠くなりかけたという。地面に並べてある大桶は、どうやら、この五年を費した素を詰め、上から何かをぶっかけ、下の口からぽたぽたと滴《しずく》を集めるためにあるらしい。下の口には、鉄釜があって、暗いので色の判別は難しいが薄濁りの水が溜まっていたという。

「うーむ、五助、この手法を盗めたらな。百両、いや、二百両の値打ちはあるぜ。しかし、五年がかりか。無理だな。寒さや高さ、微妙な材料の良し悪しがあるだろうし」

やはり、江戸の薬問屋から今まで通りに入手するほかはなさそうだと、新八は、この旅の意味はあったのかを自らに問い、逆に、いと殺しが浮かび、問い詰められる圧迫の感情に陥ってしまう。

――浅間山の麓《ふもと》にはなかった、越後の高田の重苦しい雪の朝とも違い、当たり前だが江戸の町家のそれともまるで別の、透き通って、厳しく、きりりとした夜明けがやってきた。単に、江戸みたいに潮にすぐに洗われる低いところと異なり、高く高く、その上、底の見えぬ深い森があり、地中を滾《たぎ》って走る伏流水のおかげなのだろう。

歌のような御経が谷間に谺《こだま》しあい、この地の生き甲斐とは純に信仰と教え、それが、透明で青白い朝と組み合って調和して、謎めいて不思議な山奥の村という印象から、澄み切った村という感じにさせていく。

新八は、一人、井戸端で口を漱《すす》ぎ、顔を洗う。

「お早うござるます。ほいで、もし、質の良い焔硝を見たければの、上流の、上梨村の方へいくといいがの。上煮屋《うわにや》といって、力のある百姓がおるんじゃが。ま、焔硝は分けてくれんじゃろうが、どんなのが良いか、見せてもらうといいがの。水晶みたいな焔硝だわ」

御経を終えたばかりでもう、肌理《きめ》の細かい簾《すだれ》や長四角の笊《ざる》みたいなもので紙を漉《す》いている主が、語りかけてきた。そういや、江戸でちらりと聞いたことがある、「五ケ山の紙は、寿命が長い。雪に紙を晒して、白山の神さまの水が命を吹きかける」と。

「旅の人も、商人も、他国の人は滅多にこないもんだのに、この真冬に……と、たぶん、見せてくれるっちゃね」

玉屋の親娘がことごとく断わられたのはこの山奥の村の雰囲気では当たり前なのに、

主は、どういうわけか、良質の焔硝の見学のやり方を教えてくれる。

「この冬に商人など二十年に一人。花火屋など百年に一人だわの。信念一と筋の心に、このあたりの人は参るし、好意を持つ。南無阿弥陀仏じゃ」

なるほどと思うことを主は口に出した。

「だけど、そこの籠の渡しは胆を据えて渡らんといかんちゃ。流刑小屋のすぐ上から渡るのがいいわの。藩の役人が、よく立ち往生するがの。外からきた者は、川の真ん中で動けず、そのままじっとしていればいいものを動いて、落ちたものもいる」

恐ろしい命運と、自らの悪への意志を結びつけるように、主は、雪の上に、籠の図を、腰かけの台座、摑まり所、荷の置き方と懇切に描きはじめた。

「籠綱に手拭いか帯を巻いて、前へ揺らして、籠が前へ揺れはじめたその時、両腕で、ぐい、ぐい、ぐいっと漕ぐんちゃ。後ろへ揺れる頃には、しっかと、手拭いとか帯の輪を締め、後戻りを防ぐのじゃな」

横から見た図だけでなく、上から見降ろした図まで描き、七十になろうか、目に老人独特の白い濁りを入れてるものの、むしろ、この地の雪の早朝のような澄んだものさえよこし、主は説く。

そういえば、禅宗の僧明山は「真宗は、真の邪教だ。人間は罪を犯すのが当たり前で、その最も罪深い者こそ救われると、とんでもないことをいっておる。あの世に墓はないといい切って、今の今の生に賭ける刹那に走る最悪の道だ」と、自らは最高位に近い偽善なる悪人のくせして、吐き捨てるように罵《ののし》ったことがある。

「籠番といいますか見張番へは、いかほどの謝礼を？　御主人さん？」

「あそこには、籠番はいねえもんでのう。いても、村人がみんなで少しずつ銭を出しあってるちゃ。渡る時は、取らねえ。他人さまから取ったら阿弥陀《あみだ》さまが怒るが」

阿弥陀さまとは何かとは解らないけれど、途徹《とてつ》もなく、だらしのないほどに、広い気持ちを持っていると然《さ》り気《げ》なく整え、老主人はいう。新八は、悪人を限りなく許しそうな主と、〝華学〟を限りなく追い求めて悪事に走るおのれの間の隔たりの長さ短かさを測りかね、周りの気配を窺い、思わず喉鳴りをさせてしまう。いと殺しは、確かに迫っている。

「あいにく見ての通り、江戸育ちで高い所が苦手、腕の力もない主人筋の御嬢さんがいて。重さは、十一貫と半ばぐらいの御嬢さんです。そこの籠に、あたしと二人で乗れますかね」

新八は、一つの籠に二人が乗れるに決まっているここの籠の渡しを見ればと思うが、敢えて聞いた。殺した後の噂などを手の内に入れて置きたいのだ。

「む、む、む……」

暫《しばら》く主は、黙《もく》しに入った。

それどころか、新八から、離れて、再び、長四角に角張《かどば》った笊を水に浸け、出し、水滴をばら撒《ま》きながら、顎の張った顔を、やや虚《うつ》ろにさせる。

無理か、不自然か、疑われるのが例かと、新八も、深追いを避けて、したこともない手拭いでの冷水摩擦をしはじめる。両肌に、温かさより、刺してくる冷気が沁みてくる。

「乗れる。二人で乗れるのは、本当は、当たり前。男が、籠の渡しの上で好きな女にいい寄ったのも、よくあったことじゃ」

主は、新八の心を見抜いているように、まじまじ両目を投げてよこした。

いと、五助、清造が、やっと井戸端に降りてきた。

切り立つ岩の小道を下った。

細かい雪が吹きつけ、五助と新八すら滑った。

崖と崖を結ぶ籠の渡しの乗り場に着いた。

崖の下の川床は砂利だ。見上げる空には、行方の定まらぬ雪が渦を巻いている。予定通り、籠番はいない。

縄梯子が、太い籠綱に結び付けられ、天へと登るほど高く聳えている。大人の背丈、五人分ほどあるか。

籠が、空にある縄梯子の端の脇に寄せられている。

向こうの絶壁からの引き綱が籠に繋がれて、雪を斑に貼りつけ、寒々と揺れている。もう一本の安全を兼ねているのだろう引き綱は、十二分の長さのゆとりを持って、川床の大杭に巻きつけられている。

「おれが一人、先にあちら側へといく」

木登りも、高い木の枝先で眠ることも、墓石と墓石を飛んで走ることも得意であった新八は、これから起こることすらなかったらどんなに楽しく渡しの籠で遊べるのかと思う。今は、苦い気分で、まずは誘いこむための目晦《めくら》ましを投げてみる。

「そんな、あたしは、怖いよ」

すっと、尺ぐらいある岩魚《いわな》が釣られる寸前に餌を品定めするように、いとが誘いの罠《わな》の枠へと近づいてきた。

「だったら、おれの隣に乗っていきますかい？　籠綱が切れてしまうかも知れやせんが」

義を探すのが難しい殺しの前は、かつての時とまるで違う。鳩尾《みぞおち》に鉛一貫目ほどを埋められた気分だ。動作も、何か命運に引きずられて、畳二十枚ほどの蜘蛛の巣の網目に引っかかったごとくに鈍い感じとなる。震えるなと自らにいっても、声がわなわなしてしまう。でも、ここのところのいととの遣り取りは、弟の清造にしっかり聞かせておく必要がある。強いて、喉が裂けるばかりの声を出す。

「姉さん、そうしたらいい」

「新八さま、声が震えている」

弟清造と姉いとの声が、同時に交叉した。腹違いの姉と弟ということが、微妙に利害を別にして、新八を助けているように思える。

「それなら、ついてきなせえよ、いとさん」

既にいとの意思はあるようにして、新八は全ての荷物を五助に、頼んだぜと渡す。

「一歩一歩、下を見ずに、しっかりとついてきなせえ」

新八は、川床から崖への縄梯子を登っていく。柱や軒や屋根の不動のものと結んだ縄梯子ではなく、こちらの断崖と向こう側の険しい崖を結ぶ太綱と結んでいるので、揺れ方は酒に深酔いしながら雪の中を歩くような感じをくれる。

ん、ご、あ、おーん……ん。

天領の飛驒の奥地から水を集め、轟音とともに庄川は突っ走っている。切り立つ淵の岩は、水面のところで、ひたすら削られてしまい、内へと深く窪んでいる。

籠の出入口は斜め前、新八は、荷はもう持ってないし、ひょいと籠へと乗り移る。

「新八さま、大丈夫だよね。信じていいよね」

縄梯子のてっぺんに頭をやっと乗り出して、いとは、新八の目の奥底からその後ろまで見抜く光を湛《たた》え、聞いてくる。

「いとさん、大袈裟なことをいうな。村の人は、日頃、いつも乗っていて、何も起きねえ」

吹雪きはじめた雪、周りの杉などの針葉樹の息、庄川の奔流の喘ぎ、と三つの湿気に、心の臓までじっとりさが溜まっていくのを覚えながら、新八は、両手を差し出した。

「よいっしょ」

百姓は無論、町人も、江戸で籠などに乗れることなどほとんど有りはしないのに、思ったより楽々と、いとが籐の蔓でできた、ごく簡単で、吹き晒しの籠に、ひょいと乗り移ってきた。

「新八さま、心中ごっこみたいで楽しいね。でも、心中は厭だよ。二人して、百歳まで生きたいもの」

いとが、こちら向きに、新八に抱きつくように両膝に座った。「百歳まで」と……いい。

「あたしだけがここで死んだら、夫婦になるのが厭で、あたしを殺したと思うね、必ず、清造は」

「まさか、殺すなんて、いとさん」

新八は、今までの短い生で最も肺腑《はいふ》を衝かれ、そして、嵩張《かさば》る嘘をついた。こんな嘘をつけるのなら、これ以後の人生での嘘は楽ちんそのものではないのか。その上で――清造は疑いはしまい。いとと自分の読みがどちらが勝つか賭けであろう。

が。

こういう恰好で交るのを望んだいとなのに、一度もしてやれなかったと、その柳腰の温みと肉の張り具合いを新八は、俄《にわか》に思う。思えば、口が軽いゆえにこそ、これから決定的に効き目のある花火の秘法のほぼ全てを打ち明けてくれたのであった……。

「うん、こうだな。任せておけ。よいっしよ」

予期しなかった、唐突に、胸底から湧き上がるこの情とは何か。解らぬまま、自らの帯を解き、籐の蔓を三本捩ってある太い籠綱に一回転ぐるんと巻き付け、新八は、浄太郎という親切な家の主に教えられたように、籠を前へ揺すり、第一歩の三寸を進めた。

二度目は半尺。

三度目は一尺。

心の臓の脈打ちは、速さを通り越し、凍えて止まりそうな感じがする。

「さすがあ。歌舞伎役者の見得みてえ。中村仲蔵みてえ」

風が強くうろつく雪の中、下から、清造が口に両手を当て、叫ぶ。

「うん、よく、見てなせえよオ」

あと、人間の丈と同じぐらいの五尺で、庄川の激流の真ん中。新八は、ことさらに満面の笑みを浮かべて、縄梯子で自分の番を待つ清造に手を振った。座る台と、両足の爪先を踏んばって凌《しの》ぐための網目の小板のほかは、骸骨の骨だけで組んだごとき籠、背中以外の全ての景色が見える。

きた、庄川の真ん中に。

きてしまった、突き落とせば、水を泳げぬいとの死に場所が。

消せば、過去を闇に埋められる。花火の秘術は広がらぬ。いとを、妻に迎えずに済む。

待て。

山奥の、またその先での、ごく狭い、江戸から遠い、辺境にいるゆえに考えが偏《かたよ》ってしまっているのではないか。殺さねばならぬ思い込みを自分は犯しているのではないのか。

「後ろから、抱きしめておくれ……新八さん」

「よっし、こうかな」

新八はいとを背後から抱き、その胸ばかりか乳房もときめき、脈打つのを知りながら、よろめく風を装い、力任せに、左脇の出入口から、いとを横へと押し出した。

重い、重い、重いだあ、いとの軀は。とりわけ、いとは頼り切るように新八の右腕の手首を摑んでいた。右手首は、いとの重さが心に大根の漬け物の大石を置くほどに痛みを伴った。

「なぜ？」

ふっと軽くなり落とされざまに、いとは、短い声を出し、新八を見つめたままあお向けに、ぱしゃっの音もたてず、庄川へと潜っていった。ほどけかかった赤い友禅縮《ちり》緬《めん》の帯が浮き上がり、速い速度で、下流へ下流へと流されていくのが分かる。

新八の胸は、ほんの束の間、浅間山の噴火の起きる前の冬空の闇のようになり、視界から全てが消えた。

「いと……さまーっ」

五助の金切り声で、目の前の暗闇から引き戻された。

五助が、この吹雪く中、しかも激流の中、荷を放り、着流しの恰好のまま、崖のてっぺんから庄川へと飛びこんだ。黄ばんだ腓《こむら》の肉が、江戸の冬空より青く、浅草海苔のように新八の目をまぶしくさせる。

なんちゅう……ことだあ、五助、おめーは。

おめーは、泳げなかっただろう？　浅間の大焼け前は。

五助の姿が、はじめは見え隠れして、そのまま大岩の角の前から見えなくなってしまった。

いきなり、新八を遣り切《やき》れなさが襲う。

殺しはずいぶん、やってきた。でも今のは、きつい。殺しが難しいのではなく——

殺す相手との関わりが、きつい。

其の五『愛縛清浄句是菩薩位《あいはくせいせいくしほさい》』

ひでえ年だ、今年は。

五月から長雨、七月には大風で聖堂の杏壇門《きょうだんもん》が倒れるし、十月は湯島から火が出て市村座も中村座もぺろりと炎に飲まれと、空《から》っ風《かぜ》の中、新八は空を睨む。花火業は、上がったりだった。花火に雨と風は天敵、湿って煙だけが出て、幽霊みたいになる。風には、大火事が気になり、客が家に籠もって出てこない。花火自体も負けて、空に溺れる。いまの花火では火事の見事さに勝てぬ。大火の豪華さと勢いと、渦巻く炎のばちばちと爆《は》ぜてごうごうと轟く音に、到底、太刀打ちできない。

良いことは、この五、六年権勢を揮っていた老中筆頭の松平定信が白河に帰ったことぐらいか。江戸の無宿者の取り締りからはじまって、百姓の出稼ぎの規制、奢侈品《しゃしひん》の造りや売りの禁止、異学の禁止、書物の規制、揚げ句に入込湯《いれこみゆ》まで禁止して、武家はまだしも町人は松平定信の改革で迷惑ばかり蒙《こうむ》った。町民から、底からの湧く活気が萎《しぼ》んだ。

――いとを、五ケ山の秘境の庄川上流で籠から突き落として五年かと、新八は指を折る。思いもかけずに、強力な助っ人になるはずの三助こと五助を失ったのも、従って五年。

いまなお、宙吊りになった籠から横へと突き落とした時のいとの軀の嵩が、瞬《まばた》きの間の重みが、横殴りの吹雪の当てのなさと対照的な確とした落下の速さが、新八の両手首に、いとの目の芯の漆黒の黒さのように刻みこまれている。

実際、利《き》き腕の右手の手首に、いとの最期の足掻きをした親指の爪らしい跡が、血の青い脈を縦に縫い、残っている。

消えぬ。

晴れた日には、この痣《あざ》は、淡い褐色に過ぎないのに、雨や霧や雪の日には、青黒くなる。湿りに凍てつきが重なると、くっきり、とりわけ爪の半円は黒色に線として浮き上がる。風邪を騙《かた》って、そのついでというふうに京橋の蘭医の清庵に診てもらったら、「ふうむ、心が定まらずに出たな。この傷は、ことを忘れると消える。ところで、いつ頃からできたのか」と聞いてきたので、慌てて、「去年の冬から」と答えて、診立ての暗い六畳の部屋を辞した。こういう傷が、病としてあるとは……。

今年は、偽りなく、ひでえ年だ。

十月には、あれほど約束をした、算術や国学や宣《の》べ広めの術を物にしている侍の血筋で狡《ずる》の忠吉が、待ち合わせの日本橋の西の橋詰《はしづめ》にこなかった。三河の岡崎で、大砲《おおづつ》の技法を盗んでくるはずだった忠吉なのに。もっとも、新八も、報償としての五十両を貯めるのは、この不景気な世の中、実にしんどく、やっと、番頭の好太郎に頭を下げ、用意できた。

「情けねえ……」

新八は、独り言をつぶやく。

情けない自分の在り方の因《もと》は、解っている。

いと殺しの後のことは計算していたはずなのに、それより実際の日々は、ずっと、遥かに、想像できないほどにきついのだった。飢えて流浪して一揆衆で騒ぐ時は、殺しはある意味で幸せだった。殺さなければ殺されるのだから、殺した方が得で、仁義すらそれなりにあった。主の娘のいとについては――おのれの利と害の剝き出しの突き出しのため。〝華学〟のためと居直ろうとしたが、そんなに甘くはなかった。

「情けねえ……」

再び、新八は、ぼそりと口に出す。

おかげで、この数年、若い盛りのてっぺんにあるのに、鬱々《うつうつ》、暗く、下を向き、本命のきぬが嫁ごうとするのを横に見て過ごしてきた。いまは、職人頭で、年が明ければ手代になるというのに。

――そう、五年前。いとを籠から突き落としてから、ほとんど死ぬという雪の深さの中を這いずり、清造と一緒に江戸へと踵を返した。

江戸の横山町一丁目に帰ってくると、

「は、はん、は、今日から、鍵屋は倅の清造が七代目。新八は、丁稚頭。そうだ、三年経って職人頭、五年後の川開きには手代にしろ、新八、よくやった」

と、鍵屋はいい、新八が「番頭はいつに？」と聞きたいと思っている暇なく、

「なに、いとが誤って宙吊りの籠から落ちたあ？　そ、そ、そんなあ」

と舌を縺《もつ》れさせ、清造の帰還の喜びといとを失った悲しさに動転していると思ったら、倒れ、無闇に暴れ、やがて意識を失い、眠りこけ、鍵屋六代目は死んでいった。六代目の死は、新八に自らの近い先、遠い先の生と死を、どこを切っても同じ金太郎飴として思わせる。

この主の死のすぐ後から、「番頭は、好太郎のまま、手代は、練り場の長の留弥。ただし、留弥には、あっしに土下座《どげざ》をさせて。いいかな、清造さん」と新八は切り出し、人の配置の実権を握ろうとした。番頭の好太郎は、もう齢がきていて御払い箱と思っていたから、その日から十歳も若返ったように喜んだ。正《ただ》しく、清造、もとい、新鍵屋弥兵衛にではなく、新八に三拝九拝《さんぱいきゅうはい》した。この時、新八は、ついつい新弥兵衛

のために「清造さんは銭遣いがだらしがねえ。きっちり締めてやっておくんなさい」と忠告してしまったら、好太郎は新八にも銭を渋り、これは新八の物差しの外で、失敗した。

練り場の長の留弥は元より予想だにしなかった大出世、長い間畳に頭を擦《こす》りつけてひれ伏し、その額に畳の縞目の跡が残ったほどであった。ただし、新八に対してでなぐ鍵屋七代目に対して。

先代の葬いが終わる前に、三河島村の薬のあれこれを試す家屋敷の書類は押さえて新八がもらった。話せず耳も聞こえぬ丁稚の雄吉《ゆうきち》をそこへ住まわせることにした。薬掛《かかり》長という役を、清造に認めさせ、雄吉にさせた。雄吉は、花火作りに忙しい時は横山町に、新しい試みをする時は三河島村にといく。

雄吉は、こう策したのを耳と口が儘ならぬ分の独特の鋭い勘で新八のおかげと感謝し、旅以前とまるで物腰、目つきを変えた。同じ唖《あ》者《しゃ》の老人の下で、読み、書き、算盤を新八は習わせる手配もした。これらは四割が鼻のひどく利いて技も確かという雄吉の能をもっと引き出したいがため、六割は、殺したいとに愛らしいものを持っている雄吉と判断したからだ。五ケ山の現場にいない者で、いと殺しを疑う一番としては雄吉と、新八は恐れた。

倉庫番の段助は、職人達の動きを伝えてくれる役もあるので、番頭の好太郎に談判し、給金を上げさせた。渋々、番頭は従った。

最も要の、新弥兵衛のいとに関する口封じは、「姉さんは幸せだよ。抱き締められて喜んでいるうちに、喜び過ぎたんだろう？　自分から、落ちちゃったもんね」という言葉に、新八は安堵し、何をも敢えて細工を加えなかった。

けれども。

先代鍵屋の葬儀が終わり、ほとんど三月を火薬の調合部屋で、話せず耳も聞こえぬ丁稚の雄吉と二人で籠もり、どうやらいとの作っていた水準まででき上がる自信が出て、自らも大川で花火を立てて一と月余りが経って、心か軀《からだ》か、無力の気分が住みはじめた……。

気が低いまま地べたを這うまま、次の年がきた。いとを殺めた次の年。今から、四年前。

七月しょっぱな。

忘れられない日だ。

朝から、風が凪いで止まり、江戸湾から深い霧が溢れ、霧はしぶる雨となり、花火を立てることは中止した。

良い桟敷《さじき》は急なことで茶屋が用意できなかったが、新鍵屋と次女のきぬと三人で、中村座へ出かけた。歌舞伎の話は人と人との天気と同じ挨拶みたいなものではあるけれど、実際には、新八にとって歌舞伎は三度目であった。どうも女形《おんながた》が苦手であったが、先代の鍵屋が死んだし、きぬにそろそろ唾つけをしなければ間に合わぬと思っていたのだ。親の七光りと無縁な中村仲蔵《なかぞう》が『平家評判《へいけひようばん》』の俊寛《しゆんかん》役をやるというのも、魅《ひ》かれた。仲蔵は、既に五十五歳ぐらいのはず、病に伏していたが、全快したという。

芝居の町である二丁町に近づくと、雨の中なのに、活気のある鳴りもの、呼びこみ、人々の声がやってきた。この界隈には、いかがわしい見せ物小屋、ちゃんとした軽業《かるわざ》や手品を見せる小屋と並んでいる。

木戸を潜《くぐ》った。

いまだ暗い夜八ツ半から、下廻りの役者から三番叟《さんばそう》を踏んでいるとはいえ、だれている。仕切り枡《ます》の中では酔っぱらい同士がぶつぶつ桟敷席ではいちゃつく男女もいる。東の仮花道の上に風呂敷包みを置いたり、茶屋から持ちこんだ膳を並べている客もいる。

だが。

二階桟敷の奥の奥から、「いよっ、仲蔵っ」と客の一人が叫んだあたりから、俄に、静けさが占めはじめ、気がつくと、目の前の黒・柿・白の狂言幕が、縦長に、実に、色あいが渋いと新八は吸われはじめていった。善光寺参りにいく前に連れられてきた二度の芝居見物では解らなかった色ぐあい……だ。

そして。

本当に中村仲蔵は五十代半ばか、本当に病み上がりというのか、先祖の七十七回忌、六十回忌に当たるそうで、初演から三日目で幸運であった、寿世嗣三番叟を舞いはじめた。天下泰平、五穀豊穣《ごこくほうじょう》、芝居繁盛《はんじょう》を祈る、いわば有り触れた座頭の踊りとはいえ、たんたん、と、ととん、どんどんの足取りの確かさ、腰の安らいだ位置取り、謡いよりも優れて軽やかな音の調べの踏み方、左手に翳《かざ》す扇《おうぎ》の常なる動きと調和……。そして、黒の烏帽子と衣装の、暗いのに、華やかなそこに在るという印象はどうなのだ。花火が背中や頭にする闇空よりも、簡潔でものをいっている。

仲蔵の舞いは、仲蔵にしかできないものであるのだと、しっかと、新八は植えつけられ、酔いはじめていった。酒は一滴も飲んでいないのに。気づくと、その魅力は、まずもって、大道具、小道具、背景、仲蔵の衣装の色の艶やかさ、渋さ、新しさにあることに驚いた。

更に。

幕が変わって、終わりへといくと……。

柝《き》の音が入り、三味線の音が、そして謡いの声が仲蔵のせりふの朗々さが、柝の音と一緒に、新八の四肢の中で騒ぐ。

歌舞伎の音の重なりは、どう考えても、鍵屋の花火の弾ける単純な音より素晴らしい。強弱と甲高さ低さとして蘇って消えぬ。

それに仲蔵の芸を引き立たせるような背景の鬼界ケ島を巡る波の白さと海の青さの大道具の絵、いかにも造りものの絵柄なのにそれがかえって迫るのはどうしてだ？

先刻の舞いの動が嘘のように、俊寛の仲蔵は、一切の無駄を刮《こそ》ぎ落として静を際立たせていた。合間合間に入る常磐津《ときわづ》節の、時に急を知らせたり、わざと間の抜けた感じをよこしたりの重なり合う声々も、新八の耳の奥でぶつかりあってくるのであった。

立て師になる前に客として見た、花火の終わった時の、あっさりの気分と、まるで違っている。

そして、気づいた。歌舞伎の凄みは、第二に、その音にあると。

全てが終わると、また、目の前に黒・柿・白の幕だ。実に、端整で、単純で、隙なく美しい。遠くに、柝の音が谺《こだま》しあい……。

だから、下足番に札を返して草履を足に着けた時、新八は、

「歌舞伎は色と音で、町民のあっしの胸にひっついて、こびりつく。掻き乱す。泣ける。何でだあ？　何でえ？」

と、ついつい、一人言から、でかい声へと上ずり、言葉のしまいは大声を出してし

まった。もちろん、内心、花火の観客はずっと多いとしてもみんな無料《ただ》の客、高々、人の丈の四倍しか飛ばない地平、苛立ちばかりでなく屈辱をも思っての言だ。そういえば、花火へのお上の口出しと禁制は、先代鍵屋の話だと、百三十年ほど前に二回。歌舞伎は、いつもひっきりなしであれこれ監視され、女歌舞伎、若衆歌舞伎と禁じられ、侍のいう〝悪所《あくしょ》〟とは吉原と二丁町などの芝居小屋のあるところ。

「新八、花火屋がそんなことをいっても良いのかい。解ってないね。花火は、心に纏わりつかないから、ぱあーっと消えてくれるから、花の満開より果敢ないからいいんだろ？　いまのいまを炙り出して、諸行無常を譬えてくれていいのじゃないのかえ。だから最高の遊びなんだよ」

無口な次女のきぬが、珍しく、いい放った。

いい放ったきぬが、いつもは水平できりりとした両眉両目なのに、目許を吊り上げて弓の弦のような感じとなっていた。やや高飛車のものいいの響きは、本当のことを含んでいた。新八の両肩は、ぎくっと音立てて竦《すく》んだ。

――ここいらから、新八は、おかしくなったのを自覚している。歌舞伎の色彩と音が先か、きぬといとの同じ血の心情への戸惑いが先か。

この日だった。横山町の鍵屋の職人頭の四畳半で、月の明かりに、利き腕の右手首に、黒ずむ、寒《かん》の三日月のごとき、仮面のおかめのような、爪の形をした痣《あざ》を認めたのは。

――次の日から、落ちこみがはじまった。

職人頭なのに、気力が萎え、面倒臭いという感じが先に立ってしまうのであった。梅雨を吹き飛ばす闇夜の花火を見ても、鼠色に見えはじめた。鼻のいい雄吉は〈いいかおり、それぞれに〉と覚えたての文字を石盤に蠟石で書いて見せたけれど、梔子《くちなし》の花も鬼百合の花も江戸では珍しい浜茄子の花の匂いも、みんな毒《ど》だみの花に似て厭になるのであった。

きぬは、まだ嫁にいかないと世間さまから指を差されているのに、父親が死んだせいか、以前よりゆったり、それでも、何かしら嗅ぐものがあるのか、「新八、おまえ、変わったね。善光寺参りの後に、五ケ山にいったんだったたっけ？　いと姉さんと……何かあったのかい？」と、聞いてきた。いと殺しが澱んでいるゆえに、新八は灰色の気分の流れに首を項垂れるままとなっていく……。

然《そ》う斯《こ》うするうちに、敵の玉屋の人気が、「風があっても、音が耳奥に心地良い。さすが。火も澄んできた。どうやら、白山とか飛騨の山々の奥で、秘中の秘の薬を手に入れたらしい。なるほど、一族の血が入ってないやつあ、一切仲間に入れぬ玉屋らしいやり方」と、あれこれ噂が飛び、ぐんぐんと真夏の雷雲のごとき力を持ってきた。真実は、五ケ山では何も得てないはずなのに、失敗を成功へと強引に結びつける玉屋二代目に、新八は、対抗心を擡《もた》げながら、術なくずるずると滅入《めい》っていくのであった。そのうち、娘の夏が、玉屋の人気の許で、ちょっぴりは幸せになるであろうという赦しの気分が大きくなり……。もっとも、玉屋にすれば、十年前の安永年間には、日本一繁栄問屋と称する『江戸自慢評判記』で、玉屋は鍵屋を差し置いて〝上上〟として載っているし、かの鳥居派四代目、美人画の鳥居清長すら伊庭可笑《いばかしょう》の黄表紙『扨化狐通人《さてもばけたりきつねのつうじん》』で、花火といえば玉屋と実際を歪めて、挿し絵を描いている。清長は、玉屋から、いくら銀をもらって描いたのか。玉屋も、図々しく押していくものだ。

救いは……ない。

頭の中がひん曲がるのは血の問題もだ。祖父母を、父母を、妹のまきを、たぶん姉のつたを失った新八には、血族など信じられないのに、奈良のど田舎から花火のために出てきた鍵屋初代の血を受けた七代目の朗らかさが参るのだ。かつての清造はいい続ける、「新八さん、新八さんのおかげで、夜尿の薬のことも、銭勘定も、男と女のことも分かったおれだよ。一階の職人頭の部屋だけでなく、二階の隣りの仏間も使っておくれ」と。それだけでなく、「いと姉さんは、ひどくきつかったから」とも。そして、「玉屋に負けるのも、見事じゃないか。出藍《しゅつらん》の誉れっていうんだろ？」と。

こんな新鍵屋の、せせこましくなく鷹揚《おうよう》で、しどけないほどの楽天性と、無警戒に他人を懐《ふところ》に抱く包容力に、新八は、おのれがもう決して手に入れることはできない素晴らしさを見てしまい、茫然とするのだ。世襲への対抗の心すら、豆腐の角に頭をぶつけるごとく、空しい。思えば、花火屋だけでなく、生け花、茶の湯、そもそも将軍家、そして歌舞伎……と。

歌舞伎見物で色と音に動転し、きぬにいとに似た執念の怖さを見、花火屋鍵屋の百何十年の史《ふみ》の重ねを新弥兵衛に発見し、新八は、いと殺しの虚しさに突かれた。二人三人のいとを殺しても、追いつかぬのだ。永遠に続きそうに思える徳川様の政《まつりごと》を見るような、蟷螂《かまきり》が両手を空に差し出して人を脅す無駄ごとき。

そう、根っこに、主筋の娘のいとを殺したことが、幾重にも絡まって解けぬ魚釣りのてぐすごときものとしてある。花火の秘密を我が物にしてから秘密を漏らされたくないと殺したが、そもそも薬の配合の秘密などない方が花火の世界にはいいように思えてくる。いとを殺《あや》めれば、きぬとの望みが出てくると思ったが、きぬはきぬで美貌ゆえの高飛車を孕《はら》む恐さを秘めている。

殺しは徒《いたず》ら……だったのでは？　むしろ魂を切り刻む……。

——それから。

背中を丸め、頭を垂れる日が、ずっと長く続いたのである。

箸《はし》を握るのも大層で、顔を洗うのも大儀で、厠《かわや》で屈《かが》むのも邪魔臭く……。だから、かつては一度で済んだ厠での大の方は、六度に分けて通うようになったのであった。

やがて。

三ヵ月ほどは塞いでしまい、床から出ることができなくなった。半身を起こすことすら辛くなったのである。立って歩くのは、廊下を伝わって厠までの道のりだけになった。

幸いというべきかもどかしいというべきか、三ヵ月と十日で起き上がった。愛人や主筋の女を殺すのはむしろ自らの方を傷めると五ケ山の反省をした。

肩に石を積まれたみたいな、頭の中に鉛色の煙を押し込まれたような、両足の血の脈を小さな石くれで止められてだるい感じのけったるい気分は、しかし、ずうっと尾を引いた。ずうーっと、ずっと。再び、落ちこんでしまいそうな底や、ちょっぴり上向きの心持ちもありながら、いとをぐいっと突き放した右手首の小さな爪の形の痣《あざ》の濃淡を気にし、常に、江戸湾の打ち寄せる波の強さ、穏やかさと暗い気分はむらを含んでやってくるのであった。

ひでえ年だ、今年も。

いと殺しから五年して、再び、新八は呻《うめ》く。

調合部屋の隙間から、否応なく、故郷の上州方角の埃に満ちた空っ風が押し入ってくる。そろそろ目貼りを打って隙間風を防ぐ必要がある。

〈新八さん。この空の乾き方の時には、火事が起き易い。匂いで分かる〉

雄吉が、薬研のざらつく石で木炭を擂《す》り潰《つぶ》す手を休め、蠟石《ろうせき》を手にして石盤に記した。三角形に尖った鼻先を風上の御城《おしろ》方角へと向ける。桟《さん》の窓から江戸城が睨んで見降ろしてくる。華と正反対の無骨さで、情けなどと縁がなく殺しは何人でもできる厳めしさで、黒と白の単純な顔つきだ。

「うむ」

殺した花火の薬師《くすし》のいとから盗んだ技法のまま、新八は木炭の粉と、硫黄と、焰硝《えんしよう》を、桶の中で、茶の湯に使う茶筅《ちやせん》に似た竹の道具で掻き混ぜ、気力なく頷く。花火屋が火事を起こしたら、公儀の咎《とが》めを受けるし、被害の大きさによっては一巻のおしまいとなる。大事なことだ……なのだが。いまはしかし、工夫もなく習慣のように、考えることもなく、焰硝百、硫黄十、炭の粉八十を、ただただ、むらなく掻き混ぜる。あれこれの新しいことは考えたくはない。飽きるほどに簡単な仕事をして、底に漂うままでいたい。気だるさに、眠りたい。

〈新八さん、今年は長雨やひでえ風や大火事で花火は冴えなかった〉

「うむ」

雄吉がかなり漢字を覚えてきたなとだけ思い、石盤の文字に対して新八は言葉と首の上下で頷く。

〈でも、玉屋の音の弾け方は立派という噂がかなり広まっている。おれも、そう思った。胸の下、臍あたりにずんと響いて溜まる音だ〉

「うむ」

〈どうも薬に内証がありそうで。おれが、吉川町に近い柳橋《やなぎばし》の袂あたりで匂いを嗅いだらどうかな〉

いくら敏感でも、匂いだけで薬の調合の秘密は盗めまい。この頃、雄吉は、仕事に熱を帯びはじめてきた。本来なら新八にとっては喜ばしいことだが、少し、こうるさくも感じる。

「うむ」

気のない新八の返事に、焰硝の結晶の最初の砕きを孟宗竹《もうそうだけ》の筒の中で、樫《かし》の木の搗《つ》き棒でやりはじめた雄吉は、ぶくーっと頰を膨らませて不平そうな目をよこす。雄吉は耳と口がままならぬ分、顔の仕種に種類が豊かだ。それだけでなく眼力も濃やかで、新八が文字を書かなくても大概の話は相手の口の動きや表情で分かっているようだ。

〈新八さん、今年は花火の回数が少かったせいか、玉屋の青っぽい、松の葉みてえな色が妙に綺麗で。あれも、焰硝、硫黄、木炭の他に何かを混ぜているはず。西広小路

は吉川町の玉屋の前で乞食の恰好をして……薬を盗めないもんですか〉

「うむ」

それも無理だ。玉屋の花火を作る仕事場は、店の裏に広がっているんだといおうと思ったが、億劫《おっくう》で、新八は生返事をする。

「う、う、む」

途端に、雄吉が呻き声を喉の奥から絞り出すようにした。五年前の、あの暗い表情とは別で、花火の調合職人としての誇りからの抗議らしい。そう、今は、十六歳の男、いとのことは負のように忘れて逆に転じさせ、髭剃《ひげそ》り跡も青々しく逞しく、明かるい。この滾《たぎ》る力は羨ましいが、煙ったくもある。

「新八、いますか」

きぬの声が、目隠しともなっている背の高い椿の木の垣根の向こうからした。

この女も変わった。五年前の、新八を見るとそっぽを向いたりの反撥をともなった照れの二十歳から、今や、二十五歳、縁談を齢と同じ二十五度断り、物怖じを知らなくなりつつある。それどころか、同じ腹の姉のいとの死とその原因に、時折り、奇妙にこだわる。先代鍵屋が死した後、「生娘のきぬはおめえにはやらねえよ」のあの言葉は、今は反故《ほご》。然れども、全てに無気力で全てが空虚となりかけている新八には、面倒さが先に立つ。情けの入り組む男女の仲に立ち入りたくない。情さえなければ……近頃、湧き立つ。

「へ……い」

仕事の切りは悪いが、新八は立ち上がった。五ケ山から江戸に帰った直後、自らがここの責任者になった時に、外からは覗き見はできぬように戸を作った。戸は檜《ひのき》の柾目《まさめ》の板で、節穴などない。その戸を開ける。

「明山さまが、お訪ねになってきましたよ」

姉のいとと似て似ぬ、翳りの深い大きな瞳をやや横向きに見上げ、きぬはいう。眠たげとしても、真っすぐの両目両眉に隙なく整った顔つきだけは、なお、冴えていくばかりに見える。

「へ……い」

草履をつっかけて、新八は三和土《たたき》の砂利《じゃり》を踏んだ。きぬが迎えにきたのに、丸く小さな石の塊は、五年前とはまるで世の中が変わったような虚ろな音を、現《うつつ》なのに空耳のように、ざら、ざら、ざらと立てる。

「新八。元気を出すんだよ。近頃、玉屋に鍵屋は押されてるって聞いたよ。おまえが元気を出さなくちゃ駄目なんだよ。気分を一新して、元気に頑張らなきゃ」

鬢《びん》や額に、一筋の毛の乱れも見せず、きりりというより、かなり情けなさそうにきぬはいう。

新八は、鳩尾《みぞおち》に拳を入れられたような、底無しの沼に引きずり込まれそうな気分に陥った、「元気」と「頑張れ」の言に。

ほぼ五年続く力の無い、後ろめたさの気分は、励ましのいい種で、更にぐさりとくるのだと、この頃、知りはじめている。突き刺さるものは、時に、瞬くうちに、包丁で自らの喉の脈か、左の肺の臓を抉りたくなる発作を呼び醒ます。おのれが空恐ろしいほど小さく小さくなるのだ。

「生きてんのか、死んでんのか。年が明けて、来年の川開きがきたら手代でしょうが。頑張りなさいよ、歯を食い縛って、臍《へそ》に力を入れてさ」

花火の蔵の前から枝折戸《しおりど》へと先にいき、きぬが立ち止まった。

「ん……へい」

「薬の調合部屋だけでなく、練り場、飾り場の仕事の受け継ぎ、得意先への挨拶回り、店の帳簿の引き継ぎ、みんな、新八を待ってるんだから」

「へ……い」

「それに、あたしに、二十六度目の見合いの話がきてるのよ。清造から、聞いたでしょう？　今度の人は、京橋の酒屋の跡取り。人形屋の咲さんの口利きです。咲さん、何か考えてるんじゃないかしら」

「へ……」

人形屋の咲とは、愛敬があるが話はあんまりせず、あっさり擦《す》れ違ったり、店先にきても長話はせず、片笑窪の良い三十ぐらいの人妻だ。旦那が俳諧に凝《こ》っている。新八も撫田《ぶでん》の俳名で、たまに、その句会に出る。

「気のない返事をして。だったら、もう、齢がぎりぎりだし、あたし、嫁ぐよ」

「へ……」

「何よ、『へい、へ……い、へ……』ばっかりで。あたしのおならを嗅《か》がせて、苛《いじ》めるよ」

「えっ、そりゃ、それでも」

「ふうん。してやんない」

蝶番《ちょうつがい》が壊れてしまうほどの強引さで、きぬは枝折戸を開け放った。

「あら……あたし、変なこといっちゃって。厭あ」

きぬが振り向いていい、頭をわずかに下げた。ああ、これが娘時代のきぬの気位の高さと羞恥心の谷間にあった元の姿だったと、新八の心が少し動いた。淀んで酸っぱい臭みを放つ溝に、飲み水になる玉川上水の水脈が細くとも流れこむ感じだ。

「そりゃ、もちろん。聞かなかったことに」

新八は返事をしながら、異な感じの蠢《うごめ》きが鳩尾と臍の真ん中に走るのを覚える。いととの出会いから何十年と夫婦でいたような関りとは違うのだ。高見から男を見下ろすのに肉の交りを知らぬ女の初《うぶ》さを持つきぬの雰囲気なのだ。正しく確かにいえば、気品のある女が場違いに、唐突に、崩れゆくような。

「本当ですよ。なんか、新八、急に目の奥が輝き出して。助兵衛……なんだね」

小紋の上に臈纈《ろうけつ》染めの濃い藍色の割烹着《かっぽうぎ》を纏《まと》い、火膨れを起こしたように目の上と頬を赤く腫らして、きぬが、ぷいっと顔を逸らした。

「助兵衛」という言の葉のそれ自身が、きぬの軀の奥底と心の秘密をひっそり打ち明けている思いがして、実に久し振りに、新八の股座《またぐら》はむらむらと火照りはじめた。きぬの着物を全て脱がして、割烹着を羽織らせ、その濃い藍色の生地を割り、背中側の裾から捲《めく》り上げたらどうか。ほっそりしているのに、やけに尻が安産型に大きい女だ、色の白さに加えて見応えがあるだろう。意のままに放たれるものではないに決まっているにしても、ぷつっと出るであろう放屁の時の尻の真ん中の小窓はどんな色つやや形であろうか。尖るのか、窪むのか。あるいは、しこったままか。意外や、しどけなく笑っていて赤ん坊の唇ごとくに弾けるのか。

「新八、厭《いや》あね、その窪んだ目の奥の探る感じ。そんなことより、気を配って仕事をやんなさい。懸命にね。人を押し退《の》けてもね。頑張るのよ、今こそ」

新八は、なお、心の臓の脇あたりで、恋《こ》うものがあるとは知りながら、きぬとは夫婦になるのは無理と考えた。先刻からの「元気を出せ」「頑張れ」の繰り返しはきつい、現の今の新八に。いと殺しが根っこにあるので、触れられても困る。その上、自分の心の落ち込みや底への沈みを解っていないのだ、きぬは。最初の交りは楽しいとしても、その後、しんどい。

「んもオ」

声は聞こえぬが、きぬがこういうように母屋へと行こうとした。帯留めの下の胴の括《くび》れと、腰の張りの安定した奔放さと、丸みのある肩の愛くるしさをきぬに認め、新八は店表へと見送り、心と軀に力をわずかに感じはじめたのであった。夫婦にならずに交わったらどうか……。

――店に深く入っても明山《めいさん》は編み笠を被《かぶ》り、無数の顔の傷の一部だけを曝《さら》しながら、仁王立ちしていた。静の中の動、というものがある。

「うむ、近くで、一杯やるか。まだ、陽は落ちてはいないけれどな。ゆっくり、のんびり」

編笠の縁すれすれに両目を見せ、明山はなにゆえか、普段とは異なり迫るものを一切感じさせず、実にのろい歩みで店先を出た。一歩の歩みが一歩で値打ちのあるごとく。

「両国橋の橋番所の前は、通りたくないの。浅草御門の厳めしさも面倒じゃ。だとすれば、馬喰町《ばくろうちょう》の旅人宿あたりの飲み屋かな」

明山は、五十歳を過ぎたか。本人からではなく床山と仏具師から聞いた話で、どれほど信用できるか知らぬけれど、先おととし、本山の偉い役の僧になることを拒んで「世俗、栄達、名利を決して好まぬ、今時、珍しい坊主」といわれているという。年端のいかぬ少女を名僧が弄《もてあそ》んだなぞ、誰も知らぬ。新八も口を封じている。嗤《わら》うべき、明山の評価だ。詐欺師まがいの商売、恐喝まがいの商いも平然とやる僧侶なのだ。

が、いまの明山は、性格が変わってしまったように、のんびり、のろく、歩む気がないごとくに遅々と歩く。歩幅が狭いわけではない。軀の具合いが、新八の気分と同じで、良くないのか。亀の歩みほどに、真冬の空にゆく雲ほどに、ゆっくり、ゆっくり、度外れにゆっくり歩むのだ。

「形だけでの念仏は役立たぬわ。無駄だし、せぬ方がよろしい。せぬ方が、救いじゃ。友之助、あ、いや、済まん、新八」

話し方をも緩い調子で、明山はいう。

「ま、おぬしが善光寺参りをして、五《ご》ケ山《やま》へいき……帰ってこれただけで、偽りの坊主、性悪の坊主、救いの一滴も有り得ぬ坊主としては……すごく嬉しい。帰ってこれただけでだ。うん、生きてるだけでな」

明山の歩み方ののろさと、間延びしたいい方と、話のぼやけた中身で、新八の心や躯の鼓動も、少しずつ、ちょっぴりずつ、徐々に速さを失っていく。

逆になぜか新八は、心地が安らかになっていく。

少女の妹に、酷い悪さをした許せぬやつという、こちらが将棋の駒の香車《きょうしゃ》より格上の飛車の気持ちがあらかじめあるせいなのか。

「まあ、いろいろ……あったから」

新八は、ずるずる泥に嵌《は》まるのと正反対の気分の軽さへ、胸の真ん中半分に左右へと開いていく心持ちになっていく。

風が、やけに吹く。風の根っこは浅間あたりだ。乾いている。罪人を引きずり、馬に乗せて晒すこの道は、湿りを失い、二つの線となる轍《わだち》の跡の深いところから、土埃を噴き出す。空っ風に、負けている。江戸の道は、上州路や信州路、北陸街道より凸凹が多い。

段々と、新八の歩みも速さそのものを失い、明山の一歩一歩に、俳諧や和歌のような調子で伸びやかに合わさってくる。馬糞の黄土色のお椀の形も、この乾きに匂いも湿りも失い、飼い葉の藁《わら》を切り刻んだそのままの細かさで、宙を舞い、大川の方角、ついには江戸湾へと、ふうらふらふら、地べたから空へといき、漂い、沈み、舞い上がっていく。この頼りない埃と馬糞の空へといく気分の良さが、新八に、解りかけてきた。馬の糞は風に強いられてこそいるが、その上での、他人任せの快さに浸っているごとくに映るからだ。

そして。

明山は、この江戸の初冬の吐く息と吸う息の間にたっぷりと時を取る歩みをして、その歩みの時空を越えたたゆとう流れを自分に伝えようとしていると新八は新たに気づく。悪人ゆえの、他人への気配りなのだろう。

「うむ。ここで、いいか？　いいとしよう」

伝馬《てんま》や運搬に携る者や銭を持たぬ旅人のため、そして訴訟のために江戸に上ったり下ったりしてくる人のためにある宿々の傍らの煮売《にうり》酒屋に、明山はそろりと入り、軒先の長椅子に、墨衣《すみごろも》の下の両足をもごもごさせ、足を組む気配で座った。編み笠を外す。

やがて。

銅壺《どうこ》に片白《かたはく》の冷や酒が入って出てきて、色気のない欠けた湯飲み茶碗で、二人の酒がはじまった。

でも。

明山は、黙っている。圧してくる沈黙ではない。どうでもいい隙間だらけの黙んまりだ。突き出しの大根の葉の漬けものを、静かに、こし、こしっ、こしと嚙み砕き、やがて、粥《かゆ》を食むごとき柔らかな音なりをさせ、ひどく尖って、皺《しわ》が引っ張られて光る喉仏《のどぼとけ》をへこませ、飲みこむ。縦横に走る醜い顔の傷すら、今は、何も主張せず、そのままありふれた顔に映る。

四半時《とき》が経ったか。

帰りの職人が、道を歩きはじめる。夕方がきた。御城と大川を一直線に繋ぐ大通りに、せわしなく草履や下駄や雪駄《せった》の行き交う音が新八の気持ちを、陰らせはじめる。

「うむ。おぬし、新八が、善光寺参りと五ケ山のあれこれで気が滅入ったのは、わしには分かる。たぶん、辛いことがあったのだろうな」

明山が、ずばり、新八の胸の痛さと捩《ね》じ曲がりの穴をいい当てた。

「具《つぶさ》にいわんで良い。また、他人に、いうな。いって救われると思うのは一時の間。五年十年どころか、墓場にまで持っていく秘密はある。永遠の黙しということで、悪に塗《まみ》れた秘密は輝く」

追加に注文した目刺しを食い、更に串にこびりつく焦げに舌先をやり、惜しいように、明山は舐める。

「噂が……何か。おっしょさん」

「噂は、ない。ただ、花火は仮りの元気が取り柄だからな。偽りの、束の間の、幻の中の幻が花火」

痘痕《あばた》と自ら切り刻んだ傷を明山は痒いのか中指の腹で撫で、吐息まじりにいう。この醜さに、妹のまきが心を動かされたのは奇跡と思ってきたが、今、新八は、むしろ醜悪だからこそ、心を魅く力が単純に現れ出てくるのだと知りはじめる。それを——もしかしたら、この明山は知っていたのではないのか。あらかじめ。だとすれば、明山は、華についても知っているのかも知れない……。新八が勝手に作り出した言葉である〝華学〟を。

「おっしょさん」

「うむ。しかし、おぬしも妹のまきのことでわしを怨《うら》んで居続けているとは推し測るが、おのれを隠さぬ方がいい。昔みたいに、わしに憎しみをぶつけろ。どうせ、命など、お天道《てんとう》さまや月や星の定めに較べれば一瞬。一瞬の命の罪など、宇宙を照らす大《だい》日如来《にちにょらい》は永劫に生きてるわけで、みんな許すわ。は、は、ふひいっ。大日如来は、我が方の宗ではなく、昔からの真言の教えの根っこのお天道さまだがの」

酒量は、そろそろ明山は新八に負けるようになった、酔いで、痘痕《あばた》の窪みや出っ張りに、細かく深い切り傷の盛り上がりと引っ込みに、そして目の白いところに、赤みを滴らせてやや荒い息をつく。怪僧とはいえ、人並みに年を食ってきたということか。

「一瞬の命として燃えろってことですかい、おっしょさん」

「ま、そうゆうても、おぬしは、くわーっと燃えて、燃えては次に虚無の落ちこみに這いずる男。無理な説教とは知っておる」

「いや、少しずつ、気が上向きになってくる様子……心配しないでくんなさい」

ここまでいって、新八は再び口を噤んだ。鍵屋の次女のきぬの、羞恥の中に漏らした「おなら」で心がわずかに上へと頭を擡《もた》げてきたのを知ったのだけれど、明山には弱味を見せたくない。

「花火の技の粋《すい》は身につけていても、女としては下らぬ方の女の泥沼に嵌まって、自らを責め、業《ごう》にのたうち回ったと……思いこんでおるな、新八。それで、やっと、女の別の惹《ひ》き寄せる力の源に戻りつつあるな、新八。そうであろう、新八」

明山は、尺八の悲しさの凄みを、その読経の危うさを、「新八」「新八」「新八」を呪《まじな》いと同じく繰り返す、眠り薬を盛るように迫ってくる。

「…………」

「おぬし、鍵屋の長女のいとに、花火の技のように巧みに誘われたな。それで、技の秘密を盗み終え、むしろ秘密を守ろうとして、殺したな。それで自らを、責めておる。女の蠱惑《こわく》的な華《はな》も殺し、女への欲を殺し、自分を殺し、おのれの欲をも殺してしまったんじゃよ、おぬし、新八」

明山は、酔いばかりではない黒い膿《う》みの滲《し》み出るような両眼で新八の目を回りこんで探し当て、ぎっと一点で止めて放さぬ。鋭く見抜く力を持っている。なるほど、落ちこんでから、女への欲は義理程度のものへと萎えて縮んだ。

「武家の一番、公方さまも、江戸城から鍵屋玉屋の花火を見ているそうだ。思えば、最も花火が冴えて映る場所がお城。特に西御丸がな」

「………」

そうか、公方が──か。

「老中、松平定信公が諫《いさ》めたのも聞かず、公方さまは夏になるとほぼ毎日、花火を見ているそうだ。『下々め、火事の元になるのに』とか『見事じゃ、やっぱり、許しておこう』とか、捩《ねじ》れたことをゆうてな」

「………」

怪し気な話の得意な明山のいい分としても、勝手なことを侍の一番の公方というやつはいうものだと百姓出で、信州での一揆の憎しみや怨みを忘れていない新八は思う。それならば、度胆《どぎも》を抜かしてやろうとも、むらむら、一揆の最終場面の侍の槍先の尖りと鉛色の青々とした穂先を思い浮かべてしまう。あの越え難い恐怖と憎悪を、今、射程に入れることができる……。

「ただな、新八。華やかな祭りや芸事や娯楽はな、必らず、暗さ、虚《うつ》ろさ、空《むな》しさと共に在るということを忘れるな。クウということだ。般若心経《はんにゃしんぎょう》にある『空即是色《くうそくぜしき》 色《しき》即是空《そくぜくう》』といい表わすことができる空《そら》だ。そのうち……解るかも知れんな、おぬしにも」

「…………」

いや、解りかけている、ひどく〝華学〟に極《きわ》まった芸は、背中にぴったり正反対なものを貼りつけている。一両小判の表のにぎにぎしいほどの立派さと、裏ののっぺりした横線のうすら寒さに似ている。

「うむ、これで、貸し借りは無しだ。これからは、おぬしのために何かをしてやることは決してしない。わしも、おぬしと付き合っていると、無気味な闇に引っ張り込まれそうで恐ろしい。ふっ、はあ、本音だ。悪人中の悪人のわしが、たじろぎを覚えるのだ。本音だぞ、新八。何人、殺しておるのかの。わしには、経典の魔の臭さが染みついたから……いや、情だろうな、飛べぬ場所だわい」

「…………」

「おぬし新八は、悪の天賦の才があるわ。役者の今の幸四郎は、男色を売る色子の出。尻の穴で苦悩したろう。それで、才を磨く素地が備った。おぬしは、浅間の大焼けと、一揆。それに、玉屋でのあざとく、酷い仕打ちだな」

明山は、かつてなく、舌が滑らかだ。

「おっしょさん。どこかへ、旅に？」

不意に、新八は不安になり聞いた。これから明山は何もしてくれなくて良い。が、いるというだけで、自分よりもっと得体の知れない悪人がいるという安堵感もさることなが《かさぶた》ら、火傷や切り傷の火膨れや膿みのごとき怨みが、妹のまきの件が、瘡蓋《かさぶた》となり、瘡蓋が剝《は》がされていく感情になってくるのに気づいてくる。

「うむ、そうじゃ。人生五十年。よく、生きたわ。残りの生は、偽りの善でなく、少しは増しな善をして償いをせんとな。おぬしの生まれ育ちとなっている蝦夷地へいく」

なるほど、だからこそ今日は、やけにひっこくものをいいたがるのかと、新八の心は速さを刻々と加えて和《なご》みだしてくる。

「そ……う、ですかい」

「うむ」

「おっしょさん」

新八は、人の均《なら》した命の長さを考えながら、明山に、別れ難さを思った。人生五十年は織田信長が好んだ謡曲『敦盛《あつもり》』に出てくる言。今は、飢えや、流行る疫病や、大火や、洪水で、三十代半ばが普通ではないのか、死の訪れは。でも、横山町には、六十、七十の老人がけっこういるから、四十代まで生き延びれたら、後は、何とかなるということなのか。分からぬ……。でも、明山には、今までと異なる気分となってしまうではないか。長生きして欲しい、切に。こんな気分も、自分が、惨めに、心の塞ぎのただ中にあるせいか。

「どうした、新八。見る見るうちに血の色が良くなってきたな。わしの説教が効き目を現わすのはおぬしに対してだけだな。うひい、ひい」

「いや、かけがえのない説教だっち。はじめて嬉しい……思いになったでのー」

　悪への救いの光明とはいえ、救いは救い、まことの気持ちで新八は深々と頭を垂れた。

「それでな、むしろ、欲を生かしきるのが仏の本当の道。しかしな、人間、どこかに、せっかくの欲を良くないとしてしまう根っこがあって、欲に素直におのれを任せきれない。そのために、おぬしに暗記させた理趣経《りしゅきょう》というのがある」

「覚えています、『妙適清浄句是菩薩位。欲箭清浄句是菩薩位。触清浄句是菩薩位』……」

「うむ、それじゃ、『愛縛清浄句是菩薩位』とな。これはな〝空《くう》〟を越える経典だと思うんだわ、近頃、ますます。経典を訳して開くと、かつておぬしに教えたように、総論の、『いわゆる妙適清浄の句、是れ菩薩の位なり』が『妙適清浄……』だからの。〝妙適〟は男と女の合体も含む」

「へ……い。女への欲は清らかで、菩薩さまの位ほどだと」

　元気になるのはまず女に関心を抱くことからと明山はいいたいのだろう。きぬのひと言で俄かに新八の命の力が蠢《うごめ》きだしたわけで、貴重な忠告である。

「そうじゃ。だけれど、それだけでないものがある。欲を追って居直り切れぬのが人の悲しい性《さが》なんじゃ。ところが、この理趣経を唱えれば決して地獄に落ちないと大日如来さまは請け合う。ここだな、唱えるという一見下らぬ繰り返しが……仏の道を越えての何かがある。唱えることは、呪《まじな》いでもあり、願いでもあるんだろうな。いや、罪と科を消す、人の根源からの祈りだろうな」

新八には、すぐには解ることはできぬが、解る気もする。所詮は、人は、祈ることしか……。

「明日、わしは発つ。さらばじゃ、弟殿」

明山は、新八の気の起き上がるのを認め、勘定を払った。

足の早い初冬の藍色の日暮れの中に、明山は、ゆっくり曖昧に溶けていった。

びょうてきせいせいせいくしほさい。

よくせんせいせいくしほさい。

——京橋あたりの堀割から、時折り、飯を腐らせて洗い張りの糊にしたような甘酸っぱく湿った匂いが立ち昇ってくる。

湿りは欲しくない。

気持ちが、着々と上向いている。

次の次の日も、空は容赦ない緑色、空っ風は砂埃《すなぼこり》といっしょに、馬糞を、時に、べたっとしているはずの牛糞の細かい粉を、街に、家々に、吹き寄せてよこす。


月一の、謝礼を師匠の松月に払っての句会は終わりに近づいた。総勢十九人。句会の格としては、江戸では二流半というところか。

「やあやあ、はじめてなのに、みなさんに天をいただいて、恐縮ですね」

たおやか丸顔ぽっちゃりの咲とまるで別の背高のっぽで痩せの亭主が、酒宴となり、酒を注いできた。目許にしこりを容れていない四十男だ。よほど嬉しいらしい、笑みを目許ばかりか、顎の梅干しの形ができるところまで作っている。これほど単純だと、咲のあっけらかーの可愛らしさが似合っていて、少なからず心が和《やわ》らぐ。題は「霜」、咲の亭主の句は「初霜を踏めば乙女の羞じらいが」であった。縦七寸横三寸の短冊に俳諧での名を記さずに互いに票を入れあっての天の誉れではあるが、女房の咲の根回しの結果であろう。

「やあ、鍵屋の職人さん。なに、将来は番頭ですってな。ま、庶民受けはしませんだがな、やはり見る人が見れば、その水準以上のあたしの句ですよ。ほっほっ、ほほっ」

こちらは、上野と浅草の間の仏具屋の親父、ちろりを手にして自ら酌をする。句は、師匠が選んだ松竹梅の松。「逝く母はさくさくさくと霜柱」がそれだった。如何《いかが》とは思うが師匠の選ぶ句は一番というのがこの世界。師匠の上には更に権威ある俳諧師がいて、何やら、将軍家と諸藩の上下の秩序よりも序列に弱いようだ。

もっとも、新八もまた、浅間の大爆発から一揆にかけての幼い頃、小唄じみたもの、和歌じみたもの、童歌じみたものが沢山できたのに、どうして霧散してしまったのかと考えこむ。童心を忘れるほどに暮らしがきつくなってきたということか。だからか、作った句は——どうでも良いし、冴えないものと思っている。全ては、花火のために商人との顔繋ぎ。「いとよいとおまえの屍《かばね》に霜降るか」を出したかったが、そうもいかず、誤魔化した。

今夜は、つい先だってまでの、くすんで緑がかった塞ぐ気分と違う。襷掛《たすきが》けの咲の動きが、柔らかなのにきびきびして映る。子供がいないという。その産みたいのにできない苛だちと半ばの諦《あきら》めとが、三十代の軀の腰に熟れて、でも天に聳《そび》えるみたいに丸々とはちきれんばかりに溢れ出ている。亭主に気を配るのか。いつもと違い、新八に一瞥もよこさないところが、また、憎いほどに魅く力に満ちて見える。

「うわア、うわア、うわア」「ひでえ、句会」「そう」「わしの句は、芭蕉さまが生きていたら天。蕪村ぐらいかの」と全体に何をいいあってるのか分からないほどに、蕎《そ》麦《ば》屋の二階が火事を告げる半鐘《はんしょう》の内側みたいにけたたましくなってきた。どうして、人は句を作ると我田引水になり、自作の自慢ばかりをするのであろうか。いや、物を一人で作らせるとこうなるみたいだ。おのれ、おのれ、おのれといい張るのは煩悩《ぼんのう》を越えていて、いかに明山のいう「欲を突っ張り切れ。そして、祈りを」といっても、白けてくる。どうやら花火とは違い、短い文の世界は一人、一人、一人だけが物をいう世界らしい。

「あら、お若い方、一人、ぽつねんとして。どうぞ、酌を受けて下さいよ。もしかしたら、鍵屋の清七さんという人？　お客さんは」

若い女中が酌をしながら、笑みを浮かべて聞いてきた。新しく雇われた女だ、はじめて見る。

つかつかというより、すっと、咲が近づいてきて斜め前に座り、

「いいえ……いまは、ちゃんと新八さんといわれてるのよ」

といい、猪口《ちょこ》ではなく茶碗に酒を注いだ。咲がいうと、厭味《いやみ》のあることも花爛漫《らんまん》の大川の上にかかる朧《おぼろ》月のごとくにぼやけて、棘《とげ》が抜かれる。

「そうなんですか、何でも、鍵屋の娘さんのとんでもない災いに責任を感じて……塞《ふさ》ぎこんでいると。でも、鍵屋の火薬はみんな新八さんが作っていると。本当なんです

か」

若い女中は、新八の隣りに横膝ぎみに躙《にじ》り寄ってくる。おかめ顔だが、その太腿《ふともも》の弾む肉が小袖の着物を通じてぶるん、ぶる、ぶると伝わってきた。新八は、はっきりと命の蘇《よみがえ》りが、すぐそこにまでやってきたと知る。

「本当よ、その話は、さなえさん。でも、新八さんは……いま、次女のきぬさんの、あの、あの……いいえ、きぬさんの方がのぼせているって……あの、あの、どうかしらね」

微笑みを右頬の笑窪に作るが、唇あたりに固さを孕《はら》ませ、咲は両眉をわずかに上げた。

「そんな」

そうとは思うけれど、夫婦になったら、今以上にきぬに「元気に」「頑張れ」と尻を叩かれかねない。新八はそもそも人に命じられて動く性格ではない上に、塞ぎこんだ時には破綻《はたん》となる気がする。

「ふふっ、ということは、男と女のことはないということなの？」

猪口に口をつけ、咲が、からかうように聞いてきた。

「そりゃ、もちろん、御新《ごしん》さん」

久し振りに酒をうんと飲みたくなった、浴びるほどに。

「そうよね、父さんも母さんも同じ血のいとさんの……死んだあの人の妹さんだから……解るような気がするわ。あ、後は、さなえさん、任せたわ。優しくしてね」

どきりとすることを咲はいい、この句会の師匠の松月へと、つ、つ、っと進んでいってしまった。

「鍵屋の新八さん、うんと飲んで下さいね」

おかめ顔だが、酔うにつれておちょぼ口が可愛らしく吸いつくように見えて好ましくなってくるさなえという女が咲に真似て茶碗に酒を注いだ。他の男どもは句の自慢話に現《うつつ》を抜かしていて、色気どころではない。女への欲を無くしてきて久しい新八にすら、異な光景だ。思えば、集った者は、みな四十代五十代。

「あのね、新八さん。道学者に怒られそうだけど……妬《や》けもするけど、でもね、あたしの叔父さんが塞ぎこみから立ち直ったのは女の人だったのよ。遊び女の人じゃないけど、軽い心で……近所の百姓家の出戻りの人によって」

師匠に酒を注いでいるはずの咲が振り返り、然《さ》り気《げ》なくいう。

「えっ……なんの話？」

「だから、だから……だからね。そういう軽い、軽い、軽いって男と女って大切みたい」

くすりと咲は笑って軀《からだ》を捩ったまま、新八の腿《もも》を叩いた。

だとすれば、この人妻の咲は、とてつもない包む力を持っての思いやりのある女、新八は、絶句した。鍵屋の娘のいとが賢過ぎる蜘蛛のように巣に虫を誘って離さず、命を吸いにきたことを見た反対に咲がいるのかも……。

ここまで新八は、ぶつぶつ考えているうちに、深酔いし、胡座《あぐら》も儘《まま》ならず、そのまま後ろへ引っくり返ってしまった。

やがて、どんちゃん騒ぎの果てに、「こっち、こっち、こっちの部屋へね」「さなえさん、頼むわ。母親みたいに、姉さんのようにね」「桶《おけ》に、反故紙《はごし》を敷いてちょうだい、さなえさん」など、咲の声が切れ切れに聞こえてくるような……。

——喉の渇きで枕許を探ると、吐いた記憶はないが桶があり、切子硝子《きりこガラス》のように分厚く冷えた水差しが手首に触れた。半身を起こして暗闇の中でごくごくと水を飲むと、ひどい雨だ、雨戸が荒い息づかいをしている。

女の天花粉《てんかふん》の香りと、涼しげで草っぽい糸瓜《へちま》の匂いが、腋の下や股間の噎《む》せるような甘酸っぱいそれと綯《な》い交ぜになって鼻の奥に押し寄せてくる。女が、傍らに眠っている。

「さなえ……さんかい？」

闇の中で、新八は、さなえに決まっているが、その名を呼ぶことで、さなえの誘いを満たすと信じ、膝から、手を這わせていく。じんじんと、まさに生きているおどろおどろしい歓びが股間から湧いてくる。きぬが「おなら」と口に出し、明山が「欲に従え。あとは理趣経が救う」のその前が嘘のようだ。

さなえは、眠っているのか、返事をしない。田舎からぽっと出の女らしい出方だ。

男の隣りに夜着の下で共に寝たのはいいが、本当に眠くなってしまったのだろう。

「さなえさん、いいのだな。夫婦にはなれないけど……後腐れのない一夜限りで、良いのだな」

さなえの尻に、頬擦《ほおず》りをする。頬の肉を心地よく跳ね返してよこす。若い弾みと、熟れたまろみが半分半分だ。

とっくりと目にさなえの下から半分の裸を鑑賞したいと、新八は燭台か行灯《あんどん》がないかと手探りする。

さなえは新八の仕種を見抜いたか、また、その手首をそっと握って押し戻した。

新八は、我慢できなくなり、さなえの子供のような尻の谷間から秘密の桃を包んだ。大きめの木通《あけび》というよりは、筋目が固くて口が小さい郁子《むべ》という感じの女の器だ。ただ、樹液のような蜜の液は豊かで、お、と思った。若くても、女はこうか。

生きていると思った。

生きるということは、良いと思った。

どんなに惨《みじ》めでも、生きる値打ちはしっかとあると思った。

「う……ん……んん」

さなえが、微《かす》かな歓びの呻《うめ》きをあげた。既に、その呻き声は掠《かす》れている。

――終わっても、力が湧いてくる。柵《しがらみ》のない女というのは、というより、助兵衛は、下り酒の名酒より五臓六腑《ごぞうろっぷ》に沁《し》みてくる。理趣経を唱えたくなる。この女と仲を取り持ってくれた人形屋の咲に感謝したくなる。

「天才ですね……花火師の指とか口とか……は」

それだけ殺したいとの仕込みが至芸に近かったのか、さなえが、ごくごく低く押し殺した声でつぶやいた。声が嗄《しわが》れ切り、十も急に年を食い、年増《としま》女のようだった。

其の六『悪の華』

妙《びょう》適《てき》清《せい》浄《せい》句《く》是《し》菩《ほ》薩《さ》位《い》。
欲《よく》箭《せん》清《せい》浄《せい》句《く》是《し》菩《ほ》薩《さ》位《い》。

いい念仏だ。

色欲に溺れることを菩薩《ぼさつ》の位にあるほどに聖として認め、念仏を唱えれば救われるなど、悪人のおのれにはふさわしい。如何なる科を犯しても、それは、人が生きるための命の力だし、従って礼讃となる。理趣経のこの念仏を口に出してさえいれば、罪はむしろ清浄となる。

が。

待て、という気持ちが新八に湧かないわけではない。

悪とは何か。善という心があるからこそ、悪は炙《あぶ》り出されるのではないのか。そもそも、悪とはあるのか。善も悪も、互いに関連させて物をいうのであって、それだけで意味があるのか。

意味がある。

主筋《しゅすじ》いとを殺したのは偏《ひと》えに、いとが疎《うと》ましくなったのに加え、花火の秘法を守ろうとした私利私欲のため。私利私欲で人を殺めるのは悪の中の悪、居直《いなお》ろうとしても、自分を嫌ってしまう。そこへ、歌舞伎の色彩の派手さと渋さと音の絶妙さに花火が勝てぬと感じたのがきっかけで、おのれの殺しの値打ちのなさに滅入《めい》り、悪の持つ負《ふ》についてのめりこんだのだ。悪は、きちんと、普《あまね》く、立っていた……のだ。悪は、値《あたい》をいい張る。

その上で、経を唱えればいいなど、安易そのもの。

違う。

安易だからこそ、良い。

妙適清浄句是菩薩位。

欲箭清浄句是菩薩位。

和《なご》むでは——ないか。

雪もよいの、鉛色に低く垂れた、空だ。

ふと……。

逆波を立てながら激流に飲みこまれていった主の娘のいとは、子を孕んでいたのではと新八は思いはじめる。しかし――その兆《きざ》しはまるでなかった。あれほど、求められ、侍の家来の主へ奉公するように、耐えて耐えて幾度も交わったのに、いとは、悪阻《つわり》の前ぶれは見せなかった。どんな食べ物も、芯の強《したた》かな軀に吸い取っていた。吐き気も見せなかった。たぶん、前の幾人かの男との間でも身籠もることはなかったのだから、石女《うまずめ》ということか。

その上で……。

祖父母を失い、両親を失い、妹を失い、たぶん姉を失い、田畑を浅間山の泥流で失ったわけで、刹那の光の輝きに賭けるしかない。子供とか血族など期待しまい。将軍家に真似てみんな世襲の時代、富農も商人も学者も歌人も、芸事をやる師匠も、あの歌舞伎の名優達も、玉屋鍵屋の花火師すら。

ただ……。

餓鬼んちょ、子供らは可愛い。

あの憎たらしい玉屋ですら、その一人娘の夏は。

そもそも、浅間山の大爆発が起きる前のおのれも……伸び伸びして、悪戯《いたずら》坊主で、助兵衛で。

――五年ちょっと前までは、あれほど厳《いか》めしく思えた主の住む二階への階段を登る。

「親っさん、何用でございますか」

　先代のいた頃から辛気《しんき》臭い部屋に一応畏《かしこま》り、新八は正座を組む。

「うん、やっと、いと姉さんの憑《つ》きものが落ちたみたいだな、新八」

　位というのは、その人間を作っていく。新弥兵衛もまた「親っさん」と呼ばれても照れもせず、新八を新八と呼び捨てにする。垢抜《あかぬ》けしなかった少年だったのに、今は、伊達《だて》な本多髷《ほんだまげ》に、あっさりした縦縞の長羽織、いなせに決めている。

「え……ま、そりゃあ」

　そういえば、いとを籠の渡しから突き落とした際の、右手首の青黒い爪跡が、かなり淡い色となってきた。晴れた日の春の曙《あけぼの》の青空ほどに。

「本当に苦労をかけて、済まんと思ってるよ。おれにとっちゃ、今となると、どきどきはらはらの楽しい旅だったけどな」

「そういっていただけると、こちらも旅のし甲斐があったと」

「うん、でも、みんな綺麗に、さっぱり忘れてくれ。忘れるんだな」

　忘れろ、と弥兵衛がいうと、やはりあの籠の渡しを見ていた唯一の生き残りがこの弥兵衛、新八は引っ掛かる。どこかしらで、弥兵衛は腑《ふ》に落ちないものを持っているのではないのか。

いい、それで。

お上《かみ》にしょっぴかれても、理趣経を唱えて死んでいこう。

「へえ、それで、御用とは？」

「うん。そろそろ深川あたりの長屋へ移るって？　これ、少いけど、引っ越し祝いだ。取っといてくれ」

白紙に包んだ銀子を弥兵衛が差し出した。世間相場に一分銀三粒ではなく、十粒ぐらい入っていそうだ。新八は、同じ長屋でも角部屋にして、女を呼びこんでも目立たぬところを探しているわけで、銀子は有りがたい。

ならば、次に、番頭と職人頭の配置の相談だろうと、新八は、ゆとりを持つ。思えば、清造時代の弥兵衛の夜尿症《やにょうしょう》を治し、筆下ろしの女を紹介し、五ケ山の旅の守り神をなした新八だ。決して口には出してはならぬが、自信を持っていいはず。

「まことに、ありがてえことで。受け取ります」

銀子を両手に戴き、新八は懐《ふところ》に収める。

「うん。んでな、きぬ姉さんのことだがな、京橋の酒屋の跡取りを、また蹴《け》っぽった。来年の正月で二十六だぜ、二十六。恥ずかしがり屋なのか、気が強えのか、弟の俺にも分からねえ。腹違いだしな」

おや、と思うことを弥兵衛は話しはじめた。

「知ってるだろうが、きぬ姉さんと死んだいと姉さんは……同じ腹だ。いろいろあろうけど、葬いの花に実の妹はふさわしくない、いと姉さんの匂いが沁みてるんじゃないかと。いや、きぬ姉さんにだ」

まずい、弥兵衛は新八の隠していた五年前までのきぬへの恋心を確と忘れていない。しかし、人は、移ろい、育ち、変わっていくのだ。無邪気で助兵衛だったおのれは、純な気持ちを、もう、持っていない。いととのことで、女が蜘蛛《くも》の巣を張って男を待つような、算盤ずくでべっとりしがみついてくる深情けは、堪らぬ。〝華学〟をとことん追い求めるには、途轍《とてつ》もなく高い塀となる。平然と、こちらの萎《しお》れている時に、死ぬほど辛い「頑張れ」を、強く、繰り返す女は要らない。きぬの羞恥心の深さと気位の高さは、ぱんぱんとした帆かけ船の追い風を孕《はら》んでいて、そこに小さな穴が開いて風が漏れるような時は、なんとも、魅きつけるけれど。あの、きぬの「おなら」の言葉のように。

「ふうん、新八も、俯く時があるんだな。塞《ふさ》ぎ病《やまい》の時も、真っ直ぐ前を睨んでいたのにさ。でもだ、大事な話だ。きぬ姉さんの気持ちを聞いたわけじゃないが……新八、ここは、ぐふっ、ぐふっ、ぐっ。うん、そうだ」

先代弥兵衛と瓜二つの咳払いを弥兵衛は身につけだし、重々しく、頷いた。

「親っさん、先代は、あっしときぬさんの婚《こん》は決して許さねえといっておりました。理由はあって、どこの馬の骨か知れねえ男にやると鍵屋の暖簾が傷つくと」

新八は、おのれの中に因《もと》があるなどといわずに、外に拒む因を探し出し、いう。

「父さんは死ぬ前三年ぐらいは単なる頑固親父だったからな。それに、親馬鹿の見本だったぜ」

弥兵衛は、この五年で、新八とは反対に、着々と成長している。的を射ている。その通りだった。

「親っさん。あっしは花火の仕事に殉じて、生涯独り者で生きるつもりでえ」

新八は、きぬのことも考え、ここは、嘘じみたことを告げる。いや、本音もかなりある。

「いい、もういい。新八、おまえさんには、ゆくゆく番頭をやってもらい、暖簾分けはできねえが、きぬ姉さんと一緒になってくれるなら、三河島の家を丸ごと譲るつもりだった。が、もういい。それとな、番頭は留弥に決めた。これは、決めたことだ。手代は、おまえにやってもらう。父さんの遺言だ。しかし、気を抜かねえでやって欲しい。いいか」

いい返しを許さぬ態で、弥兵衛は腕組みをして、顎を反らした。この仕種も、この半年で身につけたものだ。変わった……。

「それと、職人頭は、乙次《おとじ》にした。面倒を見てやってくれ」
畳みかけて圧し、弥兵衛は、きっぱりいった。乙次は、練り場の長、留弥の縁故で鍵屋に奉公できた。留弥の子飼いだ。この弥兵衛の考えには、留弥の強い意志があると分かる。新八と、相談なしに、ことは進む予感だ。弥兵衛を誉めてやりたいぐらいだ。きぬの嫁入りをちらつかせながら、よく決心したと。

これが、十日ほど前なら、新八もたじろいで「それなら、きぬさんと夫婦に」と答えたかも知れない。

だけれど、上昇気分の今、新八は心を動かされない。もともと、攻めてくる敵には強い性格なのだ。信州上田で侍どもに負けたが、あれは圧倒的な力の前での一旦の後退だったと整理している。惨めさは、なお、心の臓に巣食って、黒々として、脈を打っているとしても。

きぬの気持ちと裸はとても欲しい。が、それがために、花火と心中する道を邪魔されたくはない。こんな自分なら、きぬも幸せにはなれねえ。場合によっては、いとの二の舞いとならあに。

次の、弥兵衛の攻めは……何か。

「薬の調合部屋には、乙次を入れる。いいか、新八。いい……よな、新八」
思った通りに、弥兵衛が出てきた。

「駄目ですな、駄目。薬は失敗すると爆発を呼んだり、大火事となります。向き不向きのやつがいる。秘密を漏らされたら、おしまい。あっしとの呼吸、雄吉との折り合いがある」

弥兵衛に余計なことを考えさせないように、新八は傲岸《ごうがん》にいい切る。譲れない線だ。

「なる……ほどな」

「あっしが向くやつを鍵屋から探し出す。あるいは、江戸の町人か浪人から見つけます」

「おい、新八。虫の居所を悪くしたのか。寝小便をおれがした時や、いや、いと姉さんが籠から落ちる時に……似て、怖い目つきだよ」

弥兵衛は、まだまだ甘い、うろたえはじめた。うろたえるのは、正しい。新八に鍵屋を出ていかれたら、雄吉も出ていく。雄吉が残っても、先代弥兵衛が残した各種の薬の調合の文《ふみ》は、既に新八の手の中、新しい炎と光は切り拓《ひら》けるわけがない。

「そうですかい、親っさん」

「うん、花火のことになると猪と猿と狼を一つにした男になるよ、新八は」

ゆっくりと弥兵衛が退いていく。懐を、かつてのように開けて。本当はここで、弥兵衛はかえって強気に出るべきなのだ。しかし、やがて叩かれながら剣術の防具のように身に纏《まと》っていくことであろう。その前に、こちらは、独り立ちの目途《めど》を立てておかねばならない。

　独り立ち……。

　独り立ちだ。

「あのな、新八、番頭になる留弥の顔を立てなきゃ鍵屋は持たないよ。おれのことも考えてくれ」

「ならば、当面、きぬさんを手伝わさせたらいい。秘密は、いい男ができない限り、きぬさんは漏らさない。留弥も文句はつけられない」

　新八は案を出す。きぬを傍らに置いてしごくのも、何か楽しい。しかし、それは当座の間。早く、人づくりと、薬の秘法の開発と、いや、銭の方が大切だ、これらの準備に入らねばならない。しかも、急いで。独立は、曖気《おくび》にも出さず内密に。しかし、大胆に。

　うーむ、こんなことになるのに、三河で大砲の勉強をさせたはずの狡《ずる》だが頭が図抜けて良い忠吉はどうしているのか。やはり狡さが勝って、どこかへ消えたか。それとも死んだか。

　いとを無駄に追いかけ、激流に流された五助も生きていれば、盗みが得意ゆえ、どんなに役に立ったか。玉屋の花火の音鳴りについても、仕事場に忍びこみ、盗めたかも知れぬ。

「うん、そうしよう、踊りに茶に太鼓に三味線と習いごとばっかりのきぬ姉さんだけど『飽きた』といってるし。うん、さすが新八、良い考えだよ」

弥兵衛が、間を置いてから膝《ひざ》を叩いた。


――年が明け、雪が幾度か降り、東からの突風がきて、新八は、浅草橋を渡って三町ほど歩いた浅草瓦町《かわらまち》の長屋の三坪六畳の間で暮らしている。なめくじ長屋ほどぼろく湿ってはいないが、地震がくればひとたまりもない地震長屋だ。

死んだ先代弥兵衛の遺した、松脂《まつやに》を火薬に混ぜた場合、鉄粉を多くして橙色《だいだい》にする場合、椿や沈丁花《じんちょうげ》や木槿《むくげ》などの炭を多くして火薬を作った場合などと、文書と絵図を読む。

燭の油に菜種のそれは使わない。銭を貯めねばならない。菜種油でなく、その半値の鰯油《いわしあぶら》だ。臭さと、煤《すす》が、隙間風だらけなのに、間口《まぐち》九尺奥行き二間《けん》の狭い長屋の部屋からなかなか出ていかない。

町木戸が閉まるまで、あと、一時《とき》ちょっとか。

夜泣き蕎麦《そば》の売り声が、頻《しき》りに声を張り上げる。

崩れそうな下水の木の蓋《ふた》が、ぎしぎしと健《すこ》やかでなく、ぐら、ぐら、ぐらーんと頼りない音を出し、障子戸の斜め前ぐらいで止まった。足音のしめやかさから女と思ったが、足取りの正しさに痩身の男かも知れぬと推し測った。

でも、誰か。

この場所を正確に知ってるのは引っ越しを手伝った蔵番の段助とその孫と、花火の調合部屋で石盤の文字と仕種でいつも新八に不満と望みをぶつけている雄吉だけだ。切絵図《きりえず》の上では、主の七代目弥兵衛の名になったばかり。

まだ破れのない障子戸を開けた。

きぬ——だ。

正月の三ケ日が終わって調合部屋にきちんと手伝いにくるのは良いが、動きに、細かさがない。天秤《てんびん》での硫黄・木炭・焔硝の測り方も度々間違え、水気を入れてはいけないというのに木桶の盥《たらい》で化粧をし、木炭の搗《つ》き方も粗雑で、いわんや薬研《やげん》の扱い方は乱暴。新八に一日十回は怒鳴られ、ついに昨日は、「済みません。もう、手伝いはやめます」と真昼に店のある母屋に泣いて帰った……その、きぬだ。

いびり過ぎかと、新八は、思った。

が、主筋の娘をいびるというのは、どういうわけか、ひどく楽しい。

一つ年上の女が、失敗を自ら覚えて、目の縁を染めるのは、なお、なぜか、根っこからの愉悦《ゆえつ》をよこす。俯《うつむ》いて頭《こうべ》を垂れるのは、もっとだ。きぬに惚《ほ》れているからと、新八は、改めて知り直している。いままで味わったことのない叱声と、時に罵りとに、きぬは動転しているのだ。

動転して悄気《しょげ》るきぬの表情がまた、たとえようがなく、腹の下あたりから湧き上がる活気をよこす。悲し気な一重の双眸《そうぼう》は、凛として冴えて、ぞくりとするものをくれる。

だから、厳しい態度を、新八は止められない。続けたい。ただし、本当にきぬが思い悩んだら、どうせきぬは花火に本格的に構えていないだろうから、まああまあで止めておくつもりだ。

「どうした、きぬさん」

「え……だって、そのう、新八の役に立たなくて、悪くて、お詫びに。あのあの、上方から下りの諸白《もろはく》でなく濁り酒だけど、持ってきました。白菜の漬け物も」

灯籠鬢《とうろうびん》に島田髷《まげ》という、かなり年増《としま》の髪形のそれを斜めに下げたまま、きぬは風呂敷に包んだものを、茶か生け花の師匠が免許皆伝の免状を渡すごとくに、ぶれなどなく静かに、差し出す。

「じゃあ、失礼します。新八さん、さようなら、明日また」

主筋の娘というより、女中や、弟子や、雇われ人のようにきぬは頭を下げ、おずおずと背中を見せ、三和土《たたき》から外へ出て、鬢を前方向に流れるままにして、障子戸に手を掛けた。

ここまできぬが下手《したて》に出てきて変わると、主の弥兵衛はきぬを斥候《せっこう》と先兵とを兼ねて送り込んできたのではと、一瞬、新八は疑いを抱いてしまう。

が、冷静にことを判定せねばならぬ。

弥兵衛から、婚の拒みを聞いているはずだ。

それに、薬の調合部屋での新八の厳しい教えに、何かを感じ取っている、何かを。

「きぬさん、部屋に上がったらどうか」

障子戸を閉めはじめたきぬに、新八は、声を掛けた。実は、胸の内は、ぐるんぐるんと心の臓ごと動き回りはじめている。きぬの姉のいとのことさえなかったら……。

すぐにでも、押し倒したい。

「いいのですか、新八……さま」

新八、新八さん、新八さまと一気に二段も昇格させ、きぬの足が障子戸の玄関先で、つと、揃った。

――隣りは、三十を過ぎたやや怪し気な女易者《えきしゃ》の独り住まい。きぬの声が漏れても、仕方あるまい。噂は広まるまい。覗かれてもいまい。

きぬは、畏こまり、盆に乗った茶碗に、自ら持ってきた酒を、冷えたまま、銅製のちろりから注ぐ。その小指の無理のない反りに、いととはまるで異なる作らないままの気品みたいなものを見る。

「もう、夜更けの四ツ、木戸は閉じたな、きぬさん」

浅間山の麓で祖父母が作っていた濁り酒を仕込んでから五日目のように、米と麴《こうじ》と酒母《しゅぼ》が、いきなりぶくぶく泡立つみたいに、新八の女への欲が、浅間山の中腹からてっぺんへかけての稜線の曲がり方と同じく、厳しく激しく、軀の底から盛り上がってくる。

「えっ、まだ間に合うかも。帰ります」

照れと羞じらいの時、傲《おご》りに満ちた時、そして近頃のくしゅんと萎れて上目づかいに新八を見る時と、このきぬは底を分からせない性を持っている。

「うん。なら、帰ればいい。木戸番は、まだいる。小銭を渡して、潜り戸を出た合図を無しにしてもらえばいい。拍子木を叩かねえようにいって。さようなら」

まるで帰す気はないが、新八は敢えて告げる。

近くに出羽の田舎の佐竹藩の屋敷がある。番太郎はうるさくあれこれ穿鑿《せんさく》するであろう。

きぬの整った顔立ちが先に立つのか。

張り詰めた胸と尻が、呼ぶのか。

花火の調合薬の秘密を、これから教えようとしていて、それが前に在《あ》るのか。ん、薬の秘密？

当たり前と信じ切っていたが、そもそも、薬の秘密は公にされて、それで競い合う方が、花火それ自身には活気が出て、未来のあることかも……。その代わり、毎日毎日が、試練になるけれどという思いが、ふと、頭を掠《かす》めていく。もともと百姓の出、歓びもその分大きかったとはいえ辛酸をなめてきた半生、親族をことごとく失った身、世間さまの常識はどうも自分には合っていないようだ。というより、世間さまの枠ではおのれをおのれで律し切れないようだ。世間さまの決まりや序列を壊したい獣《けもの》を体内に飼っているような。

「新八さま、送ってくれないんですか」

片膝を擦《す》り切れた畳についたまま、きぬが俯《うつむ》きかげんで聞いた。そう、この女も、世間さまの上の方に住む人、強引にでも小袖の裾を捲《めく》りあげ、犯したい……。新八は、その衝動が、やはり、犯すことによってきぬの心のもっと奥の内緒、軀の秘密を知りたいところにあると気がつく。とすると、花火の秘法は、やはり、きっちり守られていくことが大切ということか。花火界の活発化は、ならば、当面はない……。

「うん。送ってはいかぬ。泊れ」

「えっ……。それは、それは、いくらなんでも」

「教えたいことが、ある。大事なことだ」

「家の者が心配します、新八さま」

　きぬの言葉に、かえって新八はむらむら燃え上がる。花火の秘法を守るためとか、世間(せけん)ていの言葉によって鍵屋の中で何かと有利な位置を占めるとかどうでもよくなり、世間ていを大事にする典型のきぬの肉をいいように扱いたくなる。違う、やはり、心を覗きたいのか。

「駄目だ、裸になれ、きぬ」

　強いて、乱暴な口のきき方をして、新八は、妖しい男と女の雰囲気作りはせず、いきなり露(あらわ)な迫り方をした。

「ん……もう」

　赤まんまの花より目の下を桃色に染め、きぬは顔を背け、立て膝をがくんと崩し、それから座り直した。朱色の帯留めが、茄子紺(なすこん)の帯に深く食い入り、せわしなく上下している。ふっくらした島田髷の下に広がる富士額に、涙の潰れかかったような汗が噴き出てきた。拭おうとしない。唇を、きつく閉ざす。

「裸になるんだ」

　僧の明山が世俗の人々を欺くごとく、呪文をかけるように、新八は、腹の底から声を出し、低く、唸る。

「だって……新八さま」

唇と唇の間をゆるゆるとしどけなく開けはじめ、きぬが呪文にかかってきた。そうなのだ、いととのことの失敗は情に溺れて逃れられなくなった点が大きい。薄情に、いや、一滴の情もかけずに、きぬを落とし、虜《とりこ》にせねばならない。できるか？

「裸になるんだ」

「だって……それって」

歌舞伎や浄瑠璃《じょうるり》の濡れ場では想像できなかった一方的な命令に、あるいは耳で聞いてきた迫られ方との違いに、なお、戸惑っているのか、きぬは、畳の表に指で、小さな円を描く。

「ためらうのなら、いうことをきけぬなら、帰れ」

「ん……だって」

「二十六にもなって、夜更けに男の部屋にきたのだから、『だって』も糞《くそ》もねえだろうが」

「好んで二十六になったわけじゃ。清七が、あら、新八さんが、ううん、新八さまが、すぐにでもいい寄ってくると思ってたのに。いと姉さんが出てきて、旅に出るし……旅から帰ってきたら、あのう」

きぬが、俯いたままいい澱《よど》んだ。

新八は、おのれは幸せと思った。きぬに好かれている。いや、すべてについて悪運がつきまくり、幸せなのだ。一方で、きぬは不幸せと思った。父親の先代弥兵衛が生きていた時は夫婦になるのは許されず、気持ちを打ち明けた時、新八自身は居直った悪人となり切っていた。きぬをおのれの欲のために餌食《えじき》にしようとしているのが新八だ。いけねえや、情を移そうとしてらあ……。酷《むご》く、酷くだ。

「いいから、脱げ。安い油の行灯の許で、とっくり裸を調べる」

新八は、隣りを覗いたごく小さな穴を、間仕切りを立て、塞ぐ。

「妻夫《めおと》にはなって……くれないのに」

俯いていた顔を、きぬは上げた。右の頬にある笑窪は照れを、整ってちょっと上向きの鼻は鼻っ柱の強さを、両唇の引き締まった形は羞じらいを、そして両目には男としての新八の近頃の教えとしごきへの畏れがある。女の目がくらむような魅き寄せる力を、様々に持っている。いい女だ。

「早くしろ、雨水《うすい》が過ぎたといっても、寒い。風邪を引く」

いけない、情けをかけてはと自ら戒めるけれど、まだまだ修練と思い巡らしが不足している、新八は本音の甘い声をかけてしまう。

「ええ、分かりました。蔵番の段助爺さんは『不運な相。唯一救われるとすれば、強運そのものの新八に抱かれることだべい』と奥羽弁丸出しでいってたもの。それに」

帯留めを解きながら、きぬが諦めたようにいう。

「それに？」

「人形屋の咲さんが『旅から帰って、女嫌いになったわけじゃないみたい。抱いてもらいなさい、夫婦だけが幸せの道じゃないのよ』って。去年の暮れにいってたから」

きぬのいい方に、新八はたじろぐ。師走の句会の夜はさなえという女をよこし、今またきぬを——咲という人形屋の新造は何者なのか。

しんねりむっつりした北風が、もろに、掃き溜《だ》めと厠《かわや》の臭さを隙間から運んできて、行灯の鰯の油と混じりあう。耳と口が儘ならぬ雄吉ならば逃げだしかねない匂いで、部屋は、墜《お》ちかけた竹とんぼのようにぐるぐる回る。

純白の薄地の肌襦袢《はだじゅばん》を脱ぎ、同じく霜のように白い裾よけの桜色の腰紐にきぬは指をかけた。吐息が、隙間風に押し寄せられ、また引き戻されていく。


——五月二十八日。

武家は流鏑馬《やぶさめ》、町家の子らは二手に分かれて石を放り合いかなり流血のともなう印地《いんじ》打ち、双方ともに鯉や昔の武将の幟《のぼり》と冑《かぶと》と武者人形を飾る端午《たんご》の節句が終わり、百姓家は女だけでまずは田植えをする早乙女《さおとめ》の神事を終えている。

夏だ。

将軍冢、公方様公認の両国の川開き。

一月の麴町の酒屋から出た火事は、芝まで帯状に燃え広がったが、そして、四月は新吉原が全焼したけれど、そこはそれ、江戸っ子の夏の到来、かえって華々しくやろうと人々は、日の高いうちから隅田は大川端を、両国橋を埋め、橋の東西の火除地にある水茶屋の床几《しょうぎ》に座り切れないほど群がっている。ことごとく葦簀《よしず》を捲り上げた料理屋は大尽が借し切り、船宿は猪牙《ちょき》船を出すのに忙しく、川には屋根船が女の脂粉《しふん》を撒《ま》いて浮かび、でかい屋形船からは三味線、鼓、笛、の音が奏でられ、瓜や西瓜《すいか》や水菓子や団子や鰻《うなぎ》の蒲焼、焼蛤《はまぐり》や焼烏賊《いか》を腹掛けと褌一つで売る物売り船がうろうろしている。

大した花火でもない煙物が、夕日の橙色を受け、黒く、あるいは白く、あるいは硫黄の黄色に広がっていく度に、拍手、歓声、溜め息混じりの嘆声と起きる。十五尺も上がらぬが達磨《だるま》や富士山の絵が出てくる袋物にも、子供らが甲高い嬉し気な声を出す。しかし、通《つう》と称する見物客はまだまだ義太夫節でいう真打ちはこの先と、酒に食い物に女にと手を伸ばしているので、嵐のごときどよめきまでは巻き上がってこない。

蓮《はす》っ葉《ぱ》で安い煙物といっても、せいぜい日本橋から新橋までいって帰ってくるほどの四半時に五本、南風に乗ってたなびき、浅草方向へ、千住の野菜畑へ、そして、ゆくゆくは故郷の上州方向の北へと流れていく。本当の江戸っ子など、ごくごく少数。

江戸屋敷詰めの侍も、奉公人も、棒手振《ぼてふ》りも、乞食や浮浪人も、花魁《おいらん》も岡場所の遊女も、流しの売女《ばいた》の比丘尼《びくに》も、船饅頭《ふなまんじゅう》も綿摘みも、売れない女形《おやま》役者も陰間も、ほとんどが江戸の顔をして、その実は田舎っぺい。歌舞伎の桟敷《さじき》はせりふの聞こえぬ二階追《おい》込《こみ》、つんぼ桟敷でも、高けりゃ銀三匁、安くて百二十文、花火は僧明山のいうまでもなく無料《ただ》だ。この、実の実はごく安上がりの楽しみを、新八自らを含め、田舎っぺいは、どう見つめるのか。

花火と火事は江戸の粋といわれているが、本当のところは、どうなんでー。

もしかしたら、田舎っぺいの雑草の根のごとき劣る気分を、遠い里の、蛍の明かりや、焚き火や、春先の野焼き山焼きや、宗派によっては火葬の薪《たきぎ》と屍《かばね》の燃える色に重ねているのではないのか。蔵番の老人段助がいっていたっけ、いつか、「吾《わ》のふるさとの出羽の外れ、鷹の巣ってえところでは、雪が融ける頃に、古竹なんどを燃やして火振《ひふ》りの祭りっコをするでやあ」と。新八自身は、むろん、浅間山の大焼け……。忘れるものか。

知られているが、こちら鍵屋は両国橋の下の方三百尺の川のほぼ真ん中。

これは、嘘であろうが、先代弥兵衛の言だと享保の頃の吉宗公の直《じか》の指示でこの場所になった。玉屋の方は、せいぜい谷中《やなか》の稲荷茶屋《いなりぢやや》のおせんと、浅草の楊枝屋《ようじ》のおふじが美女として有名になる二十数年前に、これも先代鍵屋の蔑《さげす》みと妬《ねた》みの言、信用できぬが、橋の上流、四百尺に勝手に陣取り、公儀に文句を付けられなかったので居直り続けているという。

霧や、雨は、ない。

風は、激しくはないけれど、しっかり南から北へと動いている。煙を、運んでくれる。煙が居座った花火ほど、苛立《いらだ》つことはない。霧や雨で、しゅっ、しゅん、しゅんと泣いてしまう花火ほど惨めではないけれど。

東は晴れているが、月は、間もなく朔《さく》で細く細く消え、北の空に、黒雲が、むくむく出ている。花火の最も映える姿は闇。浅間山の大爆発が冴え渡ったのと同じ事柄なのだ。

圧する力の鍵屋と、背く玉屋の間を縫い、頭と職人の二人三人でやっている花火屋も、猪牙船より小さいべか船を操り、小さい花火を売りまくっている。これは、これで良い。裾野が広くないと全ての武術、商い、芸事、遊びは隆盛とならぬ。

――夕焼けの空が灰色の雲に覆われたと思ったら、すぐに、黒っぽさが勝る藍染め色に空は翳り、黒松の葉っぱの色となり、とっぷりと漆黒の闇がきた。それでも、じいーっと空を見上げると、どでかい闇に、やや青みがかった雲が、南風とは別に、斜めに東の方角へと動いているのが分かる。

「吉川町の花火屋さーん」

なんだと思うが、柳橋の袂《たもと》にある船宿や水茶屋の玉屋の贔屓《ひいき》客か、菜の花畑に染まったように甲高く黄色い声を出した。女、しかも、若い女のそれだ。敵の玉屋が銭を渡して桜《さくら》を雇ったのだろう。

「横山町の花火屋あ、あ、あ。やってくれーっ。老舗《しにせ》だろっ」

こちらは鍵屋への応援だ。

うむ、と新八は、鍵屋専用の、屋根船よりは大きく、屋形船よりも小さい船の水押《みよし》に立ち、頷《うなず》く。まだるっこい声の掛け方だが、鍵屋への、確とした信頼の声と読む。

「へーい、吉川町お、玉屋さーん」

「やれーっ、横山町おっ、鍵屋のーっ、花火っ」

今朝、手代になったばかりの新八は、猪牙船の四倍ほどの大きさの船の上で腕組みをして周囲を見渡す。三方には幕を張り巡らしていて、花火を上げるところは見えにくくしてある。秘法を盗まれるからではない。焜炉《こんろ》から火種を取って点火するところとか、舞台の裏が丸見えになったり、内輪の揉めごとなどがばれては、客の夢を壊すからだ。

今年は雨が少く、火薬と紙の乾きが早く、湿気ていないので、まずまず燃え方は良いはずだ。見物客は火持ちの良い花火を喜ぶ傾きがある。が、新八は、むろん、瞬《また》く間に消える方が好みだ。薬が湿らない方が燃え方は速い。もっと短くできぬものか。音鳴りにいま一つも二つも三つも自信がない。三河島村の野菜畑の中の一軒家で、きぬを見張りに立て、幾度も試みを繰り返したのだが、火薬を包む紙を厚くして頑丈にしても轟きがいいとはいえないのだ。玉屋を追い越すのはこの点だけはかなり時がかかりそうだ。火薬の質と量と、それを包むものに何らかの繋がりがあるのは確かなのだが……。

色については、それなりに工夫をしてきた。いとを突き落とした時の「なぜ？」の声とともに刻み込まれた手首の青い痕跡はほとんど消えたが、三河島村の一軒家で手首を見つつ、薬を試している。

大川をたゆとう船の明かりに、鮎《あゆ》が群れてきた。時々跳ねるのは季節に早いから鱸《すずき》ではなく鯔《ぼら》だろう。海の潮の出入りもありこの大川は魚がうようよいる。豊か、そのものだ。

素速く生き生きした魚の動きを見ながら、新八は、もっと伸び伸び花火を工夫するために、銭金が欲しいと思う、切に。内緒を守れる薬の試し場を作りたい。三河島ではなく、もっと田舎で、広く、音が消せるところに。最も質の良い焔硝《えんしょう》の入手は諦《あきら》めたくない。大伝馬町《おおでんまちょう》の問屋からではなく、江戸の藩邸に出入りする商人から手に入れられないのか。金はかかっても……。伊達藩のやるような色が野暮でも、夜空高く、人の身の丈二十人分、百尺上がる花火のやり方も、膨大な金を積んでも良いから知りたい。

みんな、銭、金、銭を要する。

いや、独立しないと技は鍵屋に奪われる。独り立ちせねばなるまい。鍵屋からの独立不可は不文律。初代玉屋は泥棒のならず者の例の外だった。

銭金と、独り立ち……。

二つとも達したい、焦がれるほどに。

遠過ぎる……。

――夜の帳《とばり》が占めてからの、本番がいよいよはじまる。子供だましで筒先から手品のように旗とか鳥とか出てくる袋物、光を煙で隠す煙物はおしまいだ。

玉屋は焦《じ》らし戦法か、浅草の鐘が三つ撞《つ》かれてから、六つ鳴る暮れ六ツになっても、花火を立てない。玉屋市郎兵衛らしいこせこせしたやり方だ。いや――待たせることも、一つの芸か。客の心の文《あや》を見抜いている。あの独り娘の夏の一直線とまるで違う男なのだ。

夏は、どうしているか。

夏もまた、今夜は花火を見ているだろう。玉屋の家も店も仕事場も吉川町は大川の畔、二階の座敷でか、両国橋の袂でか、火を見張る町木戸の櫓でか……。

川開きの今夜は、玉屋が初めの一本を立て、交互に十三本ずつ、最後のとりは元々は玉屋の親方の鍵屋だ。御祝儀相場で一本銀四十匁。明日からは三十匁。その代わり、「駿河町三井越後屋あ」「深川八幡前料理屋菊水いーっ」「柳橋芸者置き屋六金ん、ん」と立てる前に、鍵屋は手代が、玉屋は番頭が叫んで告げ知らせる。明日からは十本ずつだが、人気が落ちると、暑い盛りを過ぎる土用《どよう》の頃には一本の値を下げ銀十五匁ぐらいで立てねばならなくなる。人気が出れば、次の日から客は店先に行列を作って、安い線香花火、別名、手牡丹、しゅるしゅる回るねずみ花火、風車と同じで風を受けてくるくる上下方向に回る簡単なからくり花火、棒花火、一尺の竹筒から出る筒花火を買い求めて群がる。

一時《いっとき》、静けさが、川面に、宙に、大川の両端一帯に訪れた。花火を供してくれる水茶屋、船宿、芸者置屋の屋号か組合の名の知らせがはじまったのだ。あくまで、客寄せ花火だ。銭を出す両国・深川の店が主なのだ。

「両国ぅ……町のお……屋あ……」

その風とはいっても南からの風で逆風、上流に陣を置く、玉屋の声は切れ切れにしか聞こえてこない。むしろ、ひゅーっ、ひゅーっという刀剣の感じの指笛のほうが闇空に吼えていく。これも、玉屋が雇った桜だろう。こちら鍵屋が、新番頭、新手代を据えたことへの構えであるようだ。しかし、見習わねばならぬ。玉屋市郎兵衛は、強かに、暗く、姑息《こそく》な、小手先をじわじわ積み重ねながら、育っている。花火の本道でなく脇道を固めている。

橋杭《はしぐい》と橋杭の間に、玉屋の船が見える。こちら鍵屋と違い、三方でなく四方を完全に檻《おり》みたいに横幕で囲み、しかも横幕は高さ十尺もあって、秘密じみている。橋の上から覗かれぬように花火師の頭上の周り三尺四方を除いて幕を張っている。

おっ、玉屋が立てた。

ず、ずっ、ずずっ、どっ、どどっ。

音が先に出てきた。

いつも思うのだ、玉屋の花火は音に、おどろおどろしさがある。

越えねばならぬ。

あっ。

なんだ、なんだ、川面から両国橋の橋桁《はしげた》までの二十尺を遥かに過ぎ、更に欄干の上、三十尺ぐらい、計川面から五十尺ほどで、くるくると、くるくるくると、風に喜ぶ雀や鳩や椋鳥《むくどり》の羽のごとくに、しかも、上下でなく、水平に、赤い炎を噴き上げて、火の粉を撒き散らし、赤い尾を曳きずり、花火が黒々とした中空に舞う。それも、店先のからくり花火と異なり、一輪でなく五輪、五重の輪として回る。こちら、古い鍵屋を嘲笑《あざわら》うように、大火事が多かった今年のあの火を思い出させ、鎮魂の送り火も想わせ、回る。

火が消えかかったところから、いきなり、十万人か二十万人か、吐息と溜息と歓声が互いに波の幅を拡げ、重なる。まるで、江戸から武州へと続く田の稲穂が小さな嵐に何度も揺らぐように、どよめきが巻き起こる。

やべえ。

玉屋は、真に、構えていた。

甘かった。

橋の上、大川端の桜の木のてっぺん、川面に密偵役か斥候を放っておくべきであった。勿論、玉屋に真似たことは鍵屋の恥になるから、来年からは玉屋と別の方角へいくしかないけれど……。

それにしても、高さ、大川の水の表から約五十尺、よくぞ。人の丈の十倍の高さ……だ。

仕組みが、解らぬ。

なお、続いて止まぬ客のどよめきに、花火船の舳先《へさき》で、新八はがっくり膝を崩しかけた。

ただ、中村仲蔵の出た歌舞伎の場合とは違い、倒すべき相手の、はっきりした姿がある。やるしかねえ――と、おのれのふてぶてしい芯を新八は気づいている点で、十ヵ月前とまるで違っている。

それにしても。

痛かった、花火の炎が明かるく澄み、燃え方も素速いという五ケ山の焔硝と切れてしまったのは。三助ならぬ五助、庄川から、幻でいいから生き返ってくれねえか。ちぃーったは、庄川に消えていく時、金槌のはずのおめえ、命のことは考えなかったのか。盗みのうめえおめえは、人の心は盗めねえのか。いとにおれが惚《ほ》れていたとでも思い違いをしてたのか。

あいつ、あいつ、去年の秋にはくるはずの忠吉のやつあ、どうしている？　死んだかな。三河武士に、あっさり斬り殺されたか。小狡さよりもっと凄い賢さを持っていたのに。思えば「砲術の全てを盗め」は、あまりに世間知らずのこちらの欲であった。でも、おめえがいるだけで、玉屋の音も、五十尺の頭上で咲く花火も、その秘法が分かる気がするのに。

新八は、なお玉屋のからくり花火への驚きと讃《たた》えの醒めやらぬ闇空を見上げ、三河島村の一軒家で工夫してできた、桔梗《ききよう》の灰を混ぜた手筒花火を立てるように、職人に命じる。桔梗の花に真似て青白い炎を出す。ただ、色は、濁りが強く、真の桔梗とはほど遠い。ぶっとい直径七寸背丈五尺の孟宗竹の筒、三本を束ねたものだ。火の粉が四方に飛ぶので、船の舳《へ》先《さき》の一番の端で立てねばならない。しかも、天に斜めに上げなければならぬ。新しい試みだ。
が。
今年の川開きは、負けだ。
「新八……さま」
きぬが下唇を噛み七輪の炭の具合いを調べる。人前では「新八」と呼べといってい
るのに。きぬもまた、負けを知っている。
「う、う、う」
雄吉は、袖で涙を拭《ふ》く大泣きをしている。
「なに、焦《あせ》ることたあねえ。じっくりだ」
新八は、塞ぎ病の底から比べれば、なんということはない、病も大切な経験だった
と、強いて笑う。頬の肉が引き攣《つ》る。
そう、塞ぎ病をかえって生かすみたいに負《ふ》、無《む》、零《れい》からの出《い》で発《た》ちを、珍宝の先ま
で知ろう。どうせ、花火ってーのは、ごくごく束《つか》の間の華《はな》。消えゆく、刹那《せつな》。
それにしても。
仙台の伊達藩が江戸で上げる百尺の花火には遠い。
いわんや、御城と背くらべのできる三百尺は。

中秋の名月、芋《いも》を供えるので芋名月ともいう夜が終わり、八月二十八日の川終いも終わり、菊酒を飲み栗飯を食う重陽《ちょうよう》がおとつい終わった。

気分が昇り坂をゆく新八だったけれど、玉屋の急な勢いを感じ、やはり冷や水を真正面から浴びせられた。遅れを取り戻そうと二日に一度は秋大根の畑に囲まれた三河島村の一軒家に通う。先代弥兵衛の遺した様々な試みの文を基に、薬の配合を取っ替え引っ替え試し、工夫している。

この熱心さに、鍵屋の新弥兵衛は文句などをつけるわけがなく、さすがに今年の花火の惨めさを少しは感じたらしく、「頼むよ、新八。銭は、留弥にはうんと出すようにいっておくから」といっている。しかし、新しい番頭の留弥は、当たり前にも新八に警戒の心を持ち、求める銭金の四半分も出さない。

否が応にも、新八は独り立ちを煽《あお》られる。

——今日は。

先代弥兵衛の図入りの文の通り、本当かなと疑いつつ、『小水より作る、粗塩《あらじお》と蠟《ろう》を掛け合わせたごときもの。闇にて、光を発す。夜光虫の如し。ただし、光は青い上に、赤みを帯びて墓場の人魂と同じ。急に燃えたり、水の中でも燃える。扱いは注意を要す』の走り書きと図入りの通りのことを、朝一番から、鋳物の大鍋に小水を入れ、二つの竈《かまど》の上に乗せ、弱火で煮詰めてやっている。なるほど、『小水だからと花火を追う者は舐めるべからず。さらさらした粉と蠟が混じり合う薬は、黙っていても暗がりで光る。花火の何らかの足しになるはず。ただし、小水を煮つめる時、鍋に蓋はせず、蒸《む》れる気《き》を存分に逃し、ゆるり、ゆると、待つべし』と先代弥兵衛の文には付け足してある。

そして、図が描かれていて「小水がここまで減ったら、底に澱《よど》んだ××色のものを、紙で漉《こ》す。最後まで小水を煮つめると火を噴くこともある。できた粗塩かつ蠟如きものは、桐油《とうゆ》紙《がみ》にて××にも包み、水中か冷えた暗がりで保つべし。決して、直に火を点《とも》したり、×ってはならぬ。いつか、水中花火として用いることが可か』と、どの程度小水を煮つめていいのかの目分量を示している。「××」は、図に書きこんだ文字が、紙が古いこともあり、不明な個所だ。でも、大凡《おおよそ》の意は摑《つか》むことができる。

最近は、きぬと共の試しの仕事が多い。今日も、そうだ。

「あんまり、死んだ父さんのことは信じない方が。死ぬ間際の一年は、惚《ぼ》けていたし。変な薬を作って、死んだり、火事になりかけたりしたら大変ですよ」

この間の、炭、硫黄、焔硝ばかりでなく松脂《まつやに》、ぎやまん、わけの分からぬ石などで、きぬの手はすっかり荒れてがさがさになっている。右の方のへっついに火をくべ、きぬは、冷静なことをいう。

たしかに、尿を煮つめて底の澱みが赤みのある青い光を放ち、燃え易く、水の中でも燃えるなどと俄《にわ》かには信じ難い。

しかし、五ケ山の優れた焔硝からも「臭い尿の匂いが立ち昇っていた」と……庄川の激流に掻き消えた三助こと五助はいっていた。有り得るのかも。

しかも、先代弥兵衛の遺した文と図は、色については、ほぼ八割が正しかった。

「いや、先代の親っさんは、花火師としてはなかなか。一つ一つ試して、死の間際まで好奇の心を失わなかった。死んでから、その熱さを知った」

「こんな量で、新八さま、足りますか。父さんの図では尿が二斗《と》とあるけど。今回は、新八さんのが、この十日分で五升《しょう》。もっとも、これで成功したら……増やして大々的にやるんでしょうけど。おお、臭い」

きぬは鼻の穴を手で押さえ、いまは勝ち気な側面を見せ、眉間に皺を作る。

この頃のきぬは、横山町の調合部屋でも、ここの三河島村の試し場でも、かなり熱心だ。手伝いも慣れてきた。自惚れのある推測と新八は思うが、あれから五度抱かれて、きぬは自信をつけてきている。それが、薬研や薬篦筒や秤を扱う動き、指の使い方に出てきて、めったなことでは粗相《そそう》はしなくなってきている。

もっとも、きぬの女体としての応え方は生娘《きむすめ》同然、かなり物足りない。身悶《みもだ》えなど知らぬのだ。両目を瞑って、故郷の、五月《さつき》の、硬い、もう食べられぬ山菜の独活《うど》みたいなのである。

でも、抱いてからはやはりきぬを信頼できるようになった。ここでの実地の試しは、だから、近頃はきぬと二人がほとんどだ。噂を立てられぬように、横山町を別々に出たり、きぬと雄吉を一緒に発たせたりとしているけれど。

しかし、もし、新八が別の女と夫婦となる時、きぬはどう出るのか……。

せっかくの先代弥兵衛の秘法をも、きぬは嫉妬と怒りで帳消しにして、外へと憚《はばか》らず明らかにするやも知れぬ。否、そもそも鍵屋の秘法、当たり前にも鍵屋の宝の一つとするはず。

やはり、きぬはいい女だからこそ、今のうちに因果を含めて手を切るべきか。

それとも、色欲の虜《とりこ》に……済まないけれど、違う、済まないと思ってはならない、きぬにとっても、幸せへの一番短い道のり、そこへ、導けば良いのか。それでも、済まない――いや、違うのだ、おのれは悪人になり切らねばならぬ。善人過ぎたのだ。だから、いと殺しでおかしくなった。悪人こそ……へ。

妙《びょう》適《てき》清《せい》浄《せい》句《く》是《し》菩《ほ》薩《さ》位《い》
欲《よく》箭《せん》清《せい》浄《せい》如《く》是《し》菩《ほ》薩《さ》位《い》

どうせ悪《わる》に居直るなら華となるごとくに、ひどく変わったやり方で、初な女をとことんくるわせよう……。決して、秘法を鍵屋には漏らさぬように。やや子ができても、かまわぬ。きぬがついてこなかったら、放り捨てるだけ。こんなに、いい女なのにか――そう、だからこそだ。そういう悪でなけりゃ、花火の凄いのなど作れるわけがねえ。玉屋二代目を見やがれ、小賢しい悪だが小賢しさをきっちり積み上げて、五十尺の高さの花火だ。待たせる焦らし戦法を使って、「吉川町お」など桜《さくら》に叫ばせて……。なるほど、人使いは巧みになったが根は御人善しの新鍵屋弥兵衛は敵《かな》うわけがない。

「何を考えてるの、新八さま」

「新八と呼び捨てにしろ、襤褸《ぼろ》が出るぞ」

「出たっていい。こうして、新しい花火を二人で追えるのなら」

勝気な影をいきなり消し、健気な下からの目線の明かるさできぬは答える。

「おれは、おまえと夫婦にはならねえ。夫婦になるのは、好きでもねえ女の財を目当てか、華麗な果ての花火を作れる策略のためにだけだ」

何度もこう思い続けると、引っ掛かりがあっても、すんなりと口から出てきて、自らも酔えると新八は気がついた。理趣経の経文に酷く似ている。繰り返すうちに、信じられる……。

「分かってます。初めて裸を見つめられ、調べられて、夜着の下に潜った時から……覚悟してます。いと姉さんの二の舞いはしないって」

花火の赤さに似たぽってりした熾火《おきび》が、竈《かまど》の口で弾けた。きぬの長い睫毛が、同時にぱちんと鳴った。新八の左の胸上も、ぎっぎっぎっと音鳴りがするように思える。この女は……甘くはない。遥か遠くの五ケ山にいってもいないのに、見抜いている。

「どういうことだ、きぬさん」

動じない物いいを心掛けながら、新八は聞く。

「どういうことって……そういうことよ。姉さんが新八さまを深追いして殺されたなんて、思ってもみないけど。怖い人だもの、新八さまは」

この女は、読みが深い。

新八は、心の乱れを悟られないように、白く蒸れる気を両手で振り払い、鍋を覗く。臭さが、鼻の奥に押し寄せ、頭のてっぺんへと駆け登っていく。先代弥兵衛の図ほどの小水の煮つまり方だ。ぐつぐつと泡を立て、淡いが黄色さを増してきている。

鍋を、勝手戸の土間へと運ぶ。暗く、冷えたところへだ。

煮つまった尿は、なるほど、底の方に、薄黄色がかって白っぽい澱《おり》を溜めている。冷めるほどに、澱の姿はくっきりしてくる。

「新八さんのおしっこって……あの、あの、強くて激しい。特別じゃないのかしら。

厭ですねえ」

鼻を抓《つま》みながら、きぬが笑う。この朗らかさは、老舗の裕福な娘のもの、新八が既に失っているもの。この、ゆとりも。おおどかな童歌やゆとりの小唄に似たものを口ずさまなくなったように、多分、自分はもしかしたら水中の花火をと、目をぎらつかせ真剣勝負の顔をして、頬を強張らせているのだろう。この点でも、この女をごく近くに引き付けておきたい。引き付けておかねばならぬ。

「雄吉だったら、この臭さに参って頭がおかしくなるわね。そうか、だから、今日は呼んでないのね」

「うん。冷めきるまで待とう。でも、手を爪と指の間まで丁寧に洗え。目の細かい紙を用意しろ。漏斗《ろうと》も」

「はい」

今年の春先までの動きとまるで別に、きぬは、慌てることなく、敏捷《びんしょう》に動く。

「紙で漉した尿の澱の扱いは、特に気をつけろ。水中で噴くということは、気の中に晒《さら》されても火を噴くかも知れぬということだろう。毒の気を吹き出すことも考えられる」

「はい」

「澱を乾かしてからは、手で直に触れるな。手袋を嵌めてから、やれ。顔は手拭いで覆え。毒の気があると思った時は、外に飛び出せ。いいか」

「はい」

今年の春先の雨水《うすい》前では考えられない従順さで、きぬは頷く。仕事着としての藍染めの割烹着に赤い襷《たすき》が決まっていて、神聖な薬の試し中という感じをよこす。微塵《みじん》も、女の色香というか、媚《こび》をよこさない。白い襟足《えりあし》と、気位と希望がぱんぱんに詰まっているごとき着物越しの尻の形を除けば……。

「うん。それに、桶に水を汲んでおけ。盥《たらい》にも。外には、竜吐水《りゅうどすい》を並べておけ」

「はい。用心深いんですね。女にも、そうあって欲しいですね」

新八のいい返しを許さぬ機敏さで、きぬは井戸へと素速く、歩いていく。豊かな町家の娘だ、九月なのにもう白足袋を履いている。贅沢だが、その足袋が兎のように跳ねると、きゅっと括《くび》れた足首が垣間見え、新八の心は弾む。弾んでから、危ういと思う。この女は、軀を奪ってからの方が魅き寄せる力に溢れてきた。のめりこんだら、しかし、直感としても……おのれの世界が小さく狭くなることを知っている。のめっては、ならぬ。

「みんな準備してきました」

五度、軀の中心を新八に開いたのに、きぬは裏木戸の土間に続く床の上に、両膝を必要以上に揃えて座る。あたかも茶の道をやる最中の、あるいは生け花を剣山《けんざん》に刺す女のごとくに。背筋を青竹のように伸ばし。そういえば、五度、軀を預ける度に、人の大きさほどの人形を抱いてる気分にさせた。きぬは、色への欲が湯気と化しているのではないのか。

きぬを官能の歓び漬けにする手は、考えている。容易ではないだろうが、絵師の栄松斎長喜が女を描く時に使った手が暗示となる。座敷牢で括《くく》られた女が、描かれている時に示した態だ。羞恥のどん底で示す性……。それでいて、男の長喜自身は、やつなりに気品の溢れる絵を描いた。描く的《まと》と、おのれとの隔《へだ》たりをきっちり示している。

「うん。次は、きぬさんの尿を溜めて、ぐつぐつ煮る。二升入れる小さめの鍋を持ってきてくれ」

「はい」

疑いを知らぬように、きぬは立ち上がった。かえって、新八は、これから強いて為そうとするきぬへの仕打ちに、ためらいを持つ。持つな、持つな、ためらいなど。持てば、いと殺しの後にじわりとやってきて、歌舞伎の色彩の極まりと、不可思議な柝《き》の音鳴りと、見得《みえ》の形の素晴らしさをきっかけに、すとんと塞ぎ病に罹《かか》ったことの振り返りが無さ過ぎる。反省が、あまりに足りないではないか。

「鍋、持ってきました」

「そうか。一滴漏らさず、この鍋に小水を吐き出してくれ」

命じるように、新八は、そっけなくいう。

「新八……さま、いくらなんでも。嫌いになりますよ、そんな。見ている前でなんて」

顔を背けて、でも、背けきれずに目の上をきぬは、いきなり腫らした。「見ている前で」とは、新八は命じていない。なのに、きぬは予測したかのようにいい、上唇を噛んだ、歯の形が残るようにきつく。犬歯の白さと、唇の血の色が、鮮かな相反する色あいをなしている。

「何を、甘えたことを。神聖な新しい薬の拓《ひら》きの時に。玉屋に負けたくねえだろうが」

「えっ……でもう、それとは無縁のような」

静かで落ち着いたきぬの判断だ。こちらも、玉屋とか、鍵屋とかで道を説くのは危ない。鍵屋から出て、玉屋を潰《つぶ》し切ると考えているのだから。

「駄目だ、しろ」

「だったら、死んじゃうから」

「一人の尿でなければ、混ぜものが入ってしまう。純な、しかも、酒など飲まぬ小水で試さねばならねえ。しろ、ここで」

「だったら、舌を噛み切るから」

「きぬさん、そんな狭いことじゃねえぞ。ことは、江戸の花火の華がどうなるかだ。もっと、もっと、唐《から》や天竺《てんじく》や南蛮へまで広げるほどの、やつらの肝っ玉を震わせるほどの花火のためだ。そうじゃねえ、その前に、歌舞伎の幕とか衣裳とか顔の隈取りより凄え色あいを……作りたかねえか」

喋っているうちに、新八は、いつの間にか、きぬの羞じらいは確かにあるとしても、偽りの壁とも見えるものを壊したいよりは、自らの願いを滔々《とうとう》と訴えているのを知る。

「分かったわ、新八さま」

きぬが、立った。

新八が、鋳物《いもの》でできた鍋を、きぬの足許に据えた。

きぬが、茄子紺の地に白い萩の花が無数に咲きほこる小紋《こもん》の裾《すそ》を、襦袢、腰巻きごとたぐり、中腰になった。おまるを跨《また》ぐ恰好で、鍋を跨ぐ。しっかりと腰を落とさない。小水が、鍋に、落ちていけなくなるからだろう。女の尿の方角は、定めがないので、落ちる地点はきっちり大切だ。きぬは、それを知っている。というより、きぬの誠が籠もっている。きぬは、あらぬ彼方に両目を逸らす。が。五度の逢い引きでは、決してなかったことだけれど、遠い高知産という、たった一度だけ食《は》んだことのあるひどく大ぶりの山桃ごとき秘部が、あたかも包丁で半分に割られたような裂け目として新八の目の前に現れ出た。それも、もう、小水を溢れさせたように傷口だけでなく、桃全体が薄い葛湯《くずゆ》にまみれたように濡れている。まさに白桃が熟れに熟れて果汁を一時に吐き出す寸前のように。

「きぬさん、おまえ」

「厭あ、そうなんです。おかしいんです。おかしなことを命じられて、おかしくなったんです、いきなり。ごめんなさい……神々《こうごう》しい仕事の最中に」

荒い息づかいで腹を波打たせ、きぬは息《いき》んだ。

――女は表面では分からぬ、花火と互角にまだまだ謎が多過ぎると、新八は戸惑いから新たな衝動で、きぬを求めた。枕絵でしか見たことのない変わった態で。きぬは性格が別の女に四半時のうちに化けたようにのたうち回り、息絶え絶えとなり、休み、糸の切れた凧のように舞いあがり……休み、全身を桃色に染めて引き攣らした。

そして。

夥《おびただ》しく男のものを迸《ほとばし》らせた――今度こそ、赤子を孕ませたに違いない。

尿を煮詰めたものを漉してできた、薄黄色の、粗塩と蠟を捏《こ》ねたようなものは、わずかだった。小指の先ほどもできなかった。もし、これを水中花火の素にするとすれば、一斗樽を十集めても、微々たるものしか作れない。

新八も、がっかり、諦めかかり、せめて、水の中に浮かべる試しをしようと、仮りに〝尿源《にょうげん》〟と名を付けたものを、和紙から小皿に移そうとした。臭みは消えない。

「待って、新八さま。この図の父さんの字は、あたし、実の娘だから、分かる」

先刻は、あれほど全身を引き攣らせて乱れたことなど嘘のように、きぬが静かな口調で語りかけた。手に、図と文を持っている。

「うん。おれも、最初の二文字は『黄白』か『卵子』だと推し測った。次の××は『何重』か『幾重』ということだろう。つまり、この仮りの名の尿源の色と、保存の仕方は紙に丁寧に包んでやれと。そのあとの一文字が読めねえ」

「そこですね、新八さま。ここは摩擦の『擦』っていう字なの。つまり『擦《こす》ってはならぬ』。だから、逆に、擦ってみたら、面白いと思うわ」

「ふうん、やってみるか」

急な勢いで爆《は》ぜる気もするが、このぐらいの微量なら高々知れているであろう。

新八は、もしかしたら、はったりも上手であった先代のことと、疑いもしながら、柳の爪楊枝《つまようじ》に尿源を耳搔《みみか》きの先ほど掬《すく》い取った。

「気をつけてね。いま新八さまに死なれたら、あたし、気がおかしくなる」

水を張ってある木桶を持ち上げ、きぬは、心配そうに目を見開く。この可愛らしさは、新八の悪人たらんと志す気持ちに逆波を立ててよこす。

掬い取った尿源を、すっかり洗って干した木端板《こっぱいた》二枚に挟みつける。

木端板を重ねて、互いに擦った。

鼻を突く酸っぱさのある臭みに、屍《かばね》の焼け焦げる、あの浅間山の天明の爆発の後の匂いが混じり、鼻の奥の奥へと抉じ入ってくる。

濁った白い煙が、不意に立ち昇ってきた。むかつく匂いで、新八は、鼻先を背け、気を吸わないようにする。しかし、煙と匂いは追い縋《すが》ってくる。

が、擦っても擦っても、炎は噴かない。

尿源自身が、なお乾き切っていなくて、湿りがあるのか。

木端板二枚とともに裏庭に出て、放り出した。

それでも、噎《む》せて、咳こむ。

「とても使いものにはならねえ。煙ものの花火にしたって、水中花火にしても、臭くて。見物客が逃げるぜ」

「ぐう、ぐっ、ぐふっ」

水に浸した手拭いで鼻先と口を覆い、きぬもまた噎せながら頷《うなず》いた。

「この小水の煮つめは、やめるか」

おのれを宥めるように、新八はいう。

「うっ、ぐふっ。駄目、駄目」

やはり一つ齢上がきぬだ、昔に返ったように、首を厳しく右へ左へと振る。そして、指を、放られた木端板に向ける。

新八が視線を六尺先に投げると、なお、灰色がかって燻る尿源の跡が、こんがりと、釜の底にこびりつく飯のお焦げのような色となり、楕円形をなしている。上下に走る柾目《まさめ》の木目に、三寸と二寸の幅で。形は、かつて、子供時代の鍵屋新弥兵衛が布団に残した寝小便のそれをひどく小型にした感じだ。

うーむ。

もっと尿源を乾かして、強く擦り合うものを考えたら……。もしかしたら、硫黄を融かしてこけらの薄板に付けたつけ木より、勿論、火打石と火打石の火よりも、火打石と火打鉄での火よりもたやすい火種となるかも知れない。

試す、ということの重さを楽しさとして知りはじめ、新八の胸は小踊りしてくる。

この火種が成功したら、とんでもない悪さに応用できる。

めらめらと、それこそ、裸の火なしで、火打石なしで、紙が木屑《きくず》が燃えだす感じで、新八の頭に、信州で一揆にあったことが蘇る。放け火で、百姓には麦一粒米一粒も出さぬ業突張り《ごうつくば》の米穀商の家が、まことに見映えのする赤い炎で火柱となり、火の粉を贅沢《ぜいたく》に撒《ま》き散らかして闇に輝いたこと。幼ない妹のまきすら、目を細め、うっとり茫然としていたっけ。裸の炎は、人の魂を揺らして熄まぬ。

その放け火が、もしかしたら、この尿の澱《おり》の塊《かたまり》で、ひどく容易《たやす》く……。

新八は、きぬに背を向け、笑った。

笑って、すぐに、自らの顔を鏡に晒した気分になり、頬のたるみを強ばらせて、そこで止めた。

人というのは、何が本当の本当か。

悪人こそが〝華学〟を作り出せると信じ、悪人になろうと志しているのに、なお、なお、ささくれだつものがある。


――十日が経つ。

明け方のしとしと雨が、中途半端に降り、すぐに終わった、三河島村までの道は、適度に湿りを帯びている。滑るほどではない。

こんな湿気のある日に、仮の呼び名〝尿源〟の試しはやめようかとも考えたけれど、心は急き立てられる。

一人だ。

鼻が繊細で鋭い雄吉を連れてきたら、臭さで、寝こむだろう。

美濃大垣《みのおおがき》藩邸の、下は白、上は黒という印象のぐるりを左手に見て、金杉村に入る。

いつもだ。

ここいらにくると、胸の外枠が、ゆっくり、ゆっくり膨らむ。田んぼがある。稲刈りの終えたところ、ずしりと稲が穂先を垂れているところ、まさに百姓が刈り取っているところと、古びた足袋の継《つ》ぎ接《は》ぎみたいな景色が広がりはじめる。町奉行と代官の二つの支配を受け、年貢は東叡山寛永寺《とうえいざんかんえいじ》に納める金杉村に入るわけだ。でも、三つの力が入り組むゆえに、互いに敬遠して、けっこうお上《かみ》がうるさくない土地柄だ。

こんな百姓の土地に、武家地が、無粋《ぶすい》……。

と、いっても、いつも、ここを通るしかない、池田播磨守《はりまのかみ》の屋敷を目にして、新八は、今日の実地の試みへと、心が逸《はや》る。

女が、野暮ったい菅笠《すげがさ》を深く被って顔半分を隠し、池田邸と田畑の境に立っている。笠は芋臭いが、小紋の裾の模様は濃紺に赤い紅葉《もみじ》、帯は、きりりとした弁慶縞の模様。そもそも、全身に、嵐すら笑って見やり、我が道を悠然と歩むゆとりの気品を漂わせている。

新八は、通り過ぎた、急ぎ足、大股で。

「新八さん、もっと、伸び伸びしないと。まるで、吉良邸に討ち入りする赤穂浪士みたいですよ」

咲……。

人形屋の人妻、咲が笠を外して呼び止めた。

咲のいうことは、当たっている。

「はあ、どこへ？　一人で、そのう」

「嫌いになりますよ。新八さんの、いくところです。せっかく、塞ぎ病から這い上がったのだから、ゆっくり、ゆっくりといいたくなって」

いうまでもなく手毬《てまり》よりは引き締まりがあるけれど、躯《からだ》と心の在《あ》りようそのものが手毬の形と新八の胸に刻みつけ、咲は、菅笠の縁をわずかに上げる。如何なる化粧を用いているのか、襟許からか、袵《おくみ》からか、裾からか、桃の花の満開寸前の匂いを薄めて深くしたようなものが、新八へと移ってくる。

「新八さん、鍵屋から出て、独り立ちをしたいのでしょう？」

並んで歩くでもなく、一歩退いて従ってくるのでもなく、四分の一歩の中途半端な後を咲はついてくる。でも質問は半端でなく、的の中心を射ている。鷹揚で、隙だらけなのに、この核心を外さない知恵の深さに、新八は、感心する。

「咲さん、そんな器量はおれにはねえですよ」

咄嗟に、雇われた人がいう日頃の言葉を、新八は鸚鵡《おうむ》のようにして、返した。

「そこまで遜《へりくだ》ると厭味ですよ、新八さん」

「いえ、正直な気持ちで。御存知の通り、鍵屋は暖簾《のれん》分けは許さねえし」

「玉屋の例の外があったじゃないの」

「あれは、術と技を盗んで勝手に独り立ちをしたのも同じで、親っさんの許しは得てねえ。そもそも、あっしには術も技もねえ」

「そうね、独り立ちには金がかかるものね。借金から出発するしかないし。店先と仕事場の借家代、材料費、職人の給金、花火を立てる船も買わなきゃいけないわよね。仕事場の造作や、花火とか火薬とかを貯めておく蔵も作らなくっちゃいけない。二千両は必要だわ」

「夢よりもっと始末の悪い銭の高さで」

「そうね、武家の若党の給金が一年三両。若党を七百人も雇えるもの。でもね、歯を食い縛って節約して、貯めることよ」

「へい」

「でも、人生三十五年として、二十回やっても貯まらないほどの額よねえ、え、え」

咲の悔しさは尾を曳いた溜息に変わっていく。

三河島村の試しの仕事場の茅葺き屋根が、青々とした大根畑の向こうに見えてきた。

先代弥兵衛は良く考えを巡らせていた。背の高い姫黐《ひめもち》で垣根を作り、さらに、その内側に垣椿《かきつばき》を植えてあり、仕事場の軒下から下は覗かれないようにしてある。その上、いろんな材料や器を置いてある土間と床板の部屋の前には、屏風《びょうぶ》というよりは土塀のように石を積んで目隠しをしてある。

ここは、秘密を探られにくい。

薬も……。

女も……。

黄土色してこんもりの馬糞より平べったく黒い牛糞の多い道へと曲がり、畦道《あぜみち》に入った。

「お茶の道具、ある？　新八さん」

ためらうように入口の戸に用心棒を立てかけてから、人の妻の咲は菅笠を外した。家を占める暗さの中で、咲の安心できそうで、たおやかな丸顔が夕顔のように仄白《ほのじろ》く浮かぶ。

「咲……さん」

暗さに慣れようとゆっくり明かるさが入ってくる板の間へいく咲を、新八は呼び止めた。片手で咲の手を握った。咲は人妻、やはり、度胸がすわる。左の胸の上が、痛む。

「元気になって……とっても嬉しい」

咲は菅笠を土間に落とした。でも、つと、顔を横向かせ、唇を避けた。

「ありがとう。あの節は、咲さん」

「何のこと？」

「蕎麦屋に奉公していた、さなえをよこしたこと」

いけない、余計なことをいってしまってとその自らの口を罰するように新八は、咲の両唇を、求めた。

「う……ふう」

咲が、応えた。唇の肉の厚みと弾みに、咲がいる。おいしい肉厚の唇だ。新八は、自らの塞ぎ病に打ち克ったとはっきり意識した。再び塞ぎ病に陥っても、おのれの軀にある波を知り、女体に託し、悪に居直って戻れるという自信が湧いてくる。

そう、今こそいい切れる。塞ぎ病に再び罹《かか》ったら、自らの休内にある波の動きを知り、波の小さい時は波の大きくなるまで待つことが要《かなめ》だと。

そして、つらい底にいる気分は、いつか負《ふ》でなく正《せい》として役立ち生きると——咲の唇の弾みを知る潑剌《はつらつ》さへといくように。

新八は、もっと口吸いに酔っていたい。が、咲をもっと欲しく、もっと「ありがとう」の志を与えたくもあり、その尻を撫でる。きぬとは異なり、指が沈みこみそうな桜餅みたいな柔らかさがある。整った球の形をして、武士が下品と毛嫌いする、旬の西瓜《すいか》のように大きい。

が……。

「新八さん、わたしは人の妻なんですよ。町屋の妻とはいえ不義は大きな罪」

咲は、新八の手を優しく退けた。板の間へと、軀を向ける。その仕種は、夕顔が夕方、蕾からゆっくり開いていくよりものんびりしている。が、捕え難い。

咲は囲炉裏へと逃げるように近づき、火種が残っていないかどうか、鉄製の輪っかの五徳《ごとく》の下あたりを、火箸と灰掻《はいか》きで探しはじめた。もう、火種はないはずだ。

「消えちゃってるわ。火打石、どこ？」

咲は囲炉裏のおくら縁に灰掻きを叩く。

新八は、ここは、見せどころと、湿りの気が出ていくように雨戸を開け放つ。

反故紙を集め、囲炉裏の上の自在鉤《じざいかぎ》に鍋を掛ける。

反故紙の上に、消し炭、小枝を、乗せる。

これからが、うまくいくか否か……。

〝尿源〟を、縦三寸幅一寸のごく薄い木端《こっぱ》に塗り潰した。

まずは目の細かい砂紙つまり紙鑢《かみやすり》から、徐々に目を粗くして。それでも煙しか出ないのなら、鉄の鑢《やすり》で擦り合わせてみよう。

「なに？　これ。新八さん。臭あい」

「毒の気が出るかも。吸いこまないで下せえよ」

こんないい恰好をして失敗したらどうするのか、いや、この尿源を悪用して咲に喋られたらどうするのか……の考えもちらつくけれど、実の母に報告するごとき、早死にした妹に見せびらかしたいがごとき思いは新八の胸底を占めてしまう。

尿源を塗り潰した面を下にして、ざらざらした砂紙に擦りつけた。

出ろ、出ろ、炎。

また……濁った白い煙だけ。

あっ、あっ、あっ。

ぶわっと、墓場で見かける人魂《ひとだま》の黄色混じりの赤さで炎が、しぶしぶのように、噴き出した。色が、予想の外《ほか》だった。青くはなく、黄がかった赤色だ。人魂は、いろんな説があるけれど「多分、幽霊ではなく、人骨から滲《し》み出すもの」とは、大爆発に埋もれてしまった延命寺の住職の考え。人の軀には、自ら燃えるものが確乎としてあるみたいだ。あたかも、悪の炎の素のように……。

「凄いわ……臭いけど、凄い。こんな魔法みたいなことが、あるのね。新八さんが、これ、見つけたわけね」

激しい臭みを防ぐことなく、蜜柑《みかん》に似ただいだいの実ほどに丸い両目を見開く咲は、七つ八つの少女のようにあどけない。単純な驚きが、瞳にぎっしり詰まっている。

「え、うん。でも、当分、花火には応用できねえようで。付け木の代用としては、素が多くは作れねえから、儲けにならない」

人の歓びとは何なのであろうか、咲の態《たい》と言葉はいたく新八を有頂天にさせる。おのれの努めて頑張って作った果実が他人に通用するということか。他人にも歓びとなることか。それだけでなく——他人の歓びが、自分に返ってきて、自分の値打ちが定まることか。自らの作り出すものの値打ちと、それが他人に通じ、共通の値打ちになるには則《のり》がありそうだ。でも——今は、分からぬ。これぞという花火を作り、客に大歓声で迎えられるのに酷《ひど》く似ているのに。

いや、ここだろう。

ここだ。

ここに、花火を工夫し、作り、立てる根源からの愉悦がある。

ここを生み出すために、悪が梃子《てこ》となるのだろう。おのれの欲、喜び、願いを夢でなく現にするために。それが、人さまの心を圧《お》して占め、幸せと嬉しさになる。そして、それがまた、おのれに返ってくる。そう、このおのれの命を中心にして、世を回らせねばならない。

「あのねえ、新八さん」

咲が、太い枝の薪を囲炉裏にくべながら、驚きと畏《おそ》れをなお消せぬごとくに、両膝を崩した。

「句会の蕎麦屋の夜は……さなえさんじゃなくて……あの、あの、わたしだったの」

「えっ」

「許してね」

　ぼうっとして、新八の元気をまるで失った頃のように咲は、ぼそぼそ、ひっそりいいはじめる。

「さなえさんは『うわあ、されたい、されたい』といってたのよ。そしたら、急に、わたしの方が空しくなって。でも、新八さんは、さなえさんだと思ってるわけだし。許してね」

「いや、逆だ」

「わたし、子供を産みたい気持ちもあったの。あの人は、もう作れないと思う」

「そう……」

「だから、新八さんに抱かれたいのか、新八さんを励ましたいのか、さなえさんへの嫉妬か、子が欲しいのか……どれが、こうだ、といえなくて危なさを承知で。もう、夜は引退の齢と、知った上で。あの時は三十二。今年、三十三。許して……新八さん」

　歯を食い縛る乾いた音をたてた、咲は。何を耐えるのかと思ったら、瞑《つぶ》った二つの眼の端から涙であった。でも、咲は、慌てたように、高価と思われる小紋の袖で直に、その涙を拭ってしまった。

「咲さん、正直にいってくれて感謝だぜ。ごめん、母さんのような、姉のような、曖味な心で見ていて」

「ううん、いいの。新八さんが、わたしを強く……した夜、こんなことって、こんなどきどきした上で、痺《しび》れることがあるんだって、生まれてきて良かったと思ったの」

「嬉しいぜ。でも、おれは、一人の女に尽くせねえ男で」

「知ってます。そのうち、お妾《めかけ》さんを十人は作りそうだもの。違うのかしら、十人の女の燕《つばめ》になるのかしら」

　淋しそうにでなく、嬉しそうに咲は微笑み、首を左右に振る。

「そんな銭もねえし、女にもてねえ」

「あら、燕は女からお金を戴くのだから。でも、独り立ちするには、十人じゃなくて百人の燕にならなくっちゃ」

　もしかしたら、女は、三十代、否、四十代、もしかしたら「五十、莫蓙《ござ》掻《か》く」の例えのように年増《としま》の女が最も根っから溢れる肉と心を持つのではないのか、咲は、健やか、朗らか、翳り、罪、内緒の匂い、全てを内に囲み、孕み、外へとちょっぴり食み出させ、右頰の笑窪をへこませた。

「新八さん、知ってます？　今年の川開きの、玉屋さんの六十尺、ううん、五十尺かな、あの、闇に咲く花火のこと」

「ああ、あれ、あのことだな」

屈辱の気分が喉元まできて、新八は堪える。来年、あれを越えるものは、こちら鍵屋としては、色の彩《あや》の突き出ししか、いまのところ考えつかぬ。

「そうなの。人騙《だま》しの、からくりなの。ばれると、玉屋さんも、辛くなるわね。十二尺の竹竿を四本、うまく繋ぎ合わせて、空の闇に花火が咲くようにしたんですって。竹竿は、闇に隠れるように、墨に染めた布地で包んでね。これじゃ、見物人は、ころりと騙される」

「そう……だったのか。ありがてえ話だ、咲さん」

新八は、五十尺の高さの花火の内緒に、少しだけ、吐息をつく。得てして、暗い夜の芸とか技とかは、こんなものだろう。玉屋は、一つ一つの息詰まる些細な、小手先の、一時のしのぎの巧みさを積み重ねる男。ただ、総じると、かなりの力を発揮する。一つ一つの細かさにこだわる才は、徹底的に盗まねばならない。

来年は、玉屋を真似ることは不可。

ただ、玉屋の周りに、いろんな明かりのある船で囲ませ、両国橋からも明かりを集中させ、黒塗り竹竿のからくりは暴《あば》こう。そう、この尿源の光も、何とか使えないものか。

「ね、新八さん、聞いてくれる？　玉屋の五十尺、六十尺の花火の秘密を探るのに、ふふっ、両国橋にたむろする乞食十五人に、二十五文を出して頼んだのよ。わたし、花火が好き。新八さんが好き。だから、余計なことをしちゃう」

「いや、逆だ。済まねえ。咲さん、済まない。すぐに、裸になってくれ」

茶をいれて膝を正す咲に、新八は、無謀な癖が直っていないと自ら知りつつ、求める。

「おとつい、きぬさんを抱いたのにですか。きぬさんは、ひそひそ声だけど、耳許にしか囁《ささや》かなかったけど、うっとりして、みんな打ち明けていますよ。頬を染めて……。もっとも、わたしにだけでしょうけど」

主筋の女には気をつけよ、と言外にいっているのだろう咲は、新八がたじろぐことを告げた。極めて重い忠告だ。

新八は、目のいきどころを失い、俯《うつむ》く。

「まだ、うんと……悪い人にはなれてませんね、新八さん。どうぞ、玩具にして。新八さんは、度外《どはず》れの好き者なんですから。そして、天才みたい、あっちの巧みさが」

帯に手を掛け、咲が、睨《にら》みつけてきた。

「新八さん、きぬさんを身籠《みご》もらせたら……どうお？　夫婦にならなくても、きぬさんは、たぶん、生涯、忠誠を尽くすと思うわ」

あれっ、と思うほどに咲は、妬《ねた》みがどこかに失せたような異なことを告げる。異なことというより、企《たくら》みのあることか。悪《あく》といってもいいような。

「新八さんが独り立ちしても、鍵屋に隠密を置いておくようなもの。鍵屋の内緒は、みんな、きぬさんから新八さんに筒抜けになる」

咲の企みは、かなり、狡猾で、先を見通している。新八は、肌襦袢《はだじゅばん》姿のそれよりも、驚く。女は男に軀を任せる時に、その真なる心を開くもの……。もしかしたら咲は、おのれ新八を遥かに越えているのではないのか。世間への背きの深さも、幅の広さも。なにより、悪の質という点で。

咲は、紅の肌襦袢の胸をしどけなくはだけ、裾《すそ》よけの紐を解いた。ごろりと直に板の間に俯《うつぶ》せとなった。

両足の白足袋が反り返る。泥道、でこぼこ道、畦道をきたのに、足袋の裏にまるで汚れはない。心配りの肌理《きめ》細かさを推し測ることができる。鞐《こはぜ》の爪が、左足だけ三枚外れていて、新八の人倫を外す全ての思いと営みを許し、受け入れ、時に共鳴りすることを表わしていると……瞳に痛い。

片肘をついて、新八は、咲の括《くび》れた足首と脹《ふく》ら脛《はぎ》の間に顔を寄せた。

「新八さん。人形師みたいになっちゃ駄目よ。あの人達、外れの例がなく、自分の作ったものが見事で、値打ちがあると思ってるの。欠けてる点をいわれると、みんな逆上するのよ。百年も二百年も残るものを作っていると、激しく思いこみをしてるわけ。花火師も人の楽しむものを作っているから……そういう危うさがあるみたい。物を作る人の業《ごう》みたい。でも、そこから脱け出さないと」

咲が、俯せた恰好で、無理に首を捩《ねじ》った。その、満月にあと二日三日の月の形に似た目が、圧すことなく、刺すことなく、やんわりと、ちょっぴり哀し気に新八の目へと交叉させてよこす。

「だから？　咲さん」

「俳諧を作る人と似ているけど……芭蕉さんや蕪村さんじゃあるまいし、我れ、我れ、我れとか、おのれ、おのれ、おのれといわず、すぐに消えていく花火師と思わないと。どんなに、欲に突っ張っていても、消えていく時に、なんもいわず、なんも願わず、なんも残そうとしないで……消えていかなくっちゃ」

殺したいとから知らされていたことだが、「消える」という覚悟を自らの女の命の終わりと共に、まともに迫ったのは、この女、咲がはじめてだ。

花火は、燃えた上で迫るけれど〝消える〟ことを前触れとしてある豪勢な遊び……なのだ。いわんや、花火師は。

「消えてもいいという花火師の魅く力が、花火船の立て師の頃から……新八さんに一番あったの。だから、熱心な客から贔屓《ひいき》に。今じゃ、大坂の相撲狂いの谷町《たにまち》みたいになって……それで……女になったのよ」

だけれど、おのれを消し去る……ことなどでき得るものか。

やはり、おのれは、求めに求め、その裏にぴったりと消えることを覚悟として持たねばならぬのだろう。

新八は、二十五歳の若さで、整理できないことを大きく抱え、咲の尻の双球に片頬を預け、考えこむ。咲の尻の肉は、冷んやり、作って半日ほど経った絹豆腐以上に冷えている。

「身籠っていいんだな、咲さん」

「新八さんに抱かれたこの前は、主人が誘うように……仕向けました。でも、新八さんを七回も受け入れたのに、その気配は。きぬさんは？」

かなり気になることを、咲は、腰をぐらぐら揺らめかし、時に、片膝をがくんと崩して聞いてくる。きぬには、その気配はまるでない。殺めたその姉のいとにもなかった。もしかしたら——もしかしたら。

「ない。きぬには」

不安を吹っ切って、新八は答える。玉屋みたいに血族ばかりで固めて花火を作るのは御免だ。色に暗さが沁み出る。鍵屋だって、先々代は養子。いまの鍵屋は、なるほど伸びやかさはあるけれど、花火師としては、ずうっと二流。花火自体の〝華学〟には関心がない。

種無しには、わだかまる。

「切り札は、鍵屋さんか……玉屋さんに消えてもらうことですよね。さっきの臭い火の元は、放け火に向いてるし。銭は、花火を扱う気配りの指と舌で女から」

胆が静かに凍てついてくることを、荒い喘《あえ》ぎ声の中で咲は口に出した。

びゅーっと木枯らしが、戸を叩き、障子をすり抜け、咲の鬢のほつれ毛を靡《なび》かせ、脱ぎ捨てた小紋の袖口へと吹き流れていく。

咲のいい分は、悪の桁《けた》と嵩が違う。

一時、新八のものは萎えた。縮んだ。冷えた。

――どちらを、消そうか。鍵屋か、玉屋か。


予感は正しかったのか。

ではなく、人の意思が、手繰《たぐ》り寄せるものか。

それから一年、新八、二十六の秋九月。

二十を過ぎての日々の速さが気になっている。十代の倍の速さとなり、それは速さを増している。

人の口を頼って「玉屋のはこけおどし。黒塗りの竿で五十尺のからくり花火」を広めたら、咲の忠告通り、野宿者や乞食から「そうだ」「そんだ」「そうずら」という声があがり、今年の玉屋はこの出し物を止めた。代わりに出てきたのが、やはり、闇に紛れての、別の船の囲いの中に隠しての大太鼓《だいこ》の七つの鳴り。これも、咲が手懐けている乞食に見破られ、川終《じま》い前には玉屋は取り止めた。

一方、鍵屋への愛着は失せていくのだけれど、こちらは、先代弥兵衛の文と図に従い、明礬《みようばん》をかなり大量に火薬に混ぜ、木炭を少くし、船に積んだ櫓の上に竹筒十本を束ねて立てた。赤みよりは夕顔のごとき白さの勝る花火は、通《つう》の人々には受けた。玉屋とは、こちら六分と、あちら四分に戻したということだろう。

でも、色の澄み方が、なおなお不足している。もっと透明に、もっと濁りなく飛ばねばならぬ。

音はなお、弱い。

高さが、しかし、ゆくゆく将来の花火の決着の地平と分かる。難しい。至難だ。

——あの、尿から作る、裸火に直に付けずに火を噴く〝尿源〟は、水中花火などとして使えていない。できる量が、あまりに少い。

代わりに、十斗入りの大鍋を注文し、新八一人でなく、他人の尿をも混ぜ、かなり作り、保存している。細かい注意を払って、桐油紙で〝尿源〟を五重に包み、秋と冬は冷えて暗い縁の下に。春と夏は、氷室に。改良も施している。尿は、老いたり、病の人のでなく、酒は飲まない武家屋敷のを、銭を特に払って野菜を作る百姓に頼み、入手している。煮つめ方も、先代弥兵衛のやり方より、もっと濃くして。

おかげで〝尿源〟は、紙鑢《かみやすり》だけでなく、ざらついている木の端、紙でも、ぼわーっと火を噴くようになった。

問題は臭さ。煙のあまりの多さ。十斗を煮詰めて盃五杯ほどしかできない量のわずかさ。


――。


店先が、花火の季節が終わったのに、人だかりしている。「玉屋の方が、この鼠《ねずみ》花火はいいって」「ううん、やっぱり老舗のこっちよ」「筒《つつ》花火は？」「それも、こっち、鍵屋」などという客の声を聞き、今年の花火はまあまあの受けだったと心が軽くなるにはなるのだが、敵の玉屋が意気地がないと闘う気分も殺《そ》がれてしまうと知り、調合部屋へと歩む。

花火の干し場や練り場とは逆に左手にいき、小さい花とはなったがまだ朝顔が咲きやまずに這う枝折戸《しおりど》の錠《じょう》を引いた。

「おーい、ささ」

段助爺が、胸を反らしながらも、両手を擦り合わせ、待ちかまえていた。退屈しきっているのだ。喋りたくて、うずうずしている。こちらも、段助の奥羽言葉を聞くと、上州弁の、しかも浅間山の麓のそれは気楽と、妙に安心できる。今日は、済まぬが住まいの長屋からそのまま出てきたので土産はない。

「元気そのものだな、段助さん」

「んだ。孫の野郎、早いが勝負なら鳩の方が勝ちっていうぴょん？　鳩にますます熱中して。ま、おらには、役立たねえ鳩の焼き鳥を食わすけんど、はあ」

ふーむと、新八は、段助の言葉に思う。大坂と江戸が、どんな早飛脚でも二日半よりちょっとかかる。鳩なら、どうか……。どうか。

「鳩は、どのくらい、どんな速さで飛べるのかな、段助さん」

「んだな、孫は小田原で次のに交代するべ。んで、その友達もまた鳩を飼っていて、深川から駿府城近くの岡崎まで二時ほどだそうで。でも、途中、雌と浮気したり、隼《はやぶさ》に襲われたり、優れもんの鳩っコだけが辿《たど》り着けるそんだと」

段助の言に、そうか、せいぜい岡崎までか、あの学問、とりわけ数の算え方などに詳しかった忠吉は岡崎へいかせたが、どこで消えたか、死んだか。勿体ない。でも、大坂まで鳩が飛べたら、逆だ、大坂から鳩が帰れたら、かなりのことができる。米や小豆の相場の値は、大坂がはじめ。大坂の相場が、江戸で早く分かれば、かなりの儲けになる。無理か。岡崎から大坂までは、鈴鹿峠も琵琶湖も越えねばならぬ。無理……。

でもだ――新しいことに挑まねば、鍵屋でじわりと飼い殺しなのだ。独り立ちに向け、何でもやらねばならぬ。

「新八」

きぬが、しっかりした足取りで、右手の職人がたむろして働くところから出てきた。凛としている。五日前の、後ろ手に自らの腰紐と帯で括《くく》られて「新八さま」と裸で喘《あえ》いだ姿など推し測れぬ。誰の目をも、騙《だま》せる。

「はい、きぬさん」

「あのね、変な人が訪ねてきてます。『五助といってくれりゃ、分かるはずです』と。筵《むしろ》を腰に巻いて、月代《さかやき》は定めがないほどだらしなくぼうぼう。帰ってもらいます？　奥羽の百姓か、乞食……という感じなの。でも、なんか、訴える顔つきが一途で。引っ掛かって」

「えっ……」

「みんな叩き出そうとして、木戸番の人に走ったり、あたし、止めて。ひっつこさが並大抵じゃないの。口許の、ううん、目も顎も張りがあって」

「そう、ですか。あっしは早引けします。そいつを、案内してくれますかい、浅草瓦町の長屋へ。丁寧に、です。礼を欠かさぬようにです。優しくです。頼みます」

「分かったわ、新八」

きぬが、踵《きびす》を返して、走った。

しかし、あの、いとを助けようとして激流に消えた金槌《かなづち》の五助が、うーむ、むむ、生きているとは思わなかった。偉いことだ。ほぼ、七年振り。ちっとや、そっとの銭では済まねえ。うん、晒《さらし》の腹巻きに、三両はあらあよ。みんなくれてやる。それじゃあ、済まねー。

新八は、黒塀の裏木戸へ走る。

走る前から、どっと汗を背に太腿に垂らしている。

五助が、現れた。

あの盗みに気合いが入り、技も巧みな五助が。

盗みだけは、飢餓に苦しむ皆の衆のためという名分のあった一揆を除いて、自分はできなかったことだ。いや、人のことで、咲を盗んでいる。いままた、鍵屋の技を盗み、屋台まで盗もうと望みを抱いている。

小手先の盗みのできる者にまぶしさを思う必要はない。盗っ人を使うおのれは、もっと悪い。

どっしりした歩みに、新八は変えた。

其の七『極――悪』

鍵屋の主のいる二階が浮ついて騒々しくなっている。長男の清志郎が成長しているからだ。

この頃、どうも、幕府の役人の腐り方が目立って仕方ない。松平とか本多とか、徳川さまの昔からの家来が出仕停止になったり、御家人や番士の不行跡とか不正とかの処罰が目立つ。金の小判や銀の一分銀を作る銀座の見張りや調べの役人まで。要するに、札差《ふださし》や両替商に金を握られて困窮しているのだ。

しかし。

侍の腐りは、大歓迎だ。腐りに腐っていくほど、町人が輝く。町人は儲《もう》けが命。腐った世の中の方が生き生きする。そうすると花火は、爽《さわ》やかで清いものとして映る。そもそも、腐っているのなら、新八の方が、武士と質を違えて上。斜めや、背中から汚すのでなく、真っ向から、人倫《じんりん》に挑む。

こういう、のほほんのこの国を舐めているのか、七年か八年前、九年前か、露西亜《ろしあ》が蝦夷地《えぞち》の松前《まつまえ》にきたことがあり、新八は、松前の武家出身が偽りの出自であり、冷やりとした。

うるさいのは露西亜だけではない。英吉利《いぎりす》も然りだ。五年前か、四年前あたりからか、この国の周りをうろうろしはじめている。

そういえば。

御公儀は、こういった力の無さを、どうも百姓に皺寄せして誤魔化すというか、取り繕《つくろ》うというか、逃れるというか、民百姓のみに厳しい。新八は、ずうっと昔の、一揆衆の先っちょにあって、上田藩の侍どもに味わわされた恐ろしさと、悔しさと、辱《はずか》しめを——忘れることができない。いつか、いつか、がつんと。

「んだな。昔は、牛車コも、大八車コも、みんな街道や江戸の道を通れたのに、今は、うるせえだ。馬っコや牛コを曳《ひ》くのは百姓だべい？　挙げ句に、去年は百姓の賭的《かけまと》が御法度《ごはっと》。弓矢で的を競ってどんして悪いのか。百姓は、何をしたら良かんべい」

と、もう腰が曲がっている、火薬と花火の蔵番の段助爺いの言だ。

新八は、三十一歳。

なお、手代だ。

「番頭より、力は上」とは自他ともに、というより他人の方が認めている。

しかし、一旦、番頭が決まると、武家を倣《なら》って、追い越すことなど、病か火事で死があるしか、商人と職人の世界では有り得ない。

焦《じ》れに、焦れる。

ただ。

技や、術、巧みの点では、かなり前へいっている。先代弥兵衛の文と図は、全て、試し切った。こなした。応用も、している。

番頭になれず、独り立ちもできない新八は、外面は至って平静、しかし胸から褌《ふんどし》にかけての心の内側は、浅間山の中腹から時に麓へと転げ落ちる石のように速さを増し、滾《たぎ》りの頂《いただき》にきている。こんな時に、あの賢い、三河にいって帰らぬ忠吉が周りにいたらどんな策が出たのかと、死児の年を数えるように、指を折る。左右の指を順繰りに折っても足りぬ……十余年。やはり、死んだろう。いや、忠吉のことだ、もしかしたら才を買われて、どこかの藩に召し抱えられたか。

九月の風は、けっこう寒い。

長屋は移って、大川を渡って深川《ふかがわ》だ。木場《きば》の、くどくて、新しい糞に似た木材や丸太や木屑の匂いが、どこからか届いてくる。寺々の香の匂いも、脂粉の匂いも。

この深川の巴橋近くの長屋の部屋は、便所とごみ溜めの匂いがして、仕切りの壁も薄い。

長屋の部屋を知っているのは、きぬ、咲、薬掛長《くすりかかり》の雄吉、そして三助だった五助。そして――。

隠れ家、といっていいのか。悪企みの部屋といっていいのか。前の浅草瓦町の長屋の一室は、そのまま置いてある。女との、専ら、逢い引き部屋となっている。いかず後家《ごけ》の小唄の師匠三十歳と、銭両替商の娘の二十一にして出戻りの京という女、水茶屋の跡取り娘十六歳と、大川の船宿の長女二十一歳用だ。

阿吽《あうん》の息で、実は悪女の中の悪女の咲が、四年前の六月、仙台の伊達藩が、大川の仙台河岸《がし》で立てたいかにも侍風の、こちら鍵屋と、あちら玉屋を嘲笑《あざわら》うように、大砲のやり方を使い、勿論、黒い竹竿など使わずに、闇へと百尺の花火を四年振りに披露した後、がっくりしている時に、次々とさりげなく女達を紹介した、俳諧の席や茶屋で。咲は、老いをかなり自ら覚えている。新八に見捨てられぬよう、いろんな女を、「どう？　後腐れないわ。金儲けに詳しいみたい。京坂《けいはん》の事情も」とか、「張形《はりがた》の良いのがないかって聞いてきたのよ。だから、大丈夫。手籠《てご》めにするまでもないわ。枕絵を見せたら、凭《もた》れかかってくるって」とか、「娘十五、十六、十七は怖いもの見たさ、好き心の芽生え、なんでも危ない助兵衛を覗きたい気分で、ころりですよ。だけど、向こうは熱くなりますからね、ほどほどに」などという。それが、小唄の師匠であり、水茶屋の跡取り娘であり、銭両替屋の出戻りの京という女だ。四人とも、かなりの額を貢いでくれる。

むろん、咲の知らぬ女がいる。一年二度しか会えぬ女だ。札差の三女、現、御城の本丸に奉公する吟《ぎん》だ。奥女中の一番の下、つまり御犬子供《おいぬこども》だ。おととしの夏、お盆の藪入《やぶい》りの時、たまたま花火を買いにきて、きっかけを作った。ひどく小柄で、しかし、乳と尻だけは出っ張り、胴は、心配するほどに細く括れている。十七だ。その上で、決して、決して、大奥のことは口にしない。「知りません、知りません、知りません」なのだ。そのくせ、全身を隈《くま》なく、唇と舌で愛されることを欲し、お預けすると、何でも忠実に従う。

ただ……。

女といえば、玉屋の一人娘の夏のことが、どうしても気になる。否、女とは違って、妹か、娘の感じか。違う、やっぱり、女だ。女になったというべきか。おととし、まさに、十歳年下の夏は芳紀《ほうき》十九歳のはずだった。春弥生《やよい》、手代用の前掛けの忘れ物をして横山町の鍵屋から深川の巴橋の斜め脇の住まいに、どんより花霞《はながすみ》の中、真昼に両国橋を渡ろうとして、ふと、それより大きな忘れ物の大きな一つに玉屋の夏がいる気がした。橋の袂で、首を捩《ねじ》って吉川町を振り向いたその時、二階の窓辺で思案顔の夏の目と、まさに、一つの線で切り結んだのだ。

敵、鍵屋の手代と知っているはずなのに、夏は、あたかも格子戸を押し拡げるように身を乗り出し、大きく、大きく、両手を振ったのであった。町人の娘としては、度外れに色白の、蚕が繭《まゆ》を結う柔らかな白さの顔で、凜とした深い深い湖の両目で、でも、懐《なつ》っこく目尻を下げて……。たぶん、公方さますら、たじろぐであろう美貌の女として成長していた。

すぐに、嫁に片づくはず、夏は、とその時、新八は、まぶしさを覚えた。そして、嬉しくなった。やがて……切ないと思った。

けれども。

今年の、六月。

仙台藩の花火が久し振りにあるというので、仕事場では良き助手で布団の中では下女より従順になってしまった鍵屋の次女のきぬと、小さな猪牙船《ちよきぶね》を借り切り、大川を下った。なんと、大川と小名木川《おなぎ》の合流点の万年橋で「新八さーん」と屋根船の水押《みよし》で、天に冴する、澄んで高い声で夏は呼んだのであった。眉は剃っていなかった。お歯黒はしていなかった。留袖でなく、振袖だった。だから、嫁にはいっていないと、新八は推し測った。

急に、険《けん》のある顔となり眉間に一本の皺《しわ》を刻むきぬを無視して、猪牙船を、夏の船に並べた。

「新八さんが鍵屋の手代になってから、こちらはずうっと押されっ放し。色がいいもの。今や、鍵屋の屋台骨なんですって？」

「そんな、下っ端のままだ。元気そうだな。まだ、夫婦になっちゃいねえのか、夏
……ちゃん」

「嫌いになりますよ。父ちゃんと同じことを口にするなんて」

「そうか。元気でやっとくれ」

「えっ、もういっちゃうんですかあ」

「しゃあねえ、仇《かたき》だからな。仇同士でつるんじゃ、客が怒るわな。あばよ」

「うーん、昔と同じで怖くて、優しいんだから。いかないで、ね、いかないで」

「餓鬼じゃないんだよ、夏ちゃんは」

「ううん、そっちの船に乗せて。話したいことが沢山あるの。あ、あ、あ……鍵屋さんのきぬさんと一緒なんですか」

「そりゃ……当たり前だろう。いくぞ」

「ごめんなさいね、鍵屋のきぬさん。新八さん、お願い、今年中に、月見か、酉《とり》の市に連れていってね。連れてってくれなきゃ、人形を作って、金槌と五寸釘で呪い殺しちゃいますよ」

「おい、夏ちゃん。まさか、そのう、男知らずの、生娘じゃ」

「意地悪—っ。それより相談ごとが」

「やっぱり、妻夫《めおと》になる悩みか、夏ちゃん」

でも、思えば、玉屋は血族で固めている上に、夏は一人娘。男と色恋沙汰なんて極めてしにくいと分かる。玉屋市郎兵衛も周りが親族ばかり、いい男を探せないだろうし、婿《むこ》取りには苦しんでいるはずだ。ここは、夏の心の傷になっているはず、触れない方が良い。

「…………」

夏が、黙りこくった。傍《かたわ》らに男がいるが浅黄《あさぎ》色の紋付を着て、鬢《びん》を長くして恰幅《かっぷく》が良い。若い札差か両替商か。玉屋にいわれて、夏は無理して花火見物に付き合っているのだろう。仙台藩の技法を盗む雰囲気はない。若い男は、むすっとして新八を横目で睨む。

「うん、あと四、五年経っても夫婦になれなかったら、おれが引き受ける」

冗談めかして、新八は、低い声で本音を漏らした。

もっとも、川風が吹いてきて、この声は夏に届いたか、どうか……分からぬ。

「えっ？　新八さん」

「あばよ。火事が多い。気をつけろ」

きぬの立場を考えたよりも、夏の美しさに目まいがして、新八は船頭《せんどう》に目の合図を送った。玉屋市郎兵衛を憎まねば、いい花火は作れっこねえ。それなのに情けねえ。

そして、この時だった。

鍵屋弥兵衛よりは、玉屋市郎兵衛を葬ろうと決心したのは。

まさに、この時であったのである、悪業と〝華学〟の二つを一つにと考えたのは。

玉屋は、決して、江戸湾の海が干上がっても、娘の夏を除く一族が滅んでも、夏を新八などに渡さぬはず。玉屋をいびり出されて、鍵屋の花火師としての新八には渡すはずもない。鍵屋の花火師として頭角を現しつつある新八には……。

そう、夏を除く玉屋一族をことごとく葬り去ることが必要だ。

問題は、決して発覚せずに、一挙に滅ぼす方法だ。時機だ。そして、夏だけは救うやり方……。ああ、あの賢い忠吉が欲しい。一揆で殺しを経た者同士。しかも、やつもまた主を殺している。使い方によっては……。やめよう、詮無いことを考えるのは。忠吉以上の悪知恵を自らの力で考えるしかない。

――決断だけが、新八の心の内で先行した。

当面は、玉屋一族の抹殺と、夏の略奪――へ心を集めていこう。そう、そして、夏を奪い、おのれが玉屋を名乗って独り立ちだ――無謀だろうか。

と同時に、独り立ちの銭金の入手方法。

同じほどに花火の技の攻めの磨き。

花火の巧みを磨くには、歌舞伎の隆盛の素を吸い取ること。歌舞伎に限らぬ、人形浄瑠璃、大道芸……みんなだ。流行っているもの全てを懐に広く、深く。しかし、喧《けん》嘩《か》腰で。

それと、花火に艶《つや》を出すためにも、銭を貯めるためにも、女だ。

女——ときて、新八は、いま抱えているそれぞれの女の顔と軀と貢ぎの値を目蓋《まぶた》の裏に浮かべる。きぬ、咲、両替商の出戻りの京、大奥に奉公する吟……小唄の師匠、水茶屋の娘、船宿の娘。全ての女が、花火へ尋常ならざる好奇心を抱いている。花火について喋りたがる、聞きたがる。

きぬは、一重の目蓋に、両眉の一直線の素直さ、両目の大きい白桔梗のような可愛らしさ、裸の肉は百匁ほどの余りがあるか見映えがする。なにより、心がさっぱりしている。一ヵ月、三回抱いている。足先と尻の肉の冷えが、抱かぬ時も気になる。不憫になってしまうのだ、新八らしくない。鍵屋弥兵衛は、番頭の留弥の紹介で、呉服問屋の長女と婚を取り結び、既に男子をもうけている。花火師とは無縁に、きぬと一緒になりたい思いは抱く度に湧き上がり、振り払うのに苦しむ。一ヵ月に、五両、一ヵ年にすれば六十両、新八に貢いでいる。

咲は、宵《よい》に咲きはじめる夕顔のような妖しさに、こってりした女の味を湛《たた》えてきた。年増女というのは離れ難い。他の女だけでなく、社交に疎《うと》い新八に、あれこれ有力者を紹介してくれる。

「独り立ちの足しにね」と、三月と五月の節句の後に、六十両ずつ。年に直せば百二十両。しかし、実の兄が有力な札差、いざとなったら、もっともっと……。甘いか。

京は、出戻り娘。博多人形みたいな瓜実顔《うりざねがお》の細い目で、違うのはけっこう豊満な軀《からだ》つき。気が強い。長い密会を求め、床でも長いのを求め新八はたじたじとなる。育ちのせいか、両替、米取引、米切手などに詳しい。一ヵ月二度の逢い引きの度に、さすが両替屋、五両をよこす。一ヵ年にすれば百二十両。

大奥の末席に奉公する札差の三女の吟は、十七歳。細身だが軀にめり張りが利いている。瓜実顔の錦絵によく出てくる風な女だ。年二回、正月と盆には必ず会う。案外に倹《つま》しく、一回一分金四枚、つまり一年で二両。もっとも御城の台所だって苦しいらしく俸給は年十四両とも、十三両ともいわれている。仕方がないであろう。

小唄の師匠の舞は、眠たげなところがいいところ、着衣《ちゃくい》での交渉を好む変なことが好きな女だ。もっとも、男と女に変な交りなど有り得ないと、新八はこの頃、知り抜いている。こちらの好みとあちらの好みを両方叶えればいいのだ。貢いでくれる額は、一分金二枚、つまり半両。一ヵ年にすれば、二十五両から三十両の間だろう。

船宿の長女はるい。目鼻だちが整って出会いの頃はそのくっきりさに驚いたけれど、こういう端整な面だちは飽きる。意外に気前が良く、月二度の交りの度に四両をよこす。親からくすねているのか、心配してしまう。ただし、一朱金や一朱銀、時には一貫文で渡すので嵩ばる。やや閉口する。

水茶屋の跡取り娘の紀《のり》は、若い軀だけが惹くところか。若いだけに、あまり夢中になられないように気を使い、疲れる。こちらが会う度に半両、毟《むし》られていたが、男の味が分かり、一朱金、一分金と値を上げ、この正月にはなんと小判一両を紙に包んでよこした。

給金と合わせると一ヵ年で、四百両余り。

銭湯で聞いたことがある、いかにも色男で遊び人風の若い男が「一年で六両も銭をくれるしゃんだぜ」と自慢したら「ええーっ、わし、情人《いろ》が五人いるけど、年に一両も貢いでくれねーぜ」と別の色男が悔しがった話を。だから、四百両は、我ながら、ただただ、感謝して、時に、泣く。

それでも、貯めても貯めても、ゆくゆくのために五助や、段助の孫の段平や、聞こえず話せぬ雄吉の母親の病への銭やその他で消えていく。が、それでも千三百両ばかり貯まっている。

女にもてるこつは、女の話を、愚痴《ぐち》を、悩みをじっくりと自分を抑え聞くこと。それに、布団の中での粘り強さと繊細な優しさ――としても、時に空しくなる。

そして。

今さらながら、愕然《がくぜん》とする。

身籠《みご》もった女は、一人としていないのだ。

男芸者として誇りを失うことより、もっともっと気になる。一人として、孕まないのだ。ただ一人として。

淋しい。

その分、仇の玉屋を潰す気分は燃えあがってくる。


――九月は花火師が一番寛《くつろ》げる時。

平井新田の先の浜辺で、新八は、雄吉と五助に酒を振る舞っている。満月に一日遅れての月見だ。この二人と飲むのが最ものんびりできる。

雄吉は、新八の側に座っているだけだ。例によって、音無しく飲む。女っ気もない。外出する時は袖の下に磨《す》った墨を入れた瓶《びん》、懐に反故紙と筆を入れている。けれども、雄吉も新八も、互いに近頃は何をいいたいか、字だけではなく、解り合うようになってきた。といっても、殺したいととの蟠《わだかま》りは……。

「今年の仙台藩の伊達のやつ、伊達男というけど、伊達ずらね。花火は、すげえ、上がったね。奥羽の田舎大名のくせして」

盗っ人五助、新八のためと思ってか迸《ほとばし》る激流に飛びこんだ五助、もう四十代になろうとしていて髷の髻《もとどり》をきっちり結べぬ五助が、濁り酒に酔い、静かだけれども管《くだ》を巻く。

五助は、あの信州の大一揆の後、利根川沿いに下り、河口で荷上げ荷下ろしの仕事をして、泳ぎを覚えたという。「一里の泳ぎは、へっちゃら」——とのことなのだ。

「田舎大名のやつう」

五助は、舌打ちする。今は、五ケ山で盗んだ焔硝の秘術を生かしての薬の調合部屋で雄吉の下で働き、時に、試し小屋の番人をしている。船宿からべか船を安く買ったが、その船頭と番人もやっている。主の鍵屋弥兵衛とは五ケ山で一緒だったので、けっこうでかい顔をして働いている。

「田舎大名め、八十尺は打ち上げたか」

見る人によっては高さが違うと、五助の言葉に新八は、眉間《みけん》に皺《しわ》が突っ走るのを覚える。新八には百尺に映ったのだ。

「忠吉のやつア、新八さんから銭をもらってどろん。やっぱり、裏切り者だな。大砲《おおづつ》の勉強をするなんど張り切った風を見せたけど」

五助は、忠吉嫌いのままだ。

「もっとも、やつは、主の、しかも年寄りを密告して殺しているからな。大悪党だ」

主の娘を殺している新八にとっては、背中から木刀で殴られるごときことを、五助は口に出した。ではない——これだけ平然と忠吉を罵《ののし》ることができるのは、やはり、新八のいと殺しはなかったと信じているのだろう。

「五助サ。仙台藩の花火の色は、芋臭くて話にならねえだ。小枝の薪の橙色と蚯蚓《みみず》の赤っぽさを混ぜたみてえ」

雄吉が、月明かりの中で紙に記していう。

「まあな。田舎侍が見栄を張って、しかも『見せてやらあ』ってのが見え透いてる。ま、武家はみんな同じだな。商いが絡まねえので、売れるとか技を盗むとかの工夫がねえ」

盗み、に五助は道義性を置いてものをいう。思えば水呑みの五助の家は細々としているが祖父、父、兄二人が他の村の田畑の実りをくすねる筋金入りだった。

「うむ。やっぱり、五助の焔硝の作り方の盗みが大きい。技を、こそ泥と違って大泥棒として盗んだことだな。色は、こちらが、仙台藩どころか玉屋も引き離したからな。当分、追いついてこねえだろうよ」

配下の誉めるべきところはしっかり誉めねばならぬというのが、手代になってからの新八の新しい気配りだ。むろん、根っこは、浅間山の大焼けから飢えて逃げた鎌原衆の頭《かしら》としての積み重ねによる。

「へえ、そりゃ、嬉しいことで。役に立って」

五助は、真に誇らしい顔つきで、胸を叩いた。

実際のこと、五助が五ケ山から、ほぼ六年半がかりで、なかなか他郷の者を相手にしない山奥の奥の奥で、溺れ死にそうだったという同情をもらったにしても、そもそもの浄土真宗一色の信心の篤《あつ》いところではあるが、塾成まで四年五年がかりの焰硝の技法を盗み得たと、新八はほとほと感心する。その代わり、「悪人こそ救われる」という浄土真宗がかって帰ってきたけれど。なんでも、最初の一年は村の「念仏道場」に詰め、毎日毎日拭き掃除、絵像《えぞう》への唱えをしたという。ここに、水吞み百姓の根性を、新八は見る。

「然り。五助サの四年がかり、五年がかりの焰硝のおかげで、去年、今年と色がまるで違ってきた。木炭と硫黄とが馴染み易い。火つきがいい。色が透き通って、明かるい。その上で、引っ掛かることが」

そこ、そこなんでえ、女人の陰核みたいなところだぜという点を反故紙に書き、雄吉が筆を止めた。文字でいい表せないのだ。

〈新八さん。いいえ、いつも、心の中では、新八さまといってます。そう、おらも、どうしたら、ぱっと燃えて、ぱっと消える花火ができるかと、ずーっと考えてきたただあ。人の命を濃くして、消える時に消える〉

雄吉は、匂いに敏《さと》いが、自身の耳と口のことでか、生きることに醒めているところがある。新八の思う的に近づいてきた。

雄吉の字は下手糞だが、書く内容は確かである。

速いちぎれ雲が、どこかへいき、皓々と月が光り、昼間と変わらぬように、江戸湾を照らし、土手に這いずる背丈の低い草々まではっきり白く見えてくる。こんな月は、漆黒の闇がふさわしい花火の敵だ。

「そうか、花火は……消えるところがいいのか。真宗の教えも、今の今に感謝することだ。いつ死んでも、満たされ、感激する心だ。そういや、天明の浅間山の大焼けを、花火に譬《たと》えると、滅多にねえ花火で見事だった。消えることでは花火より厳しい。うむ、南無阿弥陀仏……じゃな」

普通は救われぬはずの盗っ人が浄土真宗に嵌《は》まっていくのは解るが、五助は、花火にわけの分からない変な解釈をする。仕方ない、律義にも、いとを新八の真の主と思いこんで助けようとして、新八のために焔硝の作り方の秘法を盗み切ってきた。異なるあれこれをいっても、許される。

そもそも、五助が盗むことに成功したやり方には、鎖ざされた秘境の自然と、人々の知恵が煮つまっている。五ケ山では、あの三階建ての家の高い床下に穴を掘り、土と、山の草と人の尿と蚕《かいこ》の糞《ふん》と混ぜて三年から五年がかりで溜めておくという。これが、酒や味噌や醤油のように、ふつふつと発酵する。そして滲《にじ》んだ液に水を加え、釜で煮つめるのだ。

それからが、また、おおごと。

できた灰汁《あく》を、さらに、煮つめ、余分なものを取り除き、ついには透明になって、氷柱《つらら》のようになった水晶ごとき上質な焔硝ができ上がる。武士の間では〝加賀竿《かがざお》〟といって、羨ましがられているらしい。戦の時が再来したら、値が高騰するのは必至だろう。

ただ……。

江戸の試し小屋で五年を費して作った五助の焔硝には、おぼろ月ほどの濁りが入り、江戸の薬問屋から仕入れたものよりは数倍に効き目はあるものの、まだまだだ。冬の冷えが、江戸には足りぬ。土に、どうも、焔硝の素が足りないらしい。蓬《よもぎ》などの雑草に強さが不足しているのだろう。

さまざまな薬を試し、この頃では、いとも易く火を噴く〝尿源〟を作り、花火の色を開いている新八には、ここいらが解りかけている。

それから、また一年数ヵ月が過ぎた。

花火の技、術、巧みは色艶のみ、五助が五ケ山から盗んだ方法で一気に進んだが、高さは進んでいない。

師走の、凍てつく風が、船宿の角部屋に吹きこんでくる。火鉢の炭は、役に立たぬ。

さぶーっ。

真北の那須からの風、やや西に寄った赤城颪《おろし》、ほぼ西の赤石の山並みの滑り風と、江戸の砂埃は、一度地べたを叩き、土や馬糞を伴って、黄土色になって舞い上がる。

玉屋を消し切ると踏みこんだ。

鍵屋弥兵衛には情が移っていてできぬ。きぬが、悲しむ。そもそも、ああいうだらしのないほどの懐の広さの男は花火のために生かしておかねばならぬ。

花火は、なお、伊達藩の空高くゆく人気の花火が尾を引いて、鍵屋も玉屋も冴えなかった。

代わりに、世は、歌舞伎も浄瑠璃も、普通の人々用の黄表紙も、つんと澄ます人用の読本も、仇討ち一本槍で流行《はや》る。正義の正反対に花火の華麗さに挑もうとしている新八には、鼻白むことばかりが続いている。いまや、新八にとっては、聖なることと淫らなこととは互いに相手を突き刺しながら相手を欲し、悪を深くすると見えてきた。凄い花火が、悪の底を限りなく掘りたがるように……。

この年から新八の提案で、「老舗なのにそこまでやることはない」という番頭の留弥の説を断ち、店先で、玉屋と同じく、見世物のように花火を作ることとなった。

職人に指し図をしていると、鼻を突く垢の饐《す》えた悪臭が江戸湾の海風に運ばれて、火薬の匂いを追い出す。

新八が、振り向いた。

乞食になる寸前の浪人風の男が、上半身を斜めに傾け、それも角度をしっかり決め、じいーっと、あたかも虚無僧のように身動《みじろ》ぎせずにいる。両目だけが、筍《たけのこ》を横にした形をして狡そうに、新八を見る。お結び顔でも、飢えて鋭くなるのではなく、手下を抱えているゆとり顔でもなく、げんなりしたという南瓜《かぼちゃ》顔だ。

「忠吉……忠吉か」

あまりに、頰の肉が削げ落ちて窪み、鬢《びん》と月代《さかやき》の区別のないほどの髪のだらしなさなので、新八は、ためらいながら、やや形式張った声を掛けた。忠吉だったら、侍の血を窮地でもいい張る男、こんなに、みっともなくなるわけはない……はず。

「へい、そうであります。佐藤忠吉でありまして」

忠吉だった。

昔から、この男は、やや大袈裟な、村にくる役者みたいな態度で出てくる。それも、忠臣蔵の大星由良之助《おおぼしゆらのすけ》のように。そうか、あれから、十三年か、十四年か十五年、忠吉は四十を越えているか、いや、三十七、八か。男の年齢は顎骨の磨り減りにくるのかと思わせ、忠吉はなお、木彫りの人形の木偶《でく》のごとくに、上体を傾けたまま、筍《たけのこ》の形の目だけを上げて、動かぬ。

「忠吉だな。うん、忠吉だ。よく……よく」

と、ここまでいって、新八は、忠吉の背中にいて跪《ひざまず》く、着物の襟にてかてかに番茶色の照りを出している女に気づく。それだけではない。女の傍らに、七日ほど日を置いた貝のあさりの酸っぱい匂いを放っている五歳ぐらいの童女が指をしゃぶりながら、こちらを見ている。あざとい色の緑《みどり》っ洟《ぱな》二つを垂らしている。

「忠吉であります。約束より、十年も遅れて……むろん、死と同じく避けられない、どでかい、富士山より高い、蝦夷地より寒い理由がありまして。許されたく」

人の性格とは、三つ子の魂百までというはまるで当てにならぬけれど、二十を過ぎたら変わらぬものらしい。例によって忠吉は大袈裟なことを口に出す。もともとの出自は武家、どうも百姓そのものであった新八を舐めている気さえする。

しかし、善い。

江戸中を震えあがらせる花火を作れるならば、全てを迎えるべきだ。

「うん、いろいろあったろうな。ま、ここでは……」

親子三人の芳しくない姿に客がたじろぎ、店の職人が仕事の手を休めて見る。帳場にいる番頭の留弥は、新八がまた胡散《うさん》臭い仲間を連れこんできたとばかりに立ち上がり、大きな咳払いをする。人を姿形で見る下らぬ番頭だ。花火の素晴らしさは、闇の空恐ろしさ、常日頃の虚しさ、醜さや見すぼらしさがあってこそ、映え、冴えるのに。算盤と、権威でものを見る。

「おれが仮の宿へ案内する。その前に銭湯だな、忠吉」

「いや、江戸は男と女の入れ込み湯が多いと聞きます。妻女の裸は人前に晒すことはできませぬ」

忠吉もまた、この期に及んでまで、かなり下らぬ誇りを口に出した。江戸の侍は、薪代を惜しんで、銭湯好きになっているのに。

——。

草の露が霜となって寒露《かんろ》の季《とき》だ。

忠吉一家が深川の永代寺門前の長屋に落ち着いて七日が経つ。新八は、無論、約束の五十両の他に、あれこれの用立てにと五両、与えている。懐は、きいきい、泣きを入れて久しい。独り立ちのための蓄えは千四百両に少しあり、減らしたくない。

江戸湾は荒れ気味だ。ざっざざっざっのざわつきが、百姓地の平井《ひらい》新田《しんでん》の試し小屋へと押し寄せてくる。

「これが大砲の弾丸が飛ぶ最ものわけです」

忠吉は、勿体つけて説明する。それはそうだろう、将軍家の火薬庫の伝統を継ぐ岡崎藩の烽火掛《のろしかかり》の侍に奉公し、最初の六年は槍持ち、そして、一年は小荷駄《こにだ》をして、次の二年は馬の口取り、次の二年は学問を認められて藩の書庫の雑役《ぞうやく》と苦労して得てきた知識なのだ。驕《おご》っても、良い。

「一方を封じた管の中で、火薬を爆発させ、その気の力で玉を飛ばすのです。こう……ですな。この時に、どでかい音が出ます。花火に役に立つかと」

筆に墨を含ませて、忠吉は紙に砲を真横から見た図、真上から見た図、真下から見た図と描いていく。いつか、先代鍵屋の書架を整理していた時に見た『解体新書』の表紙の絵のごとき図だ。人の軀を、透かして腸《はらわた》の中身まで分かる怖い図であった。なるほど、大工の作る見取図より全体を摑むことができる。

「ふうむ」

「火薬は玉の下に敷く……火を付けると、どでかい力が管の尾っぽに集まるのですな。それが、逆の方向へと向いて、空へと弾ける。ですから、砲身は鋼《はがね》でないと持たない」

「なるほど……弾丸の代わりに、煙もの、袋ものを入れると、いけるな」

「いや、弾丸、つまり、玉自身を花火にする方法を考えれば、もっと面白いのですよ」

「しかし、忠吉。鋼の砲を作るとなると……鍛冶屋《かじや》の力を借りねば。それに、鋼の砲だと、お上が黙ってはいまいに」

伊達藩に典型な高く飛翔する花火を越えられると思うと、たった二人だけの話なのに、新八の声はついつい上ずってしまう。

「そうです、いま、わたくしが考えているのは、一番ぶっとい孟宗竹《もうそうだけ》の節を抜いて、鋼の砲の代えにすること。しかも、桶の箍《たが》より丈夫に、砲の外をぐるぐる巻きにする。つまり、大砲の砲身のようにするのですな」

自信たっぷりに忠吉は、狡そうな筍形の目をさらに吊り上げる。ここに、忠吉嫌いの五助がいなくて良かったと新八は思う。忠吉の説き明かす横柄な態度に、五助ならすぐにでも突っ掛かり、忠吉を仮りの砲身のように縄で簀《す》巻《ま》きにしかねない。

「ふうむ。花火自身は？　大砲の玉みたいに丸くするわけか、卵の黄身のような球の形に？」

「そうです、さすが、花火師ですな」

秘中の秘の話と忠吉は心得ている、実に低い声で、江戸湾の波の音に攫《さら》われそうな細い声でいう。

「難問は、ですな……」

忠吉の吊り上がった目が、時を置かず垂れてきた。

「何だ？　難問は」

そうそうおいしい話はないと新八は考えていたが、忠吉が急に自信を失う顔つきとなると、やはり、少からず顔の曇るのを覚える。

「一つは球の形をした花火をどう作るかですわね。でも、それは、岡崎藩の書庫の地《ち》球儀《きゅうぎ》というやつを見て、何とかなると思ったのです。火薬を団子にして、周りを紙で貼って、丸くしてやればいい。音も凄まじいはず。問題は、そのう」

十三年間を費して得た秘法の有り難さを、忠吉は巧みな講談師のように回り道をしながら語っていく。

「種火を、どうやって花火の本体と、砲の中の押し出す力としての火薬に付け火してやるか、ここです。花火は的に命中した衝撃で爆発しても意味がないわけで……何の壁も人も陣形もない空で火を噴くことが命」

「そうか」

「本当の大砲みたいに尻っぺたから押して点火すると、花火の玉に火が付かないことになるわけです」

忠吉は、図を示しながらいう。大砲を射《う》ったことのない新八には、どうも解りにくい。

「岡崎の手砲花火を見て学んできましたがね、やっぱり侍は大砲の理《ことわり》を民百姓には教えていない、手代さん」

「どんなやり方だ？　岡崎の花火は」

「頑丈な樫《かし》の大木を刳《く》り抜いて、竹の皮で締め、麻縄《あさなわ》でさらにぐるぐる巻きにして、そう、長いので縦五尺ほどはありますか、尻っぺたをがっちり塞いで、砲先から火種を放ってやります」

「ふうむ。で？」

「ま、かなりの度胸がいるけど、それを若者が手で抱えて宙に翳す。砲の真っすぐな勢いもあって、三十尺は上へと火柱のように噴き上げます。けれど、三百尺とかは無理」

「おい、三百尺も飛ぶなどあり得るのか。伊達藩の花火でせいぜい百尺だぞ」

いってから、新八は、違う、古いこだわりの中に自らを置いてはならぬと戒める。思えば大砲は戦に使うもの、三百尺離れた敵の陣地に落とすのは珍しくもないだろう。並みの男で五尺の軀、相撲取りで六尺。並みの男なら六十人分、相撲取りなら五十人分の高さで、花火の弾丸が空へ舞うことになる。

「着火さえうまくいけば、試みる場所が御公儀からあれこれいわれなければ、四年もあれば」

眉もまた細く長い忠吉は、眉根をひくひく引き攣《つ》らせ、自信と決意のほどを表わす。

「うむ、頼む」

「へい。なにしろ、どでかい音が出ますから、実の試みの場所はもっと田舎に移さないと。山ん中だと谺《こだま》しあって、みんな仰天するし、秘密がばれる」

「手配済みだ。海の上でやる。下総の千葉寄りに船を寄せて試す」

「へ、へーい。そりゃ、さすがで、やっぱり頭《かしら》は頭でござるなあ」

　忠吉が頭を下げた。

　新八は、そうか音鳴りは玉屋に負けていたが、これも一挙に追いつき、追いこすと喜ぶ。屁《へ》のような、こちら鍵屋の音とはさらばか。いや、まだ、図の上での、頭の中での企み。そして思うに、小狡い忠吉は、水呑みの盗みの五助とは違う。主の老人を売って、私の刑死を与えている。姉のつたに対しても、どんなことを為したのかは誰も見ていない。

「忠吉、おぬしは、この新しい花火を立てようとして、何を欲しているのか」

「頭」

「口が裂けても、頭と呼ぶな」

「へい。わたくしは、不惑の年にあと三年、三十七ですが、まだまだ学問で身を立てられると考えてます。ただ、先立つものは銭、銀、金。本を写すのにも謝礼の銭、買うのにも銭。ですから、銭が欲しい。妻子を養わねばならぬし、銭が」

「そうか」

恩だといわないのは、寂しい。しかし損得を堂々ということはかえって信用できそうで、新八は忠吉の本心を垣間《かいま》見る。

「それも手形や口約束じゃなくて、手代さんのようにがっちりと現金で、約束した通りに。一揆の時の上田の城の前でも、再会した時も、今度も嘘偽《うそいつわ》りなく銭をくれました、手代さんは」

そういえばそうであったことを忠吉が口に出した。この頃の百姓は、蚕で絹の織物、綿花で綿織物、櫨《はぜ》の木で蠟《ろう》と商人以上の商人となっている者も多いけれど、新八は、やはり金銭にはあまりに疎《うと》い浅間山の麓《ふもと》の百姓の出、銭の有り難さに、まだ、鈍い。現に——金の在《あ》り処《か》は、惨めな男の燕《つばめ》が主な源だ。商人のように、銭が銭を生むことは知らない。偶々《たまたま》の、新八の好色の性《さが》と花火の薬を扱うと同じ気配りの技とが効き目を出しているに過ぎぬ。

その上で、新八は、銭を以て冷ややか、かつ静かに人生を計る忠吉を前よりも信頼できると考えはじめた。なまじの義理や人情や恩は、与えた方の判断や、与えられた方の判断で、怨み、憎しみ、仇、背《そむ》きへと転びかねない。一揆が、然りであった——人々の心から、義理や人情が消えていくのはあまりに悲しいとしても。

「うん。これからも、おぬしがきっちり仕事をしてくれたら、きっちり銭は支払う」

新八は、こういっても、独り立ちの元手の銭もあり楽では決してなく、あと二人ぐらい金持ちの後家を探さねばと思う。

「はい。一揆の時に、若いゆえのわたくしの突っ走りを許して下さり、今も、わたくしの命の恩人が手代さんでありまして。この恩がないと、商いの、そのう、それは成り立たず、そのう、ですわ」

忠吉の言は、互いの消えるはずのない傷を疼《うず》かせる。忠吉を粗末に扱ってはならぬ。粗末にすると、死を覚悟での互いの悪さ、放《つ》け火、殺しを奉行所や代官所に訴えかねない。

「うむ。いろいろあったな。しかし、これからは忘れろ。悪いようには、決して、決して、しない。銭は、きっちり、仕度する」

銭、銭、銭方向へと、新八は、忠吉を向かわせる、強いて。この欲を、当面、信じよう。

「へーい。えーと、わたくしが『へーい』といったのは、十三年振りで、そこを分かって下さいませ」

「何だ、忠吉」

「天高く、闇空をゆく花火は、いつまでに？　つまり、大砲を空に向けて、どずーんとやるのは、いつまでが一等最後の期限ですかね」

それは、玉屋のことごとくの消しの時、その直後しか、有り得ぬ。

道は、どう考えても一つ。

がちがちに血族で固めている玉屋を……。

夏だけは、救わねばならぬ。

違う——夏の心情が全ての核。

明日から、全知を全霊を籠めて、夏の心と軀を、獲物に。

それからだ。

だけれども、確かに、夏はいい女となった。標的とするのに、微塵《みじん》のけだるさもない。冴《さ》えて、どうしようもなく滾るものを持つ。

「新八さま、欲しがっている音の凄みが当面の課題ですな」

「新八さんと呼べ」

「へい、新八さん。いつまでに」

忠吉の方が、新八の、夏の獲得と玉屋殺しの日時の決断を迫るようにしてくる。こんなこともあろう、時の流れと人の動きを結びつけることとは。

どん、どんと、太鼓の音が聞こえるような気がする。定火消しの火消し屋敷からのものか。うむ、続いて、じゃんじゃんじゃんと、こんな遠くまで、大川の向こうの火事を知らせる町火消の半鐘の音がせわしなく響いてくる。江戸の名物とはいえ、火事が多い。何年か前には、正月に麻布《あざぶ》永坂と日本橋船町と麻布坂下町、三月に麴町、師走に駒込《こまごめ》から本郷までと思ったらその日のうちにまた駒込一円、そして湯島天神下から根津《ねづ》茶屋町がぺろんと炎に飲まれた。近年の正月は四谷天竜寺裏通りから大久保へ飛び火、その三月は麻布三屋谷町と小石川が瞬く間に灰へと。

そうだろう、玉屋の消し方は火事に便乗して――。

それしか、ない。

自然で、疑われずに済み、一挙に……ができる。

あの〝尿源〟をもっと改良して。

その前に、夏との決着を――。

銭も、その前後には、勝負を。

じゃん、じゃん、じゃんと半鐘は、新八を急《せ》かす。

武家の火消しの、かん、かん、かんが続いてくる。新八を急きたたす。

決意から、おぼろの計画へと、いよいよ実行へと迫らねばならない。

「うむ、忠吉。急いてはことを仕損じる」

「へえ。実際、火薬の詰め加減や、砲の弱さ、着火の仕方によっては、人はばらばらに砕け散ります」

「うむ。来年の川開きには、早過ぎる。再来年でも早い。四年後の川開きにと思ってくれ」

自らにいいきかすように、新八は告げた。

半鐘の音が、途絶えた。ぼやらしい。

でも、新八の決意の方は、浅間山の大焼けのように燃え盛る。


――くるか、こないか、玉屋の夏は。

年が明け、「新年を祝おう」という口実で、人形屋の咲を使いにして文を渡してある。咲は、三ヵ月振りに抱いたせいか、上機嫌で文を受け取った。「一人娘。本両替商や札差の跡取りや次男三男が血眼《ちまなこ》になっているそうだから、今までの娘や女みたいに易しくは落ちませんね。玉屋は弟の女房の従弟《いとこ》と引っ付けたいらしいけど、夏さんが『うん』といわないらしいのよ」と、いいながら。

悪に染まっていく、新八は。違う悪を、育てて、桜花にしていく。咲は、その肥やし。

浅草の花鳥茶屋の一室。

十六文の入場料だった。鳥の糞が臭うが、若い女に人気のある場所だ。それに、雪や雨が降っていても開くのが心強い。鳥の姿が見えなくなっても、火燵《こたつ》の部屋でゆっくり飲めるのはなお心強い。

「日比谷町の太田屋さま、お連れさまが」

仲居が襖《ふすま》戸を開けると、一応、作法は知っている、夏が、背後の脇で畏って両膝を、一分の隙なく、揃えている。むろん、町も屋号も嘘だ。既に、このこと自体に、暗に、内々にとか内密にという意を新八は籠めているし、夏もそれを承知できているはず……。

新八は息苦しくなってくる。落とさねばならぬという務め、落ちるだろうかという不安、あどけなさを残している夏への後ろめたさ……。

一旦、仲居が消えると、夏は一礼し、立ち上がって部屋に入り、大黒柱のようなしゃきっとした背筋と、熟れ頃の西瓜のごとき尻をきつく着物で包んだ肉を見せ、襖戸を閉めた。そしてまた両膝を揃えて座った。丁寧過ぎる手前寸前の態で、再び、深々と礼をした。火燵の正面に座り直すが、火燵布団の下に足を入れずに、直に畳の上にきっちりと座り、居住まいを正す。間仕切《まじきり》を置こうとしている……のか。

「七面鳥とか尾長鳥とか、震えていましたよ、新八さん。鸚鵡は『馬鹿、馬鹿、馬鹿』とわたしをいってて、そうだなあって」

壁を作っているのではないらしい、他人の手前を少しは気にしているのだ。夏は、少女の時と変わらぬ微笑みをよこした。ぞくりと鳥肌の立つほどに、美しい。

「ふうん、なんで、自分を馬鹿と思うんだ」

「そりゃ……あ」

「そりゃ、なんだ？　夏ちゃん」

「宿敵の花火作りの名人と、娘なのにですよ」

「名人じゃないけど、確かに、客が知ったら馴れ合いとがっかりするだろうな」

「それに、それに……」

いいかけたら、仲居が二人、膳を持って入ってきて、夏は、科《しな》を作るほどにではないが、掌を口に当て、ふっ、と押し黙る。胸を膨らませて静かに、息を吸いこんだ。

仲居が、消えた。

すっと、夏は、火燵に両足を入れてきた。掘り火燵でないので、夏の足袋に包まれた指らしきものが、練炭《れんたん》を囲んで伸ばす新八の足裏に、わずかに触れる。雷のひどく小さいのに似た、夕方晴れた日のごくたまに、衣と衣が擦れ合う時の、ぴりぴりっという迸《ほとばし》りが、ひっそり爆《は》ぜた。どきりとしながら、新八は敢えて、足を退けた。

「うん。で？」

「父ちゃんが、やっぱり気になって、子供の時みたいに怖くなって。新八さんを、『偉い坊主の紹介で仕方なく丁稚にしてやった。十日で出ていくと思ったのに、八ヵ月も居座りやがって』というのよ。わたしには、童歌も、童のための話も、とっても楽しかったのに。あの頃のことが八ヵ月じゃなくて、三年か四年、ううん、五年ぐらいに思えるの」

「おれも……唯一つの、のんびりした楽しさがあった時だ、夏ちゃんと話して遊ぶことが」

「やっぱり？　嬉しい。お酒、あら、ごめんなさい、注《つ》ぎますね」

「や、有りがとう。酒が、特にうまくならあよ」

夏の幼い頃を思い出させられると、月も星も花火もない漆黒の闇しか浮かばない。が、かえって、夏がそこにいたことは際立つ。際立つと、新八には、悪さへの罪深さが湧いてくる。まずい、夏を、このまま、取って置きたくなる。初なままに、清らかなままに、あどけなくはしゃぐままに。

「それでね、新八さん、近頃は、父ちゃんはいうのよ、頻りに、怖いことを。『あいつは、こちら玉屋にいた時に、いびり殺すべきだった。闇に紛れてな。なに、冬の火薬庫に、理由をつけて裸か、褌一つにして五日か六日放っておけば凍え死にだったに違いねえ』と」

「さすが、玉屋。良い冗談でえ」

顔には出さぬように心掛けながらも、口許に歪みが出てくるのを新八は抑えることができない。

「それが、父ちゃんは冗談じゃないみたいにいうの。新八さんが鍵屋の手代になってから、とりわけ。ほら、鍵屋のは赤さが、炭団《たどん》の燃える芋臭いのと別ですね。それに、澄んだ白っぽい赤さには、花火が一瞬で消える悲しみみたいなのがあるし。吉原の花魁《おいらん》も、深川の芸者も、怪しいところの女の人も、涙を零《こぼ》すでしょう？　自らの運命を思って。本当は、わたしも……。あら、わたしだけの偏った考えかしら」

夏の言葉に、新八は、盃の酒を火燵台に零してしまい、手拭《てぬぐ》いでみっともなく拭《ふ》く。

夏は、解っている、細かく、しかも、心を最も大胆に配る点に。吉原で、深川で、新宿や千住や品川の宿で、船の寒いところで、河原で、女が、新八の花火の色彩を見定めている――とは。錦絵の作者も、俳諧の作り手も、大道芸人すら、自らに溺れるとしても、夏の話には溺れても許される心がこもっている気がする。しかも、夏は、鍵屋の最もの敵、玉屋の一人娘。本心と見ていい。

夏こそ……全てかも知れぬ。

新八は、かつてなく、舞い上がる。

「いや、嬉しい……限りだ。夏ちゃん」

「えっ？　どうしてですか。それで、父ちゃんは、『鍵屋の新八さえ葬れば、鍵屋は小便でもねえ、可愛いおまえがいなかったら、お縄覚悟で、直に出刃包丁で、殺してえ』というんですよ」

「冗談も、きつ過ぎる」

「そうなの。だから、今日は、凍《い》てに震えている鳥より縮こまって、やってきたんですよ、新八さん。見つかったら、わたし、水風呂に入れられて殺されちゃう」

両眉を窄《すぼ》め、実際にぶるぶると夏は揺らした。

「そうか」

「そうなの。花火の、ほんの溜息ほどの時に命を預ける父ちゃんて、怖いのよ」

夏のいい分に、新八の決意は、速さに速さを加える。天に放り投げた石が地べたに落ちゆく時のように、玉屋殺しに軀の重みが髪の毛まで力と速さを増し、乗り移っていく。玉屋が〝華学〟について、なまじ解っていればいるほど。そう、こちらを殺したいのか。だったら、先に企みを実行に移そう……。

しかし。

今は、爪を隠し切らねばならぬ。

「それで、夏ちゃんは、そのう」

「新八さん、いくらなんでも、もう『夏ちゃん』はやめてくれないと。わたし、おっぱいも、お尻も、ちゃんと女ですから」

一度そういう関係に入った時に口に出す言葉を、夏は、あっけらかんという。羞恥心が先立つゆえに変わったことを好む鍵屋のきぬとも、夏は、まるで異なる風に映る。稚なさと、勇ましさの同居というところなのだろうか。

　あれほど決心してきた新八なのに、すぐにでも夏を踏みしだきたいのに、大相撲の「待った」の行司みたいな声が、空あたりから届いてくる。

「んで、夫婦……の件は、進んでいるのかな」

「新八さんて、本当に父親みたい。心配してくれて、泣きたくなります。父親以上の父親なんだもの」

　ぐさりとくることを夏はいう。どうやら、男として自分を扱っていないらしいと、新八にはうすぼんやり見えてくる。全てが、泡に帰るではないか。泡……。

　しかし、この聳え立つ扉を何とか、抉じ開けるしかないのだ。なのに、なのに。

　悪くなり切れぬ、おのれとは何か。次を、出せない。出てこない。悪の権化《ごんげ》として居直りをしたのに、為す術がない。おのれは、実は、悪人では……ないのではないのか。

「あっしが、おれが、お父っつあんか」

「そうですよ」

「そうか……な。三十三歳と二十三歳だったな」

　新八は、まずい、おれはどうしたんでえという地点まで押されていくばかりとなる。そして、押されていくと、夏は、ますますまばゆい在りようとなる。

「だから、父ちゃんに代わって、こんな姥桜《うばざくら》で良ければ、いい人を見つけてくださいね。父ちゃんは親戚の根性無しばかり押し付けるんですよ。父ちゃんにへいこらするだけが才《さい》、首筋から項にかけて胼胝《たこ》ができてる人を。それじゃなきゃ大尽の商人の次男坊。金に飽《あ》かせて、苦労をしないで、楽な店へ婿入りしたがる男ばっかり」

屈託なく、新八の望みが消えかかることを夏は話す。

「どんな男が好みだ、夏さん」

聞きたくもないけれど、新八は聞く。

「それは、度胸があることですね。仕事でも、女の人を掻《か》っ攫《さら》うことにでも。そして、優しい人が」

夏の言葉に、新八はまた、いちいち心の浮き沈みをして、身を乗り出してしまう。おのれは、川に浮く病葉《わくらば》か……。

「難しい願いだな、夏さん。度胸があって、かつ、優しいとは」

「厭ですね、気のない返事で。夏さんじゃなくて、父親みたいに夏と呼んで下さいね」

ゆるゆるしているのに、凛々《りり》しい感じをよこす二重の瞼の下の二つの瞳を開け放ち、夏は無防備な含み笑いをした。見え隠れした前歯が、白い、という印象で新八の目の奥に突き刺さる。歯の白さより白い肌なら……秘部は何色か。花火の色の彩すら……空しくなるのではないのか。

「役者でいえば、夏さん、夏、誰だ？　七代目団十郎か。坂東三津五郎か。やっぱり、松本幸四郎か」

　夏の、奥羽か蝦夷地にありそうな深い湖の底のような双眸に魅かれ、参りつつ、詮無い譬《たと》えを新八は口に出す。

「えっ、新八さん。花火の名人中の名人なのに、歌舞伎役者？　それは、確かに、みんなみんな女の人は歌舞伎に靡《なび》いて熱中しますけど、わたしは人形浄瑠璃の方が、まだ増し」

「増し？」

　かなり、ぎょっ、として新八は聞き返す。三十代の男と二十代の女では、好みについて、浅間山ほどではないとしても相模《さがみ》の大山《おおやま》ほどの高さの隔たりがあると知らされる。

「だって、新八さん。歌舞伎は、幕も舞台も衣裳も色使いは凄いわ。でも、幸四郎のあく、団十郎のけったるさ、みんな、人で表わし過ぎるもの。何というのかしら、人って、人でしょう？　人があるから、決して、永遠《とわ》に、天地が引っくり返っても、役者になり切れないでしょう？　生臭い人の味が出ちゃうもの。最後に、生身の人だと思うと、あんあ、あーあとなるもの」

　まるで滑稽な、破天荒な、出鱈目なことを夏は告げた——違うのか、花火屋の一人娘の思いこみか。

「浄瑠璃が増しなのは、人が、陰になることでしょう？　人形に託すんだもの。生身の人が主人公になっちゃうって、生々し過ぎるわ。代官所の代官さまが人気出ちゃうとか、奉行所の御奉行さまが人気が出ちゃうとか、政《まつりごと》みたい。芸でとか、遊びでとかは、どんなに人は命を削っても、その人はいつもひっそり陰に、後ろに、隠れているのが好きなんですよ、わたし」

「ほ……お」

好みの問題としていえば、夏の考えは、解らぬでもない。まるで、稚いとしても。

「でき上がった物や品《しな》や芸に、生身の人は、ほんの漂うぐらいがいいの。ううん、場合によっては、その漂う人が他の人と換えられてもいいような。時には、消えちゃうぐらいになって」

「ふう……む」

どうも稚くて出鱈目ばかりとはいい切れないものが、夏のいい分には孕まれていると新八は気がつきはじめる。できあがる芸に、絵に、品に、像に、花火に、全てのそれぞれの命や好みや巧みの魂を吸い込むべきであって、担い手の顔は出すなということになろうか。芸の品《しな》……ということか。

「七年前、新八さん、わたし、父ちゃんに連れられて、お伊勢参りをしたんです。父ちゃんには黙ってたけど、旅の途中、帰りに塩断《しおだ》ちと、茶断《ちゃだ》ちをして、新八さんの塞ぎ病が治るように祈っちゃいました」

当てのなさに流されている新八に、また望みが出てきそうなことを、夏はいう。

「ありがとう」

「あら、心の父親が病じゃ困るから当然です」

本当に笑う時は、夏は、白い歯を見せずに、左右の頰に小さく深い笑窪を作ると分からせる。

「そのお伊勢参りの帰りに、江戸の薬問屋より良質な焰硝を求めて、大坂にいき、京へ連れられていったんです」

「ふうん」

「京の化野《あだしの》の念仏寺を通ったら、冬のしとしと雨が降り出して……灰色の光景の中に、それはそれは沢山の石仏が苔蒸《こけむ》して並んでいたんです。八千体ぐらいかしら。一つ一つも、全体でも、はっとするぐらいに俳諧の心というのかしら、それがあるの。風雪で顔つきが定かでないのもあったり、消えていくのを当たり前に受け入れる無常さがあって」

「見てないな、おれは」

見ていないけれど、新八の目の奥に、八千体の石仏の一つ一つの暢気《のんき》な表情と、全てが集った寂寥《せきりょう》たる姿が浮かんでくる。

「一度、新八さん、いっしょにいきたいわ。案内します」

「おい……夏」

「仇《かたき》同士なのに、やっぱり変ですよね」

「それもそうだけど、仮りの父親と……そのう娘とで旅か？」

「だって、是非、見て欲しいんだもの。作り手が誰なんかは隠して、忘れ去られて、どうでもいいのに、波打つ石仏の数々には切《せつ》なそうな祈りがあって」

「ふう……む。いって見たいものだ」

本音は夏の心と軀だが、新八は、こう答えるしかない。いや、待て。何か方法はないのか、京の化野とかいうところの石仏を見るという口実を立て……。

「わたし、花火もそうであって欲しいと思うの。人が前へと出ないで、束の間に賭け切って、潰《つい》える……羞じらいの華として。作り手は、不明。消えているの」

京の化野への案内はするりと夏は外し、痛いほどの新八への批判なのか、〝羞じらいの華〟としての花火といい表した。批判ではなく、やはり、その前にぐさりとして的を射つ言だ。しかも女としての〝華学〟の持ち主を証している。

「うーむ」

「だけど、新八さんも、そういう覚悟で花火師なのですよね。もっともっと深く広い眼差しで見つめているのでしょう？　口に出さないのですよね、それを」

「いや、あるところでは、夏の方が花火の底をずっと掘っている」

絵師の栄松斎長喜に新八が反撥したことを、夏は〝羞じらいの華《か》学《がく》〟として、はっきり打ち立てている。

新八は、思う。

夏を我が物にすることにおいて、甘く考えていた。感受する能、説き明かす理、美貌、心の潔癖さと他の女とは比較できないものを持っている。深さを測り切れないその瞳の北国の湖の翳りのように。筒単には落ちない女が夏なのだ。

仕切り直しだ。

ようやっと新八ができたのは、花火のない秋と冬に年に二度、互いに会う約束だけだった。

でも、誰にも、夏は渡さぬ……。

——その上で、新八は、企み自体を更に鮮かに描くことができるようになった。

獲物は、華やかな極としての一瞬の花火を作りだすこと。

そのために一つ。

玉屋を乗っ取ること。

そのために一つ。

一人娘の夏の胸の裡《うち》を、肌を、我が物とすること。

二兎を追う者は危ういとしても、この場合、玉屋の乗っ取りと夏の心身の奪取は二つが一つとしてあり、一つが二つとしてある……どうしても、已むを得ない。花火の華《はな》の一本の綱が、玉屋乗っ取りと夏の奪取の一本で互いに、捩《よじ》りあってできているのだ。


企みよりは、玉屋の娘の夏にのめりこみそうな日が続く。

浪速《なにわ》へと、新八の金でやった好太郎が帰ってきた。

大坂での銭儲けの話、花火が江戸ほど盛んでない話を元番頭の好太郎は土産と共に話してくれた。が、

「お孫さんも、待ってるでしょうや。今日は、貴く重い話を有りがとうごぜえやす」

と、体良く仕事場から帰ってもらった。

殺したいとはわだかまりがありそうなのに慕って離れぬ雄吉、一揆の時に会った主《あるじ》さえ売る頭の巡りの早い忠吉、恩も銭も薬も盗む五助と、要の三人が残った。

「おれはな、江戸の皆に、商人も、百姓も、職人も、岡場所の女にも、花魁《おいらん》にも、乞《こ》食《じき》にも、花火の震えるような喜びを見せてぇ」

新八は、長屋の灼《や》けて、毛羽《けば》立ち、褐色になった畳の目を、しおらしく装って指で毟《むし》り、いった。「その上で、高い花火で、侍の鼻を明かして、どうでえとがつんとやりてえ」とは、いわぬ。元武士の忠吉がこの場にいる。

「そりゃ、もっともで。わたくしは、何か起きようとも、残りの生は新八さんに賭けます」

賢い忠吉が、まず、頭を垂れた。こうやって、父の弟である老いた主を売ったのであろう……か。

「へん、忠吉。おめえには、いう資格がねえだ。おらは、頭《かしら》に、いけねえ、新八さまに、いけねえ、新八さんに命を預けるすけ」

五助が、忠吉に張り合うように、訛を丸出しにして、呻《うめ》いた。

「よっし、忠吉を入れてのはじめての集りだ。忠吉、あんまり五助に怨《うら》まれぬようにな。五助、忠吉と喧嘩はするな。これで、飲みにでもいってくれ」

新八は、財布から一分銀一粒を出し、それぞれに渡す。夜鷹《よたか》なら六十人、船饅頭《ふなまんじゆう》なら十人、綿摘みの女なら五人、近所の深川仲町の岡場所なら一人の女を一切《ひときり》、つまり二時《とき》を、独り占めできる金だ。

「新八さんは、約束をきっちり守る。それに、一揆でも、若くして、頭領だった。わたくしは耐えに耐え、ついていきます」

すかさず、忠吉が答えた。

「忠吉が十尽くすなら、おらは百尽くす。その上、手代さん、あのあのう、女がそのう欲しい。そしたら、万ほど、そのう尽くしますだ」

五助が、出目を寄り目気味にして切なる願いを口にした。盗みはうまいのに、どうして女は盗めないのか。

「…………」

雄吉だけは黙っている。

それればかりか、与えた一分銀を、新八の前に置いて、返す。膨《ふく》れっ面ではない。穏やかで、かつ、冷えた土踏まずのようにのっぺりした顔つきだ。


――雄吉一人を残した。

「おまえは安い給金だろう、銀は取っておけ」

昼の形でいい分が分かるように、新八はゆっくり、はっきり、いう。

〈新八さん。新八さんが唯一つ弱いのは銭金のこと。無理はさせたくない〉

早書きで、石盤に雄吉が記す。

「おれは、そんなに儲けが下手ではねえぞ」

〈だけど、女に媚を売って稼いでる〉

「………」

今度、黙するのは新八の番だった。

〈女が好きで堪らないのだったら解る、新八さん。花火は枯れ木に桜の花を咲かすようなもの。桜も、この頃巣鴨あたりの植木屋でたまに見かける、珍しい品種の……〉

「染井《そめい》吉野《よしの》というやつだ。色が淡くて、葉より先に花が咲くんだ」

〈そう、その染井吉野みたいな華やかな気分を知らなきゃいけないでしょう。でも、新八さんは逆さになっている。女に貢がせるために、女に惨《みじ》めに情けなく縋《すが》りついている。花火の色形に、必らずそれは出るはず〉

「そう……か？」

〈そうだ、新八さん。この頃、客の受けばかり狙って、気位の高さが消えてきた。色が澄んで白っぽくなってきたけど、白くなり過ぎ。それと、燃えてる時が長くて、見たことはねえけど深川芸者に付き合う太鼓持ちみてえで。音も、玉屋に負けまいと大きくしているけれど、長くて、でれでれしてる〉

「ま、おまえが色と音を極めてくれ」

〈おれは、新八さんの命令通りにやるだけ〉

「うん……でもな、独り立ちをしねえと、薬の配合も工夫も、天高く吼える工夫も、音の工夫も思う存分にはできねえ。今でも、番頭に一々文句を付けられてる。上前は、鍵屋にかっ攫《さら》われる」

〈でも、女の尻を拝む新八さんには、どうも我慢できない〉

「そうか。もう、二年か三年か四年の辛抱だ」

〈女を欺《だま》しているようで欺されてる気がして、要のことで〉

やけに、雄吉は、女にこだわる。

待て。しかし、要といえば、夏のことが全ての要。「欺しているようで、欺されてる」のかも知れぬ。敵の実を知り尽くして、攻めないと、全てはことごとく水泡に帰す。夏の攻め落としと、玉屋乗っ取りは、今までの生の量と質を全て注ぎこんでも難しいことなのだ。これが成功したら、残りの生ではもうこれ以上の勝負は、たぶん……ないだろう。

〈新八さん、あと二年、三年、四年待つということは、鍵屋の主をどうかするということですか〉

いきなり石盤に、雄吉は蠟石で異《い》なことを記し、すぐに袖で消した。

「えっ」

新八の肝《きも》は寒くなる。いや、尻の穴すらも。やっぱり、昔から、どうでもいいように思えて静かに良く見ている男だ、雄吉は。いととの付き合いで、覚えさせられたのか。

「よし、ならば打ち明ける、雄吉」

「う、う」

雄吉は淡々と呻く。見方によっては、十一や十二歳で上向きの生き方を諦め、ただひたすら忍耐をしてきた者の、燻《いぶ》した銀の表に残って居直る鈍い光があると映る。

「狙いは、仇《かたき》の玉屋だ」

手が震えるが、新八は石盤に書く。

「う、う」

雄吉は、まるで動じない。

「花火のためだ。乞食も、町家の人々も、百姓も無料《ただ》で楽しめる花火のためだ。息を吸って吐く間に、見事に開いて闇に消える華の花火のためだ。それで、侍どもを、ぐうの音も出せぬように舐めてやる。そのために、狙いは玉屋だ」

〈そうか。それで、新八さん、おれに、何をして欲しい？〉

「要らぬ。黙って、ひそっと見ていてくれ。騒ぎもせず、ただ、薬の技を磨き続けてくれ」

新八は、思わず、本音中の本音を記した。

雄吉は、このくらいの告白では狙いが分からぬのだろう、呻きすら出さない。

――次の日。

熱いうちにが肝要だ。

「折り入って頼むことがある」

五助を古くからの三河島村の試し小屋に呼んだ。

「五助、吉川町の玉屋の家屋敷の構えを調べてくれ。鍵屋の主と番頭には、焰硝の工夫で、当分、ここの仕事場暮らしといっておく。乞食の姿をしたり、棒手振りの姿に変えたりしてな。乞食の仲間にも、取り仕切ってる頭や親方がいるから注意してくれ。櫓に登ったりして、工夫してな。時には、忍び込んでだ。物は盗むな。もっと大きな盗みなのだから」

新八は、告げた。むろん、自身の頭にも、玉屋の奉公時代で家屋敷の図は刻みこまれている。が、変わった点も多々あるはずだ。

「へい」

「一年がかりでだ。誰が、どこの部屋で寝るか。火薬と花火の蔵の見張り番は、誰がやり、いつ交代するか。蔵の窓の仕組み、錠《じょう》の付け方も」

「へい」

「それと、遊びや行楽の仕方だ。正月なら、どこへ初詣にいくか。それも、誰と誰がいくか。三月なら、どこへ花見にいくか。地震や火事の時の玉屋全体の動きは、特に重要だ」

「へい」

五助は新八の狙いが薄々分かってきたか、顎《あご》の鰓《えら》を出っ張らせてくる。

「完全に素姓を隠し切れ。要るなら、手下を雇え。住まいは、おれが探す」

「へい。心して、必ずやり遂げます」

新八の決意が伝わるのか、五助は額の脈を稲光の形に浮かせた。

「五ケ山の焔硝の技の盗みにも、心から感謝している。火つきが良くて、色が澄んできた。もう少し、火持ちの悪い、というより、ぱっと消えるあっさりしたのに、ゆくゆくは取り組んでもらう。でも、その仕事は雄吉に当分任せる。大砲の玉には忠吉が詳しい。任せろ」

「へい。薬の配合は、やつらの方が詳しいし、文句ありません」

「玉屋を調べあげたら、女は紹介する。夫婦になるような素人の女を」

「へ、へ、へーい」

五助は額だけではなく、首筋、二の腕、目の白い部分まで青い血脈を走らせた。

——その足で、新八は、平井新田の試し小屋へと急いだ。

大砲の図と睨めっこ、近くに赤樫を割《さ》いた木や孟宗竹や麻縄などを置き、忠吉は暖も取らずに熱中していた。冷え冷えとした鋼の轆轤鉋《ろくろがんな》、鏨《たがね》、鑿《のみ》の刃先すら、忠吉の思い入れで青黒い汗を掻いているように映る。

「やってるな、忠吉」

「そりゃ、やり甲斐のある仕事ですので」

「進んでいるか」

「少しだけ。大砲は、水平に飛ぶのが肝要。花火は空に垂直に飛ぶのが大事。しかし、花火は、船床か地面に火薬爆発の時の力を受けさせ、吸わせればいいので、大砲ほど尻っぺたを頑丈にしなくて済むわけで」

　忠吉は、もう一つ新八には解りにくいことをいう。

「忠吉、大砲を真似た花火の前に、もっとずっと細い砲で、しかも、持ち運びできるような長さの砲で、花火を立てる工夫を同時に、いや、先行してできねえか。噴出し花火は知ってるな？」

「へい、竹竿《たけざお》の節を刳り抜いたすぐ先っちょから、火が噴くやつで」

「うん、昔、鍵屋は葦《よし》の細筒のを沢山作って儲け、花火屋としての礎《いしずえ》を作った。でも、おれが来年か、遅くても再来年の川開きに披露したいのは、竹砲の先の一寸二寸で花火が咲くのじゃねえ。砲先から、せめて五十尺の宙で火を噴くやつだ。伊達藩の侍花火に負けたくねえのだ」

花火にかこつけて、新八は、放け火の道具の開発をも、忠吉に求めた。

「天へ飛ぶのは楽でしょう」

自信たっぷりに、忠吉はいい切る。

「ついでに、水平、いや、山なりでいいが、そういう砲を作れないか」

離れたところから、玉屋の火薬庫に、花火蔵に、火を放ちたいので、新八は、あれこれまぶしながらいう。

「南蛮には、火縄銃みたいなあんな長くて、まどろっこしいのでなく、拳銃という短い三尺未満の砲があるのですがね。しかし、それだと、鋼の内側を、螺子《ねじ》というか、螺旋《らせん》の渦巻き状で削っていかねばならぬそうで。しかも、玉自体に強力な火薬の工夫が必要で。無理ですな。発条《ばね》という鋼も作らなきゃならんそうです」

「そんな大袈裟じゃなくていいんだ」

「水平に玉を打ち出すためには、砲の尻が頑丈じゃないと」

どうやら、忠吉には、新八の意図が分からぬらしい。

「忠吉、これを見ろ」

新八は懐から、自ら開発した〝尿源〟を出す。縦三寸幅半寸の木《こ》っ端《ぱ》に塗り付けてある。あれから更に改良をして、砂紙つまり紙鑢《かみやすり》だけでなく、少し肌理の粗い馬の革や牛の革でも火が噴くようになった。ただ依然として、薬の保ち方が湿りに弱いゆえに難しいし、悪臭の伴う灰色の煙がかなり出る。

「へえ、付け木？　新八さん」

「いや、違う」

ややざらつく馬の革の銭入れを出し、新八は、早く、強く擦《こす》った。

仙台藩の花火の色より芋臭い黄色さの勝る赤い炎が、思惑通りに、ぶわっと現れた。

「へ、へ、へえ……え。こりゃ、びっくりです、新八さん。南蛮から密輸入でも？」

狐目を楕円形に、忠吉は、見開く。

「聞くな」

「は、はあん、花火でもなく、殺しでもなく、放け火用ですかな」

賢くもあるが狡くもある、忠吉は、気づいた。お結び形の顔が、鼻先と口先へと長さが伸びていく感じだ。

「つまり、新八さん。家屋敷から八十尺ほどは離れて放け火のできる道具ですな。ま、放け火は火炙りの刑、滅相《めっそう》もありませんが。その、変わった付け木の素は、どのくらいありますか」

この男も、銭や誇りとは別に、新しいことの開発に根っ子から魅き寄せられる性を持っている、俄《にわか》に、寒さの中で、白い湯気といっしょに汗を搔きはじめた。

「今は十本ばかりだが、構えて作れば一年以内に、うん、二十本は」

新八は、少なめ半分に、いう。

「任せて下さい。ふうん、擦るだけで自ら火を噴くとは。それにしても、臭い」

燃え滓《かす》の木っ端の灰を指の腹に乗せて、忠吉は、頻りに頭を上下に振る。

「忠吉。でもな、その飛び道具と共に究めて欲しいのは天高く上がる砲と、やはり、当面は薬だ。もっと澄んで、ぱっと消えて、四種ぐらいの色が欲しい。色だ」

新八は話をまぶすことと、釘を刺すことを共に忘れなかった。


——その夜。

鍵屋のきぬを浅草瓦町の方の長屋に呼び寄せた。

今日は……。

火の出るような口吸いから、相舐めの巴取《ともえど》り、逆さ巴できぬは、狭い長屋の一室ゆえに声を押し殺し「産みたい、新八さんの命を繫ぎたい」と身悶《みもだ》えする。

新八は、どの女も子種を宿す気配がなく、こうやって願うきぬにもそれがなく、今更ながら、あれこれ思う。悪人に居直った者へ天が与えた罰なのか。そうではなく、血族で固める玉屋を消す闘いの勢いとなる火薬なのか。花火のみに生涯を賭けよ、という天による毒薬なのか。

だが、子を作るための男と女の営みは聖なるものを孕《はら》むのに、あらかじめ作らぬことが前にある営みは淫《みだ》らに燃える。

「こんなことを仕込まれたら、新八さま、違う男の人とは、もう、できないと思うの、つまらなくて。あう、う、う……ん」

黄色に色褪《あ》せ、毛羽《けば》立つ畳の上を、きぬは、転がり回る。時に、引きずり回されることを望む。こんなきぬの姿に、束の間、新八は思いこむ。花火に取り憑かれずに済んだなら、きぬこそ愛しい。標的を玉屋乗っ取りと夏にさえしなければ、きぬで十二分以上だ。でも——それはない。鍵屋には伜《せがれ》ができてしまった。鍵屋乗っ取りを企《たく》むべきであったのか。もう、遅い。

違う……やはり、おのれが、浅間山の大焼けでも、飢えと一揆の中でも経験しなかった屈辱が、玉屋奉公の闇の中の無意味な見張り番によって、命の三分の一ほどに刻み込まれているのだ。夏を除く玉屋市郎兵衛の血の脈を潰さねばならぬ。

——きぬが燃え尽き、新八は、その腕の腿《もも》の縄目の痕を、そっと優しく撫でさする。

新八の褞袍《どてら》を掛けてやる。

「夏とできたら、どうする?」

つくづく悪人になり切ることの困難さを感じながら、新八は打ち明けると同じことを口に出してしまう。

「辛いと思うわ。だけど、有り得ぬことを遂げちゃう新八さまに惚れ直す……かも」

ふ、ときぬは息を止めた。目を、煤《すす》けて渦巻く天井の模様に据える。強かというよりは、きりりと生きられる強さを丸顔の輪郭に際立たせる。

「弟の許しを得ないで、独り立ちはできないんですか。新八さまの腕と、人の使い方だったら」

夏の匂いを嗅《か》ぐのだろう、きぬはいう。

「銭が足りない。今でも、鍵屋に直に雇われない者を抱えていて、ひいひいいってる」

「そ……うですよね。それに独り立ちをした花火屋は、玉屋を除いて、どこもぱっとしなくて潰れていく。やはり、大川で花火を立てられるのが鍵屋と玉屋。お上に文句をつけられないから、信用もあるし。うちの祖父の時代は鍵屋だけしか大川の夏場は認められてなかったといいますけど」

「そうらしいな」

「花火は鍵屋があって玉屋……この四、五十年で人々に沁みこんじゃったし。でも、独り立ちには少いでしょうけど、あたしが三百両か四百両は用意しますから」

「どうやって?」

「札差か両替商の妾になります。武家は貧しいから御断り」

怨みの微笑みではなく、運命にもてあそばれる嬉しさごとき笑みをきぬは浮かべる。

しかし……。

これは……。

避けねばならぬ……。

「それより、鍵屋の主に、火薬と花火の蔵の屋根か脇に、火の見櫓ほどの見晴らし台を作るようにいってくれないか。お上に文句を付けられたら洗濯の物干し台ということで。火事について、あまりに無防備だった。遠くが見えるように、高ければ高いほどいい。おれが願うと主は警戒し、番頭の留弥が反対する」

何気なさを装い、新八は切り出した。

実のところは、鼻も利き、目も良い雄吉に火事が起きたら逸早《いちはや》く、方角、場所、風の向きを知ってもらうためだ。玉屋を消し去る最初の行いがまずこれだ。

「何ですか、新八さん、玉屋の夏さんの覗きでもするんですか。近所の馬場《ばば》の高い銀杏《いちょう》の木に登った方が早いのではありませんか？　でも、水臭い。そんなことなら、いとも易いことですよ」

乱れたことなどなかったように、きぬは紺地の褄《つま》に浜千鳥の舞う小袖をきりりと決め、鶯色《うぐいすいろ》の帯を赤い帯留めとともに、ぽんと叩いた。

――日々は悶々としても早くゆく。

今日は、玉屋の一人娘の夏と会う。

「一緒に、虫の音を聴きにいこう」とは、去年一月に新八が夏にいった言葉だ。

虫の声を楽しむには一にも二にも新堀《にっぽり》村と田端村の間にある秋田久保田藩の屋敷の隣り、道灌山《どうかんやま》のなだらかな丘であり、三に、大川の東側の河岸や御船蔵や御石置場の間に点々とする葦や薄の河原。

でも、道灌山と大川は人で混む。知り合っている者と、出会うとまずい。月のない闇に浮かぶ灯は、容赦なく人の顔を照らす。上野の不忍池《しのばずのいけ》にいくことにしている。不忍池の周りには、出会茶屋も数多並んでいる。

待ち合わせ場所は、池《いけ》の端《はた》の黒門の高札《こうさつ》のあるところから三十尺の手前だ。

もっとも、不忍池の湿りのせいか、松虫は澄んで〝ちんちろりーん〟とは鳴かず〝ちんちり〟とだけ短く鳴き、鈴虫は〝りいんりいん〟のところを。〝りんりん〟と縮めて鳴くと噂されている。

いいのだ、婚期ぎりぎりの美貌の夏に、短く縮められた虫の声は「何しろ男と一緒になれ」と響くはず。それは、しかし、甘いか。

夏を落とす戦の指針が、ぼんやり茫洋《ぼうよう》として定まらぬ。

定まらぬどころか、きっかけの突破の道も見えず、おろおろした気分を通り越して不安になる。射落とさねば全て泡という決心は、失敗した時の結果の兆《きざ》しに挟まれ、不忍池への一本道、新寺町通りで、新八を立ち止まらせてしまう。時に、蹲《うずくま》らせてしまう。

そもそも、今夜はくるのか。

〝父親〟に似せて思っている男に、恋心など抱くのか。

下手をしたら、玉屋から見た鍵屋の動きの模様を知りたいがためにのみ、夏はくる。新八は、内心かなり自慢の〝尿源〟の付け木を、銭入れの早道《はやみち》に擦りつけ、やや品のない小田原提灯《ぢょうちん》を灯《とも》す。尋常ならざる白煙と悪臭が巻き起こる。しかし、誰も、特には見えないし、振り返らぬ。

そして。

反芻《はんすう》する。牛が草を食むみたいに、一度食ったものを、また口へと胃袋から戻すように。おのれ自身を知るため、女の共通する性質を知るため、かつて聞いたことを集めてみる、女心の真ん中の点について。

――とどのつまり、新八はおのれの女に対する力がどこにあるのか分からずにいる。女が、どの点で魅かれて、どこで納得し、崩れていくかもまるで共通な点を探せない。

夏については、なおさら。

しかし、愚図愚図《ぐずぐず》してはいられない。

夏だって、そろそろ男を選び取らねばならないはず。それなのに、夏と会えるのは、花火のない季節に年二回。

「年二回」と思わず口に出して立ち上がり、新八は、のそりのそりと歩き出す。

夜の帷《とばり》が徐々に、不忍池に至る途中までの一木道の北の方角から占めてくる。真北は、普門院《ふもんいん》とか常照院《じようしよういん》とか顕性院《けんしようういん》とか二十ほどの寛永寺の付属の寺の高い壁だ。壁は白さのある褐色のはずなのに、漆黒そのもので、新八を吸うように映る。

と。

この一本道の新寺町通りは、死罪となる者を引き回す、恥を晒しつつ、最期の花道ともなる道と気がつく。暗と明の同じ住み処《すか》が、この道。

同じように、寛永寺の壁と、それを左へ曲がっての向こうに、今は焦がれている夏が待っている。

そう、その夏自身にも、明暗があるはず。

「実の父のように」という夏の言葉の呪いの縛りに、おのれ新八は陥っている。思えば「年二回の逢瀬《おうせ》」も、こちらから切り出したこと。そんなものは、自在になるはず。

提灯の照らす四方は六尺ほどなのに、じわじわと、新八に、精気が満ちてくる。

晴れの舞台ばかり踏み、美貌ゆえに男がいい寄ってくる、このままなら未来は安泰で花火人気に任せて栄えるばかりの一人娘。だからこそ──だからこそ、夏には、何かが底で渦巻き、命取りになるほどの弱さがあるはず。自分では御し切れぬ欠陥に、身悶《みもだ》えしているのではないのか。凜《りん》と、潔《いさぎよ》く生きてきたつけが、必ずあるはず。

甘いのか、これも。

その上で、夏との戦の指針が、やっと朧《おぼろ》から、点と線と形の姿として現れ出てきた。

第一に……。

第二に……。

第三に……。

そう、獲物を前にして指針を持たぬ者は、既に資格を失っている。

新八は、首を宙へと斜めに上げた。


──。


濃紫の一枚の風呂敷となるような御高祖頭巾《おこそずきん》を被り、提灯を手にして夏は待っていた。急速に降りてくる闇と似た紺青《こんじょう》色の地の小袖に、霰《あられ》の模様が雲母《きらら》色に白く浮き上がっている。いってしまった花火の火の粉の季節を恋うみたいに。

「うむ、夏。待ったか、いこう」

敢えて、一切笑みを浮かべず、あたかも玉屋市郎兵衛のごとく、父親のごとく、新八は口火を切った。策なしよりは良いと、あらかじめ考えてきた第一の威張って、厳しくという態を、当たって砕けろとばかり示した。

「あ、はい」

束の間、戸惑うのか、動かずに夏はいたが、ちらりと新八を見上げた。襟足の髪の生え際が、うっすら白粉《おしろい》をまぶしていて、その乗りがいい。化粧とは何かを知っている。はっきり、新八の今までの出方と違うと感じたらしい。やはり丁寧に淡く手入れをしている項《うなじ》がぽっと染まった。

大川の匂いと別の、池のしんねりむっつりした、枯れかけた蓮《はす》や藻《も》や水草に混じる泥の匂いが、黒群青色の闇に底から湧いてくる。

左手の忍川の小川のところから、不忍池の岸辺への道へと入っていく。

枯れ切れない、なお、花火の季節に未練を残す草々が、頭を揃えて東の方へと揺れている。虫の声を聴く時は、このくらいのちょっぴり強目の風があった方が良い。

父親のごとき立場を利してが、今日の狩りと戦《いくさ》に似た逢い引きの術《すべ》。

話したいこと、心配なこと、気を引くことなど沢山胸の中に詰まっているが、新八は、必死に黙す。泥沼に飲まれ、流された、実の父親の死後のように、黙さねばならぬ。

虫は、通り掛かると熄《や》み、過ぎると鳴く。

ちんちろりーんと、噂よりはっきり、おしまいまで松虫が。振りの良い鳴きで、鈴虫が、りーん、りーん、りーんと花火と正反対の規則正しい音鳴りで。馬追い虫が、ただ一匹気づいたようにじいっちょと鳴いて、群れずに一匹淋しいとも聞こえる。じいっちょは時折り、すいっちょと澄《す》む。

虫が鳴いて熄まぬせいだけではない、今は、父親らしい威を明きらかにするための、賭けに似た沈黙が大切。先など見えぬが、新八は、ひたすら黙す。かつて、中山道の上田城の門前で武士に阿漕《あこぎ》なほどに苛められて負けた後に、高僧明山が教えてくれた黙しの怖さを、この時ばかりと新八は、冷や汗だらけで夏に試みる。

「…………」

「…………」

互いの黙しのうちに、新八は、夏の警戒心を無視し、小さな土手に風呂敷を広げた。夏は、釣られたように、勿体ない、御高祖頭巾を隣りに敷いた。新八の風呂敷の上に座らないのは、女としての嗜《たしな》みか、父親的な男への畏れか、単に新八への防備か。二人の距《へだ》たりは、中指の先から肘先までぐらいの一尺ほど。火照りは伝わってこない。二人の隙間《すきま》には秋の西風が、通るだけ……。

喋りたい。

躯の調子は、どうでえ？

三つ四つはしているだろう、稽古事《けいこごと》はうまくいっているのかい。

今年の雨に祟《たた》られた花火で、玉屋も苦り切ったろうが？　玉屋らしくもねえ、音が湿っていたじゃねえか。

男は？

――しかし、ひたすら新八は黙んまりを続ける。

「あの、新八さん」

「うむ。耳を傾けよう、虫に」

最早、虫の声などどうでもよく、馬や牛の鼾《いびき》のごとくにしか聞こえないが、新八は、強いて夏の言を遮《さえぎ》り、押しとどめる。

いけねえ。

場所が悪かった。

きのうの雨で濡れが残っている目の下五尺の草の褥《しとね》で、女の湯文字を掻き分け、夜目にも分かる髭《ひげ》むじゃらの男の腕が這いはじめた。女の、ひどく太い腿が開き、片足が宙へとにょっきり軒《のき》に吊した沢庵《たくあん》用の練馬大根のように現れる。

落ち着くしかねえ。

「新八さん、一時の命を頼りに鳴くんですね、虫は」

実際、閻魔蟋蟀《えんまこおろぎ》が、きつい調子で、いきなり、ころころころ、りーりー、ころころと、うーむと思うほどに精一杯に鳴きはじめる。雌を呼ぶのだろう。この機を外したら、時はないのだ。切実、必死だ。

「うむ」

提灯が、転がった。風のせいではない。目の下五尺の男と女のあられもない睦みごとに夏が動転し、提灯を持っていられなくなったせいだろう。夏は、提灯が蠟燭《ろうそく》の火で燃えるかと立ち上がって手に取ろうとした。が、提灯は、睦みあうというより乱闘のような二人の姿を照らし、夏は中腰のまま、おろおろする。幸いか、幸いでないのか、橙色《だいだい》の光を男女に当て、提灯は転がったまま、燃え上がる心配もなく、斜めに安定した。

新八は、目の下二人の歓びの声と、閻魔蟋蟀の合唱が、やはりこの場にふさわしくないと呪《のろ》いたくなってきた。

むろん、新八とて、一瞬輝く華麗なものの源には、どろどろした人の俗っぽい欲や血や汗が横たわっていることを知り抜いている──しかし、初《うぶ》で翳りのない夏に、それが探せず、呻くのである。夏を、立派に描き過ぎているると自ら知っているのに、そのわだかまりと幻から逃れ得ない。

そう、これが恋というものか。

思えば、少年の頃から、齢上の女には巧みに誘われるか、こちらからは小技を利かして甘え、巧みに丸めこむばかりだった。

つけが、回ってきている。

新八は愕然《がくぜん》としながらも、方策が全て空振りしていくのを覚える。でも、いうしかねえ。

「夏。ごく短い旅に出ねえか」

月並みだが、女は旅が好きと、新八は切り出した。

「新八さん、京の化野はいき帰りで一と月は要ります。忙しい新八さんには無理ですよ」

からかう口調でもなく、後ろめたいものいいでもなく、素っ気なく夏は答えた。

「人の作ったものでなく、木々を見る。内藤新宿から三里。玉川上水あたり。延々と、荒々しい、木立ちばかりの森がある。武蔵の国だ。花火とはまるで無縁の、いや、正反対の、単に櫟《くぬぎ》や欅《けやき》や楢《なら》の大木が空へと寒々と突っ立っている」

父親的な厳しさと口数の少なさを演じなければならぬのに、饒舌《じょうぜつ》となってしまい、新八は冷やりとする。

「そう……わたしは松の林や孟宗竹《もうそうだけ》の藪を見たり、そこを通り抜ける風の音を聞くのがとっても好きなんです。江戸の町には少くて」

よっし、夏が乗ってきたと新八は内心手応えを感じはじめた。

「うん。武蔵の野は広いから、もっと響きの良い風の音を奏でる」
十四、五年前ほどの、実は主の娘の殺しの旅となった出発点で見た武蔵の野の淋しくも荒々しく単純な光景に、音はなかった気がするけれど、新八はいう。
「そうなんですか」

「うん」

風景で誘ってその時に心身ともに射止めるつもりなのに、新八は、武蔵野の森自身についついつい気持ちがこだわってしまう。

「わたし、花火が好きですけど、逆の、手をかけない、自然のまんま、人が顔を出さない木や草はもっと好きなんです。花火屋は、だから、あらかじめ失格かも」

「焦るこたあない。そんで、武蔵の国のその森でも、一番、迫ってくるのは欅《けやき》の木立ちだ。欅はそもそも幹が黒くて濡れた艶がある。姿も、すっと天に向けて、重たい清々しさがある。春は、淡い緑の新芽が彩る。夏は、透き通る緑が、太い幹と引っ張り合って釣り合う。秋は、葉が楽し気に軽々と黄色に紅葉する」

内藤新宿から迂回して中山道へと出る時にたった一度しか見ていないのに、新八は、幾度も見たように嘘をつく。嘘を、容易くつけるほどに、しかし、武蔵の国の野の、樹齢何百年かの森は、鬱蒼《うっそう》として、冷んやりして、武骨だった。黒々とした幹は空を区切って静かに吼えていた。

「そ……う、なんですか」

夏が、溜息混じりに関心を強めてくる。

なのに。

この季節でも不忍池は湿ったところ、蚊が出るらしく、一旦、ことが終わった二人連れの男も女も、ぼりぼりと腋や背中や尻を掻く色気のない音をさせる。それどころでなく、二人は再び、睦言《むつごと》すら交わさず、絡みはじめる。ちょっ、と新八は舌打ちをしたくなる。確かに、出合い茶屋などにしけこめるのは、商人でも主や番頭だけ。職人だって棟梁か頭ぐらい、普通の人は野や海辺や河原で交るしかないとしても、今は、迷惑至極。新八の、花火の大胆で、極悪の、新しい拓《ひら》きが、そして残りの生が全て賭けられているのに。

「えーとだ。それで、そう、武蔵の国の欅の森は、冬が最も冴える。無駄を一切捨てて、裸の幹が寒空に居並ぶ。天高く聳える。だから、空も応えて、ひゅーっ、びゅーっ、びゅんんと三味線よりは切れ上がった良い音を出す」

まるでの空想を、目の下五尺の男と女のあられもない声に勝とうとして、新八は告げた。

「いきたい、新八さん」

「いくか」

「日帰りでいけます？　見附の御門の開く明け六ツでなく、それより早く暁《あけ》七ツに発って、町木戸の閉まる夜四ツには帰れるのかしら」

去年の一月に花鳥茶屋で会った時は、京の旅ならと告げ、それならば一ヵ月は覚悟の上のこと、武蔵の森へは日帰りという矛盾したことを夏はいい、また、新八は、はぐらかされる。

「帰れる」

「そう……考えておきます」

尻窄《しりすぼ》みになることをいい、夏は、両足を、着物の裾を汚れるに任せ、前へと投げ出した。

「そ……うか」

「うちの父ちゃん、父は、新八さんとだけは決して、決して、二人旅など許しません。嘘じゃないの、新八さんを殺したいと本当に思ってる怖い人なんです。鍵屋は、新八さんで息を吹き返したと。見習いの時に、闇に葬《ほうむ》れば良かったと、先おとついもまた、真面目な顔でいうのです」

ここまで夏が強調するのは実際のことであろう。夏の周りに、背中に、頭上に、しかと、父親玉屋市郎兵衛の在り処を新八は見る。

かりを。

「だから、わたし、一人で、武蔵の国の欅の森に……いってきます。一人で」

夏は、新八を父親扱いをして敬遠するだけでなく、突き放すように薄明かりの中で、素っ気なくいう。でも、なぜか、投げ出した両足を、帯の下で、ゆっくりとではあるが交叉《こうさ》させた。それも、一度ではなく、交叉させて解き、交叉させてと三度、四度ばかりを。

目の下五尺の草むらでは、再度の交りゆえに、長々と、小さな嵐がゆくごとくに、喘ぎや、湿りに湿った肉の音や、肌の擦れ合う軋《きし》みが闇の向こうに風と共に溶け合っていく。ここまで男と女が熱いと、新八は、夏さえ傍《かたわ》らにいなければ祝えるとすら思ってしまう。

「そうか」

全ての試みは無益であったかと、新八は、独り立ちも、企みも、天高く聳えゆく花火も、地に墜《お》ちてゆく気分になる。

「あ、帰ります。新八さん」

もぞもぞさせていた帯の下から爪先までを、ぴたりと止め、下の男と女を一瞥《いちべつ》し見下ろし、夏が立ち上がった。

「夏……一月の雨水の日に、湯島天神の前にこい。武蔵の国の欅の森をふらつこう。明け六ツ少し後に。二人でだ」

文字通り、必死になって、新八は最後の言葉に縋りついた。

裾の汚れを屈んで手で落とし、夏は、躊躇《ためら》いの、否、正しくいえば拒みの言を漏らした。

「でも……」

新八は、躓《つまず》きを覚える。

ならば、生涯、鍵屋の許で手代なのか。手代でやれることは、余りに限られている。番頭になれたとしても、使える銭と人は、主の枠の中。がら、がら、がらと夢が崩れだしていく。玉屋の主を殺す輝きが、失せていく。殺意を抱かぬのは安堵できるとしても——おのれには、釣り合っていない。無数の悪を積み重ね、釣り合うように、その質を重くして花火を闇に咲かせるのが、似合っている。

夏、夏……夏。

ことを急いては仕損んじるが、今夜の課題を果たせぬことに、新八は、耐えられなくなる。

夏の両肩を、背中から鷲摑《わしづか》みにした。

「夏……会いたいのだ。そして、見たいのだ、音を聞きたいのだ、武蔵の国の野原で」

「厭《いや》あ、新八さん。ことを、甘く考え過ぎてますって。血を見ますよ。夥しい、この不忍池ほどではないとしても、一斗樽一つぐらいの血を」

「いい。夏」

企みを忘れ、新八は、思わず、夏の両腕を羽交《はが》い締《じ》めにする。顔を背けて、かえって、唇をしどけなく向ける夏の口を口で押さえこみ、吸った。

「ん……厭あ。こんなことする新八さん……厭あ。考えもつかなかったの、厭あ」

夏が、新八の唇を受けたのは、一と呼吸もなかった。盛り上がった唇の肉なのに、冷え切っていた。

忍川へと、夏は、提灯の火が消えるほどの速さで消えていった。

――ことの失敗の大きさに、新八は、その場にへたりこむ。

目の下の男と女は、なお、全ては肉というように、陰々滅々たる忍ぶ声を漏らしている。そう、この中にこそ、真実があるのかも知れない……。だけれど、だけれど。


年が明けた。

――口と耳に負のある雄吉が〈ぱっと燃え、ぱっと消える薬の配合が見えてきました。焔硝を、うんとうんと乾かすことでした。量も、少し加えます。白い色の良いのもできつつあります〉と雑煮《ぞうに》を食いながら反故紙の上で報告した。

——狡《ずる》くも賢い忠吉は「はい、内房総《うちぼうそう》の富津《ふっつ》岬の外れに仕事場を作ってくれて、有りがとうございます。おかげで、七十尺の上に花火が飛びまして。伊達藩の高さに、もう一歩です。そう、頼まれている細砲《ほそづつ》については三十尺」と七草粥《ななくさがゆ》の日にいった。

——五助が「玉屋の家の一族の住まいと寝床が分かっただよ。夏という大美人は、二階三間の西側に一人寝てるだな。男の出入りは、なんもなく、大美人は損ずら。へい、二階の夏という大美人の隣りは、玉屋と血縁のある雇われ女が三人寝てますだ。大美人の用心棒か、主の叔父の息子が、その隣りに寝泊りしてるだね。要の主は、なんと、蔵の中。花火と火薬と心中のつもりだね。へい、勿論《もちろん》、蔵の中では、炊事場《すいじば》を除いてみんなあり、親族一同、一緒」と、何かしら襲いにくい雰囲気を、二十四節気の雨水の前の日に告げた。

町並みを示す切絵図と、大工の作る建物の寸法を記した指図の間を取るみたいな図を、新八は五助の話を聞きながら記した。図を見ると、新八の見習い奉公の時とあまり変わらぬ。変わったのは、夏の寝床と、火薬庫の中で主以下の夏以外の親族が暮らしている点だ。火の気配を夜も昼も察知しておく必要があるからだろう。鍵屋より進んでいるし、警戒心が研ぎ澄まされている。花火屋が火事元になれば、死人が出ることはもとより、奉行所から商いを禁じられる。

——でも……。

要の新八は、失速しそうになっている。

夏の心を肉を手繰《たぐ》り寄せられない不安は、やるせなさとして膨れ上がる。花火の色の果敢《はか》なさの工夫が前に進んでも、高さへの遠い日の望みがじわりと用意されても、夏と玉屋の暖簾《のれん》を入手できなければ、その意味はまるでない。夏への思いが切ないほどに増すに従って、他の女への割り切れない不愉快さも増していく。従って、自腹を切っての花火の薬と技の開発は銭を食い、金は、少し増えても急に二百両減ったりして千二百両以上貯まらない。

「おれは間抜けだ。おれ自らのことを解っていなかった。肝腎の女の気を引けないような男なのだ。悪人面《づら》をして、悪人なんかになれねえ。その上。その上……」

独り言を新八は、幾度もぶつぶついってきた、「その上、情の欲に任せて、初な夏に強引に口吸いなどを試みて」と……。

——もしかしたら、玉屋乗っ取りは、正気を失った、花火へのくるおしい焦がれゆえの単なる邪《よこし》まな夢のまた夢か。玉屋への怨みか。夏への片思いか。

明日は……。

玉屋の夏に限って、どうしていつも、くるかこないか、かくも気になるのか。

明け六ツを少し過ぎたか。

日の出が、じわりじわりと早くなってきたが、それでも、日が昇ったばかり、なお、夜の藍色を社《やしろ》に家々の屋根に地べたに残している。

内藤新宿《ないとうしんじゅく》へと通じる切り通しの道の上から、湯島天神の境内を見下ろしている。が、一人で待つ夏らしき女はいない。男と女の二人連れ、女と女の二人連れなどは、お神《み》籤《くじ》を引いたり、背中を見せて床几《しょうぎ》に座ったりはしているけれど。

目立つことを避けて待っていた新八だ。諦めというより不貞腐《ふてくさ》れと、以後の指針の無さに、今さらながら足を引きずるようなけったるいものを抱え、門前の道を下っていく。

新八の吐く竹箒《たけぼうき》のような白い息の先に、床几に座っている女が横同きにこちらに首を曲げた。正月なので門附《かどづけ》芸人の女が江戸に入ってきて、そろそろ田舎《いなか》へ帰るのか、てっぺんから二つに折れる鳥追笠《とりおいがさ》を被っている。もしかしたらと、心が俄かに弾んだが、顎の下の肉が二重にたるみ、唇の形も、夏と異なり薄い。

しかし、その女は、隣りの女を肘で小突いた。

前のめりになり、鄙《ひな》びたというよりは古臭くて野暮《やぼ》ったい、百姓の女が被る菅笠の女が背伸びをした。唇の形が、下が小さく、上が厚い。鼻の形が整ってはいないが丸味を帯び、のんびり静か……。新八の方に、首を、ぐいっと曲げた。

夏。

一時、花火以外の全てを忘れ、新八の両足は、結びのしっかりした草鞋をも忘れ、春爛漫《はるらんまん》の紋白蝶《もんしろちょう》の飛ぶさまのごとく軽々と跳ねた。跳ねた後に、自らを「浮かれるな。残りの花火の命がかかっている」とどやしつけた。

三時に少し足りない間、朝飯から、ごく軽い昼飯の頃まで、夏は、口を利かなかった。胸を反らして怒ったふうをしたと思ったら俯《うつむ》き、俯いたと思ったら農をやる女としか思えぬ菅笠すら引っ繰り返すごとく、顎を反り返す。反り返すけれど、また、下を向く。きのうの霙《みぞれ》で泥濘《ぬかる》んでいる道を、裾など気にせずにいるところが不思議で魅く力をよこす。いずれにしても、やってきたことを悔いるかのように歩む。

針の先百本ほどを、目の上、耳の先、鼻の穴に並べたような気配りの中、新八は、おろおろする心を黙しに塗りこめ、隠す。

たぶん、本物中の本物の悪い人間は、こんなところで、息を詰めはしまいとは考える。新八は、一歩一歩の歩みのうちに、おのれの駄目さを噛みしめる。

「うわあ、この水が江戸の人々の産ぶ湯や飲み水になっていくんですね。大川と違って、野のせせらぎだもの。弥生の頃だったら若草が川面に映っていいのでしょうね。あら、芹がもう青々としている。やあ、はこべも。七草粥の時にくればよかった」

きのうの霙で玉川上水《たまがわじょうすい》の流れは薄濁って、速い。やっと、夏が口を開いた。眉も剃っていないしお歯黒もしていないけれど、かえって夏らしく初々しく思える。

「うむ。夏さん、泥だらけの道で、足が冷えないか。この先は、雪が積もっているはずだし」

どうして自分は夏に対するとこう善人になってしまうのか、駄目だ、駄目だ、駄目だとおのれをきつく叱るけれど、新八は夏の行いと思いの一つ一つが気になる。

「心配してくれてありがとう。わたしは江戸が好きなんですけど、吉川町から遠くなるほど心が軽くなってきますね。新八さんは？」

「そりゃ、夏さんと一緒ということだけで……軽くなるどころか弾んでくる」

しまったと思うが、新八は本音中の本音を打ち明けてしまう。ますます足許を見透かされるのに。

「うわあ、本当ですか。この前、虫の鳴きを不忍池に聴きにいった時、生意気な女と思ったでしょう？」

「いや、逆だ。おれを嫌いになったかと、塞ぎこみはじめていた」

もう駄目だ、歌留多《かるた》で自分の手を晒け出してしまうのと同じ……止《と》め処《ど》なく、転がっていくと新八は自覚するが儘ならない。胸の裡《うち》を十割、そのままに口に出す。

「だったら、良いのですけど。今日だって、手伝いのよねさんについてきてもらって。

あの人だけが、まるで血縁のない小母さんなの。父に意見して、やっと一人雇ったんですよ」

玉川上水から離れ、道は右へと曲がっていく。枯れ尾花の白ささえ失われた薄《すすき》の原へと分け入っていく。橙色の実を、なお残している榎《えのき》の高木の林を、抜ける。雪を、うっすら被っていて、早春の気配というよりは真冬のしんと冴え切った気が満ちている。

畑も百姓家も道祖神《どうそじん》すら消え、斑《まだら》に雪を残している野原の先に、艶のある黒さの欅《けやき》の森が立ち塞がるように見えてきた。北西から北側にかけてだけ、雪を纏《まと》って、こびりつけている。荒々しくも、純《じゅん》で、葉を落としているのに昼なお小暗い森だ。

「うわあ」

森に入ると、夏は、ただ嘆声を出す。

雪の嵩《かさ》は、森に分け入るほど厚くなっていく。

「鳥と風の声ばかり。新八さん」

夏の菅笠《すげがさ》を上げて嬉しがる姿に、新八も嬉しくなり、今は他人を欺く手練手管を忘れて小さな細道へ左へと折れ曲がっていく。なるほど、名の分からぬ鳥が研ぎ澄ました声で、きっ、きっ、きぃーっと囀《さえず》る。一枚の葉もつけていない裸の欅《けやき》の木々が、空へいくほど、びゅーいと吼えている。欅の落とした葉は、草鞋に踏まれて心地良さそうに、ふむ、ん、ん、ふん、ん、んと音無しい鳴りを地べたからよこす。浅く積もった雪は、つ、つん、つんと厭ではなさそうな軋《きし》んだ音を出す。

「うわあ、高い」

樹齢は二百年三百年もあるか、否《いな》、もっとか。五百年か。姑息な玉屋の騙しの花火よりは、ずっと高さがある。夏には、済まないけれど、黒く塗った竹竿の上で咲かせた仇花のより高い、六十尺は優にある欅ばかりだ。瑪瑙《めのう》石の色をした白さのある曇り空を、欅の太幹と枝は、のびのび縦横に掻き抱いている。空を、くっきりと、黒褐色と白さに分け隔ててもいる。

「あら、空は冬でも、地は雨水ですね。蕗《ふき》のとうが頭を出してますよ。やあ、節分草は、春を教えたらもうおしまいなんですね、女の命みたい。ほら」

蕗味噌用にか、蕗のとうを七つばかり摘んで、夏はしゃがんで動かない。なるほど、もう淡い紫の花の終わりかける節分草が、雪の浅いところに顔を出している。夏のいうように、色も花弁の持ちも葉の細さも果敢ない。

今日は、おかしい。

新八は、夏を奪える指針もまるで無くしているのに、おのれが、欅の飾らぬ黒い幹ごときものへとなっていくのに任せ、それで良いと、変に安らいでいく。夏が、傍らにいるからだ。その夏に、怨念と欲と血と汗を一瞬にして別のものへと化けさせる花火とは違う――一切の無駄を省いた樹木の世界を知らせていく歓びが、今の今だ。

そう、全てを諦め切ってもいい。

しかし、諦めず、生の全てを脂ぎって賭けるだろう――が、最後は無。裸で死ぬ。

はじめてだ、こんな思いを抱くのは。そういえば、欅の木々は裸そのものだ。

「新八さん。欅の根で、一と休みしませんか。相談したいこともあるし。いい？」

夏が、この日、はじめて、やっと、新八の前に回って、顔色を窺った。

新八が頷くと、腰に巻いていた田舎臭い風呂敷包みから、折り畳んだ桐油紙を出して夏は拡げる。不忍池の時と違い、新八との間は一寸、親指の長さほどもない。

「あのですね、新八さん」

「うん、夏さん」

「それ、止して。夏と呼んで」

「え、うん」

「父が、もう、堪え切れねえと、父の弟の息子の外の姻の、従弟を今度は押しつけてきたんです。断わり切れません。父は、仕事場を広くしたいと思っていて、銭金が必要です。相手は、両替商ではそれなりの遠江屋の跡取り」

「そうか。んで？」

相槌《あいづち》を打ってから、そんな場合じゃねえぞと新八は気づく。しかし、この、のどかなのに、どきどきと胸が躍る刹那の掛け替えのなさはどう譬《たと》えていいのか。

「新八さん。恩人ですけど。その気のない咎。殺しちゃいますよ、簪《かんざし》で、喉を一と突きで」

「そうか。殺してくれ。幸せ、至極」

何か、この日は、おおどか、のんびりの浅間山の下での暮らしを肌に思い出して、新八は答えた。夏に殺されるのなら、花火の果ては完成させられないとしても、至極、幸せ。

「ん、もお。この前の口吸いは、あれ、何だったのですか。わたしは、父親役の人が、いきなり生臭い男の人になって、くわーっと頭に怒りが走って」

「や、済まねえ」

「あれって、男の人のやる遊びなんですか」

軀半分を捩《ねじ》って、夏は問い詰めるように聞いてくる。

「済まねえ」

「わたし、新八さんに、みんな教わってきたんです。幼い頃は、童の話の活き活きした夢を。五ケ山の山道では、人の厳しい道を。いつかの大川での船では、移ろう華を。花鳥茶屋では、怖いほどの花火への執念を。でも」

「でも？」

「不忍池では、男と女の生きる生臭さを。あれって、本当の本当なんですよね」

「あれって、なんだ」

「うーん、知っていて、あそこへ連れていったのでしょう？　目の下の二人の睦《むつ》みですよ」

卵形の目の形を全開させて、夏は、聞いてくる。そういえば、不純も糞もなく、執心そのもの、羨《うらや》ましくなる二人連れであった。

「たまたまだ、夏」

「本当ですか」

薄陽《うすび》が差してきたせいではあるまい、夏の黒目がめまぐるしく翳りを変える。そして、欅の梢《こずえ》に目を留め、茶色がかって虚ろになった。

夏が、再び、口を噤《つぐ》んだ。

夏は、右の耳を空に向けた。

時折りは、夏は、左の耳を地べたへと傾けた。

だけれど、思えば、不忍池の虫の鳴きや、男と女の二人の悦楽の呻きより、ここ武蔵の野や林や森の方が、ざわめきの音は厳しく重なり合っている。木々を裂こうとする風、風に抗う大木、いくつもの鳥たちの鳴き、枯れ草が揺れて悲鳴みたいに騒ぐ裾野の広い音……。

新八に、ちょっぴりだけ、夏を落とす先が見えてくるような気がしてくる。
ごく真っ当に、ぶつかること。
偽りや技巧や三味線《しゃみせん》を弾《ひ》くことは役に立たぬということを。
その上、夏は、耳が繊《こま》やかで鋭く敏《さと》い。いまのいまの風や木々や鳥の野原の音に、
そして、去年の不忍池では虫ばかりでなく男女の目合《まぐわい》の歓びの声……。玉屋の花火の
音鳴りの良さとは無縁ではなかろう。なお、鍵屋が負けてしまう繊細にして大胆な破
裂の音鳴りだ。この音の小気味良さと心地良さの中で、夏は育った。
しかし、決心できぬ。
生の最も重い賭け。
いい、失敗しても。
斑《まだら》雪を受けて、すっくと立つ欅の心で。
「夏」
新八は、その名を、その耳に吹きかけ呼んだ。
「…………」
たじろぐように無言で、夏は、新八の方に首を曲げた。
「夏、好きなんだ。なるほど、五ケ山で会った時までは、兄のような父親みたいな気
持ちだった。でも、三年前に大川で擦れ違った時から、男として」

新八は、夏の耳穴に息を吐くように語りかける。

夏が、首を横に振り続ける。が、ぼってり厚い耳たぶを新八の口からは遠ざけない。

「胸の中も、軀も、欲しいんだ、夏」

ぶるると、夏が首を震わせた。

「新八さん。父の怒りや仕打ちや憎しみを解ってますか」

今度は、夏が、新八の耳の穴に息を吹きかけるように聞いた。男ですら、ぞくりとする夏の耳への囁きだ。

「大丈夫だ。二人で長屋に住めばいい。玉屋の主と関る者とは会わねばいい」

「甘い……ですよ。父は、花火の季節になると、一つ一つの花火の立て方で、勝った、負けたといいます。負けると、深夜の四ツ半頃、鍵屋に負けた花火の数だけ、藁《わら》人形に、五寸釘を打ちつけます。『くたばれえ、死ねえ、殺してやるーっ、新八っ』と」

「そんなものでくたばるものか」

「でも、その藁人形には『新八』と大きな黒文字を書いてあるんですよ」

「効き目は、まるでねえやい。この通り、ぴんぴんしてらあよ」

こういいながら、今更ながら、玉屋の憎悪が新八に集っていることに、驚く。違う、玉屋は鋭く嗅ぐ力を備えている。狙いは、正しい。敵ながら、何と直感の力に優れていることか。

「新八さん。父は、昔、新八さんが玉屋に奉公して、技や薬を潜《ひそ》かに盗んだと思いこんでいるのです。それに、わたしが新八さんに懐《なつ》いているのも口にこそ出しませんけど、とっても憎んでいます。それに、この十年ほど、新八さんが鍵屋の手代になって、技や薬の工夫の責任者だから、ますます、互いが互いに膨れあがって」

「いい。父親を振り切って、おれと夫婦になろう」

「わたし、殺されます」

「おれが守る。必ず、守る。守り切る」

漢詩の韻を踏むように、新八は、夏の耳穴に息を吹きかけ、酒に酔わせるように呟く。

「でも、でも……でも」

「いつまでも待つ。しかし、待ち切れない。――を吸わせてくれ。――を指で触らせてくれ」

「あーん、厭あ。そんな言葉を。わたし、立てなくなっちゃう。厭あ、お漏らしみたいに……気持ち悪い。どうしたらいいの。腿《もも》の奥が、内側が、あそこが。厭あ、恥ずかしい」

　夏のこの言葉が、きっかけであった。

　耳たぶの口吸いから、唇へ、太腿から、女の証しへと、細かく柔らかに、徐々に激しくと、雪を褥にして、野の交りがはじまった。やがて、欅の幹を夏は抱き……。

風鳴りと木々と枯れ野のざわめきに、夏の噎《むせ》び泣きが紛《まぎ》れ、響きあってゆく。

——新八の目から森の木々が消え、風の騒ぎ声がなくなり、じわりじわりと悪人へと戻っていく。

「死んでもいい……新八さん。これっきりで人生が終わってもいい……幸せ」

夏の吐息が早春の野に、切れ切れに流れていく。「これっきり」で終わらせるものか。

其の八『炎の鬼』

翌々年。

丙寅《ひのえとら》。文化という御世の三年。

春は、弥生。

霞が、江戸を覆い、御城は朧《おぼろ》。

桜が満開だ。

が。

今日は午後から御城の方から西風が吹き荒れ、桜の花弁が土埃と共に、地面から舞い上がってくる。

胸騒ぎがする。

あれから夏との密会は十度だけだ。玉屋二代目の目ばかりか、人の目もうるさい。

会いたいのに、思うほどには会えない。夏が、心配でならぬ。いいつけを守るだろうか。いざという場合には、「ここぞの時は、金庫番をやるんです、一階の店の裏の部屋で」といっていて、新八は「ふざけんじゃねえ、銭金より命だ。逃げるんだぜ。うんや、大事が起きた時は、迎えにいく。二階の部屋から動くんじゃねえぞ」と、きつくいい渡している。去年の八月の新宿の大火の次の次の日に。

だからこそ。

企みは、念には念を入れて、夏には決して匂いを嗅がれないように仕組んできた。

「いいか、火事になったり、火事が近い時は、まず、火薬と花火を、この鍵屋の家屋敷の外へ運び出すことだ。大川の河原だ。火除け場は危ねえ、もっと奥へだ」

風の強さにふてぶてしさを感じ、新八は手代として職人達に念を押す。

新八は、仇《かたき》の玉屋が、火薬と花火の蔵に、火事の時は外から水をぶっかけ、それから秘密を厳しく守るため、火薬と花火と心中するように蔵に籠もるというのを、他ならぬ夏から直《じか》に聞いている。盗みは女以外、技であれ薬であれ何でもござれの五助の調べとも一致している。去年の内藤新宿から出た大火でも、玉屋は、この通りに血族親族一同一糸乱れずに動いたとの報告だった。だが――この指針は、誤りといい切れる。この何十年、両国吉川町が火事に遭わなかった驕《おご》りに過ぎぬ。

〝尿源〟のいっそうの工夫と進みは、ぐいぐい歩んできた。

忠吉の、「細い砲でもいいから前方への炎」も然り。注文通り、五十尺、飛ぶ。無論。

決して、甘くはない。

何より、決断の日々の辛さは例えようがなかった。

いうまい。


次の日。

昼四ツ、ちょっと。

風が、いきなり生暖くなり、海の潮っぽさに若草の匂いを混ぜ、芝、高輪《たかなわ》、品川方面から吹き荒れてきた。西と南へかけての方角からの烈風だ。大火が好む風向きだ。大火が餌食《えじき》を求めて唸《うな》る風の速さだ。芽吹いた柳が枝でなく、根本から揺れだし、幹が軋《きし》む。

こういう強い風の日には、なぜか、薬掛《かかり》長の耳と口が儘ならぬ雄吉の動きが、いつもとまるで異なり、せわしなくなる。火薬と花火の蔵に取り付けた、物干し台と称しての火の見櫓《やぐら》に登って鼻をくんくんさせたり、背伸びをしたりする。

新八の胸の表も、中も、奥も、棘《とげ》が尖《とが》って、太く、高くなってくる。

今日は、火事は出るなよ。重い科《とが》を犯さねばならなくなる。

いいや。

火事よ、出よ。もう、夏を待たせられない。ぎりぎりだ。

しかし、それは、ことの後の罪と科を考えて、あちら待ちだ。その代わり、奇跡的に成功したら、誰も疑わないやり方……。

軽く蕎麦《そば》でも食うかと、手代用の分厚い、藍地に『鍵屋』と白く抜いた前掛けの塵《ちり》を払った。幾年も、この前掛けも外すことができない。番頭ではないからだ。主でも、無論、ない。ああ。十五年か十六年の間も。今だって、天災頼み。いや、天や自然の動きを、人の知恵によって、異様な酷さへと変えるのだ——だけれども、しかし。自らを嘲けり、新八は、くっくっくっと喉を鳴らし、空を見上げる。花曇りの空まで、風に渦巻いているように映る。

「う、ううー、ううっ」

試し場と、花火の作り場の元締めをやっているのに、雄吉が、倉庫の櫓から、ど、ど、どっと、大焼けの時の岩の転びのような音を立てて降りてきた。額の青筋と顎の張りの鋭さで、かなりの大ごとが起きていると分かる。

「どうした、雄吉」

〈まだ、火は見えない。しかし、芝か高輪《たかなわ》あたりで火事らしい。匂う。風の勢いが並みでない。どでかいことに〉

雄吉は、楔《くさび》のように盛り上がった喉仏《のどぼとけ》をひくつかせ、石盤に白く大きな蠟石の文字を走らせた。

新八は、もしかしたら人生の分岐がついにきたかと、火薬庫の脇から築いた櫓への梯子を、ゆっくり、ゆっくり、登っていく。主の鍵屋弥兵衛の洗濯物の干し場の褌《ふんどし》やら襦袢《じゅばん》やら半纏が、ひらひら、偽りの新八の生まれと育ちの蝦夷地《えぞち》の方角、東北へとはためき、物干し竿に絡みついている。それを、次に、見下ろし、屋根より高い櫓に登り着く。

雄吉が、伸びをした。

新八は、両目を眇《すが》めた。

三里先か四里先か、芝方向で、白い煙と赤味を帯びた橙色の炎が、ぶわっと、一気に、堪えて堪え切った屁のように、天へ、真っ直ぐに伸び、ついで、外へと竜の舌のように、尖ってくねり、時にぶっとくなり、ぺろんと、横へと拡がった。芝でも、泉《せん》岳寺《がくじ》方向だ。音は、歩いて、一時《とき》はかかる、二里以上はあるから、聞こえぬはず。なのに、ごおーっと、急に勢いを増す炎の音が轟《とどろ》くように思える。切れ切れに、悲鳴すらも……。

〈新八さん、でけえ火事に……なる〉

石盤の雄吉の字は躍っている。

「うむ。おれは、出かける。野次馬だ」

雄吉は、密偵のように疑り深い目をして、上目遣いに見てくる。白目のところが、やけに大きい。

雄吉の呻きの声を背中にして、ひどく引き締まる強《こわ》ばりの中、新八は、兼ねて用意していたぶつを、火薬の調合室の隅から取り出す。懐に入れ、草鞋《わらじ》の紐《ひも》をしっかり結び、三味線の箱を抱き、外へと、悠然と出る。否、悠然を、ぎりぎりと装い。

芝、高輪、品川へと、人々は野次馬として駆けていく。当たり前だが、背後を振り返りつつ。いつ、自らの家に飛び火するかも知れないのだから。

やっと、公儀が火事と認める、どん、どん、どどんが、どん、どん、どどんがどーんという定火消《じょうびけ》しの太鼓《たいこ》が轟いてきた。すぐさま徳川さまの出足の遅れを笑うように、かん、かんこ、かん、かんこっと各々の大名屋敷の火の見櫓から板木がせっつくように打たれ、地の底を弾んでやってくる。そして、真正面に「大変でえっ」と、実際には火事を早く知っている町火消しの半鐘が、じゃん、じゃん、じゃんとせわしなく轟き渡ってくる。

昼四ツ半、昼飯時にはかなりの間があるのに、これからを思うと、急に腹が空いてくる。新八は、空きっ腹をも、ふてぶてしさを身につけたと自ら納得する。が、頭の方が、くらり、くらりと目まいがしてきて、どうなんでえ……。腹を、括《くく》り直せ。

「三原橋の河岸あたりかね」

「いいや、本芝ぐれえだろう。風向きが西と南の真ん中に変わってきたな」

「引き返しやしょうか」

「なに、芝方角から、こちら神田一円までは、いくらなんでも、こねえよ。いくぜいっ」

尻っぱしょりで町人が語りあいながら小走りに急ぐ中を、新八は、同じく、大名小路、外桜田、増上寺《ぞうじょうじ》の方角を向きながら、前へではなく、後ろ、後ろへと急ぐ、軀を芝方向へ向けながら。理由は、擦れ違った人に、顔を見られないためだ。人とぶつかりぶつかりしても、柳橋と両国橋方角へいく。退きながら、急ぐ。あの屈伏をせざるを得なかった、信州上田城の手前での一揆の最後を俄《にわか》に思い出し。

うむ、この風向きと、風の強さなら、いけるかも知れぬ。

いくしかねえぞ。

待て。

慎重に。

日が、高い。

急ぐこたあねえ。むしろ、心構えの方が重え。

新八は、盗みに長けている五助の、乞食や、玉屋に出入りの魚屋八百屋呉服屋から仕入れた、今の玉屋の屋敷の絵図を思い浮かべる。夏の、あまりの羞じらいに溺《おぼ》れて、なお、両手で両目を隠して交る姿と共に、夏と、玉屋一族のいざという時の動きを、瞼《まぶた》の裏に描く。

火事を告げる太鼓や、潜《くぐ》る板を叩く音や、威勢の良い半鐘の音よりも、真っ赤な蓮《はす》の色の舌をちろちろさせて、蛇の舌より動きの激しい炎の方が、気負いに満ちてきた。

はっきり、木と分かる匂いのほかに、獣の焼け焦げる匂いまでしてくる。

凄えや、この火事は。

懐《ふところ》の、湿りを防ぐための桐油紙《とうゆがみ》で包まれたぶつに指を触れる。ぶつとは火起こしの〝尿源〟を凧糸に括りつけたものだ。凧糸には蠟が塗られている。火を導き、順々に伝えていく役割を果たす。炭団《たどん》よりやや小さい弾丸も袋に入れて三つ。弾丸には、焰硝の質が悪く消えにくい火薬の炭団が入っている。火薬の炭団の表面は、五重の紙を貼り合わせてある。この火薬の炭団にも、火を導く口火の紐がくくりつけてある。粉となっている火薬も、紙に包んで、懐で揺れる。

大砲の秘術を、竹筒に応用した忠吉の作だ。

真っ昼間でも、うまく、いくはずでえ。真っ昼間でも。新八自身、三度、たった一人で試している。

この弾丸を、太さ三寸、長さ一尺半の竹筒から打ち、玉屋に放《つ》け火をする。砲の下は竹の節だけでなく鉛で底が抜けぬように工夫してある。「この筒を大型にして、弾丸の中の火薬の細工をすれば、玉屋の花火など玩具です」とは忠吉の弁だ。こうなると、筒は砲と記すべきだろう。弾丸の下には、火薬を敷く。その火薬には、竹筒の先から、内側の隙間へと〝尿源〟を結んだ凧糸を吊す。凧糸には〝尿源〟で火を灯す。学があり、妻子への執着ゆえ、忠吉の職人技は、決定的に信頼できる。大砲との違いは、弾丸を収める砲の下が、がっちり鎖ざされ、しかも、その弾丸の下に火薬を灯す工夫がなされたことだ。大人十人分、五十尺は飛ぶ。

点火は、真昼に、人の目につく火打ち石や炭の種火は使えない。だからこそ、一斗樽の小便で、小指の爪の先ほどしか作れない〝尿源〟が生きる。

砲は――。

三味線を収める箱に詰め、新八自身が抱いている。

標的は――。

愛する夏の住む二階建の母屋。

ここが燃えれば、火薬庫であり花火の蔵でもある建物は、必ずや爆発する。母屋との境は、五つの子供の背丈、三尺。うまくいけば、蔵の中に火薬と花火と共に住んで守る、一族は九人、血の濃い順に全滅のはず。蔵は母屋の北にあるから、できれば、南へと偏った風が吹いて欲しい。しかし、大火は、風が風を呼ぶから、母屋さえ燃えればなんとかなる。

必須中の必須は、夏を、放火の前に、外へと連れ出すこと。放け火と殺しは、当たり前だ、玉屋の夏には喋っていない。が、いざという時には、新八自身が必ず迎えにいくといっている。

火を放つのが先か。

夏を、母屋から、まずは外に出すのが、先か。

決心は、していない。

様子を、きっちり見て……。

もしかしたら、もしかしたら。

夏だけを失うかも、知れない。

夏……。

早春の、武蔵の国の野の、浅い雪の上で抱かれ、燃えた夏。「放さないで下さいね、怖いから」と泣いた夏……。

いざとなったら「さくら、さくら」の童唄《わらべうた》を、口笛で吹き、外へ飛び出してくるはずの夏。

二つのことを、一挙にせねばならぬ。

新八は、かつてない身震いをする。胃がきりきり痛む。肝《きも》あたりが、苦い。心の臓が止まるがごとくに縮む。

しかし〝尿源〟を口火と導火線として、火薬の弾丸が放け火の道具として破裂し、玉屋が潰れ、後を乗っ取ったら、次は、火薬の弾丸自身が、悪をたっぷり滴《したた》るように吸い、〝華学〟として花開かせねばならない。祝砲と思うことだ。否、新しい、世を引っ繰り返すほどに鮮かな、祝いの花火とすることだ。失敗に終わり、発覚したら、引廻しの上の火罪か磔《はりつけ》。いや、鋸挽《のこぎりびき》か。いい。一時にのみに映える花火となぜか似合う。

大火事の時には、街々の天水桶が鈴なりに重なりあう姿がかえって淋しい。水で消すなどできない。家々を壊《こわ》すしかないのだ。

新八は、袖の袂から手拭いを出す。頬被りをする。

火事の勢いは、ますます増してくる。曇り空が、茜色に揺らいでいる。火の見櫓に登って西南の方角を見る者、大木に攀《よ》じ登って見物する者、梯子《はしご》を掛けて波の形の桟《さん》瓦《がわら》の屋根の上で気障《きざ》にも遠目鏡《とおめがね》で覗く者といる。

町火消しだ、ざっ、ざっ、ざっと縦長に並んで小走りにいく。鎧《よろい》ごとき紺色の長半纏の群れが、甲虫《かぶとむし》の行進みたいに映る。ほとんどが二の腕から彫りものを見せている。長柄の鳶口《とびぐち》の刃先が、濡れ光って青い。

この非常の時なのに、大名か小名か行列をして、千鳥橋の橋番の下っ端役人が顰め面をしている。この侍どもの威張りたがる好みは、侍をいずれ役立たずに追いこむと新八は、推し測る。新しいものを、生まず、妨げる。

「芝の増上寺の五重の塔がよオ、焼け落ちたってよオ」

「幅が長え火事だとよ。七町から十町の幅だと」

「神田界隈まで、くるかな」

「まさか、二里半もあるでしょうが」

御城を除いて、町家のみならず、大名屋敷も、旗本の家々も、寺社地も、ざわめきを大きくしていく。大火事としてはおととし二月の頻発した火事から二年振りか。騒乱に飢えて何かが人々の間に溜まっていたのだ。声が、甲高い。吐く気が、燃えている。

「しかし、昼の火事は、でかくても花火には敵わねえな」

「いいや、夜まで燃え続けたらいい勝負だぜ」

「いや、夜の火事の方が見事だろうよ」

「なんでだ?」

「火の粉、炎の舌と渦と舞いは鍵屋のより変わりが多い。むろん、玉屋の芋の赤い色より垢抜けしてらあ」

「うーむ」

「おっ、また、ぶわっと火を噴いたじゃねえか。ありゃ、でけえ豆腐屋の屋根。おいっ、斜めに真っ白の炎だぜ。苦汁《にがり》だ、苦汁が燃えてるんでえ。おい、花火並みだぜえ」

髪結いの主と客みたいな男二人が、緑橋の袂《たもと》の松の木の太枝に腰を掛け、気楽な会話を交わしている。

なに、苦汁？　苦汁が白い炎か。花火の素になり得る。白い桜のような花火の……。

おっ、綺麗だぜえっ。

いい、今は。新八とて、芝方向へ、駆けつけたい。山の大焼けと火事とには、胸騒ぎどころか、胸が張り裂ける寸前ごとくにどよめく。花火へ生涯を賭ける引き金を引き、原因を作り、思いを膨らませたのが浅間山の爆発、そして、引きずったのが一揆の放け火だったが。

今は、玉屋一族を滅ぼすため、目立たぬよう、ひっそり、隼《はやぶさ》の眼をして、柳橋と両国橋の四角く交叉する吉川町の玉屋とその周囲の様子を窺わねばならない。だから、鍵屋のある横山町から、あたかも流しの三味線弾きのように三味線の箱を大切に抱え、青地を白く抜いた﨟纈《ろうけつ》染めの手拭いでやそう被りをしている。鼻から下を隠しているのだ。

再び、後退る。

横山町の鍵屋を、見やる。入堀が、火を遮《さえぎ》りそうだ。大丈夫か。

大番所があって厳めしい浅草橋は知らん振りをして過ぎ、少し遠回りになるが、柳原土手沿いに神田川を遡《さかのぼ》り、新シ橋を渡り、柳橋へと下る。

標的が、近づいてきた。

柳橋を渡り、小路に入ると、玉屋の店先と塀が見え、夏の寝る二階の部屋の格子戸が見えるはず。もっとも、今日は、鍵屋も然りであったが早々と店を終えているであろう、この火事だ。

なだらかな円を描いて三日月を俯せたようになっている柳橋の真ん中に差しかかった。

虚無僧《こむそう》が、吉川町の方角からやってくる。人はみな、鍵屋のある横山町方向へと急いでいるので、目立つ。さすがに、この火事騒ぎ、尺八は吹いていない。銭を入れてもらう箱だけをぶら提げている。卍《まんじ》の乱れた模様の袈裟《けさ》も、その下の白い衣も、そろそろ昼八ツになるか、そのまぶしい光に、奇妙に真新しい。顎まで隠す深い虚無僧笠に、新八は、禅宗の高僧の明山との出会いを思い出す。かなり、たじろぐ。少年期の心の傷は、かくも、大きい……のか。

新八は、虚無僧と擦れ違った。

風のせいか、虚無僧から、匂いが寄せてきた。抹香や線香の香りでなく、冷えてしんなりしているが辛気臭くもある火薬の匂いがしてくる。坊主が……火薬の匂いを？

振り返らず、新八は柳橋を渡り切った。

同朋町のあちらに、夏が、格子戸の内の障子戸を開けて、大川を見ているはず。

「大火の時は、いいか」と、五度も念を押している。花火の時は、ここいらの町家の二階家は鈴生《すずな》りになって花火の船を見下ろすが、今は火事は反対の方角、数少いはず。

「座って、他人に分からぬように外を見ていろ」と新八は告げている。新しい、別の父親を慕《した》うみたいに、ただ、夏は頭を下へと振っていた。一途、ひたすら、それが、我が夏……。

なんでえ。

虚無僧が、踵を返して、新八に並んだ。

「うう……うっ」

雄吉だった。深い笠を、上げた。頭を、青く剃り上げている。たった、昼四ツ半から昼八ツ半まで二時の短い間に、なぜ、こんな姿に。

〈おれは、先おととしから、少しでも役に立てばと考えてきた〉

懐から矢立《やたて》を出し、筆を舐め舐め、今日はちゃんとした巻紙に、今や新八より流れる文字を雄吉は書く。

〈おれは、知ってる。忠吉サの、大砲を、軽く、容易く、楽々と花火に応用したやり

万を。忠吉サは、よっぽど自慢したかったのだろう、おれに。一回だけ、試し射ちをさせた〉

雄吉は奉行所の役人みたいに新八の顔を睨み、次々と尋問みたいに文字を書き、また新八の顔を覗きこむ。

「うう、うう」

雄吉は、むっつり静かな、異常な頑《かたく》なさを持っている。呻きのみならず、動きで、新八に絡みついてくる。

「雄吉、ことは簡単でねえ。玉屋の一人娘だけは助けるんだ」

「あうっ」

雄吉は、新八の持つ三味線の箱を、横奪りするように引ったくった。引かぬ。底力がある。頑なな心根が横たわっている

「おまえ、おまえ、おまえ、雄吉」

〈おれが、玉屋は滅ぼす。懐にある火薬、弾丸、縒《よ》った糸、ぼわーっと燃える薬、みんな、出して下さい。玉屋の屋敷内は五助の教えてくれた図の外に、幾度も忍びこんで直の鼻で匂いを嗅いで、見ている〉

この大火事で雄吉は浮かれ狂っていると思いきや、常より、冷静そのものだ。新八は、聞こえぬ、ものを言えぬ男の溜まりに溜まっていた力の凄みに気づく。そもそも、

巻紙に記す文字に並み並みならぬ迫る華麗さがある。

「でも、何でだ、雄吉」

新八が、雄吉の筆を奪い、記した。

この火事の時に立ち話も、おかしい。

新八は、同朋町新地と下柳原同朋町の狭い路地を、細い堀割沿いに右手へ曲がる。急に、人通りは少くなる。雄吉は、ぴったりと肩を並べ、離れようとしない。

玉屋の母屋の二階が黒塀の上に見える。約束を守るなら、夏がいる。しかし、夏の部屋は見えない。蔵の脇の櫓に、二人の見張りが、芝方角を背伸びをしながら見ている。他の連中は、薬の配合の秘密を守るために火薬庫の中で息を潜めているのだろう。

人の三人分、十五尺しかない堀割の向こう、黒塀を越えて、忠吉の考えだした砲弾丸は、楽々、母屋の軒には届くはず。そして母屋の火は、店先の花火を巻き添えにして、三尺も離れていない火薬と花火の蔵へ。いかに蔵の壁が厚くても、壁自身が熱く焦げるはず。そして、狭く数少ないといっても鉄格子の嵌《は》めてある窓からも火の粉が忍びこみ、燃え易い花火と火薬は……。

いや、甘いのか。

狸の算かも知れぬ。

図ることと、ことの終わりは、別のことを生むのが普通。実際、人通りは少いとはいえ、この細道から砲を玉屋に向けたら、人に見られて、発覚しかねない。

いけねえ、浅草御門だ、大番所がある。左へいくか。

途端に、両国広小路の方から、野次馬が小走りに、旅人宿から小伝馬《こでんま》町、江戸橋、日本橋へと群がっていくのとぶつかる。九割九分が、同じ方向へ急いでる。だから、火は、まだ日本橋や江戸橋を越えていないと分かる。これが、七割と三割になったら危ない兆し、六割と四割になったらほぼ危ない。うんや、今は、逆なのだ。危なさこそ、身の安全に繋がる。火が近くないと、飛び火は怪しまれる。

両国橋へ続く、両国広小路の火除け地を含む広い地を、隅へ隅へと、息を潜め通っていく。雄吉は、ついてくる。いつもは、あれほど仮設の水茶屋などで賑わっている橋番所と下乃御召場《しものおめしば》の両脇の大川の河岸なのに、ことごとく店閉まいをしている。

玉屋のある吉川町ばかりでなく、風向き、自身番所、町奉行所の番所、岡っ引き、火事の移ろい全ての動きを肌に耳に目に集中しなければならない。

「帰れ、雄吉」

「ううっ」

今や、完全に虚無僧の笠を脱いで、雄吉は、目の奥に火薬より黒いものを詰め、縋《すが》ってくる。その目の芯には、男の玉や、鳩尾《みぞおち》や、胃袋の底に溜まった濁った光がある。飄々《ひょうひょう》として、黙して生きてきた抑えこむ静かな光もある。思い詰めた澄み切った光さえ、微《かす》かに認められる。

「なぜだ、雄吉」

「う……ん、ん」

雄吉が、新八の言葉が解《げ》せぬように首を左右に振った。

新八は、雄吉の顔が目立たぬように編笠《あみがさ》を被せた。

雄吉が、矢立を再び取り出した。

〈新八さんは、おれに読み書きの師匠をつけてくれた。鍵屋の主に無理に、強引に迫って。算盤《そろばん》の先生も。おれは家でも厄介者。厄介にしたおふくろの薬代も出してくれた。長屋でも近所でも同じ。だから、有り難いとずうっと思ってました〉

雄吉は、よくよく見ると流れる華麗さだけでなく、律義さもある字で書いていく。

〈いとさんを消した。違いますか〉

墨の線に筆をきゅっと押しつけ、たっぷり溜まった黒々とした文字で、しかも一寸四方ほどの字で、雄吉は記した、巻紙を刻むごとくに。

「うう……うっ」

呻く番は、新八だった。

しかし、そうだ、そうでないなど、紙に書けない。殺しの証しとして残る。無論、残る前のことも横たわっている。

〈おれは、いとさんを消してくれて、地獄から這いずり上がったのでした。新八さんはそれから仏さま。一つぐらいは、尽くしたいのがおれの願い。花火の秘薬では、知ってる通り、新八さん、五助さん、忠吉サに、本当は習ってきた。いとさんとの地獄の時には、恐ろしさで覚えられなかった〉

然《さ》も有りなんことを、雄吉は記した。

雄吉は父無《てて》しの四人兄弟の三番目、しかも唖者、やっと奉公先が見つかったと思ったら、鍵屋の長女の玩具、忍耐と望みが泥と雲のように切り離され、時に濁り合い、この大火事の日を迎えたのであろう、静かに黒いほどに黒い二つの瞳を、歌舞伎役者が見得を切るように瞼《まぶた》へと引っつけ上げた。

「う……む」

頷くほかは、新八はできぬ。

〈新八さん。玉屋への放け火と、跡取り娘だけを助けるのは大なる矛盾。おれが、火薬庫へ放け火。新八さんが、跡取りの娘の救い。二兎《にと》を一人で追ってはいけない〉

雄吉の握る筆先が毛羽立ち、震えも手伝い、なにかしら文字が鬼気を放ってきた。

新八の、かつてない決意と震えに、共振する。

確かに。

放け火と、夏の救い出しの二つの目的は、二兎を追うもの。両方とも失敗する割合いは、あまりに高い。

「なら、やるか」

真正面、雄吉の鼻面《はなづら》五寸、掌《てのひら》の距離で、新八は呟《つぶや》いた。

「う」

「やってくれるか」

「う」

「よっし、頼んだ」

新八は、告げてしまった。この大火事の世が動いて、転じて、引っくり返る喧騒《けんそう》に酔い。

〈生きて帰るつもりだ、おれは。その前に、一つだけ、願いをいっていいだか。生涯の願いを〉

ことさらに、一文銭の四角い穴のような小さい文字で雄吉は記した。うなだれた。目の縁を赤くした。

「うむ」

〈はあ、胸で、泣かせて下せえ。仮りの葬《とむら》いを、やって下せえ〉

急に文字が乱れた。

「うむ」

頷くや、新八の首から下の胸に、雄吉が頭を埋めた。鍛冶屋《かじや》の鞴《ふいご》から蒸れ出るほどの湿りと瘧《おこり》のごとき熱い息が、胸板を攻めてくる。顎から鼻へと駆け上がってくる。

新八は、奇妙な気分に迷った。

へなへな、雄吉が、腰から崩れ落ちた。

崩れ落ちる前、新八は、はっきり、雄吉の男根が、尖り、太く、屹立したのを知った。そうだったのか……雄吉。いとのことでは、辛かったろうな。

——まこと厳しいことを雄吉に命じ、分担を決めた。

宵五ツ、戌《いぬ》ノ刻。

人々の日本橋から、芝方向へと一方的に群がる小走りの歩みに、逆の動きが出てきた。一割五分から二割の人が、日本橋から両国橋へと慌てた様子で帰りはじめている。

「きょ、きょう、京橋まで火はきた」

「日本橋の堀も越えるかも」

「本当けえ」

「本当だ、数寄屋橋御門《すきやばしごもん》の内外も燃えはじめた。木挽町《こびきちょう》、材木町もでえ」

「へん、火事は花火と同じでえ。おれは、丹波行李《たんばこうり》一つが、全財産だ。命以外、尽きてもいいやい」

「おいっ」

「もう千人は死んだらしい」

「まさかあ」

人、人、人が、声を荒《あら》らげてゆき交う。

新八も、この大火事は、大川のこちら西岸を全て飲み尽くすと薄々予測する。とんでもなく、どでかい火事だ。

しかし。

あらかじめ予測される火の勢いの前に、不意を突いて玉屋を襲わねばならない。

闇空を見上げた。

八丁堀の方角だ、南の空に、盛んに火の粉が糠《ぬか》のように、あるいは小梅の蕾《つぼみ》のように、そして牡丹《ぼたん》雪のごとくに闇空を攻めている、小石ぐらいの大きさの炎も舞っている。嘘つきの舌よりも、もっと大きい炎が、めらめらと、人を嘲笑《あざわら》うように、時に真っ赤に、時に仄《ほの》黒く、こちらを見て威張り、唸って睨《にら》んでいる。夜空は焦げないのか。炎は、斑になった赤さを空に映し、空の雲は、ゆらゆら赤黒く揺れ、江戸湾の波のようだ。時折り、ざわめきというよりは、金切り声の「きいーっ」「おっ父お」「おっ母あ」「あいーっ」というのが聞こえてくるのは烈風のせいか。同じく強い風に、木材から衣類から埃まで焼けていく匂いと違う、髪の毛や人の肉の燃え尽きる匂いが乗ってくる。脂の重く酸っぱい匂いが鼻奥を突いてくる。

この、大火事に、花火は真向えるか。

新八は、これから起きることよりも、大火に、ひどく、嫉妬を抱きはじめる。

勝てるのか。

炎が、やはり、濁った赤さだ。

てんでんばらばらの火の舌は、蠱惑《こわく》を呼ぶけれど、それに、惑乱の秩序の無さは紅《ぐ》蓮《れん》の炎といっしょにこの世の終わりを暗に示すけれど、そして、火の粉は百尺二百尺へと舞って美しいけれど、花火の均整のある、あらかじめ予測できる調和に、敵《かな》うまい……。

そうか？

疑いは、湧く。

だけれども、大火事より、花火の方が美しいと賭けるしかない。賭けてしまったのだ。

それにしても、火というのは、なぜこんなに人の胸を圧し、掻き回し、切なさを呼び、酷《むご》く、華となるのか。上下に無縁に、今、町家だけでなく、大名屋敷も旗本の屋敷も灰へと急ぐ。軒や柱が、ごすーんと崩れ落ちる音とともに。

そうだ。

火事は、燻《くすぶ》って長い時を費すが、花火は、瞬《まばた》きの間と、決まっている。ここだろう。

ここだ。

花火が勝つ。勝つに決まっているのだ。

ふと……。

御城を、見上げた。

天守閣は作らず久しいが、御本丸は、闇の中に、ちろちろした赤い炎を受けながらも、まるで無縁に、全てを見下ろしている。否、見下ろし、舐《な》めている。徳川様って、何だ。この図々しく、慌《あわ》てぬ落ち着きは。西御丸の白壁も、炎を映しているが、大火事とは関りはない。桜田堀の、この大火にも冷静な漆黒の闇を仕切りとして、厳として聳えている。

新八は、思う。

百姓の出自として。

この、本丸、西の丸を脅やかす花火を作らねばならぬ。

本丸を越え、本丸で見物する偉い侍どもが頭を上げ、本丸より高いものがあると知らしめねばならない。

それには、三百尺。

うむ、狙うぞ、いつか、見てろい、三百尺の花火を。

ざまあみろい。三十五万石、井伊家の塀や長屋が、そろそろ火を噴きだした。燃えろよ、燃えろ。

人々が、数寄屋橋御門外、京橋方向から俄《にわか》に、こちらへと、どっと流れてきた。その数の比は、なお野次馬のゆきが五、戻りが五。

この時だろう。

この時しかない。

この時のために、命を、この十年を費してきた。いや、十四歳の浅間山の件から、二十幾年余りを。

奉行所の偉い役人も、木っ端役人も、町内の年寄りとかあれこれも、みんな火事場について細かく、細かく、気を配っているであろう。が、この時しか有り得ぬ。

両国広小路と米沢町の狭い町の交わる所に立っていた新八は、重い重い重い、右腕を天に真っすぐに上げた。雄吉と取り決めた合図だ。

やべえ。

新八は、音鳴りに自ら驚くほどの舌打ちをした。

炎が、かつて自身が限りのない退屈地獄と虚無の底で見張りをしていた小屋から噴き上げたゆえにだ。玉屋の屋敷の隅っこだ。蔵から離れている。そこじゃねえ。

雄吉は、忠吉に密かに、打ち上げの仕方は教わっていたはず。〝尿源〟を雪駄の底で擦り、導火線に火を移し、すかさず、竹の砲を臍の上に乗せ、両腕で強く握ること……を。焦れたりしても、決して、砲の先を覗かぬことを。下手に覗きこむと、火薬の勢いで首ごと吹き飛ぶことも考えられるのだ。

ああ。

ぼわっと、見張り小屋から火が、蔵と方向を違えて噴き上がった。玉屋が、警戒しちまうじゃねえか。

うんや、炭団ごとき弾丸は、あと二個ある。

ずぼっ、という大鯉が餌を吸いこむみたいな小気味の良い音が響いた。すぐに、んきゅーっと弾丸が風を切る硬い音をさせて、尖り、ささくれ立つ。いけねえ、夏の部屋に突き当たった。火の粉が、ぶぽっという響きと共に舞い上がった。夏の部屋の障子戸がいちどきに燃えはじめる。

新八は、疾走する。

胸底を鋼《はがね》で削られる思いで。

助かってくれ、夏。

玉屋の店先では、人に見られる。

角を曲がって、黒塀へ。

いけねえ、いけねえ、いけねえやいっ。

夏の部屋が竈の口に小枝を差し入れ、太い薪に火が付く寸前みたいに、灰色の煙と白っぽい火を吐き出している。店先と部屋が煙突の役割をしている。

いる、夏が。

出窓から、身を乗り出し。

夜着を被って、口を、真夏の生暖かい金魚鉢の金魚みたいに開け、ぱくぱくさせて。

こんなことなら「動くな、待ってろ」なんてえことをいわねば良かった。律義な女なのだ。真に。

新八は、合図の口笛を「さくら、さくら……」と吹くが、唇が硬ばり震え、音にならぬ。

夏は、気づかぬ。動かぬ。

それより野次馬がどんどん近づいてくる。

かまっていられぬ。

発覚も、覚悟の上だ。

否《いな》、火が、企み以外のものを呼んで、勝手に叫びはじめた。

火が。

新八は、道の角へと引き返し、店先へ走る。

「どうしたら、いいの。怖い、怖いよオ」

店先に、童女が俯せて泣き喚《わめ》いている。危ない。頰を思いっ切り張って「大川へいけっ」と怒鳴って、店の外へ放り投げた。正気になって、童女が逃げはじめる。

少し、時を失った。

うんと勝手知ったる階段を、煙に逆らい登る。息が苦しい。救いは、火によって目の先が見えること。それとて、煙が目に情け容赦なく押し入ってくる。煙が喉を灼《や》く。うげえっと噎《む》せながら、咳を、がぼっ、がぼっ、がぼっと吐き、夏の部屋の襖戸に体当たりを食わせる。髷《まげ》が、元結から崩れ、ざんばらへ。髪が目を塞ぐ。

「な、な、夏、ううっ」

夜着から、首だけを出している夏が振り返った。美しい。こんなに美しかったか、おまえは、夏。

「夏う、このまま、外へ、飛び降りろお」

「新八さん」

夏が、焦げながら燻《くすぶ》る畳と、障子は燃え落ちて桟が蛇の舌みたいに炎を揺らす中に囲まれ、掠《かす》れ切った声で応えた。恐怖のせいか、腰が抜けているようだ。

新八は、夏を夜着ごと包み、掬《すく》い上げた。重い。

出窓へ、夏を抱えて、上がろうとした。踏鞴《たたら》を踏んで、前のめりに躓《つまず》いた。

途端に、天井が、ずんと落ち、熾火《おきび》か、火の塊か、真っすぐに夏の、美しくてすぐにでも口吸いをしたくなる顔に、頭に、ぶつかってきた。

「ぎいーっ、ぎいっ」

夏が、あの落ち着きの深さの魅力の夏が、鋼のような、自らの女の器さえ切り裂くごとき悲鳴を挙げた。

夏の髪が、炎の渦となった。

夏を抱いて、新八は、外へと飛んだ。

せいぜい十尺。

でも、なぜだ？　時が、かなりあった。

着地してすぐに劇痛が、右足に走った。

そして、同時に——。ぐわん。

近くで、肉とか骨とか血脈が弾き飛ぶ、ひどく柔らかく、かつ、鈍い響きがした。

そうか、砲には、三発目の弾丸が残っていた。質の悪い硫黄の二十倍も臭い匂いが、すぐに鼻奥を刺した。間違いない、雄吉の仕業だろう。違う、違う。弾丸を覗きこんで、雄吉は……。

「てえへんだあ、玉屋が燃えるーっ」

「花火屋の火事は、地獄だぞっ」

「おいっ、首が素っ飛んでる坊さまがいるぞ。血だらけだあっ。竹の花瓶を抱いて、こりゃ、なんでえ」

野次馬の声がする。けれども、新八は、起き上がれぬ。右膝が外れて、骨が、互い違いになっている気の遠くなる痛さに。あの雄吉は、巻紙を始末したか。それどころじゃねえのだ、夏は、夏は、生きているのか。

「おい……仇《かたき》の鍵屋の手代じゃねえか、この男は」

「仇なのに、玉屋の娘を助けようとしたんだ。侠気《きょうき》そのものんでえ」

「運べ、運べ。両国橋のあっちまで運んでやろう」

「女は？」

「女もだ。でも、助かるかな」

「可哀想、顔だけでねえぞ、火傷《やけど》は」

「急げ。飛び火だ、飛び火」

しっかりしなくちゃいけねえと自らにいいきかせても、新八は、頭の中が故郷の渓流の澄んだ青さに揉まれていき、やがて、意識を失っていった。

――。

悪人になり切れねえおれって……。

新八の気持ちは、鋭く狭《せば》まっていくのに、青白い夢の間に放り投げられ、漂っていくのであった。


潮の辛《から》い匂いと、川の灰汁《あく》っぽい匂いで目醒めた。頭のてっぺんと、鼻先が寒い。右膝は劇痛というよりは、火照りが肉に四寸か五寸食いこむ疼《うず》きとなっている。

ここは、御救《おすくい》の小屋か。

そういや、粥《かゆ》の腹をくすぐる香りと味噌汁の香りが、鳩尾に集ってくる。

「まる一日、焼けていたな」

「もう焼ける家がねえぐらいだもんな。麻布《あざぶ》や三田まで、丸見えだ。江戸は狭いんだな」

「焼けた家は武家が千二百軒、町家は百万軒以上らしいよ。人は、優に二千、死んだそうだ。どこで、焼くのかな」

「鈴ケ森や千住や浅草に、でかい穴を掘って」

「おい、罪人じゃねえんだぞ。中には、死に損って……おい、目を醒ましたみてえだぞ。鍵屋の手代だよな。立派な御仁だ。敵の娘を……なあ」

「鍵屋の清七さん、清七さん。間もなく、また、医者がきますぜい。うーむ、まだ正気じゃねえな」

新八は答えようと思うが、軀に力が入らない。喋《しゃべ》るということは、実は大そうな気の漲《みなぎ》りを要すると、はじめて分かった。

隣りの人が、手を差伸べてきた。新八の手を弱々しいが、握ってきた。柔らかい掌だ。けれども、ひどく、ぶよぶよで、水気を吸っている。

首を曲げて、手を握ってきた人を見た。

ぎょっ。

頭の頂から白い晒《さらし》だらけの、顔から、目を一つだけ出した、晒でぐるぐる巻きの、右胸まで晒巻きの女だ。晒には、薄い血と黒い脂《あぶら》が沁み出ている。数限りない波と渦を作って。

夏……。

手を、そっと握り返した。

掌《てのひら》も、火傷で、半分、火膨《ひぶく》れになっているのが、水っぽい湿りと腫《は》れで判断がつく。

新八は、半身を起こそうとした。右膝に重さが加えられず、儘《まま》ならない。

「起き上がっちゃ駄目ですぜい、鍵屋の清七さんとやら」

「新八さんが、正式の名だ。新八さんっ」

「そうか。新八さん、頑張って下せえや。また、花火を見せてくんなせえ。花火の時が、江戸の幸せな時。大火になると、分からあなあ、あ」

わずかに、新八に力が満ちてくる。

「玉屋さん……気の毒にな。跡取の娘さんだそうで。死なねえで生きて下せえよ。なあに、顔が滅茶滅茶になっても……お化けになっても、女は愛敬《あいきょう》が大切でえ」

思いやりと残酷は、金貨の表と裏、面倒を見てくれる中年男の一人がいう。

健気というか……夏は、手をきついほどに握ってよこす。

「んで、そのう、玉屋の跡取り娘さん、いいにくいけど」

「おい、いわんでいい。もっと、しゃきっとしてから、ツネキチ」

「しかしだよ、悲しいことは先に話しておいた方が、ヘイキチ」

二人とも、もぐもぐしはじめた。やはり、玉屋には、かなりのことが起きたに違いない。夏は、手の紋が際立つほど、強く強く握ってきた。

「そりゃ……ま、そりゃ」

「玉屋さん、親っさん以下、七人が、火薬といっしょに蔵の中で、ばらばらに。死体も分からねえぐらいに。なんまいだぶ……なんまいだぶ」

がくっと、夏の握る手の力が緩み、解けた。

済まねえ。

夏。

ああ、夏。

生きていて……くれ。

裸足の土を踏む音が、五人か六人か、続いて、近づいてきた。

「へえ、この御人が、鍵屋の新八さんか。偉え人だ。火の中を、仇の娘を助けに死を覚悟で……大事にしてやってつかあさいよ、へイキチさん、ツネキチさん。鍵屋も焼けたけど、花火と火薬をいち早く、両国の河岸に移したそうでえ。今年は、鍵屋だけとなるのかな」

古い沢庵に似た口の臭さをまともに新八に吹きかけ、人夫か、髭面の男が、目の前三寸ほどでまじまじと見つめて呟いた。

雨がきた。

灰の味が、口に押し入る。

目の玉を、上へと吊り上げると、大火事と無縁なような御城の石の砦と白い壁が、わずかに目に入った。高い。てっぺんの瓦は、三百尺はあるか。

再び、新八は、右膝の疼きに任せ、眠りに陥った。瞼の奥で、橙色と赤の中間の炎が、ごおーっと、逆巻いて押し寄せてくる。気のどこかへと迷い、失う中、夏の手をまさぐる。

夢の中か、現か、ざあざあと大雨が降ってくる。焼け跡の燻《くすぶ》りを消すごとくに。大雨が、夢と悪夢を鎮めていく。

それでも、新八の心の闇のどこかで、浅間山の噴火の火が、花火が、大火が、なお燃える。人は、うんと昔、そのまた昔から、火に憧れてきたのだろうか。

妙適清浄句是菩薩位《びょうてきせいせいくしほさい》
欲箭清浄句是菩薩位《よくせんせいせいくしほさい》

底の浅い眠りの中で、新八は理趣経《りしゅきょう》を聞いた……ような。

其の九『華と銭《ぜに》』

塞《ふさ》ぐどころか、それより厳しい谷の境にいる。今度は、病でなく、研《と》ぎに研いだ包丁の上を歩く感じの日々ゆえに。

憂鬱《ゆううつ》さの底に、漂っている。

あれほどの大火から、二年二ヵ月。

去年の三月も、芝から浅草へと及ぶ大火事があった。死人は千二百人余りと噂されている。おかげで、大罪の極を為したおとどしの大火事は、ふうーっと人々から忘れ去られていく気配だ。忘れて欲しい。

日本の周りが、騒がしい。去年は露西亜《ろしあ》が択捉《えとろふ》島や樺太《からふと》に押してきた。亜米利加《あめりか》の船は三日で立ち去ったというが、長崎の港に闖入《ちんにゅう》してきた。ために、蝦夷地《えぞち》では役人がきちんと対応できなかったと咎《とが》められ、切腹させられたり、奉行が免職されたり、せわしない。

今年は、どうなるのか。

米の価《あたい》は、折角、大坂にやった鍵屋の元番頭の好太郎に期すものがあったのに、年々下落し、米切手での儲けは頼りにできずにいる。鍵屋の元倉庫番の段助の孫の段平の優れものの鳩が、月に二回、京坂の米価、大豆の価、油の価、木綿の価などを、とんでもなく早く知らせてくれるのに。

雄吉の行方は、大火から、杳《よう》として分からない。

たぶん、竹砲から放け火用の弾丸を射ち、三発目の出が悪く、砲先を覗いた時に首の根元から吹き飛ばされたのであろう。二千人を越える焼け焦げの死者の中では、どれがどうだか分からずじまいに終わった。雄吉との遣り取りの巻紙は、灰になったらしい。新八の心の中では、雄吉はあの〝尿源〟のひどく臭い匂いと共に生きている。匂いに敏《さと》い雄吉は、死の際に何を鼻で嗅《か》いだか。

――新八は。

番頭ならいざ知らず、手代のままで独り立ちした。今、三代目玉屋市郎兵衛である。鍵屋と同じく、大川、つまり隅田川で花火を堂々と立てられる。

なれど、玉屋は、二年も花火を出していない。

玉屋の看板の名が焼けたように、玉屋はまるで死んだごときだ。大川端の、柳橋と両国橋の二つの地のりの良さを生かせず、住まいも、店も、薬の調合部屋も、職人の仕事部屋も、見すぼらしい仮の建物のままだ。銭が、不足しているのだ。玉屋への同情、とりわけ夏へのそれは、片腹痛いだけでなく時に気がおかしくなりかけるが、新八、今は市郎兵衛の〝義侠心〟への讃《たた》えで金は貸してくれる。もちろん、しかし、やはり〝泪《なみだ》〟程度の額だ。だから、おととしは無論、去年も、大川で花火を立てていない。今年も、無理だ。銭がかかるが、平井新田と千葉は房総・富津岬の試し小屋は手放していない。鍵屋から平井新田は買った。富津岬のそれは、数年前からおのれが買っていた。店先に、玩具の花火は置いている。これは、玉屋の〝悲しい物語〟として、それなりに売れている。

大火後、半年してから、鍵屋弥兵衛を仲人に立てて、ごく小さな婚姻の宴《うたげ》をした。夏の火傷の膿《う》みが収まったからだ。妻の夏は、一緒に暮らしはじめてから、茶碗や薬《や》缶《かん》や皿をしばしば落っこちさす。片目しか開かないからだ。でも、右目には、右目だけには、かつてのあどけなく、慎しく、美しい翳りを湛えている。顔は、鶏の羽を毟《むし》り皮を剝《む》いた腿《もも》のように赤く、引き攣《つ》っているけれど……。あの、富士山に似た上唇も。首も、左胸も、また。無傷で残った右胸の乳房の隆起は切ないものを孕んでいて、辛くなる。よく、助かってくれた。髪の毛は、蘇《よみがえ》らぬ。店先には、立たない、自らの醜さを気にして。

夏は、とても、こまめに働く。父親と一族については、語らない、決して。生き残りの、屋敷外にいた四つの姪の悦《えつ》という利かん気の娘を可愛がっている。十二の、遠縁の、里《さと》という女も自らの子のように叱り、誉め、大事にしている。里は、大火の時に、玉屋の店先で腰を抜かしていた娘だ。又従兄弟《またいとこ》の、大火の夜は品川の外れの浜百姓の実家で「寝ていたっぺに」と漁師言葉で強調する職人の十八歳になる銀造を女房の夏は大事にしている。夏の身の回りを見ていた縁戚のない女は、行方が不明だ。市郎兵衛は、その右目だけを行灯《あんどん》の明かりに見つめ、交ろうとする、月に一度。市郎兵衛は、冷や汗、脂汁、肝の汗三つを一升ほど掻きながら。でも、無性に夏が愛しくなり、三晩続けて抱くことがある、行灯を消して闇の中で。それが、かつての姿形の夏を求めているのだと気づき愕然とする。心は、しっかり、夏にあるのに。でも……できない。できぬ。できないのである。

これほど悲しく、辛く、切ないことがあるだろうか。

従って、ややこは、できない。

今さらながら、あれこれ思う。

花火師は消えることを前提にした一瞬の仕事師、跡継ぎなど要らぬ。

しかし、これでいいのだと、種無しを、そして、役立たずの男根を、居直り切れない。

夏は随分、口数が少なくなった。何を思って暮らしているのだろうか。

景気は死んでいるけれども、玉屋は、主であるおのれ市郎兵衛を除いて、火事場からの起き上がりということで、職人の活気は溢れ、意気は昇る一方だ。算盤、書道、文物に詳しい狡《ずる》の忠吉を鍵屋から、正式に円満にもらい、番頭にした。試し場の長も兼ねている。忠吉は、侍の出の誇りと妻子の暮らしがかかっているから、うっすら涙を零《こぼ》して喜んだ。

手代は二人置くことにした。一人は、盗みの五助。読み書き算盤が、ろ、くにできないというか少ししか知らない手代など有り得ぬが、これが市郎兵衛には、新しいものを生む気にさせた。古くからの、秘密を共にする者への気配りはなくもない。五助は「手代だ。頼むぞ。読み、書き、数の計算は一から学べ。でも、誰かを側に、いずれ付ける」といったら、かなりの間、「南無阿弥陀仏」と唱えて真宗信者なのに座禅を組んだ姿勢を取り、やがて「水呑みのおらが、あひーっ」と逆立ちをして、狂喜した。給金は年二両四分と安いのに。

あと一人の手代は、玉屋に奉公して七年の、夏の又従兄弟《またいとこ》の銀造だ。気が利き、気配りは剣術の達人ほどだ。ひょろりと背が高い。左の口許の下から顎にかけて、二寸の円の青黒い痣《あざ》がある。手代にするには若過ぎるが、玉屋の名残りも大切にするしかない。

鍵屋弥兵衛とは、円満に別れ、独り立ちした。鍵屋は大火傷の夏の惨《みじ》めさに参った節がある。玉屋の出番のない大川の花火に、危うさを覚えたこともあろう。鍵屋と玉屋の二つがあって、江戸の花火なのだ。今年の三月の玉屋の独り立ちの時には、近所のお稲荷《いなり》さんの入口の両門に、狐の石像を二つ飾ってくれた。左の狐は、鍵屋を示す鍵を持っている。右の狐は擬宝珠《ぎぼうし》を持って玉屋を示している。玉屋の在りどころを、正式に、おおらかに鍵屋弥兵衛に認めさせたわけだ。一連のこれには、新八時代の、同じく鍵屋の清造時代の、汗や血や殺しが籠もっている。どれだけ、昔の新八は昔の鍵屋の清造時代の面倒を見たか、寝小便癖一つ、女の世話一つ、命の一つ。殺しの標的に、鍵屋弥兵衛が免れ得たことだけでも、鍵屋弥兵衛には幸せ至極であったろう——否、分からぬのか。人の生は、死んで、はっきりする。いや、死んでも、分からぬ。

新大橋の真ん中で、大川の緩いけれど、しっかり休みなく流れる水を見て、立ち止まった。欄干《らんかん》に凭《もた》れ掛かり、二年二ヵ月前の大火から起きている、おのれの曲がりの多い、心情の揺らぎを大川の流れは振り返させる。どうして、この大川のように流れながら不動になれぬのか。悪の華としての花火の道を歩めないのか。ほれ、川は、文句があってもいわず、黙々と、ひたすら流れているじゃねえか。

剣の道、生け花の道、茶の道のように、目的を持って悪の道を邁進《まいしん》してきたのではなかったのか。それが、華麗な花火を作り上げるのに必要なことがらだった。百姓の出で、家族を全て失い、貧しいゆえに。浅間山の噴火の後の殺しと一揆の中の殺しと一揆の最中の放け火は、悪人になる素質を実らせたが、悪ではなかった。生きるため、他人とおのれのためだった。本格化したのは、主の娘のいと殺しからだ。これ以上纏《まとわ》りつかれたくなかった。花火の秘法を盗みきって、花火の秘法を簡単に他へと漏らさせたくはなかった——ここから、おのれの利益のみで生きるようになってしまったのだ。そして、ついには、玉屋一族七人殺しを果たして玉屋を乗っ取ってしまった……のである。花火にかこつけて、私のみの利益のために。

それなのに……。

市郎兵衛は、肺の臓が細い枝となり、狭く細かい針の穴へとなる思いで、肺から溜息を追われるように吐き出す。

そう、全ては、夏のことにあるのだ。

新八時代の市郎兵衛が、雄吉を使って放け火をしなくても、いずれ、大火は拡がっただろう、間違いなく。こんなことはいいたくはないが、花火の技を頑なに私のものとして火薬を守ることに変に凝り過ぎたのが、一族で占める先代玉屋市郎兵衛だった。焼け焦げた屍《かばね》を見ずに済んだせいか、罪と科《とが》の気分は、幾分軽いか。

あくまで、夏のことなのだ。

夏を、巻き添えにしてしまった。

殺してしまうより、ある意味では酷いことをしてしまったわけなのだ。

もしかしたら——雄吉は、あの雄吉は、竹砲から〝尿源〟を放け火の素として、火薬を射ち放つ時、敢えて、夏のいる部屋を狙ったのではないのか。男色ゆえに。「夏という女だけは守らねばならぬ」という新八のいい分に焼き餅を妬いたから——と市郎兵衛は薄い幸せの定めだった男の雄吉を頭の中で追う。偽りの墨衣《すみごろも》の裾《すそ》でもおっぴろげて捲《まく》り、尻の穴の一つでも誠実に撫でてやれば良かったとさえ。

いや、夏のこと。

確かに、〝華学〟を、おのれ市郎兵衛は、醜さの極北にあると知っていた。醜悪を炙り出せない者は、美しいものを知らずに終わると。無念とは考えるが、武士や元侍が、春画や春本の筆に優れているのは、やつらが、人倫を知り抜いているからこそ。人倫を知っているゆえに、正反対の卑猥《ひわい》さを炙り出し、秀でているのだ。しかし、現に、あの整って富士額《びたい》の夏が、鮮やかで皺々の顔と首と片方の乳房の肉を晒《さら》す時に、軀に重なる市郎兵衛は、男のものを、それどころでなく心を四方に引きちぎられ、また、八方から責められてしまう。

好きなんだやな、夏。

漁師の船、京坂の上方からの下り船、その廻船《かいせん》の荷を河岸《かし》の倉庫へと運ぶ艀《はしけ》、昼の猪牙船《ちよきぶね》とゆき交う船が、大川の流れの底の強さに抗《あらが》っている。進みが、おそい。でも、結局、少しずつ前へといく。大川を下り、江戸を出ていく船は、速い。当たり前だ、大川の流れの力に乗っているから……。

大川の流れを人の運命に手繰り寄せることが、今は肝腎ではないのか。人間の欲の大海へとなるまで。ならば、夏はなんだ？　流れに任せて下る船に寄り添う、今となっては木の葉。木の葉か？　解らぬ。一枚の木の葉は、しかし、愛しい。これも、おのれの欲として、愛しい。

こう思うしか、ないではないか。

夏っ。

夏う……。

夏、と呟きながら、罪深く、松葉色に似た暗い気持ちになる。空も、松葉色の宵となってきた。

五月ゆえ、まともに午の方角、南から風が吹いてくる。死んだであろう雄吉ならば、この匂いを如何にいい表すか。江戸湾の塩辛い匂い、木場の木の削られる真新しい人糞に似たそれ、寺社の香を薫《た》く匂い、深川の突っ張り芸者と岡場所の女の脂粉《しふん》の濃いそれ、長屋の厠《かわや》のしんねりむっつりした匂いと、五つか六つの匂いが一時に、鼻穴をくすぐってくる。

鍵屋へ、いった。

「やはり、夏さんと……妻夫《めおと》になったのですね」

きぬから、こう聞いたのは、倹《つま》しい三三九度がとっくのとうに終わった七日目の、鍵屋への挨拶の帰りの階段の踊り場であった。いろんな思いが、怨みや呪《のろ》い言までも含めて籠もっていると新八には思えて仕方がない。きぬはごく細《ささ》やかな婚《こん》の宴《うたげ》には出てこなかった。

「善光寺参りと五ケ山から帰ってきてから、新八さん時代の市郎兵衛さまは人が変わったように黙んまりになって……この二年余りも、せっかく夏さんと一緒になったのに、沈んでおられる様子で」

「そりゃあ」

いいかけて、市郎兵衛は口を噤《つぐ》んだ。

五ケ山の時は、きぬの姉のいとを私利私欲から殺した後にじわりと気持ちが底へと沈んでいった。今は、夏の一族七人を殺し、夏に大火傷を負わせていて、あの時より気分は重たい。今度は、もしかしたら百人ぐらいの焼死者も巻きこみ、生んでいるかも知れぬ。気が滅入るのは当たり前だ。

「五ケ山の後は、どうやって気力を元に戻したのですか」

きぬが、朝の露草の葉に残るような玉の汗を額に首筋に置き、正面から聞いてきた。この女も、成長したと思う。昔は「頑張りなさい」と励ますばかりで、かえって、こちらは気が滅入った。夫婦になれない決め手の言葉だった。この頃はあの時の這い上がりを再びやり直せば何とかなると考える思慮ができている。

「うーん」

市郎兵衛は、塞ぎ病から這いずり上がった時を思い出す。あの時、気力が元に戻ったのは女への欲。

「人形屋の咲さんがいっていました、『若い娘が三代目新玉屋さんには必要』と。そうなのじゃないかしら。夏さんへの義理とか世間の目があるでしょうけど、一番大切なのは、前へ進んでいく漲《みなぎ》る力。好奇心ですよね」

冷やかすようにでなく、真剣の刀の刃先が青白く波打つごとき瞳を見せ、きぬはいう。

「夏と三三九度を挙げた当てつけか、きぬ」

「それは……ないとはいいません。鍵屋の技と秘法を盗んだ仇の玉屋の……それも、飛びっ切りの別嬪《べっぴん》の一人娘。でも、五月の川開きに玉屋がいないというのは……予想を越えた淋しさです。あたしも、つくづく花火屋の娘と思いました。百五十年の血が、とくとくと流れているんですよ」

「ま、しかし、この頃、人と人の柵《しがらみ》に気づいてきて……それに、あれこれある。銭とか、職人の躾《しつけ》とか、薬のこととか」

「お金などよりもっと大事なことは、滾る力です、花火の華やかさへの」

女房夏の大やけどの肉の引き攣りを見る度に、一時は、そう思う、花火の凄いところへ自らをいかせようと。しかし、もしかしたら、花火の艶《あで》やかさを追う人生よりも大切なことがある気がして気力が萎《しぼ》むのだ。夏への……償《つぐな》いということなのだろうか。この悪人のてめえに良心などが——と、呆《あき》れ返ってしまうけれど、厳として、済まない気分がある。無いと自らを偽ろうとしても、胸のどこかでしくしく泣き声がする、先代玉屋以下七人の。そして、〝尿源〟が元で延焼し、焼け死んだ人々の。

「だから、いいます、市郎兵衛さま」

「なんだ、きぬ」

「市郎兵衛さまの凄い力は、悪人を志し、悪人に居直るところです。初代の鍵屋がそうだったそうです。当時、狼の糞が良い煙を出すと知って、しかも、狼は人の生きた肉が好きと聞きつけて、人を殺して、新鮮な肉を罠に仕掛けて……試みたそうです。父が『誰にもいうな、鍵屋の信用が落ちる』といって、一度だけ、こっそり話してくれました」

どきりと心の臓を撃つことを、きぬは真顔で告げた。

「う……」

「悪人は自分の汚れを浄らかにしようとして、花火の美しさに賭けられるんだそうです……父がいってました」

闇夜を暗示する濃い藍地に、線香花火のぽってりした溜まり玉の模様が着物全体に染め抜いてあり派手な小紋だ。妻の夏が……もう着ようとしない忘れてしまった紋様だ。夏は、矢鱈縞《やたらじま》か棒縞《ぼうじま》の柄の着物しか、もはや身に着けない。

「…………」

「一番の目当てが、美しい瞬《まばた》きの間の花火にあるのなら、人々に喜んでもらえる的があるのなら、手だては悪そのものでも仕方ありませんでしょう？　人形屋の咲さんが、しっかと、繰り返しあたしに教えた至言です」

沈黙の凄みは僧の明山から教わったけれど、限りのない緊張を与えるものだと、市郎兵衛は明山の心境が解りかけてくる。それにしても目的が華やかさや善なら、手だては悪でいいとは。咲は、さすがだ。

「深山の五ケ山から帰ってきて、一時は元気で、その後、がっくりと塞《ふさ》ぎこみましたよね。あの時に這い上がった気分を思い出して下さい。玉屋さんが花火を立てるまでのこの二、三年が勝負なんですから。玉屋三代目さん」

「えっ、まアな」

「これは、お祝いの三百両です」

きぬが、すっと、右袖《そで》の袂《たもと》へ、紙で包んだ重いものを入れた。表情一つ、変えない。

「ありがとうよ、きぬ」

これで、あと三百両余りで玉屋は再興できる。

「はい。では……いつか、両国橋の下で」

きぬが、振り返らず、出ていった。項《うなじ》に掛かるほつれた髪の毛が、女の快楽への断念を引きずるようで哀しい。項には、青い汗の玉が浮いているのに。花火師の娘だ、確と。

妙適清浄句是菩薩位《びょうてきせいせいくしほさい》
欲箭清浄句是菩薩位《よくせんせいせいくしほさい》

三代目玉屋市郎兵衛は、きぬと背中と背中で別れた。きぬが消えると、背筋を反らし、唱える。外へ出て、道をゆき、声を出し、朗々と。人の欲まみれの行いは、敢《あ》えて追う欲そのものは、菩薩の位を得るほどに、真の真は清らかだと。

この理趣経《りしゅきょう》で、五ケ山の自らの利益のための殺しは救われ得た。

声を、更に張り上げ、唱える。

――が。

妻の夏の、頭の毛が半寸もなくちりちりに生臭坊主《なまぐさぼうず》ほどに短く、片目ばかりが昔より輝き、肌が鶏肉のように引き攣る姿を瞼《まぶた》の裏にあからさまに思い浮かべ、この経だけではどうにもならぬと、額を拳骨《げんこつ》で、がつん、がつん、がつんと殴る。殴っても、痛いけれど、胸底は晴れぬ。

悪に居直り切れないおのれが、真夏の溝《どぶ》の糸蚯蚓《いとみみず》のように浮き出てきた。


――大川の水の匂いが、しない。

風は、川開きなのに、三河島村、下谷《したや》一円、浅草の北方向から吹いてくる。

今年は、どうも、気候が怪し気だ。一月の江戸のどか雪は越後の国ほど二尺も積もった。冬なのだから良いと思ったけれど、二月の江戸の大雷雨は道という道を三寸ほど削った。五月は瀬戸内海の穏やかな備前・備中の国が洪水という報が、読売に載った。江戸も、梅雨のしとしと雨よりは、がごーんという音鳴りと一緒の豪雨ばかりが続いている。

今日は、久し振りのどんより空。

鍵屋の花火が、半時に七発ほどの歩みで、立てられている。

三年前のおのれの花火もこんなに惨めだっただろうかと、市郎兵衛は訝《いぶか》しく思いながらも、鍵屋だけの、我が玉屋の不在の、音の軽い、噴き出しの、良くいえば渓流の小さな滝ごとき花火を見る。風車と火薬の量の調節で回る速さを増したからくり花火は、新八時代の市郎兵衛が工夫したので、色彩は澄んでいるとしても、もう一つ艶やかさに欠ける。

「淋しい……ですね」

隣りにいる妻の夏が、冷や酒を竹筒から茶碗に注ぎ、顔を向けた。火傷は癒《い》えたが、潰れた左目の目尻に、黄緑の膿《うみ》を溜めている。拭っても、拭っても、どうしても溜まる。

吉川町の玉屋の仮りの家に梯子を掛け、屋根の瓦のところに迫り出している物干し台に、市郎兵衛と夏は座っている。

今さらながら、美しさの極北にいた夏と、醜さの果てにいる夏の二つの挟間《はざま》に揺れ、今は醜さを見せている夏に、市郎兵衛は、心がふたぐ。しかし——ここにいてくれさえしたら、夏が。

再びは、おのれ新八、玉屋三代目は純の悪人にはなれまい……。

「どうしようもなく生き残ったわたしには、そう、玉屋の生き残りとしては……鍵屋さん独りの花火は……独りごちですね。呼び掛けだけで、応えや競いがなくて」

夏は、四角に裂《さ》いた晒《さらし》の布を左眼に当てて黄緑の膿を吸わせ、本音に違いないことを告げる。

市郎兵衛も、焦っている。玉屋が出番を失うと、花火自体が人気がなくなる。あれほど人気だった浄瑠璃も、ここのところ危うくなっている。沢山の人の心を、いっぱい魅き寄せない遊びは命の力を細かくしていく。

「うむ、夏。待っててくれ。もう少し。銭が千七百両ある。あと、三百両と少し」

一と月と五日は夏と布団を一緒にしていない。

そう、心の満ち方と裏腹に、軀の欲が伴わぬ。なんということか。歌舞伎の、『菅《すが》原伝授手習鑑《わらでんじゅてならいかがみ》』の「寺子屋」の、息子を生《い》け贄《にえ》にするしかない松王丸《まつおうまる》の苦しみより、暗く、定かとならず、原因もあって、市郎兵衛の胸底はひどく縮む。

「武家みてえに、家の再興などと大袈裟なことはいわぬが、夏、大丈夫だ。見ててくれえ、ゆっくりとな」

当てもないことを、そして「ゆっくり」とは無縁の感情なのに市郎兵衛はいい、煙草《たばこ》の煙管《きせる》の先を、空いたどんぶり鉢に叩きつける。煙草も花火師には良くないが、この頃覚えた。灰が北風に流され、本当にどうしたんでえ、暑い季節がくるというのに遥か永代橋の方へ吹き飛ばされていく。

「鍵屋さんの花火……冷えて、湿って、静かですね。おととしの大火の葬いが続いているみたい。風呂を沸かしました。入ります？」

夏が、冷えた五月とはいえ五月は五月なのに、指先が全てない黒い手袋を両手に嵌める。大火以後、火傷によって血の巡りが悪くなったか、暑い季節でも手袋と足袋《たび》は脱がない。これもまた、市郎兵衛の疚《やま》しさの底を掘っていく。どこまで掘っても、しかし、湿りだけはあるけれど空井戸で水脈には当たらず、泥と、幾層にも重なる土と、砂ばかり。

市郎兵衛は、鍵屋の花火の音を背に受けて、立ち上がった。反対の場で鍵屋の花火を見て、聞くと、おのれの鍵屋での薬の配合師、技師、立て師としての弱みをはっきり知らされる。色は思ったより澄んではいない。派手さに欠ける。音鳴りは屁よりもいいが、腹下しの糞に似たものごとき、小さく、品がなく、鳩尾どころか胃袋すら揺すぶらない。いわんや、男の因果骨、男根をや。

色あいは鍵屋が勝る。おのれが編み出した。が、もっと、澄んで、派手なものに。赤と白以外の色をもっと深く作りださねばならぬ。

そして、なにより、音で鍵屋を引き離す。おどろおどろして、胸騒ぎする音で。

高さの花火、そう、三百尺の花火を打ち上げてえ。そう、立てるんじゃねえ、打ち上げるんでえ。伊達藩の田舎色の百尺の花火は無論、江戸城の本丸を越えて高く、武士の花火をせせら笑い、更に高く大空へと。

玉屋の暖簾《のれん》は、手に入れた。

職人も引っこ抜いた。当たり前だ、この十数年、いんや、浅間山の噴火の時から仲間は育ててきた。銭も費した。

今は金が欲しい。あと三百両と少し。大きい金だ。女が貢いだ恥ずかしい銭が素だ。そこいらの手代の年給が四両か五両、六十人から八十人分なのだ。


——職人や商人が家に風呂とは贅沢である。が、先代市郎兵衛は、花火屋のくせして屋敷の隅に狭いながら、四畳半の湯殿を作り、それは六割方焼け残った。風呂に張った水を消火用に使いたかったのではなかろう、娘の夏を銭湯にやらせたくなかったのだろう。湯屋では、禁じても禁じても入れ込み湯が多い。男が紛れて悪さをする。女も期待していくようになる。むろん、この玉屋の湯殿に、市郎兵衛は新八時代に近づくことすらできなかった。

葦簀《よしず》で二重に囲いをしてある入口を捲《まく》った。

「あっ、旦那さま。済みません」

市郎兵衛より先に入る者など、この玉屋にはいねえはずなのにと目を眇《すが》めると、風呂の焚き口の熾火《おきび》の赤さに照らされ、里がしゃがんで髪を洗っている。海蘿《ふのり》と饂飩《うどんこ》粉を混ぜた盥《たらい》の湯に頭を浸け、竹櫛《ぐし》で梳《す》いている。全裸だ。普通、嫁入りするのは十四、五、六歳だから、十二歳の里は色気づく寸前だ。軀つきも子供を残している。やっと膨らんできたと分かる片方の乳房が燭火にゆらゆらして見えている。正月の屠蘇《とそ》用の盃を三つ重ねた膨らみほどだ。胴廻りも、減《め》り張《は》りがなく括《くび》れてはいない。ただ、尻のまろみは、女である。

けれども……。

「すぐ出ます、旦那さま。済みません、鍵屋さんの一等終《しま》いの花火を見にいきたくて……いえ、鍵屋さんの動きを探るために勉強を」

里が、本当に済まなそうに市郎兵衛を、しゃがんだまま斜めに見上げた。その目の切れ長なきつさが、薄血を引いているせいか夏の健やかな時の雰囲気を何となく持っている。そのくせその両目は均斉の取れない寸前のようにつぶらで大きく、市郎兵衛はたじろぐ。里は、夏の従姉の娘だ。大火で親兄弟を失っている。

「ゆっくり入ってろい。じゃあ」

市郎兵衛は、夏の美しかった匂いもさることながら年端のいかぬ娘になぜか奇妙に魅かれるものを感じ、だからこそ出ていこうとした。

「いえ、旦那さまにそんなことをさせたら、夏小母さんにきつく叱られます」

聞きようによっては意味の深長なことを里はいい、慌てたように髪洗いを中止して立ち上がった。そう、まだ色気づくのには早い、無邪気で無防備なのだ。胸は当たり前、股間を覆うことなく、全身から水滴を弾き、湯気を立ち昇らせ、市郎兵衛の前に惜し気などまるでなく裸を曝した。尻の形は、女であることを隠せない、七分方実の熟れる西瓜《すいか》のようで固さというものがなさそうだ。なにより、腿と腿の狭間は初々しく、羽二重《はぶたえ》餅《もち》のようにふっくらして柔らかく映る。股間に繁みは……ない。だから、熾火の橙色の炎に、女の器のすぐ上の、丘の急な盛り上がりが目立って可愛らしい。

ここで出ていくと、逆に、変におかしく意識しているようにも疑われ、市郎兵衛は、乱れ籠に無雑作に重ねてある里の湯文字の脇に、自らの浴衣《ゆかた》と褌《ふんどし》を、やはり強いて気にしないように雑に置く。里の湯文字の布地の赤さと、半襦袢《はんじゅばん》の襟《えり》から裾の白い縁取りが正反対の色あいに映り、女とはまだいえないのに女であるものに、引きずり込まれそうになる。僧の明山が幼い妹のまきを誘った気分が、あれほど、おぞましく憎かったのに……。

「髪は洗い続けていいぞ、里」

「いいんですか。夏小母さんに内緒で入っていたんで、どきっとして。だったら、洗っちゃいます。でも、背中を流しますか」

舌足らずのまどろっこしいいい方と、はきはきした物いい二つを合わせて、里は突っ立ったまま、これまたあどけなさと大人じみた悪戯《いたずら》っぽさの二つを含んだように微《ほほ》笑《え》む。

「要らぬ。男の背中は、夫婦になった暁《あかつき》にだな、里が。でもな、そろそろ……」

ぬる目の風呂に浸かり、市郎兵衛は、焚き口の炎の影を横から受けた里の軀を、一《いち》瞥《べつ》から、しげしげと見つめる。

清冽さと未熟さ二つを孕《はら》んだ裸だとつくづく感じ入る。夏の大火傷の軀と、どうして、かくも対照をなすのか。裸にすみずみの肉がぽってりふくよかで、まるで染みも黒子《ほくろ》もない無垢《むく》なそれだ。身の丈はまだ、四尺八寸ほど、重さは十貫目から少しいくか。

「『そろそろ』……なんですか。旦那さま」

髪を洗うのは諦《あきら》めたらしい、手拭いで髪の枝先から拭きはじめ、里は、相も変わらず用心の一欠片《かけら》もないように市郎兵衛に軀の真正面を曝《さら》し、頭を傾《かし》げる。

「えっ、ま、いい」

言葉を口に出すと里の純なものが壊れそうで市郎兵衛はいいかけて、噤《つぐ》む。

それなのに既に、里の花の器には外へほんの少しだけ剝けた赤い傷があり、芽も小さいながら桃色を濃くして尖《とが》りはじめていて――罪深く、蠱惑《こわく》そのものの裂け目として市郎兵衛に迫ってくる。

里の女そのものの切り口の色彩や明日を待つ芽の形は、優れた花火より華麗なのではないか。だとしたら……。

「おい、里。早くいかねえと鍵屋の終いの花火は見れねえぞ」

自らの邪《よこしま》な欲や探究心が怖くなり、市郎兵衛はぶっきらぼうに、強くいう。

「だって、濡れた髪のままでは、いかれませんよ」

屋根のない風呂場の月も星も見えない空を睨みながら、里は揉むように髪の毛の湿りを手拭いで拭く。

「里。もうすぐ齢頃《としごろ》だ、せめて、前の方は隠すようにしろい。女の大切なところだ」

これほど警戒の心がないと若い男の狼に簡単に奪われるという浅い妬心で市郎兵衛はいう。いけねえ、無傷そのものの里の裸に鼻血が出らあ。鼻奥が、つんと痺《しび》れてきた。

「あい」

里が、素直に背中を向けた。が、大人の女への旅立ちに三年か四年はかかろうに、その尻は齢に似合わず大きく、空へと笑っていて、かえって市郎兵衛は冷やりとする。早く、帰さねえと。

「旦那さまは、とっても勇気のある御人ですね。あの焼けと火柱《ひばしら》のなか、夏小母さんを助けにいったのですから。あたい、はっきり、瞼に残しています」

そうだ、二年二ヵ月前のあの時、里が玉屋の二階へと通じる店先で、泣きじゃくり、蹲(うずく)っていたのである。夏を助けにいくべきか、両親を助けにいくべきか、どちらもできぬと恐怖のどん底で里は……たぶん、動けなくなっていたのだ。でも、どだとしたら……夥《おびただ》しい嵩《かさ》の小便から絞り、煮詰め、漉《こ》した、尿の素の匂いも嗅いでいたのではないのか。市郎兵衛が新八時代に名づけた〝尿源〟を。

「そうか。もう四半時、早く、分かったら、夏も大火傷をせずに、済んだのにな。風への構えが甘かったぜ。何か……そのう、その時のことを覚えているか」

髪を拭き終えて、市郎兵衛は大火の日のことを然《さ》り気《げ》なく問う。

見ながら、市郎兵衛は大火の日のことを然り気なく問う。

「ええ。ぶわっと二階が火を噴くのと同じ時か、ちょっぴり前か、この世で考えられないぐらいの臭い匂いが鼻の穴を刺してきて……あれ、何なのでしょう？」

「そんなことがあったのか」

市郎兵衛は、たじろぐ。

やべえ。

「そうなんです。夏小母さんにいったら、『そんな臭い匂いなんてしなかった。でも、黙ってなさいね。誰にもいってはいけませんよ』と、今まで見たこともない怖い右の目で射竦《いすく》められて、あたい」

里の言葉に、市郎兵衛の気持ちは五月なのに凍てつく。とりわけ、首筋がすうすうと、次いで二つの腕の先が、二つの足の先が、俄かに血を失ったように温かさを失っていく。夏は、見抜いているのではないのか。

殺しが発覚すれば、獄門の死罪だ。引廻しをされて斬首《ざんしゅ》の後、首は刑場の台《だい》の上で見せしめとなり、三日二た晩もその首だけが曝され、棄てられる。放け火を犯している。獄門では、済まないだろう。火罪だ。竹の頑丈な枠に縛りつけられ、茅《かや》で腰から上を包まれ、足許の薪に火をつけられて、息も詰まるだろうが、とどのつまり焼け焦げて死ぬ。

「そうか……夏は、そんなことをいってるのか」

我れながら間の抜けた頃に、小娘の里に答え、市郎兵衛は震える。遅い、今頃となって。覚悟してやったはずだ、獄門は。吉利支丹がかつて皆殺しにされたという火炙りの刑を。

なにを、今更……。

しかし。

〝尿源〟を知っているのは、他に誰か。

行方が不明となって、たぶん焼け焦げて灰になったであろう雄吉は当たり前だ。

放け火の竹砲を作り、〝尿源〟の効き目を知り尽くし、近頃は、「大砲の鉛の弾の砲を出る時の速さ、飛ぶ高さ、落ちて陸に着く時の速さまで筆で測れます」という、賢くも狡くもある忠吉。

そして、はじめて〝尿源〟を共に試した人形屋の人妻、咲。

その前に、鍵屋の今や薬の配合を担い、銭の出入りを取り仕切る、きぬ。

秘密を封じるなら、忠吉、咲、きぬすら殺めねばならなくなる。

そして、そのことを封じるために、次から次へ。

無限の……殺し。

地獄だ。

市郎兵衛は風呂桶に首から下を入れているのに、震えが熄《や》まぬ。それどころか、激しくなってくる。今更、なんでえ、と自らにいい聞かせても、悪寒《おかん》とともに身震いが嵐の前の品川沖の崩れては図々しく増長する大波のごとくに、やってくる。

忠吉は、消せない。天が、花火師になるために与えてくれた、一揆の中で最も学と賢さと狡さを兼ね備えた男。花火の音を、大砲の砲弾を知る知恵で、どでかくする男。花火を八十尺どころか百尺二百尺上げてくれる技を持つ男。殺せねえ。新しい花火が死ぬ。

咲は悪い女そのものだが、もっと殺せねえ。どれだけ世話になったか。女の手解《てほど》き、女の紹介、女でも銭を持っているやつの周旋。僧侶の明山が悪人の第一の師とするならば第二の師。

きぬとは軀の関りはなくなったが、たぶん、生涯の心の情人。そもそも、きぬが鍵屋で頑張らねば、玉屋もつまらぬ、流行らぬ、対抗の仕甲斐がなんぼもねえ。花火がちいーっとも面白くなんねえ。

殺せねえ。

忠吉や、咲や、きぬはかけがえがねえのだ。それに、忠吉や咲やきぬの背負っている漢として大きいものがある。

大きいものって、なんでえ？

三代目玉屋市郎兵衛は、再び、また、思わず理趣経を唱えてしまう。

妙《びょう》適《てき》清《せい》浄《せい》句《く》是《し》菩《ほ》薩《さ》位《い》
欲《よく》箭《せん》清《せい》浄《せい》句《く》是《し》菩《ほ》薩《さ》位《い》
――駄目だ。

救われて安心するが、これだけでは、おぞましさを消せぬ。おのれが放け火を雄吉にさせて殺したのは玉屋一族七人だけではない。そこから、浅草方面へと火は広がったはず。たぶん、百人か三百人……は。

こりゃあ、火炙りで殺されるしかねえ。

熱い……だろう。

千住の小塚原で見たことがあるけれど、あれは火に焼け焦げるだけでなく茅の煙でも責められる。屍は、中途半端に焼いたできの悪い炭《すみ》みてえだった。それも、栗の木の炭のように、ぷつぷつと焦げた穴が開き、肉が真っ黒に筋ばっていた。焼け穴は、燃え易いのか首と脇腹にあった。骨も白くはなくくすんでいた。

でも、しゃあねえ。

怖いだろうな、火炙りの直前、一時《とき》や二時《とき》の間は。う、う、うんや、薪《まき》に火を点《とも》されてからは、もっと。

しゃあねえ。

夏の大火傷を見てると、罪のどでかさが解る。

そう、これからは、日々、毎日毎日、火炙りになる熱さと怖さを胆に銘じ、生きねばならぬ。肉の炭となる苦しみを、できるだけ自分のものとして引きつけて。代わりに、その分、花火の凄《すげ》えのを咲かせてやらあ。そうでねえ、これからは、悪というより、火炙りと、〝華学〟の粋《すい》の花火を一つのぶっとい綱のように捩《ねじ》り合わせて生きるしかねえ。

市郎兵衛の震えが、小刻みになってきた。

それでも、なお、足りぬものがある。

足りない。

何であろうか、足りぬものは……。

「どうしたんですか、旦那さま」

気がつくと緋縮緬《ひぢりめん》の湯文字に、乞食《こじき》仕立てともいう臍《へそ》も隠せぬ半襦袢をこざっぱりと羽織った里がいる。

「うむ。そのう、半分、眠っていた」

「眠っていても念仏をあげるんですね。さすが〝仁義の玉屋三代目〟ですね。あたいを、あの大火事の煙りと炎の中で助け、大火傷も死をも恐れず、仇《かたき》だった夏小母さんを助けた旦那さん」

「いや、本当は……悪人だぜ」

「冗談ばっかり。あたいは命を助けられ、夏小母さんを助ける現場を見てたんですから。男の中の男、人の中の人ですよ、旦那さんは」

「違う、本当は……悪人なんだ」

「嘘ですよ。大火傷をした夏小母さんを嫁にするし、いつも気遣っているもの」

「そうかな」

いけねえ、小娘に正直過ぎることをいってらあ、夏のことで焼きが回っている。いや、焼きが回って当たり前、小塚原か鈴ヶ森の刑場の火炙りの火焔と猛煙に包まれているおのれと……思え。火炙りと、束の間の花火の成功とは金貨の裏と表、表と裏。一つ。

「夏小母さんは、いってます」

「なんと？」

「悪人と自分で深く知ったら、悪人じゃないって。善人と自分を思っている善人は、悪人より始末が悪い悪人なんだって」

夏が……そんなことを、告げたのか。

「いつ頃だ、里」

「つい、一と月前」

夏は全貌を知り尽くしているのではないのか。〝尿源〟の臭さを里に口止めしたことを含めて。

だとすると……。

湯船から市郎兵衛は出て、里に背を向ける。

僧の明山の言は、愛欲を含めて、人の欲は追っても追っても、菩薩の位ほどに清らかになるということだった。ただし、理趣経を唱えることが、前提だ。罪償《つみつぐな》いの浄化の働きがこの経。でも、悪に意味を見出している。どれほど、私のための殺しの一点から全てへの救いとなったか。

一方、鍵屋のきぬは、「的《まと》のためには、手だての悪も仕方がない。だったら、手だては善」といった。これは人形屋の人妻咲の言だというが、もっと怖いのではないのか。標的とする善が善でないことが有り得る。善のために、おのれのように悪を重ねたら、善も薄汚れて、悪に馴染む。もしかしたら、的と枝葉末節《しようまつせつ》は、行いをする者で逆に転ぶこともあろう。枝葉末節の悪は、的を悪にやがて染め抜いていく。

しかし、一つ一つのことを他のことと比較して過ごす悪では、もう、生きられぬ。

妻の夏が、正しい。

悪を悪と知る者は、善人。

「また、居眠りですか、旦那さま」

「あ……里。早くいかねえと」

「じゃ、いきます。あの、あのう、夏小母さんには、お風呂を使ってしまったこと、内緒にしてくれます？」

「うむ、もちろんだぜ」

「うふふっ、うふふっ、良かった。内緒にですからね」

市郎兵衛が、糸瓜《へちま》に米糠《こめぬか》を擦り込みながら振り返ると、ぎょっと胆《きも》が縮み、そしてすぐに膨《ふく》れた。里は、暗闇の虚無から這い出して交わったきぬと、夏の幼なさを二つ重ねたように微笑んでいるのだ……おのれは、僧の明山と同じ趣きがあったのか。否、明山は、少くとも、妹のまきに好きという愛の心が重たくあった。自分は、この里に……ほとんど心はないのだから、もっと数段、格別に醜い。

「内緒にする、このことだけはな。でも、夏に内緒はできるだけ作るな。血の繋がっているおまえと、悦と銀造を、夏は大事にしているぜ」

市郎兵衛は、我慢も含め、里の幼い少女ゆえの魅力を封じこむ。

「夏小母さんが身籠ったらいいですね」

「えっ、うん」

「駄目なら、あと三年か四年して……あたいを、あのう」

「あのうって？　里」

「孕《はら》まして欲しいんです。赤ちゃんを作りたい」

「おい……夏が、そんなことをいっているのか」

「えっ……いえ、いえ」

里は、応えを有耶無耶《うやむや》にして、黙しはじめた。

代わりに里は、鼻をぐすぐすさせ、半纏《はんてん》の下の湯文字の中心を拡げ、市郎兵衛の目に、葬式饅頭のような無毛の丘と、その裂け目を晒す。

「里。夏に、内緒を作るのなら、おれにも内緒を作れ。いいか」

「ええ、そりゃ、もちろんですよ。おあいこです。ううん、旦那さまの願いなら」

里の終わりの言葉を待てず、妻の夏の正反対の魅力に憑かれ、市郎兵衛は簀《す》の子に這いつくばる。里の両足を、更に拡げた。小水の匂いと杏《あんず》が熟れはじめた匂いが立ち昇る。無毛の丘を、ことさら、右へ左へと剝いた。

新鮮に赤っぽい埋《うず》み火の色彩の世界が現れる。

市郎兵衛は唇と舌を使おうとした——が、それはあってはならぬ。おのれは、花火師。目で色の勝負。指も男根も使ってはならぬ。

——四半時、半里の距離を歩くほどの間、夏の罰する科《とが》を思いながら、里の秘唇と奥の世界を見続けた。

「里、おまえは可愛らしいし、しゃんだ。でもな、正直にいうと、夏に似ている。おれは夏だけを好いているから、夏の匂いのする女は遠ざける。今日のことは一切、内緒にする。もう、出ていくと良い」

「あい」

里が、出ていった。吐息に、泣きのような湿りがある。幼いとしても里は里として独りの人だし、一人の女、良い男を探す必要が今からある。うむ、早目に、手代の五助に。女を盗めぬ五助に。一所懸命になり、五助を惚《ほ》れさせる女の里にするほかはない。

市郎兵衛は、夏以外の女に滾《たぎ》る欲を感じると知ったが、交わりは耐え切った、夏ゆえに。しかも、大人になる寸前の女のあまりの魅力に参り。

真実、やべー。

市郎兵衛は、里の秘肌を真近にまじまじ観賞してから一と月と半ば、夢にまで大人寸前の丘と裂け目を見てしまうのであった。

そして、ついには、自らの指で里以外の少女の夢を見て、慰《なぐさ》めた。危機を感じ、自慰を三時で二十回、なした。少女を、諦《あきら》め切れた。花火の最高の色艶《いろつや》を思ったら浅くて、馬鹿らしくなった。

好き心と花火は、共に業《ごう》だとつくづく知らされる。花火は女より金がかかる点では、最もの無駄。なのに……。

一両が花火間もなき光かな

百年ほど前の芭蕉の弟子の其角《きかく》の句が、市郎兵衛の頭の芯を過ぎっていく。水茶屋や芸者置屋や料理茶屋の組合よりも豪商が好む大ぶりの花火は、一本が、いまなお、一両……。壮大な徒《あだ》の花。初々しい女の秘処もまた見つめ終わると、それっきり。しかし、花火は一切の情や、柵や、愛じみたものを拒んで、消えていく。凄い。未練なく、煙となり、気となり、闇となる。

だからこそ、花火。

ほら、気い付けろ時の鐘だと、捨て鐘が三つ鳴り、続いて六つ。

日本橋本石町《ほんこくちょう》と浅草の鐘が、互いに擦れ違ってゆく。

職人が仕事を終わって帰ったり、住みこみの奉公人が大部屋へと戻る頃だ。

梅雨は明けるのか明けないのか、今や仇となった鍵屋の一人旅の花火のように、はっきりせず、鬱陶《うっとう》しい日々が続いている。大暑を過ぎて七日ほど経つのに。

しかし、湿った花火しか御目にかかれぬせいか、吉川町の玉屋の店先では、線香花火や玩具の類の鼠《ねずみ》花火、小さな噴き出し花火、小板の上で噴水のように開く水上の仕掛け花火など、けっこう売れている。仮の店とはいえ、外から職人が、火薬を縛《しば》ったり、火薬を紙に包んだり、紙を縒《よ》ったりするところを直に見せているのも、売れゆきの良い理由だ。秘法を一族にしか知らせぬ先代玉屋では思いもよらなかった売り方なのだ。確かに、玉屋は店先で職人の技を見せていたが、できあがった噴き出し花火の紙の端を縒《よ》るだけだった。

無論、砲《つつ》の打ち上げによる音の出し方と高さは依然として、内房総と平井新田の試し小屋で工夫に工夫を重ねている。肉を削られるように、必死に、金繰りをして……。

夏との凧糸を互いに引っ張り合い、しかし、引っ張り合うことなど互いにいわずに、きつい時がこれから待っている。市郎兵衛は自分の夏への態《てい》が見えてきた。抱かねばならぬ。でも抱くのが辛い。それでも、夏がたとえようもなく好きなのだ。軀と、頭は、てんでばらばらに別れ、違う生きものになってしまう。

夏から逃げて、句会にでも久し振りに出るか。

番頭の忠吉と将棋でも打つか。忠吉は、強い。面白くねえ。

雨が多くて、でこぼこがもっと厳しくなる道が、鳴った。軽い地響きがして、その心地よい律動で、段助爺いの孫、鳩ぐるいの段平の裸足《はだし》の駆け足の音と分かった。段平は、二年前の大火事の時すら、自分の簞笥《たんす》や行李を残して焼けるままに放り、優れた鳩を四羽選り抜いて風呂敷二枚に包んで内藤新宿近くまで一目散に走り、鳩のために難を避けた。

市郎兵衛は、裏木戸へ、急ぐ。

どくだみの白い花が十文字に咲く裏庭に出るのと同時に、段平が汗を額から真っすぐに垂らして目まで塞ぐ姿と出会った。

「旦那さま。主、新八さん。うう、ううや、玉屋さん。大坂にいった好太郎さんから、鳩に託しての紙縒《こより》の文が。『急げ』と大書してありますうっ」

段平が、皺々になった紙を渡した。

拡げる。

《大坂も冷えに、冷え候。

米価の動き、暴騰の気配。即ち、この三、四年、大坂堂島《どうじま》の相場は一石銀五十五匁から少し上をいき候、然れど、去年の秋から値動き激しく、一時は銀七十三匁。江戸の相場があまり変わらぬのは去年の北国米が豊作ゆえ。今年は、西国米は並みなれど、北国米が凶作との報。金銭を注ぎ込み、米切手を買い、勝ち負けにいくべきかと存じ候。売る時は、八、九月の西国米の入札がはじまる前、二割五分か三割ほどに値上がった時と心得て下さりますよう。当方、咳《せき》ばかり続き、これにて奉公を免《めん》じられたく候。ほぼ、死への旅立かと。勝負時にて候ゆえに、大胆に》

やるしか、ねえだろう。

今夜中に、金という金は全てはたき出し、借り、大坂の米の値上がりの話が江戸に伝わる前に、明日早く米切手を買おう。大坂の米の値上がりの報が江戸店の鴻池《こうのいけ》や天《てん》王寺屋《のうじや》に届くのは早くて明日の夕七ツ、侍の夕飯の時。

玉屋市郎兵衛は、金策に外へ飛び出そうとした。

家を出ようとすると、夏が玄関先にいた。

「市郎兵衛さん」

夏が、低い声で、でも、喉許《のどもと》にくる、きりりと凜《りん》とした声で呼んだ。

市郎兵衛は、あれこれ全てを含んで、身構えた。鶏肉の笹身のような夏の顔の頬を見据えた。

「花火屋の命は、華やか、澄みに澄み切った、高くてそして大きい、匂いも生々しく、音鳴りは腸《はらわた》まで撃つのを作ること……ですよね。ではないでしょうか」

あたりに人がいないことを確かめるごとく、夏は見渡し、ゆっくりした読経《どきよう》すらもっとのろくする童唄《わらべうた》で妨《さまた》げるごとく、ゆっくりと告げる。

「う……む」

「米の投機であれこれ心を動かしては、花火が濁ります。この頃、借金にのたうち回って、市郎兵衛さんは、せわしなくて。華《はな》を大切にですね、華を」

いい返しを許さぬように、夏は残った昔より輝く右目を、竜は見たことがないが、竜のごとくに光らせた。玉屋の瞳だ、玉屋としてのいい方だ、夏は玉屋の血を正統に引く女……。

「死んだら銭は一文もあの世へ持っていけません。裸で、次に、灰と骨。その覚悟で、借金漬けで花火を」

「…………」

「米価に一喜一憂する暇があれば、むしろ、女を求めに求めて華を学んでください」

美しさと無縁になった、否、正反対に立つ夏は、あっさり宜《むべ》なるかなと思われる真実を口に出した。

――次の日。

人形屋の咲に借金を申し入れた。「月に一度、抱いて下さいね」と、不惑を過ぎ、札差しを兄に持つ咲はにんまり笑って、受けた。

（下巻に続く）

本作品は二〇〇六年七月に講談社より刊行された
『悪たれの華』を再編集・改題して刊行しました。

宝島社
文庫

鬼の花火師　玉屋市郎兵衛　上
（おにのはなびし　たまやいちろべえ　じょう）

2015年8月20日　第1刷発行

著　者　小嵐九八郎
発行人　蓮見清一
発行所　株式会社 宝島社
〒102-8388　東京都千代田区一番町25番地
電話：営業 03(3234)4621／編集 03(3239)0599
http://tkj.jp
振替：00170-1-170829（株）宝島社
印刷・製本　中央精版印刷株式会社

ISBN 978-4-8002-4370-6

人気作家が競演! 時代小説アンソロジー

大江戸「町」物語

宝島社文庫

八丁堀「八丁堀の刃」小杉《こすぎ》健治《けんじ》

湯島「介錯人別所龍玄始末」辻堂《つじどう》 魁《かい》

内藤新宿「とぼけた男」中谷《なかたに》航太郎《こうたろう》

浅草「香り路地」倉阪《くらさか》鬼一郎《きいちろう》

両国「やっておくれな」早見《はやみ》 俊《しゅん》

定価: 本体648円 +税

大江戸「町」物語 風

宝島社文庫

八丁堀「鬼が見える」和田《わだ》はつ子《こ》

神楽坂・四谷「夕霞の女」千野《ちの》隆司《たかし》

本所深川「オサキぬらりひょんに会う」
高橋《たかはし》由太《ゆた》

千住宿「付け馬」中谷航太郎

定価: 本体650円 +税

宝島社 検索 好評発売中!

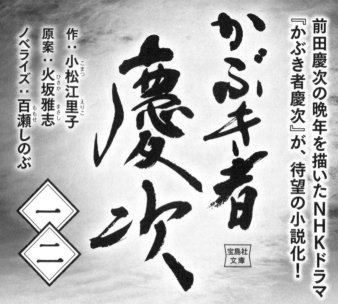

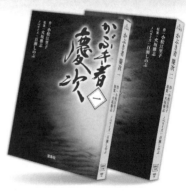

『この時代小説がすごい!』太鼓判
家斉《いえなり》の料理番
福原《ふくはら》俊彦《としひこ》
工夫を凝らした献立で
ご壮健な美食家将軍をうならせる!
イラスト/宇野信哉
絶倫将軍として名高い徳川家斉は、健康のため、オットセイの男性器の粉末など、特殊な食品を摂取していた。その将軍の食事を差配する御膳奉行の藤村幸之進は、ある日、将軍の食事に毒が入っていることに気がついて——。
宝島社文庫
定価: 本体660円 +税
福原俊彦
家斉《いえなり》の料理番
宝島社
お求めは書店、インターネットで。